ALEXANDRA FABISCH

Pfannkuchenherzen um Mitternacht

Autorin

Alexandra Fabisch hat als Ärztin in Hamburg sowie einige Jahre als Unternehmensberaterin gearbeitet, bevor sie zum Schreiben kam. »Pfannkuchenherzen um Mitternacht« ist ihr zweiter Roman. Sie lebt mit ihrer Familie in Ostwestfalen.

Von Alexandra Fabisch bereits erschienen

Ein Tag und alles anders

Alexandra Fabisch

Pfannkuchenherzen um Mitternacht

Roman

blanvalet

MIX
Papier aus verantwortungsvollen Quellen
FSC® C014496

Verlagsgruppe Random House FSC® N001967

1. Auflage

in der Verlagsgruppe Random House GmbH,
Neumarkter Str. 28, 81673 München
Redaktion: Angela Kuepper
Umschlaggestaltung und -motiv: www.buerosued.de
DN · Herstellung: sam
Satz: Buch-Werkstatt GmbH, Bad Aibling
Druck und Bindung: GGP Media GmbH, Pößneck
Printed in Germany
ISBN 978-3-7341-0714-6

www.blanvalet.de

Für alle Naschkatzen und Leseratten

Kapitel 1

Manchmal kam Yada sich bei Telefonaten mit Hanno wie ein lebender Anrufbeantworter vor. Eine humanoide Mailbox, geschaffen, um die Anekdoten ihres Freundes zu schlucken und mit wohlklingenden Lauten deren Bedeutsamkeit zu bestätigen. Heute war so ein Tag.

»Du wirst *nicht* erraten, wen Freddy in seiner Kundenkartei hat.« Eine dramaturgische Pause, dann: »Giovanni Anthony!«

»Wow.« Wer war das? Yada pustete sich eine Haarsträhne aus dem Gesicht und ließ eine Wäscheklammer auf der Tischplatte vor sich kreiseln. FSC Birkenholz, made in Poland. Zweihundert Stück hatte sie davon im Internet bestellt, heute waren sie angekommen, in einem grauen Pappkarton mit weißem Adressaufkleber. Sie hatte sich mehr darüber gefreut als über ihr letztes Geburtstagsgeschenk, einen Gutschein für die Emsgalerie, über fünfzig Shops auf siebzehntausend Quadratmetern, und sie wusste schlichtweg nicht, was sie dort kaufen sollte.

»Und in der Mittagspause gibt er Jan 'ne Banane. *Neues Navi*, sagt er.« Hannos Lachen kam vor der Pointe, wie immer. Es klang heiser, abgehackt und ein wenig zu hoch für einen eins sechsundachtzig großen Mann. »Neues Navi«, versuchte es ihr Freund noch mal, kicherte wie ein Schulanfänger bei einem Streich, atmete schwer ein und wieder aus. Vermutlich kniff er sich dabei in die Nasenwurzel wie so oft, wenn er in einem Witz feststeckte. Jetzt räusperte er sich und sagte mit fester Stimme: »Osten ist da, wo reingebissen wird.«

»Ah.« Yada zog die Augenbrauen hoch, klappte die Klammer auf und wieder zu, auf und zu. Dann lehnte sie sich über den Tisch und klemmte sie an den Draht, dicht neben ihren identischen Zwilling, den fünften in dieser Reihe.

»Neues Navi, Osten, verstehste?« Hanno röchelte weitere Lachsalven durch den Hörer.

»Ja.« Das Handydisplay klebte an ihrem Ohr. Noch immer staute sich die Hitze des Tages in der Dachgeschosswohnung, strömte nur zähflüssig durch die geöffneten Fenster in die laue Sommernacht.

»Die Zonis, Bananen, Jan ist doch in Cottbus!« Hanno wiederholte gern Details, wenn die erwartete Reaktion bei seinem Gegenüber ausblieb.

»Lustig«, log Yada. Hanno war in Hochstimmung, sicher war sein Gesicht gerötet, und er strich sich ununterbrochen über den hellblonden Bart, den er seit einigen Wochen trug. Ein feines Lächeln huschte über Yadas Lippen. Sie kannte ihren Freund gut, sehr gut sogar. Schließlich waren sie beinahe zehn Jahre zusammen.

»Krhchch, der Freddy«, gluckste Hanno mit einer ordentlichen Portion Hochachtung im Unterton.

Yada blähte die Wangen. Freddy wusste alles, Freddy konnte alles. Glaubte er – und Hanno leider auch. Das wirklich Gute an Freddys neuem Job war die Tatsache, dass sich sein Büro nun im Main Tower, Frankfurt, befand, über dreihundert Kilometer von Rheine entfernt. Endlich war sie vor seinen billigen Asiatenwitzen sicher.

»Und wie ist das Seminar?« Yada angelte sich noch eine Klammer, öffnete sie, die schmalen Holzenden weit aufgerissen – ein hungriges Maul, das nach der Haarsträhne schnappte, die sich wieder in ihr Blickfeld vorgewagt hatte.

»Business Communication«, erklärte Hanno, und seine Stimme klang plötzlich näselnd. »Sehr nice.«

»Oh.« Jetzt war sie diejenige, die in ihre Faust biss, um ein Kichern zu unterdrücken. Yada fand es zu komisch, wenn Hanno den Global Player gab, der er nicht war. Im echten Leben beriet er Privatkunden der Deutschen Bank und machte Urlaub an der spanischen Atlantikküste, jedes Jahr, stets das gleiche Hotel, all inclusive, versteht sich.

»Und was mach …«

»Ja, gleich«, beantwortete Hanno irgendeine Frage, die im Hintergrund gestellt worden war, ohne die von Yada zu Ende anzuhören. »Sekunde!«, brüllte er irgendwem zu.

Der Lautsprecher übersteuerte, das Pfeifen drang bis ins Mark ihrer Wirbelsäule. Yada riss das Telefon vom Ohr und mit ihm die Wäscheklammer, ein Gespinst aus Haaren und Holz.

»Autsch.« Yada schnitt eine Grimasse und legte das Smartphone ab, um die Klammer aus ihren Haaren zu entwirren.

»Wir … Bar … Schluss … Ciao«, flatterten Bruchstücke des Abschieds über den Tisch, an dem sie immer seltener gemeinsam saßen. Frühstück im Stehen, manchmal im Vorbeigehen, Hanno einen Eiweiß-Bananen-Smoothie mit Grünkern, Yada Kaffee und Müsli. Am Abend chillte Hanno auf der Couch, Yada daneben, das Tomatenrot der Familienpizza grünbraun unter dem blauen Licht des Fernsehers.

»Warte«, rief Yada dem Telefon zu, aber das tutete nur leise zurück. »Mist«, fluchte sie lautlos. Weil sich die Strähne unlösbar verheddert hatte. Weil Hanno nicht nach ihrem Tag gefragt hatte, wie so oft. Weil sie ihm trotzdem gern von dem Wäscheklammer-Kronleuchter erzählt hätte, an dem sie seit Stunden werkelte, total verliebt in die symmetrische Komposition aus Holz und Metall.

Mit einem Seufzer griff Yada nach der Schere, die neben dem Maschendraht lag, dem Grundgerüst ihres Lampenschirms, und schnitt die verfilzte Strähne ab. Gedankenverloren drehte sie die Klammer mit dem Haarknäuel zwischen Daumen und Zeigefinger und lehnte sich zurück. Ihr Blick verfing sich in einem Spinnennetz unter der Decke; der Erbauer, Opa Langbein, kroch träge zu seinem Versteck über dem Fernseher, einem riesigen dunklen Viereck, das ihr Wohnzimmer zu verschlucken drohte und auf das Hanno so stolz war wie auf seinen Abschluss.

»Bestimmt hätte er nur einen dummen Spruch gemacht«, sagte Yada zur Hausspinne, in den stillen Raum, zu sich selbst. Sicher war es besser, wenn sie Hanno mit dem fertigen Kunstwerk überraschte: installiert, beleuchtet, mit Loungemusik im Hintergrund, sein Leibgericht, Spaghetti carbonara, auf dem Tisch. Ja, das war eine gute Idee. Sie lächelte und legte Schere und Haarknäuel beiseite.

»Wäre doch ein Jammer, wenn ich dich verschenken müsste«, wisperte sie ihrem neuen Lieblingsstück zu und befestigte zwei weitere Klammern an dem Drahtgeflecht, das normalerweise als Kaninchenzaun diente. Insgeheim trauerte sie noch immer dem Couchtisch hinterher, den sie aus alten Paletten gebaut hatte und den Hanno »total Sperrmüll« fand. Jetzt hatte er in der Wohnung ihres besten Freundes Shen einen Platz gefunden, und vor Hannos schwarzem Ledersofa, das er von seinem ersten Gehalt bezahlt hatte, stand ein sehr eckiger Glas-Stahl-Designerkubus, an dem Yada sich regelmäßig das Schienbein stieß.

Yada kippelte auf den Hinterbeinen ihres Stuhls und angelte nach der Lautsprecherbox, die einsam, aber für jeden gut sichtbar in einem weißen Regalwürfel stand. »Stylish«, fand Hanno das. »Öde«, war Yadas Meinung, auf der sie aber nicht bestand. Eine glückliche Beziehung war wichtiger als eine perfekte Übereinstimmung im Möbelgeschmack.

»*Hello*«, erklang Adeles kräftiges Timbre, nachdem sie den Power-Knopf gedrückt hatte. Yada sang leise mit und riss die nächste Packung Holzklammern auf.

Noch hundert, vielleicht hundertzehn, das würde sie morgen nach der Arbeit schaffen. Samstags gab es nämlich keinen Night-Cut, wie Mela, ihre Chefin, die Friseurtermine nach neunzehn Uhr nannte.

Ihr Blick fiel auf die Flip-Clock, ein Original aus den Siebzigern, das sie in einem verstaubten An- und Verkauf entdeckt hatte. Die Augenbrauen leicht zusammengezogen, fixierte sie die weißen Zahlen auf schwarzem Grund. Gleich würden drei Ziffern wie Dominosteine fallen, mit einem dezenten Klicken Platz machen für ihre Nachfolger. Als sich die Plastikkärtchen auf dreiundzwanzig Uhr drehten, stand Yada auf, streckte die Arme über den Kopf und stellte sich auf die Zehenspitzen.

Die Woche war lang und voll gewesen, zwei Hochzeiten und ein Fotoshooting hatte sie geschminkt und frisiert, Highlights und sanfte Stufen im Konturbereich ungefähr zehnmal, vier Long Bobs, einen Undercut in Knallgrün, ein Pixie, mutig, pur, wunderschön, und ein paar praktische Kurzhaarfrisuren ohne Esprit, aber auf ausdrücklichen Kundenwunsch. Die ungeliebten Herrenschnitte zählte sie nicht mit. Yada dehnte ihren Rücken in einem sanften Bogen, ein Brustwirbel bewegte sich mit einem leisen Knirschen in seine angestammte Position. Nur noch ein Arbeitstag, acht Stunden Samstagschaos, dann hatte sie endlich frei. *Richtig frei,* Hanno war nicht da, sie konnte tun, was sie wollte.

Und das war Rasenmähen in den Elfenwiesen, über ihr der weite Himmel und unter den Fußsohlen weiches

Gras. Allein der Gedanke an den Garten ihrer Kindheit, Heimat ihrer verstorbenen Großmutter, machte sie glücklich. Sie wäre viel lieber viel öfter dort, doch Hanno hasste frische Landluft. Vor allem aber fehle ihm die Zivilisation, pflegte er mit einem Nasenrümpfer zu sagen, meinte damit aber lediglich Internet und Pizzaservice.

Die letzten Verse des Songs verklangen hauchzart, Yada schaltete die Musik aus, schüttete den Rest Wasser aus ihrem Glas in den Schnittlauch, stellte es in die Spüle und löschte das Licht.

Heu kitzelte in ihrem Nacken, Pappelsamen flogen wie dicke Schneeflocken mit den Schäfchenwolken um die Wette. »Nag, nag, nag.« Eine Ente schnatterte dicht neben ihrem Ohr. Yada drehte den Kopf zur Seite, hielt nach dem Ruhestörer Ausschau. Aber bis auf einen Marienkäfer, der auf einem Gänseblümchen balancierte, konnte sie nichts entdecken.

»Nag, nag, nag.« Da war es wieder, diesmal lauter. Sie setzte sich auf. Mit einem Mal verschwanden die Blumenwiese, das Surren der Insekten, die warmen Sonnenflecken auf ihrer Haut. Stattdessen erhellte kaltweißes Licht, von der Jalousie in schmale Streifen geschnitten, das Zimmer. Yada strich sich die Haare aus dem Gesicht, es war mitten in der Nacht, sie hatte nur geträumt. Seufzend ließ sie sich in die Kissen fallen, schrak aber sofort wieder hoch, als etwas aufgeregt losquakte.

Och nö, es war bloß der neue Klingelton. Wer, zum

Teufel, rief um diese Zeit an? Sie zog sich die Decke über den Kopf, das Telefon schnatterte weiter, Yada gab auf. Sie drehte sich auf den Bauch und tastete den Boden neben dem Bett ab, rauer Leineneinband, *Zwei an einem Tag*, sie las es jetzt zum vierten Mal und liebte jede Zeile aufs Neue. Daneben ein Bleistift, Skizzenblock und, endlich, das Smartphone. Der Schlaf ließ sich nicht wegblinzeln, das Display verschwamm, ungelenk wischte sie darüber.

»Ja?«, murmelte sie und vergrub die Nase im watteweichen Federkissen. Wehe, es war kein Notfall, aber bitte nichts Schlimmes.

»Schläfst du schon? Tut mir leid, wenn ich dich geweckt habe«, kämpfte sich eine Männerstimme am Kuschelbezug vorbei bis zu ihren müden Ohren. *Hanno*. Komisch, normalerweise rief er nie an, wenn er mit Freunden unterwegs war, komisch und trotzdem schön.

»Hm, schon okay.« Yada nahm es als Entschuldigung dafür, dass er sie vorhin aus der Leitung geschmissen hatte.

»Glaub mir«, fuhr ihr Freund fort, er klang anders als sonst, tiefer irgendwie, sicher lag das am Bier, vielleicht hatte er auch geraucht, das machte er selten, meist nur wenn jemand wie Freddy dabei war. »Ich habe meinen Fingern gesagt, dass sie deine Nummer nicht wählen dürfen. Geschimpft habe ich, gebettelt und gefleht, aber die kleinen Biester haben einfach weitergemacht. Ich befürchte, sie werden von meinem Übermut gesteuert.«

Oder von deinem Herzen, dachte Yada mit einem Lächeln auf den Lippen. Das war echt süß, egal, ob er etwas getrunken hatte oder nicht.

»Wie war dein Tag?«

Es tat so gut, die Frage zu hören, auch wenn sie jetzt nicht reden, ihn lieber nur küssen wollte. »Normal, nichts Besonderes.«

»Ach, wie schade.«

»Warum?« Ihre Lider waren schwer, der Schlaf zerrte an ihr, sie kämpfte dagegen an, wollte wacher werden, nichts verpassen von diesem wunderbaren Mitternachtsmiteinander.

»An jedem Tag sollte man etwas Besonderes finden, etwas zum Staunen, Lachen, Wundern, na ja, wenigstens zum Grinsen.«

Yada nickte und runzelte gleichzeitig die Stirn. »Stimmt«, pflichtete sie ihm bei – dem Hanno, der jeden Abend stöhnte, wie schrecklich, stressig, unmöglich alles wieder gewesen sei. Und dann fiel es ihr plötzlich ein: »Schokokuchen«, rief sie so laut, dass sie sich selbst erschreckte.

»Halleluja.«

»Halleluja hoch drei«, sie schlug mit der flachen Hand auf das Laken, glücklich, dass sie das Highlight des Tages gefunden hatte, und was für eins! »Veganer Schokokuchen, hmmmm«, den hatte Shen mitgebracht, ihm waren die Eier ausgegangen, letzte Nacht irgendwann um halb eins, seine Kernzeit für Back- und Kochexperimente.

»Ich will auch ein Stück«, winselte Hanno am anderen Ende, zum Knuddeln. Dabei aß er keinen Zucker, nun ja, vielleicht lag es an dem *vegan*, das klang irgendwie immer gesund. Sie selbst liebte Kuchen in allen Formen, Gemüse auch, sehr sogar, und Hot Dogs, ganz egal, was Ernährungsexperten dazu sagen mochten. Der vegane Schokokuchen war jedenfalls sensationell *gewesen*.

»Ist leider schon alle«, gab sie zu, nahm sich aber fest vor, Shen nach dem Rezept zu fragen.

»Das freut mich.«

Das »Hä?« rutschte ihr so raus, sie hätte sich gern besser ausgedrückt.

»Dass dein Tag so zuckersüß war, so sollte es immer sein.«

Yada wiederholte lautlos seine Worte, wollte sich jedes einzelne merken, für jetzt und immer. Ein warmes Prickeln rann über ihren Rücken, sie hatte es so lange vermisst. »Du fehlst mir.«

»Du mir auch.«

Irgendetwas Angestautes brach sich Bahn, brannte in ihren Augen. Yada blinzelte, schluckte, wollte die liebevolle Leichtigkeit zwischen ihnen nicht ersticken, etwas, von dem sie bis jetzt noch nicht einmal geahnt hatte, dass sie darauf schon immer gewartet hatte. »Danke«, sagte sie leise.

»Wieso?«

»Du hast diesen Freitag zu etwas Besonderem gemacht, obwohl er schon längst vergangen ist.« Yada strich mit dem Finger über das Laken, Wellenlinien, vor und zurück, ihre gemeinsame Welle. »Und du machst den Samstag zu etwas Besonderem, obwohl er noch nicht einmal richtig begonnen hat.«

»Ich kann zaubern, weißt du doch«, lachte er frech. Yada schnaubte scherzhaft, es war fabelhaft.

»Soll ich dir von meinem Tag erzählen?« Hannos Stimme war nah und doch fern, das alles war fast surreal.

»Unbedingt«, murmelte sie glücklich, legte das Handy auf das Kopfkissen und kuschelte sich dicht daneben. Wenn das ein Traum war, wollte sie nicht so schnell aufwachen.

»Okay, eine Gutenachtgeschichte«, er räusperte sich betont wichtig, »sie trägt den Titel *Bekloppt, aber bemerkenswert.*«

Bekloppt, aber bemerkenswert? Yada musste kichern. »Du machst mich neugierig.«

»Mir wurde mein Handy geklaut!«

»Haha«, lachte Yada lahm, schließlich telefonierten sie gerade.

»Ernsthaft, aus der Gesäßtasche meiner Jeans.«

Yada runzelte die Stirn, schnappte ihr Smartphone, tatsächlich, da stand eine völlig fremde Nummer, er hatte sich also eins von seinen Freunden ausgeliehen, nur um mit ihr zu reden, *hach.*

»Stell dir das mal vor«, fuhr Hanno fort, »da grabscht mir einer an den Po, und ich merke nichts, gar nichts! Das ist doch der Wahnsinn.«

»Der Wahnsinn«, echote Yada, mittlerweile mehr darüber irritiert, *wie* Hanno es sagte, als *was* er sagte. Sein Lieblingsspielzeug wurde ihm weggenommen, und er klang nicht verärgert, sondern beinahe begeistert. Das war definitiv der Wahnsinn.

»Oder Glück«, gluckste Hanno, »wie man's nimmt. Wenn ich mir vorstelle, dass da jemand an meinem Hintern – uh, na ja, jedenfalls, das muss man erst mal können. Respekt.«

»Ähm, wow.« Statt eines Tobsuchtsanfalls würdigte er die Leistung des Diebs? Yada blinzelte, das Display leuchtete schwach, aber deutlich erkennbar in der Dunkelheit. Sie war wach, orientiert, bei vollem Bewusstsein. Trotzdem kam ihr die Realität, nein, Hanno, merkwürdig anders vor, toll-anders, bleib-so-anders, aber eben anders. »Du bist gar nicht sauer?«, tastete sie vorsichtig nach.

»Zuerst war ich es, aber nur, weil ich dich anrufen wollte und nicht konnte.«

»Bitte, sprich weiter.« Das Runzeln auf ihrer Stirn wich einem Grinsen, Yada konnte es kaum erwarten, das Ende der Geschichte zu hören, es schien ein glückliches zu werden, das sagte ihr das Kribbeln in ihrem Bauch. Sie verliebte sich gerade neu.

»Und weil die Scheißdinger schweineteuer sind.« Er lachte.

Im fahlen Dämmerlicht ihrer Fantasie konnte Yada ein schelmisches Blitzen in seinen grauen Augen erkennen. Nicht, dass sie es je bei ihm gesehen hätte, aber ihr gefiel die Vorstellung. »Pfff«, machte sie, aber ihr Herz hüpfte wie an dem Tag, als Hanno sie auf seine Geburtstagsparty eingeladen hatte. Dort hatten sie sich das erste Mal geküsst, und seitdem immer wieder, in der letzten Zeit etwas flüchtiger, doch das würde sich ändern, ganz sicher. Spätestens wenn er nach Hause kam, Sonntagnacht, die schöner werden würde als all die anderen Nächte zuvor. Leidenschaftlich, verrückt, bis an den Rand gefüllt mit Liebe und Lachen. Das nahm sie sich fest vor, weniger war kaum denkbar, nicht nach diesem Telefonat.

»Zum Glück habe ich 'ne Prepaidmöhre auftreiben können, in so 'ner 24/7-Butze.«

24/7-Butze, aha, in Großstädten gab es wohl immer alles rund um die Uhr, sogar Handys, um die Liebste anzurufen, selbst nach Mitternacht. Das Mondlicht bekam einen rosaroten Schimmer, Yada hätte am liebsten Herzen auf die Tapete gemalt.

»Diese Läden sind zu genial«, begeisterte sich Hanno. »Die haben da echt alles: Motoröl, Schnürsenkel, sogar Dentaclean, da hab ich gleich zugegriffen.«

»Zahnpasta?« Im Bad standen schon drei, alle konnten was anderes, Hanno pflegte sein Lächeln gründlich.

»Klar, die braucht man doch andauernd: zum Türklinkenbeschmieren, Pickelaustrocknen und Löcher-in-Wänden-Zuspachteln.«

Der Witz kam unvermittelt, so gar nicht Hanno-typisch. Er überraschte sie, Yada verschluckte sich fast an ihrem Lachen, prustete, riss die Beine hoch und strampelte wie ein Maikäfer, der auf den Rücken gefallen ist.

»Hallo? Hallo, du, alles okay da drüben?«

»Jahahahaha.« Sie hörte ihn am anderen Ende mitlachen. Ein Heulen und Jaulen durchbrach den heiteren

Moment. Yada hielt mitten in der Bewegung inne, das linke Bein leicht angewinkelt über ihr, das rechte zur Decke gestreckt. »Was war das?«

»Irgendwem ist wohl das Bier ausgegangen. Oder es war ein Schakal.«

»Schakal, haha.« Yada ließ die Beine auf das kühle Laken fallen. »Obwohl, bei der Hitze gibt es die bestimmt bald *überall.*« Sie stand auf, tapste zum Fenster und zog es weit auf. »Schwitzt du auch so?«

»Gerade nicht, eigentlich hätte ich gern Wollsocken. Ich ärgere mich schon die ganze Zeit, dass ich keine mitgenommen habe.«

»Sehr witzig.« Hanno und Stricksocken, niemals.

»Was, wieso?« Er klang nicht betrunken, musste es aber sein. Normalerweise hasste sie es, wenn Hanno ein oder zwei Bier zu viel gehabt hatte, er war dann immer ganz besonders clever, smart und erfolgreich, und zwar so laut, dass alle es hören konnten. Aber heute war es anders, heute mochte sie seine Verrücktheit, den Humor, einfach alles, was er sagte.

»So was besitzt du doch gar nicht.«

»Stimmt. Ich wünsche mir welche zum Geburtstag.«

Yada lehnte sich aus dem Fenster und schüttelte den Kopf. »Ich häkle dir welche«, drohte sie scherzhaft.

»Echt?«

»Oh ja!« Und ob sie das tun würde. Das war ihre Chance, ihm etwas Selbstgemachtes zu schenken. »Welche Farbe?«

»Oh –ähm –orange?«

»Schön.« Yada grinste in den Sternenhimmel. Jetzt

hatte er wohl Bammel vor dicken, kratzigen Strümpfen. Zu spät.

»Danke.« Das klang fast ein wenig ehrfürchtig.

Yada verband mit dem Zeigefinger die Sterne, die zum Großen Wagen gehörten. »Sehr gern«, sagte sie leise und stellte sich vor, dass Hanno durch sein Hotelfenster in Frankfurt auf den gleichen Nachthimmel blickte. Gerade jetzt, Hunderte Kilometer voneinander entfernt, waren sie sich näher als in den letzten zwölf Monaten unter einem Dach.

»So, jetzt aber ab ins Bett, husch, husch!«

»Kommst du nach?« Plötzlich war da eine Sehnsucht nach ihm, nach seinen Lippen, seiner Haut, dass sie es kaum ertragen konnte. Sie wollte mit ihm lachen und leben, ihn lieben bis zum Schluss, und dieses Telefonat war der Anfang, ihr Neubeginn.

»Uh, unbedingt, halt mir einen Platz frei.« Er lachte, diesmal etwas anzüglich. »Schlaf schön, kleine Wundertüte.«

»Du auch, adieu, bis nachherganzbald.«

»Und keine Sekunde später.«

»Nein, keine Sekunde später!« Yada küsste in die Dunkelheit, durch die sich ein unsichtbarer Draht zu ihm spann, kappte die Verbindung und schlüpfte unter das federleichte Laken, umhüllt von dem wohligen Gefühl, das sie Liebe nannte.

Kapitel 2

»Hast du meine Sonnenbrille gesehen?« Mela kramte geschäftig in einer Schublade, in der Bürsten, Kämme und Scheren kreuz und quer durcheinanderlagen.

Yada sah von den Haarspitzen ihrer Kundin auf. »Wieso?«

»Weil du so strahlst, dass ich Angst um meine Netzhaut habe.«

»Pfff«, grinste Yada und pinselte weiter cyanintensiv in die blonde Mähne von Lia, die im Schuhgeschäft zwei Straßen weiter arbeitete.

»Und?« Mela umschwirrte sie wie eine hungrige Wespe. »Na, sag schon!«

»Pst, lass das.« Yada warf ihrer indiskreten Chefin, die zugleich ihre Freundin war, einen strengen Blick zu.

Mela rümpfte die Nase, rollte auf ihrem Drehhocker quer durch den winzigen Salon, beruhigte eine pfeifende Wärmehaube und wutschte mit Schwung wieder zu Yada und dem türkisfarbenen Dip Dye.

»Ach Yoyo«, bettelte sie mit großen blauen Kulleraugen. Wie ein Engel sah sie aus mit den blonden Locken, die sie zu einem hübschen Kranz geflochten hatte, doch der Schein trog.

»Gleich.« Yada verscheuchte sie mit dem Pinsel.

Lia, Meerjungfrau in spe, sollte nicht wissen, wie sehr ihr Herz bei dem Gedanken an die vergangene Nacht tanzte, wie sehr sie sich auf den morgigen Abend freute, auf seine Nähe, seine Küsse, sein neues Ich, ihr neues Wir.

»Möchtest du was trinken?«, fragte sie das Mädchen, das jeden Monat mit einer anderen, liebenswert verrückten Stylingidee in den Laden kam.

»Nö«, sagte Lia, ohne von ihrer Zeitschrift aufzusehen.

Yada stellte den Timer auf fünfzehn Minuten und räumte die Reste der Koloration weg. Im Spiegel fing sie ihren eigenen Blick auf, dunkelbraune Mandelaugen leuchteten sie an, die Wangen schimmerten zartrosa. Mela hatte recht, das Glück strahlte aus allen Poren. Nur ihre Haare waren ein zerwühltes Nest, *Outofbedstyle*, mit etwas Wohlwollen. Viermal hatte sie den Wecker gesnoozt, war dann, viel zu spät, mit Zahnbürste im Mund in die Jeans geschlüpft, gestolpert, hatte sich das Knie am Türrahmen gestoßen und die ganze Zeit über gegrinst. Ja, sie war happy, von den Zehenspitzen bis zum Scheitel. Sie bürstete ihre Haare, ein langer schwarzer Vorhang, und band sie zu einem losen Dutt. Dann ging sie zum Coffee-Desk, wo Mela gerade Wasser einschenkte. Dem breiten Lächeln ihrer Freundin begegnete sie mit einem schmalen Grinsen. Vielleicht sollte sie besser nichts erzählen. Was, wenn die Magie verflog, sobald sie es laut aussprach, oder Mela etwas sagte, das alles ins Wanken brachte?

Noch ein Schritt, und sie war da. Langsam steckte sie

eine Haarsträhne hinters Ohr, nahm einen Schluck aus dem Glas, das Mela ihr zugeschoben hatte, und stellte es dann auf die alten Bootsplanken, aus denen der Tresen gezimmert war.

Mela beugte sich erwartungsvoll zu ihr herüber. »Erzähl!«

»Na gut.« Mela war ihre beste Freundin, Hanno ein Schatz, ihre Zuversicht unerschütterlich, sie brauchte sich keine Sorgen zu machen.

»Los, los, los.« Geduld war nicht Melas Stärke.

»Also, Hanno und ich,« Yada fuhr mit dem Zeigefinger eine tiefe Furche im Holz nach, »wir hatten ein megaromantisches Mitternachtstelefonat.«

Ihre Freundin riss ungläubig die Augen auf. »Nein!«

»Was ist daran so erstaunlich? Er ist mein Freund«, schnappte Yada und stemmte die Hände in die Hüften. Wie konnte Mela so unsensibel sein! Jetzt hatte ihr Stimmungshoch doch einen Knick, hätte sie bloß den Mund gehalten. Mela mochte Hanno nicht, das war bekannt, ihre Reaktion also vorhersehbar. Wobei Mela ein Gespür für Menschen, Zwischenmenschliches, manchmal sogar Übermenschliches hatte. In ihren Urteilen lag sie meist richtig, und das machte ihr *Nein* zu Hanno umso schlimmer. Wenn Yada ehrlich zu sich war, war es das, was ihr Angst machte, weshalb sie gezögert hatte.

»Weil er *das* nicht kann«, erklärte ihre Freundin jetzt und flatterte mit den Händen um Yadas Kopf.

»Was?« Yada fasste sich ungehalten an den Dutt.

»Dich zum Leuchten bringen.«

»Bitte?«

»Wenn man den Richtigen trifft, fängt man an zu glühen.« Mela zog die Augenbrauen bedeutungsschwer zusammen. »Es ist eine chemische Reaktion, du kannst nichts dagegen tun. Der Mann deines Lebens verleiht dir Flügel. Hanno hingegen«, sie zog die Mundwinkel nach unten, »stutzt sie dir nur.«

»Hör auf damit, das stimmt doch nicht.« *Außerdem kann Hanno das mit dem Leuchten sehr wohl*, fügte sie trotzig in Gedanken hinzu. Die ganze Welt war heute heller, bunter, schöner. Mela hatte doch selbst gesehen, wie Yada strahlte.

»Hm.« Ihre Freundin schürzte die Lippen. Sie wollte wohl nicht akzeptieren, dass Hanno hinter ihrer guten Laune steckte.

Yada schnaubte, setzte dann aber ein versöhnliches Lächeln auf und knuffte Mela leicht in die Rippen. Heute war kein Tag zum Streiten. »Hey, mach dir meinetwegen keine Sorgen. Mir geht es gut, sehr gut sogar.« Sie warf ihr einen Luftkuss zu. Aber Mela nippte nur an ihrem Cappuccino, den Blick nachdenklich in die Ferne gerichtet, wie immer, wenn sie über etwas nachdachte.

Yada liebte Mela, verehrte sie sogar für ihre Stärke, ihren Mut, ihre Weisheit. Den Meister hatte ihre Freundin mit Anfang zwanzig gemacht und kurz darauf den Salon eröffnet, der heute, sieben Jahre später, der angesagteste Laden der Stadt war. Nun war Rheine nicht Berlin, aber Yada liebte das kleine Geschäft, das Mela »Zwirbel« getauft hatte. Hier hatte sie Löcher und Ecken rasiert, wo keine hingehörten, gerade Ponys in schiefe verwandelt und auf ihren ersten Bob angestoßen. Gemeinsam hatten sie die Wände erst grün, dann lila und zuletzt grau gestrichen, Spiegel in alte Rahmen eingepasst und aus massiven Teakholzbrettern ein drei mal drei Meter hohes Regal gebaut, dessen oberste Fächer nur mit einer Leiter erklommen werden konnten. Mela war nicht nur ihre Chefin, sie war so etwas wie Familie. Insbesondere seit ihre Mama-Mae nach Thailand zurückgegangen war, um die Großmutter zu pflegen. Melas Rat war ihr heilig, aber heute lag ihre Freundin falsch, ausnahmsweise, zum Glück, ganz sicher, hoffentlich.

Yada seufzte, zog den Wochenplaner zu sich heran und hakte die bereits erledigten Termine ab. Es war kurz vor halb zwölf, alles lief ruhig und geordnet. Erstaunlich für einen Samstag. Nach dem Mittag würden noch Frau Reitmeyer, Hans Olbricht, Julia Sim und Henna kommen.

»Ich freue mich für dich«, sagte Mela plötzlich. »Ehrlich«, fügte sie hinzu, aber in ihren Augen spiegelten sich Zweifel.

»Danke.« Yada wollte lächeln, doch es gelang ihr nicht richtig, ihre Mundwinkel waren plötzlich schwer und taub. Melas düsteres Orakel hatte sich wie ein Geschwür in ihre Herzwand gebohrt.

»Biep«, machte der Climazone und schickte Mela zu ihrer Kundin.

»Pling«, machte Yadas iPhone unter dem Tresen. Mit klammen Fingern griff sie danach. Eine unbekannte neue Nummer, ach ja, die Prepaidmöhre. Das Grinsen kehrte zurück, das Symbol eines Fotoapparates kündigte eine Bildnachricht an. Bestimmt war es, wie immer, ein nicht lustiger Cartoon, weitergeleitet von irgendwem zu irgendwem, von ihm zu ihr und noch zehn weiteren Kontakten aus seinem Adressbuch. Aber Moment, das konnte ja nicht sein, jetzt, da man ihn seines virtuellen Sozialnetzwerkes beraubt hatte.

Und tatsächlich, es war anders als erwartet, wie alles an ihm seit heute, 22. Juli 2017. Eine Löwin sah Yada mit dunklen wachen Augen an, in ihrem Maul ein flauschiges hellbraunes Bündel. Das Löwenbaby hatte die Krallen ausgefahren und streckte die winzige Zunge aus dem Maul.

»Den Mutigen gehört die Welt«, hatte er daruntergeschrieben. Yada berührte die Worte mit den Fingerkuppen, sog ihre Bedeutung in sich auf. Das warme Flirren kehrte zurück. Ja, Liebe brauchte Mut, keine Bedenken. Nur, warum schickte Hanno, der sich weder für Tiere noch für Pflanzen interessierte, ausgerechnet Löwen?

»Kiss me slowly«, sang Parachute, Yada steckte die letzte Klammer an den Maschendraht und drehte sich mit ausgebreiteten Armen im Kreis. Sie fühlte sich federleicht, alles schien möglich, selbst fliegen. Mit einem Lächeln, das sie seit letzter Nacht ständig begleitete und das jetzt noch breiter wurde, schnappte sie sich ihr Smartphone, stieg auf einen Stuhl und schoss ein Foto von dem Kronleuchter.

»Tada!«, las sie leise mit, während sie tippte. Zwei Silben, eine große Premiere. Sie konnte es kaum erwarten, Hanno das Wäscheklammer-Kunstwerk zu zeigen. Ihren wohlüberlegten Masterplan – die perfekte Inszenierung im Kampf um ein Bleiberecht der Lampe – brauchte sie nicht mehr. Hanno war toll, ihre Liebe groß, alles würde gut, nein, besser werden. Ihr Daumen schwebte über dem Pfeil, der das Versenden von Nachrichten verantwortete. Sie atmete ein, hielt die Luft an und schickte das Bild los.

»Nag, nag, nag«, schnatterte ihr Handy, kaum dass ein *Zugestellt* hinter der grünen Sprechblase erschien. Der Daumen, immer noch in Position, wischte mutig über das Display und nahm den Anruf an.

»Sag nichts«, kam statt einer Begrüßung.

In Yadas Magen ziepte es plötzlich. Hanno fand den Kronleuchter bestimmt doof, was nicht weiter schlimm war, dennoch, sie hatte gehofft, nach dem Telefonat wäre es anders. Aber hey, niemand verwandelte sich komplett einfach so über Nacht. Sie straffte die Schultern, bereit für den unausweichlichen Kommentar, der jedes Glücksgefühl und ihren Stolz vernichten würde.

»Die Skulptur klagt die Diktatur der Menschen über die Natur an, eine Installation gegen die Abholzung der Regenwälder. Liege ich richtig?«

Yada brauchte einen Moment, um zu verstehen, was er sagte. Und dass er es sagte. Dann lachte sie, lauter und heller, als es der Scherz verdient hätte.

»Nicht ganz.« Der Knoten in ihrem Bauch wich einem Kribbeln, es war unglaublich, es war wahr, kein Traum.

»Hm«, machte er. »Dann ist es ein Monument, das den Müttern der Welt dankt, für all die Wäscheladungen, die sie aufgehängt haben.«

»Falsch.« Yada kicherte, das war so lustig, woher nahm er plötzlich diese Kreativität? Sie liebte Ratespiele, im Gegensatz zu …

Hanno. Yada stolperte über ihren eigenen Gedanken, den flüchtigen Widerspruch, den sie von Mela nicht hatte hören wollen.

»Jetzt habe ich es!« Seine Stimme klang siegessicher, verspielt, mit einem Lächeln zwischen den Worten, das sie sonst von ihm nicht kannte. »Wir haben es hier mit einem neuartigen Antrieb für die Luftfahrt zu tun, CO_2-neutral und ohne Lärmemission. Vielleicht ist es aber auch ein Wunschgenerator oder eine Keksmaschine.«

»Wieder daneben.« Bei all dem Jubel fiel es ihr schwer, die Stirn zu runzeln, sie tat es trotzdem. Die Zweifel, die Mela gesät hatte, kämpften sich durch ihre Glückseligkeit und fragten mit spitzer Zunge, woher Hannos charmanter Humor plötzlich kam.

»Ich geb's auf. Egal, was es ist, es sieht supercool aus.«

»Eine Lampe«, löste Yada das Rätsel auf und drückte unwillkürlich die Daumen, dass sie keine weiteren Ungereimtheiten finden würde.

»Stark. Woher hast du sie?«

»Selbst gebaut«, sagte sie, alle Antennen auf Empfang, sie wollte das Gespräch nicht Satz für Satz auseinandernehmen, dennoch, irgendwas stimmte vielleicht nicht, sie musste sich einfach sicher sein, bevor sie ihr Herz verlor.

»Echt? Nein!« Seine Verblüffung war nicht zu überhören.

»Doch.« Hanno tat fast so, als hätte sie das erste Mal etwas gebastelt. Wenn das überhaupt Hanno war ... Plötzlich misstrauisch, nahm sie das Telefon vom Ohr, studierte die fremde Nummer, eine lange Zahlenkombination, die ihr absolut nichts sagte.

»Ähm, wow, bin beeindruckt, ehrlich. So kenne ich dich ja gar nicht.«

Kennst du mich überhaupt?, dachte sie, sagte aber nichts, außer: »Schön, dass sie dir gefällt.« Ihr Herz pochte jetzt hart gegen den Brustkorb, die Unsicherheit war kaum auszuhalten, aber was sollte sie tun? Ihn einfach so nach Namen, Geburtsdatum und Wohnort fragen? Das ging doch nicht, und vor allem, das wollte sie nicht.

»Wo willst du sie aufhängen?«

»In der Küche«, antwortete sie, das war der Platz mit dem geringsten Konfliktpotenzial.

»Die Küche?«, entrüstete er sich. »Du meinst die Mini-Kochnische, die du nie benutzt?«

»Nein«, keuchte Yada und vergrub das Gesicht in den Händen. Jetzt war es raus, da war er, der Hinweis, den sie gefürchtet hatte. Das konnte unmöglich Hanno sein! Der hatte die Wohnküche nämlich selbst geplant, drei Wochen lang, jeden Abend. Die Elektrogeräte, vom Kühlschrank bis zum Wasserkocher, waren hochwertig und topmodern. Yada war gern und oft in dem hellen, großen Raum, backte Kuchen und Kekse, kochte Marmelade und Chutneys. Der rosarote Schleier fiel, die Realität war hart und grau wie die Marmorplatte, auf der sie sonst immer das Gemüse schnitt.

»Gut«, sagte er jetzt. Er hatte sie missverstanden, sie hatten sich missverstanden, die ganze Zeit, aber so gut missverstanden hatte Yada sich noch nie, am liebsten hätte sie laut aufgeheult, war aber sprachlos. Also ließ sie ihn weiterreden. »Lieber ins Wohnzimmer oder bei mir oben, in der Galerie.«

Galerie, wow, schön. Er war nicht Hanno, er wohnte schön, mehr musste sie nicht wissen. Zeit aufzulegen.

»Tschüs«, sagte sie fast lautlos.

»Hä? Nein, stopp! Was ist denn los, bist du okay, Tessa?«

Tessa, das war sie also, die Frau, die er zum Leuchten brachte. Melas korrekte Diagnose brannte in Yadas Kehle. Sie ließ sich auf den schäbigen Hocker plumpsen, auf dem ihr Vater immer gesessen hatte, wenn er Zeitung gelesen und dabei heißen schwarzen Kaffee geschlürft hatte. Wie eine Ertrinkende klammerte sie sich an das wurmstichige Holz, von dem der türkisblaue Lack bis auf ein paar Inseln längst abgeblättert war.

»Hey, du«, sagte er in das Schweigen hinein. »Kannst mir alles sagen, egal was, immer.«

Yada holte Luft, es war ein pfeifendes Geräusch. Sprechen war noch nicht möglich.

»Also«, fuhr er fort, als Yada nichts sagte, »ähm, mir ist auch aufgefallen, dass du irgendwie, ja, halt anders bist als sonst.« Er räusperte sich. »Aber schön anders. Es ist, als …« Nun zögerte er.

»… schwämmen wir auf einer Welle«, beendete Yada seinen Satz, stellte die Füße dicht nebeneinander und presste das Telefon fest an ihr Ohr.

»Ja.«

»Ja«, wiederholte sie leise. Einen Wimpernschlag lang kostete sie das Gefühl aus, das hätte Liebe sein können, dann setzte sie sich kerzengerade auf. »Ich heiße Yada.«

»Was?«

»Du hast dich verwählt, deine Finger haben ein miserables Zahlengedächtnis.« Es sollte ein Witz werden, doch ihr standen Tränen in den Augen.

»Nein!« Ein Keuchen am anderen Ende.

Yada presste die Kiefer fest aufeinander. Eigentlich sollten sie beide jetzt über diesen irren Zufall lachen. Stattdessen war da nur Stille, die, je länger sie dauerte, mehr und mehr an Bedeutung gewann. Jedenfalls für sie, und bevor sie begann, darüber zu spekulieren, was er am anderen Ende wohl dachte, wer er war, wie er aussah und ob ihm ihre Gespräche gefallen hatten, sagte sie: »Ich war letzte Nacht völlig verpennt,« *und heute total verknallt.* »Aber meine Küche hat achtzehn Quadratmeter, und ich mag meinen Herd.«

Eine ganze Weile kam nichts, er überlegte wohl, was er ihr, der plötzlich Fremden, sagen sollte.

»Hi, Yada-mit-der-großen-Küche, ich bin Luuk.«

»Hallo, Luuk.« Ein schöner Name, wie es sich eben für einen Traummann gehörte. »Luuk«, wisperte sie lautlos, die Silbe kribbelte auf ihren Lippen, als hätte sie ein Zauberwort gesprochen, einen Bann, der nicht mehr rückgängig gemacht werden konnte. Erschrocken fasste sie sich an den Mund. *Luuk,* wiederholten ihre Gedanken unerlaubt.

»Nun, also.« Luuk stockte, wusste anscheinend nicht weiter. Die Glückswelle war verebbt, jetzt paddelten sie ungelenk nebeneinanderher.

»Dann …«

»Bis irgendwann, vielleicht.«

»Bis irgendwann.«

Er musste weiter, Tessas Nummer suchen. Und sie, sie kehrte zurück zu Hanno, dem richtigen Hanno, der sich plötzlich nicht mehr richtig anfühlte. Sie schloss die Augen, schüttelte den Kopf, so durfte sie nicht denken, egal, was ihr Herz flüsterte. Sie verbot beiden den Mund und reckte das Kinn vor. Alles in Ordnung, nichts passiert. Nur, warum tat es dann so weh?

»Ich kann es immer noch nicht glauben, dass ich mich hierzu freiwillig gemeldet habe«, brüllte Mela gegen das Rattern der Heckenschere an. Sie stand auf einer alten Holzleiter und säuberte die Dachrinne.

»Hast du auch nicht.« Shen säbelte einen besonders starken Ast ab. »Du hast viermal beim Mau-Mau verloren.«

»Aber nur, weil du geschummelt hast.« Mela warf eine Handvoll vermodertes Laub in seine Richtung.

Kartenspielen und weißer Rum hatten Yada gestern Abend gerettet. Kurz bevor ein gefräßiges schwarzes Loch sie verschlingen konnte, war Mela auf der Flucht vor einem Verehrer, den sie als todlangweilig mit Mundgeruch bezeichnete, aufgetaucht. Kaum hatte ihre Freundin die Schuhe ausgezogen, hatte sie gewusst, was los war, obwohl Yada mit blutleeren Lippen nur *Falsch verbunden* flüstern konnte.

Einfach abhaken hatte nicht funktioniert, sosehr sie sich auch bemüht hatte. Ihr neues Glück war nur eine schillernde Seifenblase, die vor ihren Augen platzte, wieder und wieder, in der stillen Wohnung, es war grauenhaft gewesen.

Kommentarlos hatte Mela ihr Handy gezückt und Shen zur Tankstelle geschickt. Keine halbe Stunde später saß Yada vor einem gigantischen Mojito mit Basilikum statt Minze und nahm zwei Karten auf, weil Shen eine Sieben gelegt hatte.

Heute hatte sie schlimme Kopfschmerzen, ein Ziehen und Pochen, das durch Lärm und Hitze noch verstärkt wurde. Aber das war okay. Denn wenigstens war sie so abgelenkt von den Fragen, die in unordentlichen Kreisen durch ihr Hirn hetzten, als wollten sie nicht gefangen werden, oder vielmehr, denen sie sich nicht stellen mochte, wenn sie ehrlich zu sich war. Das Verliebtsein der letzten Stunden, es hatte sich so echt angefühlt. Nur, es würde nicht da sein, wenn Hanno wieder bei ihr war, das war die schmerzliche Wahrheit, und deshalb rannte sie weg. Rannte vor der Frage weg, was das bedeutete, wollte nicht über Konsequenzen nachdenken. Und sie schämte sich, weil sie sich in einen Fremden verliebt hatte, egal, ob bewusst oder unbewusst.

Yada stellte sich in die pralle Sonne, ihr war leicht schwindelig, und eine saure Übelkeit drückte von unten gegen ihr Brustbein. Sie beugte sich vor und zog kräftig an dem Starterseil des Benzinrasenmähers, wieder und noch mal, ihre Schulter schmerzte bereits, aber der Motor stotterte nur, dann ging er wieder aus.

»Kannst du mir mal helfen, Shen?« Alles, was lauter war als Flüstern, ließ ihre Schädeldecke beben.

»Klar!« Shen legte das Gartengerät, das Yada an einen Schwertfisch erinnerte, auf den Boden, wo es in dem hohen Gras verschwand.

Yada wischte sich den Schweiß von der Stirn und seufzte. Höchste Zeit, dass die Elfenwiesen, wie ihre Oma den Garten immer genannt hatte, einen radikalen Kurzhaarschnitt bekamen.

»Beim nächsten Mal spielen wir Mensch ärgere dich nicht«, maulte Mela von ihrer höher gelegenen Position aus.

»Üb doch schon mal!«, neckte Shen sie, während er sich dem Rasenmäher, Modell vorletztes Jahrhundert, zuwandte.

Er hatte das Mau-Mau-Turnier und somit die Entscheidungsgewalt über die Wochenendplanung gewonnen und sie kurzerhand Yada geschenkt, als Trostpflaster wegen der verlorenen Glückswelle. Und obgleich ihr überhaupt nicht der Sinn danach stand, diese Chance konnte Yada sich nicht entgehen lassen. Also hatte sie ihre Freunde umgehend zu einem Freiluft-Work-out eingeladen, sie fand, das klang besser als Gartenarbeit. Mit Picknick, darauf hatte Mela bestanden.

»Nun mach schon«, zischte Shen und legte einen Hebel um. Seine schwarzen Haare klebten in Strähnen an der Stirn, die schmalen Augen zu Schlitzen verengt, betrachtete er die Maschine von allen Seiten. Er war wie sie selbst Eurasier, sein Vater stammte aus China. *Cousinchen*, nannte er sie immer, wegen der gemeinsamen asiatischen Wurzeln. Yada mochte das, es fühlte sich wie Familie an.

Tagsüber arbeitete Shen im Asia Quick in der Klosterstraße, nachts studierte er an der Fernuni BWL. Sein großer Traum war es, ein Food-Imperium aufzubauen. Hochwertige Produkte mit Suchtfaktor und satter Marge, außerdem nachhaltig und fair. In seiner Freizeit tüftelte er an Rezepten für süße und herzhafte Brotaufstriche, mit denen er die Welt des Geschmacks erobern wollte. Ab und zu durfte Yada einen Prototyp testen, sie waren köstlich, aber Shen war Perfektionist und weiterhin auf der Suche nach der göttlichen Komposition. Sie drückte ihm fest die Daumen.

»Biest«, knurrte Shen den bockigen Rasenmäher an und umkreiste ihn zum x-ten Mal, das konnte noch dauern. Yada setzte sich, den Rücken gegen einen großen Birnbaum gelehnt. Klee, Löwenzahn und Gräser reichten ihr bis zur Taille. Bienen summten von einer Blüte zur anderen. Sie umschlang ihre angewinkelten Beine mit den Armen und legte den Kopf auf die Knie. Vor acht Wochen hatte sie es das letzte Mal geschafft, den Rasen zu mähen. Dreitausend Quadratmeter, das brauchte Zeit und Ausdauer. Hinzu kamen immer wieder irgendwelche Reparaturen; als Nächstes musste der Holzzaun gestrichen werden, und am Dachüberstand blätterte die Farbe. Kaum zu schaffen, wenn man allein dafür verantwortlich war, zumal sich das Grundstück ihrer verstorbenen Großmutter nicht gleich um die Ecke befand.

Die Elfenwiesen lagen an einem Waldrand sechzehn Kilometer von Rheine entfernt mitten im Nirgendwo. Kein Erdgas, kein Highspeed-Internet, nicht mal Abwasser. Der Postkasten stand fünfhundert Meter von der Gartenpforte entfernt, vorn an der Landstraße. Das alte Backsteinhaus war nur über einen schmalen Feldweg zu erreichen. Bei Regen sammelte sich das Wasser in tiefen Schlaglöchern, die letzten Meter bis zur Haustür waren jedes Mal eine Herausforderung. Dennoch liebte Yada das Anwesen mit den krummen Apfelbäumen und der riesigen Scheune, an deren Bretterwände sie als Kind Regenbogen, Sonnenblumen, verwunschene Einhörner und tanzende Marsmännchen gemalt hatte. In den ersten Jahren nach dem Tod von Oma Frieda, die kurz nach Yadas Vater gestorben war, hatte sie gemeinsam mit ihrer Mama-Mae so viel Zeit wie möglich dort verbracht, Haus und Garten gepflegt, sogar einige kleine Renovierungen vorgenommen. Aber dann war Aranja, die Mutter ihrer Mama-Mae, krank geworden, und die Pläne, hierhin zu ziehen, wurden auf Eis gelegt.

Das war vor vier Jahren gewesen. Der Abschied war ihrer Mum sehr schwergefallen, Yada hatte es fast zerrissen. Aber sie hatte es sich nicht anmerken lassen, hatte ihrer Mutter wieder und wieder versichert, dass Oma Aranja sie jetzt mehr brauchte als sie selbst. Dass sie, eine Festanstellung bei Mela in Aussicht und mit Hanno an ihrer Seite, sicher und behütet sei.

Schließlich hatte ihre Mama-Mae die gemeinsame Wohnung aufgelöst, die Koffer gepackt und war nach Nakhon Phanom geflogen, an den Mekong, zurück zu ihren Wurzeln, in ein kleines Dorf zwischen Reisfeldern. Und Yada hatte die untersten drei Fächer in Hannos Kleiderschrank bezogen. So war es bis heute.

Yada wusste nicht, ob ihre Mum je zurückkehren würde. Darum bitten würde sie sie nicht, egal, wie sehr sie es sich wünschte. Denn sie wusste, dass es ihrer Mutter guttat, wieder in der Heimat zu sein. In Thailand, wo sie ihre große Liebe, einen deutschen Touristen, gefunden hatte, auf einem Bauernmarkt irgendwo in der Provinz. Sie waren nicht oft dort gewesen, für Flugreisen hatte das Geld, das ihr Vater als Krankenpfleger verdient hatte, nicht gereicht. Und doch war dieses ferne Land ein Teil von ihr, das sie in ihren Mandelaugen sah und in ihrem Namen hörte.

Zu Hause war sie dennoch hier, in Rheine, wo sie aufgewachsen war. Und so war sie geblieben, hatte der stummen Bitte ihrer Mutter, sie zu begleiten, nicht Folge leisten können. An einem stürmischen Novembermorgen hatten sie sich wortlos, in grenzenloser Liebe verbunden, voneinander verabschiedet. Am Abend zuvor hatte Yada ihrer Mum versprochen, sich um die Elfenwiesen zu kümmern, und es brach ihr das Herz, dass sie es kaum schaffte. Mit dem Rad brauchte sie fast eine Stunde, um dorthin zu kommen. Da blieb an einem normalen Arbeitstag so gut wie keine Zeit, bis die Sonne unterging, selbst im Sommer.

Am Anfang hatte Hanno an den Wochenenden mitgeholfen, hatte das Dach ausgebessert und Bäume beschnitten. Aber als daraus Routine, eine lästige Pflicht geworden war, hatte er eine Ausrede nach der anderen gefunden, bis er irgendwann gar nicht mehr mitkam.

Nur zu gern würde Yada in dem Fachwerkhäuschen mit den rostroten Steinen, den braunen Balken und den Holzfenstern wohnen. Hier gab es Platz für jede ihrer Ideen, Raum für Leben und Kunst, und beides zusammen, es wäre wunderbar. Leider nicht mit Hanno.

»Soll das 'n Scherz sein?«, hatte er gelacht, als sie ihn vor zwei Jahren gefragt hatte, ob er sich ein Leben mit ihr auf dem Land vorstellen könne. »Strickpulli und Schmalzstulle, nein danke. Wenn du da wohnen willst, meld dich lieber gleich bei *Bäuerin sucht Seppel* an.« Das hatte gesessen, sie hatte das Thema nie wieder angesprochen.

»Ha!«, machte Shen, und ein lautes Knattern riss Yada aus ihren Erinnerungen. »Benzinhahn auf, Starterklappe zu«, schrie er, reckte den ausgestreckten Zeigefinger in den Himmel und wandte sich wieder dem Kirschlorbeer zu.

Yada sprang auf und übernahm den lärmenden Rasenmäher. Langsam pflügte sie die erste Bahn durch das hohe Gras. Entgegen ihren Befürchtungen säbelte die alte rostige Mähmaschine alles nieder, was höher als fünf Zentimeter war. Yada atmete erleichtert auf und nahm sich, mal wieder, vor, öfter hierherzukommen. Vielleicht sollte sie doch einen Führerschein machen, »dann bist du unabhängig«, sagte Mela immer. Aber sie war doch nicht abhängig, na ja, vielleicht ein wenig, wenn es um die Elfenwiesen ging, da konnte sie nicht auf Hanno zählen. Für die Elfenwiesen würde sie auch in die Fahrschule gehen. Und nicht, weil sie abhängig war.

Der Benzinmotor brummte und rappelte, als bereitete er einen Raketenstart vor. Yadas Hände, Arme, sogar ihre rechte Pobacke vibrierten im Rhythmus des Zweitaktmotors. Oder kitzelte da ein lautloser Anruf? Ihr Herz klopfte, es hatte noch nicht gelernt, dass es keinen Grund mehr zum Pochen gab, wenn das Telefon klingelte. Yada fasste in ihre Hosentasche. Vergraben unter Gartenhandschuhen fühlte sie die glatte Oberfläche ihres Handys. Sie zog es heraus, nichts, nur ein flackernder Balken, ein Fünkchen Empfang, was hatte sie erwartet?

Yada biss sich schuldbewusst auf die Lippe, ihr Herz pochte weiter, weil sie sich selbst ertappt hatte, sich schon wieder dabei erwischte, wie sie auf ihr totes Smartphone schielte und auf eine bekannte unbekannte Nummer wartete.

Aber nichts kam, nicht mal der echte Hanno rief an, *warum eigentlich nicht*? Yada rieb sich die Stirn. Dass sie nicht schon früher darüber gestolpert war. Nun, sie hatte ja telefoniert, nur nicht mit Hanno. Das schlechte Gewissen wurde stärker, zog an ihrem Magen, sie sollte sich vielleicht mal bei ihm melden. Rasch wählte sie Hannos Nummer, die altbekannte, hoffte auf einen Funken Empfang, der verlosch, kaum dass sich die Verbindung aufbaute. *Mist.*

Ein schriller Schrei ließ Yada zusammenzucken. Sie wirbelte herum. Mela hing an der Regenrinne.

»Hilfe!« Verzweifelt klammerte sich ihre Freundin an das dünne Metall, während ihre Beine Halt suchten.

Yada ließ das Telefon ins Gras fallen und sprintete los.

»Shen«, brüllte sie ihrem Kumpel zu, der zwischen Rasenmäher und Heckenschere Melas Rufe nicht gehört hatte. Hastig kletterte sie die Leiter hoch. Die oberste Sprosse war herausgebrochen. »Ich hab dich.« Sie nahm Melas rechten Fuß und platzierte ihn auf ihrer Schulter. Das Gewicht ihrer Freundin zwang sie augenblicklich in die Knie. Mela angelte mit dem linken Fuß nach einer Stufe, fand sie, entlastete Yada und stieg gemeinsam mit ihr hinunter.

»Applaus für die Artisten.« Shen untermalte seinen Beifall mit lauten Pfiffen.

»Pass auf, dass ich dich nicht an den Zirkus verkaufe«, schnappte Mela und sprang auf den sicheren Boden.

»Mach mal 'ne Pause.« Yada drückte ihr eine Wasserflasche in die Hand. »Ich mähe flott den Rasen, und dann ist Schluss für heute!«

Neben einem prächtigen Löwenzahn fand sie ihr Smartphone, hob es auf und wischte den Blütenstaub vom Display. Ein mickriger Punkt, einer von fünf möglichen, blinkte unregelmäßig, verlosch, kam nicht wieder. Sie löschte die Anzeige und ließ das Handy in ihre Hosentasche gleiten. Sie würde Hanno anrufen, sobald sie wieder in Rheine war. Wenn er dann nicht schon längst zu Hause war. Nur noch ein paar Stunden, und sie würden gemeinsam Spaghetti auf die Gabel rollen.

Und alles wäre wieder gut, daran musste sie nur fest glauben. Verbissen trieb sie den Rasenmäher an, fuhr Kurven und Schleifen. Herzen wurden daraus keine.

»Sie haben – *eine* – neue Nachricht«, zählte die blecherne Stimme der Mailbox auf. »Erste Nachricht, Sonntag, 23. Juli 2017, elf Uhr einundfünfzig: »Hi, Yada, ich bin's noch mal, Luuk.« Eine Pause, dann: »Den ganzen Vormittag habe ich versucht, ein paar Telefonnummern zu rekonstruieren, du hättest deinen Spaß gehabt.« Er lachte, es klang nervös. »Ich bin in einem Feinkostladen, bei einem Herrn Brummotto, der übrigens sehr nett ist, einer Schwulenbar und dem Ticketservice des TSV Nord gelandet.« Ein Räuspern und noch eins, im Hintergrund ein Motorengeräusch. »Und dann, also, dann habe ich gemerkt, dass ich eigentlich nur eine Nummer anrufen will, nämlich deine. Ich bin superneugierig, was du heute aus Haushaltswaren Spannendes gebaut hast. Nun, ähm, vielleicht bis nachher, ganz bald oder später, wie du willst, wenn du magst.«

Seit achtzehn Minuten, gerade als sie von der L580 auf die B70 abgebogen waren, hatte sie wieder Empfang, wusste, dass etwas in der Mailbox wartete. In der Enge von Shens Clio mit vier überaus interessierten Ohren auf Fahrer- und Beifahrersitz hatte sie die Sprachnachricht nicht abhören wollen. Also hatte sie die Finger gekreuzt und wieder geöffnet, gekreuzt, geöffnet, gefürchtet und insgeheim gehofft, dass sie von Luuk war. Hanno sprach nämlich nie auf Anrufbeantworter, lieber schrieb er in eine WhatsApp-Sprechblase.

Vor der Haustür hatte ihr Puls angefangen zu rumpeln, mittlerweile klopfte ihr das Herz bis in den Hals. Vor Aufregung – und Schuld. Bis jetzt war das mit Luuk eine verrückte Geschichte, ein dummer Zahlendreher, sich aus Versehen fremdverlieben, ein Unfall. Aber sehenden Auges seine Nummer wählen, mit ihm reden wollen und lachen, das war unfair, unehrlich, das war Betrug. Jedenfalls fühlte es sich so an. Und trotzdem wollte sie es, wäre am liebsten vor Freude in die Luft gesprungen.

Yada ließ sich an der Wand, an der sie gelehnt hatte, heruntergleiten. Kühle Fliesen, fester Boden, das brauchte sie jetzt. Sie fuhr mit den Fingerspitzen über die rauen Fugen, sie schienen fest, und doch spürte Yada die Risse, an denen alles auseinanderbrechen konnte.

Mit einem Seufzer stand sie auf, holte eine Wasserflasche aus dem Kühlschrank und trank. Es half gegen die Hitze hinter den Schläfen und im Nacken, aber nicht gegen das Gefühlschaos, das in ihr tobte.

Gott sei Dank war Hanno noch nicht zu Hause. Wichtig war jetzt, dass sie sich sortierte, bevor alles außer Kontrolle geriet, *bevor* Hanno die Tür öffnete und *Hallo* rief.

Yada trank noch einen Schluck, stellte die Flasche auf die Arbeitsfläche, zog das durchgeschwitzte T-Shirt aus und machte sich auf den Weg ins Bad.

Hanno und ich, Luuk und Tessa, so war es richtig, daran

sollte eine winzige wunderbare Rufnummernverwechslung nichts ändern. Das lauwarme Wasser rann über Yadas heiße Stirn, wusch Staub und Grasflecken von ihrer Haut. Aber der Wunsch, Luuk zurückzurufen, und zwar sofort und immer wieder, der blieb.

Verflixt! Sie schlug mit der flachen Hand auf die silberne Armatur, aus dem Regenteller fielen die letzten Tropfen auf ihren Scheitel. Yada wrang die Haare aus, rubbelte sich trocken, schlüpfte in Jogginghose und Trägershirt, und dann schaffte sie Ordnung in ihrem Leben.

Emsig befüllte sie Geschirrspüler und Waschmaschine, goss Schnittlauch und Basilikum, saugte den Teppich im Wohnzimmer, wischte die Böden, sogar im Vorratsraum, und stellte die Schuhe ordentlich ins Regal, der Farbe nach geordnet, so wie Hanno es mochte. Sie konzentrierte sich aufs Bügeln und Staubwischen, und doch schielte sie immer wieder auf ihr Smartphone, hoffte auf eine SMS, einen Anruf, irgendwas von Luuk, alles andere wäre gelogen. Doch es blieb schwarz, spiegelte seelenlos Yadas Erleichterung und ihre Enttäuschung.

Yada wedelte die letzte Spinnwebe aus der Ecke, dann gab sie auf. Bestimmt würde es aufhören, sobald Hanno da war, sie ihn in die Arme schloss und daran erinnerte, wohin sie gehörte.

Wenn er denn kam. Sie schielte zur Uhr. »Flap, flap«, sprangen eine Drei und die Null auf ihre Position: einundzwanzig Uhr dreißig. Sie sollte ihn anrufen, hätte es schon vor Stunden tun sollen, aber da war sie nicht aufgeräumt genug gewesen und war es leider immer noch nicht. Im Grunde war sie sogar froh gewesen, dass Hanno sich verspätete. So hatte sie ihr Haar föhnen und ein frisches Shirt überziehen können. Mittlerweile hatte sie eine Flechtfrisur, die Nägel waren lackiert, die Wohnung blitzblank. Yada blähte die Wangen und drehte den Regler am Herd eine Stufe herunter. Das heiße Wasser blubberte ungeduldig, als wollte es Yada dazu auffordern, endlich die Nudeln zu kochen.

»Nag, nag, nag«, unterbrach ihr Handy die leisen Gitarrenklänge mit der gehauchten Frauenstimme, die zwar nicht zu Yadas innerer Unruhe, aber zum Ambiente passten. »Nag, nag, nag.«

Hannos Name und sein Siegerlächeln flirrten über das Smartphone, Yada griff danach und – zögerte. »Nag, nag, nag«, schnatterte es wieder, dringlicher, wie ihr schien. Sie setzte sich, straffte die Schultern, atmete tief durch, dann nahm sie ab.

»Na endlich!« Er klang etwas unwirsch, wie immer, wenn er es eilig hatte. So kannte sie ihn, das war er, eindeutig.

»Hanno?«, fragte sie trotzdem.

»Wer sonst?«

Jeder, irgendwer, jemand anders; alles wäre ihr gerade lieber als er, und einer wäre ihr ganz besonders lieb, aber den Gedanken verbot sie sich sofort.

»Sorry, dass ich mich nicht gemeldet habe, aber mein dummes iPhone war unters Bett gerutscht«, fuhr Hanno fort, als von ihr nichts weiter kam. »Hab wie ein Irrer das ganze Hotelzimmer auf den Kopf gestellt.«

Er plapperte hastig, angestrengt locker, vielleicht sogar ein wenig schuldbewusst. Offenbar interpretierte er Yadas Einsilbigkeit als Schmollen.

»Ach so.« In diesem Moment war Yada dankbar, dass Hanno sich mit knappen Silben als Antwort begnügte. So konnte er wenigstens nicht das Vibrieren in ihrer Stimme hören.

»Bis heute früh, fünf Uhr oder so, haben wir durchgefeiert. Der Wodka hat mich so umgehauen, ich hab bis eben alles doppelt gesehen.« Hanno lachte. Dieses hohe, heisere Glucksen, das sie so gut kannte und das sie in den vergangenen achtundvierzig Stunden nicht vermisst hatte. »Drei Flaschen haben wir platt gemacht. Freddy, Dirk, Basti und ich. Nur Jan, die Wurst, brauchte pünktlich um zwölf seinen Schönheitsschlaf.« Sein Kichern klang schmerzlich hohl durch den Hörer.

»Ah.«

»Aber warum ich eigentlich anrufe, Sweety, ich bleibe bis morgen. Wir wollen noch mal los, bowlen.«

»Okay.«

»Ich fahre dann gleich von hier aus zur Arbeit. Wird sicher spät, vor zwölf schaffe ich es nicht ins Büro, und Steffi hat mir fünf Kundentermine reingedrückt.« Er stöhnte. »Na ja, jedenfalls freue ich mich auf dich – und zwei Folgen *Fuller House*.«

»Ja.«

»Ciao, Süße. Lieb dich.«

»Tschüs.« Yada beendete das Gespräch und legte das Telefon bedächtig neben die blau gemusterte Serviette, auf der Gabel und Löffel geduldig auf die Spaghetti warteten. Die aufgeräumte Wohnung, die entspannte Musik, alles kam ihr plötzlich irreal vor, als wäre sie Gast in einem Stillleben.

»Verflucht, Hanno, Mann!«, schrie sie gegen die Tränen an. Die seichten Akkorde zerrten an ihren Nerven, kurzerhand fegte sie die Wasserflasche vom Tisch. Das Klirren von Glas auf Steinfliesen brachte sie zurück, löschte das Lodern für einen Moment. Ganz still saß sie, schloss die Lider, spürte, wie sich ihr Brustkorb hob und senkte. Dann stand sie auf, ging vorbei an Scherben und Wasserfleck und holte den Schlagbohrhammer.

»Wwwwiiiiiiiu, wwwiiu, wiiiiiiu.« Der Aufsatz der Bohrmaschine kämpfte sich durch etwas extrem Hartes. Yadas Arme brannten. Feine Putzpartikel klebten auf ihrer schweißnassen Stirn. So schwer hatte sie es sich nicht vorgestellt.

»Ich schaffe das«, knurrte sie und setzte den Bohrer erneut in das nur wenige Millimeter große Loch. Das rohe Rattern von Metall auf Stein hatte zuerst gutgetan, mittlerweile schmerzte es bis in die Schultern. Yada biss die Zähne zusammen. Aufgeben war keine Option, sie musste es schaffen, und zwar bevor sich jemand wegen des Lärms beschwerte.

Warum nur, verdammt, kam sie nicht weiter? Sie stellte sich auf die Zehenspitzen und presste den Bohrkopf mit all ihrer Kraft gegen die Decke.

»Rrrrrkrch«, machte es, der Aufsatz verschwand im Beton – und das Licht ging aus.

Yada ließ den Schalter der Schlagbohrmaschine los

und hielt die Luft an. Die einsetzende Stille hatte etwas Unheilvolles. Vorsichtig zog sie den Bohrer aus der Decke. Einen Augenblick lang stand sie regungslos auf der Leiter, sortierte die panisch durcheinanderflatternden Gedanken, dann kam die Erkenntnis.

»Bitte nicht«, flehte sie, obgleich sie sich längst sicher war, dass sie die Stromleitung zerfetzt hatte, anders konnte sie sich die plötzliche Dunkelheit nicht erklären. Yada kletterte umständlich herunter, legte die Makita, ein Geschenk von Hannos Vater, auf den Boden und tapste in den Flur. Das diffuse Dämmerlicht erhellte den fensterlosen Schlauch nur wenig. Yada tastete das Wandregal ab, wo Briefe, Schlüssel und das Telefon ihr Zuhause hatten. Neben der Lip Butter spürte sie die glatte, kühle Oberfläche ihres Handys.

»Kein Problem,« sagte sie beruhigend zu sich selbst. Ein sanfter Druck auf den Home Button, und die Anzeige auf dem Sperrbildschirm verriet ihr, dass es bereits zweiundzwanzig Uhr war. *So spät schon*, um diese Uhrzeit würde ihr doch niemand mehr helfen. Yada biss sich auf die Unterlippe, Elektrizitätslehre hatte sie schon in der Schule gehasst. Ihr Kinn wollte zittern, eine schnelle, unkomplizierte Lösung musste her.

»Strom weg, was tun«, schrieb sie in das Suchfeld und bekam den Tipp, die Sicherungen zu prüfen. Natürlich, so einfach war das, Yada atmete erleichtert aus.

Im Neonlicht der Taschenlampen-App suchte sie den Sicherungskasten, fand ihn verborgen hinter dicken Winterjacken, irgendein Hauptschalter war gekippt, alles würde gut werden. Nur wollte der Plastikhebel nicht zurück auf seine Position.

»Komm schon«, zischte sie zwischen zusammengebissenen Zähnen. Das blöde Ding rutschte immer wieder raus, egal, wie oft sie ihn umlegte, das sah nicht gut aus.

Yada ignorierte das Pfeifen in ihren Ohren, das immer lauter wurde, der Internetbrowser würde schon herausfinden, wie sie diese Katastrophe beseitigen konnte. Vielleicht konnte sie die Leitung sogar selbst reparieren. Mit fliegenden Fingern tippte sie das Missgeschick in die Suchmaschine und fand mit zwei weiteren Klicks eine Schritt-für-Schritt-Anleitung für Heimwerker.

»Putz mit Hammerfinne abklopfen, neue Leitung verlegen, Lüsterklemmen, Abzweigdose.« Ihre Augen huschten über den Text, und sie erfasste erst jetzt das Ausmaß der Verwüstung, die sie angerichtet hatte. Mittlerweile konnte sie die Hitze, die ihren Nacken hochkroch, nicht länger ausblenden. Sie brauchte Unterstützung, und wenn es Kerzen und Taschentücher waren.

Yadas Daumen schwebte über Hannos Nummer. Werkeln war zwar nicht seine Stärke, dafür pragmatische Lösungen. Sie nickte sich bestätigend zu, biss auf ihre Unterlippe, kaute darauf herum, rief ihn nicht an. Denn was sie am allerdringlichsten brauchte, war Trost, und dafür war Hanno nicht die beste Wahl. Auf eine Standpauke konnte sie verzichten, vielleicht erzählte sie ihm erst gar nichts von dem Unfall. Jedenfalls so lange nicht, bis der Strom wieder floss und alles hübsch und fein war.

Blieben also ihre Freunde. Yada fröstelte, obgleich es stickig und warm war. Das letzte Tageslicht verschwand hinter der Häuserfront gegenüber und mit ihm die Zuversicht. Das letzte Mal hatte sie sich so verloren gefühlt, als ihr Vater gestorben war. Das war vor knapp zwölf Jahren gewesen, im Dezember, kurz vor ihrem dreizehnten Geburtstag. Seitdem hasste sie die Dunkelheit, die damals allgegenwärtig gewesen war. Das grüne Kästchen mit weißem Hörer, das die Kontakte verwaltete, verschwamm hinter einem Tränenschleier. Mela hatte heute Abend wieder ein Date, also musste Shen sie retten.

Beim dritten Tuten sprang der Anrufbeantworter an. »*Hey there,* bin gerade nicht hier, nicht da, also dort, sprich mir auf die Box.«

»Nahein«, jaulte Yada ihren Frust in die düstere Wohnung. Sie legte auf und versuchte es sofort noch einmal. Wieder meldete sich nur die Mailbox. »SOS. Ruf mich zurück. Es ist ein Notfall!«, hinterließ sie, während sie sich zum Balkon vortastete, dem Ort mit den meisten Kerzen in der Wohnung. Yada liebte es, mit sanfter Musik und Kerzenschein den Tag ausklingen zu lassen. Deshalb drängten sich auf den dunkelgrauen Fliesen unzählige Windlichter. Die Streichhölzer lagen wie immer auf dem Blumenhocker, neben dem Lavendel, zischend loderte die Flamme auf. Rasch zündete Yada die Teelichter in den großen und kleinen grünen, blauen, bauchigen und eckigen Glaslaternen an. Mit einem Seufzer setzte sie sich auf ein Bodenkissen und starrte in die flackernden Lichter, genoss das warme Leuchten und die tanzenden Schatten, die das Gefühl der Verlorenheit für einen Moment vertrieben.

»Ich habe das Stromnetz lahmgelegt«, flüsterte sie und zuckte unter den Worten zusammen. Als ganzer Satz ausgesprochen, hörte es sich fast ein wenig bizarr an.

»Ich habe das Stromnetz lahmgelegt«, sagte sie klar und deutlich. Ihr Herz pochte, aber die Wahrheit kam ohne Stocken über ihre Lippen.

»Ich habe das Stromnetz lahmgelegt«, rief sie, sobald Luuk abgenommen hatte. Eine Viertelstunde, fünfzehn lange Minuten, hatte sie den dringlichen Wunsch, ihn anzurufen, unterdrücken können, immerhin.

»Oh, hi, wie schön.«

»*Heilige Scheiße* würde besser passen, schließlich handelt es sich um einen Totalausfall«, sprudelte es aus ihr heraus.

Luuk lachte. »Na, gib mal nicht so an, hier funktioniert noch alles. Erzähl mal, was is'n passiert?«

»Also«, begann Yada, auf einmal unsicher, ob sie nicht lieber auflegen sollte. Schließlich war es unvernünftig, ja ganz und gar falsch. Aber es tat so unglaublich gut, mit ihm zu sprechen.

»Hallo?«, fragte Luuk in die Pause. »Hast du jetzt auch den Mobilfunk-Sendemasten in seine Einzelteile zerlegt?«

»Pfff«, machte Yada und musste trotz der Schuldgefühle, die in ihrem Bauch grummelten, grinsen.

»Ich wollte den Kronleuchter aufhängen, an so einem Schraubhaken, nicht groß, zwei Finger breit, maximal. Ein Mini-Miniloch brauchte ich, und ausgerechnet da läuft offenbar das blöde Kabel lang. Ich habe es voll vermasselt.«

»Wie langweilig, ich dachte, du hast ein oder zwei Kernkraftwerke ausgeschaltet.« Luuk brummte enttäuscht. »Also doch keine Energierevolution, schade.«

»Die Wand muss aufgestemmt werden!« Yada betonte jedes Wort.

»Immer noch besser als Godzilla im Schlafzimmer, dann hättest du 'ne Großbaustelle. Roarrr«, brüllte er und gluckste, ein witziges Geräusch.

Jetzt konnte Yada nicht mehr, die letzte Sicherung brannte durch, sie lachte erst leise und dann immer lauter, bis ihr die Tränen kamen. Anspannung, Angst und Gewissensbisse fielen von ihr ab. Zurück blieb nur ein urkomischer Abend im Kerzenschein auf dem Balkon mit Luuk, der großartigste Telefonfreund, den sie sich wünschen konnte.

»Hast du schon den Elektronotdienst angerufen?«

»Nein.« Yada schlug sich mit der Hand gegen die Stirn.

»Gut so, den Nachtzuschlag kannst du dir sparen.«

»Echt?«

»Na klar, reicht doch, wenn die morgen kommen. Das wird immer noch teuer genug. Plündere das Gefrierfach und mach es dir bei Kerzenschein gemütlich.«

»Kerzen habe ich schon«, sagte Yada und war ein bisschen stolz auf sich, wenigstens etwas hatte sie richtig gemacht. »Und das Gefrierfach, hm«, daran hatte sie noch gar nicht gedacht, »Sekunde.« Sie nahm eine Laterne, ging zum Kühlschrank, mit Luuk am Ohr war das plötzlich ein kleines Abenteuer, jeder Schrecken war aus den schwarzen Ecken verschwunden. »Zwei Liter Schokoeiscreme und 'ne Packung Erdbeeren! Und zum Nachtisch eine Quattro formaggi mit Rahmspinat und Erbsen, bäh.«

»Mahlzeit.«

Yadas Magen knurrte, er hatte wohl das Gespräch um Pizza und Eis belauscht. »Hm, jetzt eine Erbsencremesuppe.«

»Lieber Rührei«, sagte Luuk, als stünden sie gemeinsam vor dem Kühlschrank und planten das Abendessen, eine schöne Vorstellung. »Oder Pfannkuchen, die gehen immer.«

»Oh mein Gott, ja, morgensmittagsabends und zwischendurch.« Yada lief das Wasser im Mund zusammen. Die hatte sie schon ewig nicht mehr gegessen, Hanno hasste süße Speisen.

»Meine beste Freundin, Vicky, hat einen Pfannkuchenladen in Berlin, vielleicht kann ich eine Flatrate raushandeln.«

»Ich bin neidisch«, *und ein bisschen eifersüchtig*.

»Für uns beide natürlich«, sagte Luuk, als wäre das von reeller Bedeutung.

»Danke«, sagte Yada und meinte es so, ihre Freude war echt. Auch wenn Pfannkuchen mitten in der Nacht, mit Luuk, nichts weiter als ein schöner Traum bleiben würden, *bleiben mussten*.

»Klopf, klopf,« an der Tür, das war Shen. »Klopf, klopf, klopf.«

»Kann ich dich später noch mal anrufen?« Sie schlug die Hand vor den Mund, aber die Worte waren schon raus.

»Jederzeit.«

Yada lächelte, breiter und glücklicher, als ihr lieb war. *Schon okay*, beruhigte sie sich selbst, *solange ich mich nicht verliebe.*

»Klopf, klopf, klopf, klopf.«

»Tschüss.« Sie legte auf, nahm eines der Windlichter, eilte durch den Flur und öffnete die Tür.

»Alles unter Kontrolle«, begrüßte sie Shen. Es war ihr peinlich, ihn in Panik versetzt zu haben, wegen einer Lappalie, die bis vor wenigen Minuten allerdings noch keine gewesen war.

»Was ist denn los?«, keuchte er, er war wohl mit Vollgas die Treppen hochgestürmt.

Yada grinste gequält. »Hast du zufällig Lust auf Eis? Oder auf eine zimmerwarme Tiefkühlpizza?«

Kapitel 3

»Aha.« Das war alles, was Mela sagte. Aber die Betonung und das Grinsen, das sie vergeblich zu unterdrücken versuchte, sprachen ganze Sätze. Ihre Freundin füllte Kaffee in drei knallrote Becher.

Yada ließ den Kopf auf die Tischplatte plumpsen, direkt neben die Butter. Sie hatte keine Kraft mehr, die Last ihrer Gedanken zu tragen, nicht nach dieser Nacht. Bis kurz nach eins hatten sie und Shen mit der Kartoffelpresse Spaghettieisberge gebaut und verputzt. Shen hatte irgendwas von Gewinnschwellen erzählt und von seiner neuen Vanillecreme, dann war er auf dem Sitzsack eingeschlafen, und Yada hatte wach gelegen, hatte den Mond, die Straßenlaterne und sich selbst in dem schwarzen Display gespiegelt, bis in die frühen Morgenstunden.

Jetzt war sie todmüde und trotzdem keinen Schritt weiter. Sie seufzte. Ein winziger Zahlenfehler, nur eine verdrehte Rufnummer, und sie war dabei, sich in ihre Einzelteile aufzulösen. Nichts fühlte sich mehr richtig an, hinter jeder Tür, unter jedem Krümel, selbst im Sockenfach lauerten Bedenken, Zweifel an ihrer Liebe zu Hanno und an dem Leben, das sie führte.

Wenigstens floss der Strom wieder, der Elektriker

war ein Netter, er hatte sich der Katastrophe, wie Yada es am Telefon genannt hatte, sofort, an erster Stelle, angenommen. Und während er gebohrt, überbrückt und gespachtelt hatte, hatte Yada ihm einen Cappuccino besorgt, Croissants und Brötchen gekauft und Mela zum Frühstück eingeladen. Shen hatte da immer noch auf dem Balkon geschlafen, trotz des Baulärms.

»Es kann doch nicht sein, dass ein Fremder, dass er, ich meine, das kann doch nicht sein.« Yada schaufelte einen Löffel Zucker in den Kaffee, noch einen und noch einen.

»Liebe«, sagte Mela und legte eine Scheibe Fleischwurst auf ihren Toast.

»Kaffee, zack, zack, bitte!« Shen, die Haare wild zerzaust, stand auf einmal in der Küche. Yada zuckte zusammen, weil sie ihn nicht hatte kommen hören und weil ihr Espresso viel zu süß war.

»Du hast mich fast zu Tode erschreckt.« Mela fühlte ihren Puls.

»Hexen sterben nicht so leicht«, schnappte Shen.

»Wo is'n die Milch?« Yada gähnte.

Shen reichte ihr den Tetra Pak, setzte sich an den Tisch, ein weißes Oval mit Metallfüßen, und zog einen Teller zu sich heran. »Na, Yada, was hast du heute kaputtgemacht?«, fragte er und krempelte die Ärmel seines Hemdes hoch.

»Hey«, protestierte sie schwach. Noch vor ein paar Stunden hatte sie geglaubt, das allein regeln zu können, aber sie saß fest, nichts ging mehr, sie brauchte zweite Perspektiven, einen guten Rat, die richtige Lösung.

»Sie hat sich in einen Unbekannten verliebt.«

»Oh«, machte Shen und nippte an seinem Kaffee.

»Kein Oh und schon gar kein Oh, là, là«, stellte Yada klar und setzte sich kerzengerade hin. »Es ist ganz simpel«, erklärte sie Shen die Ausgangslage, gestern Abend hatte sie kein Wort darüber verloren, wollte sich erst selbst darüber klar werden. »Also«, begann sie, fuhr sich durch die Haare und nahm einen Schluck Wasser. Auch jetzt fiel es ihr schwer, darüber zu sprechen. Weil sie das Gefühl hatte, etwas Verbotenes zu tun, obwohl da eigentlich nichts war, und sie trotzdem ständig daran denken musste, *puh*. »Luuk hat sich verwählt, wir haben gequatscht, ich dachte, er wäre Hanno.« Sie räusperte sich, der nächste Satz würde ziepen, ob sie es wollte oder nicht. »Und er dachte, er telefoniert mit seiner Freundin.«

»Interessant.« Shen biss in ein Stück Melone. »Und jetzt? Ich nehme an, dass er mittlerweile weiß, wer du bist. Verwechslung aufgeklärt, Problem gelöst, oder nicht?«

»Nun ja.« Yada wand sich. Shen hatte den Knackpunkt sofort gefunden. »Er wollte mich trotzdem, ähm, wiederhören, und ich, wir, also ...« Sie schob das Honigglas von rechts nach links und wieder zurück. »Wir haben noch mal telefoniert«, sagte sie leise und sackte dabei zusammen. Laut ausgesprochen, auch wenn es kaum ein Flüstern war, vor Zeugen, obwohl sie keine Richter waren, fühlte es sich furchtbar an. Sie hatte Hanno betrogen.

»Und, wie war's?« Mela hatte aufgehört zu kauen.

»Toll«, krächzte Yada mit Tränen in den Augen.

»Hach, die Liebe!«, seufzte ihre Freundin.

Yada nahm tapfer noch einen Schluck des übersüßen Kaffees.

»Mal ehrlich«, nuschelte Shen in eine Serviette, während er Fruchtsaft von Mund und Kinn wischte. »Wenn man nur 'n paarmal mit jemandem telefoniert hat, kann man sich überhaupt verlieben? Oder ist das eher so was wie *haben wollen*, nachdem man eine gute Werbung gesehen hat?«

»Danke, Shen, für deine überaus romantische Analyse.« Mela warf ihm einen giftigen Blick zu.

»Verzeihen Sie, Mylady, aber ich habe einen eigenen Standpunkt, und den vertrete ich auch.« Shen halbierte ein Croissant. »Also ich glaube, Yadas Problem kann man eher mit Marketingtheorien als mit Mädchenpsychologie lösen.«

»Wie bitte, Mädchenpsychologie?«, empörte sich Mela.

»Wenn wir uns einen klassischen Kaufprozess anschauen«, fuhr Shen ungerührt fort und nahm sich die Butter, »dann steht Yada ganz am Anfang: Sie hat ein Bedürfnis erkannt, getriggert durch einen offensichtlich netten, vermutlich jungen, eventuell sogar gut aussehenden Herrn. Bevor wir über Liebe reden können, muss Yada Phase zwei bis vier durchlaufen. Das heißt, Informationen suchen, herausfinden, was sie will und braucht, welche Alternativen es gibt, und sich dann für einen respektive eine entscheiden.«

»Du spinnst.« Mela schnappte Shen die Schokocreme vor der Nase weg. »Hier geht es nicht um Shampoo, sondern um Menschen.«

»Im Ergebnis ist es dasselbe: Du bleibst dem Produkt nur dann treu, wenn es dich mit seinen Eigenschaften überzeugt hat.« Er wackelte verschwörerisch mit den Augenbrauen. »Das allerdings, liebe Mela, kannst du erst bewerten, wenn du das Modell getestet hast.«

»Genau!« Yadas Löffel fiel klirrend auf ihren Teller. Sie wusste nicht, wo sie herkam, aber da war sie, die Lösung, mit der alles wieder gut, sogar besser werden würde.

»Ja?« Melas Kinn wich zurück und faltete einen Doppelgänger, einen kleinen nur, aber skeptisch genug für zwei.

Yada strich sich die Haare zurück, sammelte Gedankenbruchstücke und fügte sie zu einem schlagkräftigen Argument zusammen. »Es ist die Art, wie Luuk mit mir umgegangen ist und ich mit ihm. So sollte sich Liebe anfühlen. Ich habe sie gekostet, weiß genau, wie sie schmeckt, und kann das Rezept jetzt nachkochen.«

»Ob das funktioniert, ohne die richtigen Zutaten?« Shen kippelte, die Arme vor der Brust verschränkt.

»Du glaubst doch nicht ernsthaft, dass du dir einen Traumprinzen backen kannst?« Mela klang so, als würde sie ihr am liebsten einen Vogel zeigen.

»Doch, natürlich«, unterbrach Yada sie energisch, wollte keine Diskussion über Fehler in ihrer Schlussfolgerung zulassen. Vielleicht gab es einige unklare Ecken und Kanten in dem Lösungsweg. Aber das war vollkommen irrelevant, solange der Kern stimmte. Und den hatte sie gefunden.

»Ah ja«, machte Mela und rieb sich die Nase. »Nun, wenigstens weißt du jetzt, dass Hanno nicht der Richtige ist.«

»Falsch.« Yada strahlte. Endlich rückte in ihrem Kosmos alles wieder an seinen Platz. »Ich weiß, wie unsere Beziehung, die von Hanno und mir, *werden* soll.«

»Ach komm.« Mela winkte ab. »Du und Hanno, ihr seid wie ein ausgelatschtes Paar Schuhe. Wenn es nach all den Jahren nicht passt, dann wohl nie mehr.«

»Das war gemein.« In Yadas Augen schwammen plötzlich Tränen, weil Mela sie nicht unterstützte, vor allem aber, weil ihr Kommentar womöglich berechtigt war.

»Etwas unglücklich ausgedrückt«, versuchte Shen zu schlichten.

»Entschuldige.« Mela griff über den Tisch nach ihrer Hand.

Yada nickte nur.

Eine Weile schwiegen sie, hingen ihren Gedanken nach, ohne sie den anderen mitzuteilen. Yada biss die Kiefer fest aufeinander und versuchte, den erneut aufflackernden Aufruhr in ihrem Innern zu bändigen.

»Krass, dass ihr miteinander telefoniert habt, ohne was zu merken«, durchbrach Shen als Erster die Stille. »Echt schräg.«

»Liebe macht eben blind«, seufzte Mela verträumt.

»Wohl eher taub.«

»Wir haben uns halt super unterhalten und nicht jedes Wort argwöhnisch beäugt«, knurrte Yada und nippte sparsam an Melas legendärem Erdbeersmoothie, den sie sonst mit wenigen Schlucken austrank.

Natürlich war sie über Ungereimtheiten gestolpert, vor allem jetzt, mit dem Wissen, dass er nicht Hanno war. In jener Nacht jedoch, vor zwei Tagen, da hatte sie sich einfach gefreut, dass Hanno auf einmal so wunderbar anders schien. Aber das konnte sie ihren Freunden gegenüber nicht zugeben, jedenfalls nicht heute.

»Mein Bauch sagt, es ist Schicksal.« Mela tauchte ihr Messer in die Nutella und leckte es ab.

»Nein, er fleht: Stopp, sonst platze ich.« Shen nahm ihr das Glas weg. Mela streckte ihm die Zunge raus. Shen kicherte und bohrte seinen Löffel ungerührt in die Schokocreme. »Quäl dich nicht, Yoyo. Dein Telefonmann ist bestimmt klein, picklig und so dick wie ein Nilpferd.«

»Und hat Mundgeruch wie 'ne Hyäne beim Aasfrühstück, alles klar.« Mela schnaubte. »Du bist *so* oberflächlich.«

»Ich versuche nur, neue Blickwinkel und eine Prise Realität in die Diskussion zu bringen.«

»Hm«, brummte Yada und ertappte sich dabei, wie sie vor ihrem inneren Auge blonde, braune und rote Wuschelköpfe mit grünen, blauen, braunen, aber komischerweise keinen grauen Augen kombinierte, wie sie dem Unbekannten ein Gesicht gab, das zu seinem samtigen Lachen, seiner Schlagfertigkeit und der natürlichen Entspanntheit passte. »Stopp!«, rief sie sich selbst zu. Melas Kopf ruckte. Yada hüstelte den peinlichen Moment weg. »Die Krisensitzung ist hiermit beendet.«

»Schon?« Mela klang enttäuscht. Sie liebte Endlosdebatten um Liebesbeziehungen.

»Ja.« Yada rieb sich die Stirn, verscheuchte zwanzig Versionen von Luuk. »Die Telefonfreundschaft wird fernmündlich beendet, und ich werde mit Hanno und dem nagelneu gelernten Schnittmuster der Liebe glücklich.«

Mela schnalzte mit der Zunge und lupfte eine Augenbraue. »Also noch mehr Mondscheinpicknicks, die Hanno dann kurzfristig absagt, Liebesperlenkekse und Zeitungsschnipselcomics, die ungewürdigt im Müll landen.«

Yada widerstand dem Impuls, sich die Ohren zuzuhalten und sich zu rechtfertigen, dass Hanno seit Kurzem keinen Zucker mehr aß, ohne Ausnahme, wie Yada hatte feststellen müssen. Und dass es mit Sicherheit viele Männer gab, die nach der Arbeit müde waren und die Foto-Love-Storys nicht süß, sondern albern fanden.

»Mir wird schon was einfallen«, sagte sie betont fröhlich, stand auf, umarmte erst Shen, dann Mela. »Jetzt muss ich allerdings los«, sie drückte ihrer Freundin einen dicken Kuss auf die Wange, »Sonne tanken und an meinem Happy End schrauben.« Eine bessere Ausrede für ihre Flucht vor weiteren unangenehmen Fragen hatte sie nicht.

»Scheiße, schon so spät«, fluchte Shen und stopfte sich sein Croissant rein.

»Toll, und wer bruncht jetzt mit mir?«, murrte Mela. Der Montag war ihr heilig, so wie anderen der Sonntag, Friseure hatten eine andere Zeitrechnung.

»Sorry«, nuschelte Shen, schon auf dem Sprung. »Muss gleich arbeiten.«

»Dann muss ich wohl shoppen gehen«, frohlockte Mela und schnappte sich die Schokocreme, kaum dass Shen aufgestanden war.

»Zieh einfach die Tür hinter dir zu«, rief Yada und schmiss Kreide und eine Wasserflasche in ihren Rucksack.

Einfach die Tür hinter sich zuziehen, das Chaos nicht aufräumen, sondern liegen lassen, neu beginnen. Das war es, endlich hatte sie einen Plan, er konnte funktionieren, jetzt musste sie nur daran glauben.

Die Sonne brannte immer noch auf ihren Nacken, obwohl es bereits achtzehn Uhr war. Mit geübten Strichen schraffierte Yada die letzte Schleife des Mandalas. Wie ein Solist, der den Schlussakkord verklingen lässt, verharrte sie einen Augenblick mit dem Kreidestück über der Zeichnung, bevor sie es sinken ließ und zu den anderen in die Pappschachtel legte.

Dann ging sie zum Ufer des Tümpels, der die Elfenwiesen auf der Rückseite der Scheune begrenzte, bückte sich, hob einen Kieselstein auf und warf ihn in das trübe Wasser. So wie sie es Hunderte Male in ihrer Kindheit getan hatte. Eine Ente schwamm gemächlich durch die Seerosen, früher hatte Yada sie oft mit Brotresten gefüttert. Fast konnte sie das aufgeregte Schnattern hören, das sie so sehr liebte. Heute erinnerte nur noch der Klingelton ihres Handys an die unbeschwerte Zeit.

Yada setzte sich, die Beine im Schneidersitz verknotet, und betrachtete den kleinen Teich. Ein Windstoß kräuselte die Oberfläche, das Sonnenlicht zerbarst an den flachen Wellen, füllte den Augenblick mit Glitzer und der märchenhaften Gewissheit, dass alles möglich war, wenn man es sich nur inständig wünschte.

Yada atmete den Duft von Wasser und Sommerwiese, genoss den Moment des inneren Gleichgewichts und der vollkommenen Ruhe, den sie nur hier finden konnte, an ihrem Lieblingsort. Die Elfenwiesen waren ein Stück Heimat und würden es immer sein.

Gleich nachdem sie aus ihrer Wohnung gestürmt war, war sie hierhergeradelt, um zu malen, sich durch das Dickicht aus Fragezeichen in ihrem Kopf zu kämpfen. Zeichnen war Yadas Meditation, ihr Weg, sich selbst und die Welt klarer zu sehen. Mit Farben und Formen konnte sie Träume und Wahrheiten ausdrücken, für die sie keine Worte fand, Dinge, von denen sie meist nicht einmal wusste, dass sie sie fühlte, sich im Verborgenen wünschte oder leise dachte. Erst wenn Mäuse auf vormals kahlen Mauern tanzten oder knochige Fratzen sie von ihren Zeichnungen her eiskalt anstarrten, erkannte sie, was in ihrem Innersten tobte. Schon als Kleinkind hatte sie sich zum Geburtstag, Weihnachten und Ostern Stifte gewünscht. Wann immer eine Ausstellung in der Gegend war, Yada musste dorthin. Monet, Picasso, Klimt, Cézanne: Das waren die Popstars, die in ihrem Zimmer hingen, als sie gerade zwölf war. Oft hatte sie sich vorgestellt, dass irgendwann auch vor ihren Bildern Menschen stünden, sie von nah und fern betrachteten, davor verweilten, wiederkamen und noch Tage später über deren Botschaft grübelten. Aber in die Realität passte kein Bachelor of Fine Arts und schon gar nicht eine unsichere Zukunft als freie Künstlerin. Nach dem Tod ihres Vaters wollte Yada so früh wie möglich auf eigenen Beinen stehen, wollte ihre liebe Mama-Mae von der Verantwortung, als Haushaltshilfe für sie beide sorgen zu müssen, entlasten. Aus einer langen Liste kreativer Berufe wurde bald eine kurze, wenn man in Rheine bleiben wollte, freie Ausbildungsplätze filterte und die Jobaussichten einkalkulierte. *Visagistin und Hairstyling* stand am Ende unter dem Strich. Und obgleich sie an manchen Tagen lieber in ein Atelier als ins Zwirbel gefahren wäre, liebte sie ihren Beruf. Leider hatte sie daneben nur wenig Zeit, um auf einsamen Betonwänden Geschichten zu erzählen.

Heute allerdings hätte sie nichts anderes tun können, als zu zeichnen. Es war wie ein Durst, der gestillt werden musste, ein Grundbedürfnis, das sie ihrer Seele nicht verweigern konnte. Den ganzen Nachmittag hatte sie verschlungene Linien zu einem abstrakten Blumenmeer zusammengefügt, hatte versucht, ihre Zukunft darin zu entdecken. Aber egal, wie sehr sie sich bemühte, an das zu glauben, was sie ihren Freunden am Frühstückstisch entschlossen versichert hatte, es wollte sich nicht richtig anfühlen.

Mit einem Seufzer ließ sie sich nach hinten fallen

und bedeckte ihre Augen mit dem Unterarm. Noch immer hatte sie Luuk nicht angerufen. Hatte auf den Zeitpunkt gewartet, da sie dieses Kapitel als witzigen Zufall, als heitere Anekdote abschließen konnte. Aber er kam nicht. Dafür wuchs die Furcht, dass sie es nicht schaffen würde, mit Hanno glücklich zu werden; dass er sie nie so verstehen, aufmuntern, trösten würde wie ein Fremder, der schon jetzt keiner mehr war.

Sie drehte sich auf den Bauch und betrachtete das mannshohe Mandala, das sie an die Scheunenwand gezeichnet hatte. Wie sich überlagernde Wellen formten Linien und Farben immer wieder neue Muster. Violett, Gelb, Blau und Grün strahlten in der Abendsonne und sandten eine Botschaft, die Yada mit einem Mal begriff.

Liebe ist ein ständiger Tanz, ob eng umschlungen oder nebeneinanderher, doch niemals weiter voneinander entfernt als zwei Armlängen. Yada kaute an ihrem Daumennagel, versuchte, den Rhythmus zu spüren, herauszufinden, welchen Takt sie und Hanno tanzten. Ihr Blick richtete sich in eine unbestimmte Ferne, das Hier und Jetzt verschwamm, sie hörte die Melodie ihrer gemeinsamen Vergangenheit. *Hanno* und der zuckersüße Zitronenkuchen, dessen Rand verbrannt und dessen Kern klebrig gewesen war. Den ersten, den er je gebacken hatte, nur für sie, an ihrem zweiten Jahrestag. *Hanno* und der blutige Daumen, als er Yada und ihrer Mutter beim Renovieren geholfen hatte. *Hanno* und das silberne Herz mit ihrer beider Namen, das sie selten trug, weil ihr die Romantik zu öffentlich war. Mela nannte es sogar spöttisch »Markierung von Eigentum«.

Eine Hummel brummte dicht an Yadas Nase vorbei und landete auf einer Butterblume.

»Hanno und Yada«, flüsterte sie, es klang harmonisch, sie gehörten zusammen. Natürlich hatte er Fehler, wie jeder Mensch, aber er liebte sie wie kein anderer. Mit der Sicherheit, dass Hanno ihr Tanzpartner war, dass sie ohne jede Zerissenheit oder Angst in ihr Leben zurückkehren konnte, nahm sie das Smartphone und entsperrte es. Ein Minibalken Empfang, mager, flackernd, für ein Telefonat würde das nicht reichen. Yada stand auf, weiter vorn, beim Grenzstein, da gab es mit etwas Glück ein stabiles Netz.

»Pling«, eine Kurznachricht hatte sich bis ins Funkloch durchgekämpft. Hannos Profilbild strahlte sie an. Er sah gut aus. »Nur noch zwei Mails und ein Rückruf, und ich bin bei dir. Hab einen Riesenhunger, keine Zeit fürs Mittagessen, grummel«, hatte er geschrieben. Das war vor zehn Minuten gewesen.

Yada verfluchte sich, weil sie ihr Handy ausgeschaltet hatte, und überschlug im Kopf die Zeit, die ihr noch blieb, bis er in der Basilikastraße war. Eine knappe Stunde, wenn sie Glück hatte. Sie würde sich also später von Luuk verabschieden müssen, nachher oder morgen, irgendwann, allein und mit ausreichend Zeit im Gepäck.

Sie warf einen letzten Blick auf ihre Zeichnung, das Mosaik, das ihr so viel erzählt hatte, ohne ein einziges Wort zu verlieren. Hanno und sie tanzten vielleicht nicht im inneren Kreis der Liebe. Aber das würde sich ändern. Gleich heute würde sie mit ihm die ersten

Schritte üben: rechts vor, links heran, immer dichter, immer zusammen.

»Mann, bin ich platt«, sagte Hanno laut genug, dass Yada es bis ins Bad hören konnte. Auch das »Hallo, Sweety« hatte er gebrüllt, kurz nachdem die Tür ins Schloss gefallen war. Da hatte Yada sich gerade die Füße abgetrocknet. Hastig band sie die nassen Haare zusammen, schlüpfte in schwarze Leggings und in ihre Lieblingsbluse, die mit den Pusteblumen. Noch während sie die Ärmel hochkrempelte, hastete sie durch den Flur. Ihr Puls raste noch immer, weil sie sechzehn Kilometer in zweiunddreißig Minuten gefahren war, den Kronleuchter im Keller verstaut und in Windeseile geduscht hatte.

Sei ehrlich, flüsterte es in ihrem Hinterkopf. *Es ist, weil du ihm mit einem Geheimnis gegenübertrittst.* Weil sie mit einem anderen gelacht, gescherzt, vielleicht sogar geflirtet hatte. Weil sie ihre Beziehung infrage gestellt hatte, ohne sein Wissen einen Neuanfang mit ihm plante und fürchtete, dass er nicht gelingen könnte. Yada ignorierte das Rumpeln in ihrer Brust, überwand die letzten Meter und trat ins Wohnzimmer.

Hanno stand mit dem Rücken zu ihr. Er warf eine Rechnung achtlos auf den Tisch und studierte Mails, Nachrichten, irgendwas auf seinem Handy. Yada ging auf leisen Sohlen zu ihm, umfasste seine Taille von hinten und schmiegte sich an. Unter ihren Fingerspitzen spürte sie die Bauchmuskeln, die er dreimal pro Woche trainierte, roch das Unique Man, das es unmöglich machte, Hanno unter der Wolke aus Edelholz und Vanille zu erkennen. Sie vergrub die Nase zwischen seinen Schulterblättern, suchte nach etwas Vertrautem, an dem sie sich festhalten konnte. Hanno drehte sich zu ihr um, seine geraden weißen Zähne blitzten sie an.

»Hi, meine Schöne.« Er küsste sie auf den Mund, flüchtig, aber sanft. »Mmmh, du siehst zum Anbeißen aus.« Er knabberte spielerisch an ihrem Ohrläppchen, während er mit seinen Händen unter ihre Bluse tastete und den Rücken hinauffuhr. »Hast du mich vermisst?« Er streichelte ihre Wirbelsäule hoch und wieder herunter. Ein leichter Gänsehautschauer fuhr Yada über die Arme.

»Ja.« Das Wort hing unnatürlich laut und fremd unter den flachen Schrägen, die sonst jedes Geräusch schluckten. Eine andere Antwort hätte die Frage jedoch nicht vertragen. Yada zwang sich zu einem Lächeln und wich ein Stück zurück. »Hast du Hunger? Die Straße runter hat ein neuer Sushi-Laden aufgemacht.«

»Kalter Reis mit rohem Fisch?« Hanno zog die Nase kraus.

»Ich dachte, wir könnten mal was anderes probieren als Pizza und Pasta«, sagte sie betont fröhlich. Wenn sie ihre Geschichte neu schreiben wollten, mussten sie aus alten Gewohnheiten raus. Nicht aus allen, nur etwas frischer Wind, durchlüften, abstauben, fertig. Niemals würde sie den Kirschwein an der Ems streichen, wenn die Sonne das Wasser golden färbte und sie Schulter an Schulter den Tag ausklingen ließen. Und ihren Wettbewerb im Kunstspringen, den sie mindestens einmal im Sommer austrugen, würde sie auch noch mit über achtzig machen wollen.

»Quäl mich nicht.« Er schlüpfte aus seinen Schuhen und ließ sich auf das Sofa fallen.

Yada schnaubte kaum hörbar, wollte aber nicht wegen eines Abendessens in den Ring steigen.

Auf dem Weg zum Telefon kickte sie gegen Hannos Reisetasche, feinstes italienisches Leder, sechshundertachtzig Euro. »Salami oder Schinken?«, rief sie und rieb sich den Spann. Sie hatte irgendetwas Hartes getroffen, bestimmt die Waschtasche.

»Diavolo!«

Yada seufzte, griff den Flyer der Pizzeria und schlurfte zurück ins Wohnzimmer. Hanno hatte die schwarze Mattscheibe schon zum Leuchten gebracht. Zwei Männer und ein Junge stritten sich um einen Eimer Popcorn. Hanno lachte über den ersten Witz. Yadas Blick wanderte von der vertrauten Szene zu der weißen Kunststofflampe, die wieder über dem Esszimmertisch hing. An ihr Heimwerkerexperiment erinnerte nur noch ein heller Schimmer, dort, wo der Elektriker das Loch zugespachtelt hatte. Dicht daneben hing der Haken und wartete gemeinsam mit Yada auf den richtigen Zeitpunkt, um Hanno den Wäscheklammer-Kronleuchter zu präsentieren.

»Leonardos Pizzaservice, *buona sera*.«

»Hallo, hier Yada Prem.«

»Eine Salami und eine Margherita?«, fragte der Italiener am anderen Ende, bevor sie ihre Bestellung aufgeben konnte.

»Diavolo, bitte.« Ob Pizza oder Sushi, das war doch nebensächlich, schließlich ging es hier um Liebe.

Kapitel 4

»Und noch fünf – vier – drei – zwei – zwei – zwei …«

Meine Bauchdecke reißt, gleich, gleich!

»Nicht schlappmachen«, brüllte der Drillsergeant, beugte sich zu Yada herunter und hielt ihr fünf Finger vor die Nase, die er quälend langsam einklappte, während er seinen Countdown fortsetzte.

Bei der dritten Eins gab Yada auf. Das kam davon, wenn man auf geniale Ideen kurz vor dem Einschlafen hörte. Mit Hanno ins Fitnessstudio, normalerweise hätte sie darüber müde gelächelt oder hysterisch gekichert, je nach Tageslaune. Ernst genommen hätte sie so einen Vorschlag jedenfalls nicht und sicher niemals selbst gemacht. Sie hasste diese Bewegungsfabriken, wo Menschen an Maschinen irgendwelche Metallstangen hin und her schoben, zogen oder drückten.

Yada betastete vorsichtig ihre brennenden Muskeln.

»Geht's?« Hanno wandte ihr den Kopf zu.

Sie verzog das Gesicht zu einer Grimasse, nickte aber tapfer. Gemeinsame Zeit, Glück zu zweit – ja, aber nicht auf der Turnmatte! Das wusste sie jetzt.

»Lange keinen Sport mehr gemacht, was?«, neckte sie der Trainer, ein Muskelpaket mit dunkler Hautfarbe, kurz rasierten Haaren und einem Sonnensymbol auf dem Oberarm.

»Vierundzwanzig Jahre nicht, oder warst du beim Kinderturnen?«, antwortete Hanno, bevor sie etwas sagen konnte. Eine superfitte Blondine ihr gegenüber kicherte.

»Im Schulsport hatte ich eine glatte Zwei«, verteidigte sich Yada lahm. Reden war anstrengend.

»Das kriegen wir hin. Dranbleiben, weitermachen«, motivierte sie der Muskelmann. »Halt dir deinen Traumbody immer vor Augen.«

»Okay«, sagte Yada, zu schwach, um zu widersprechen. Sie mochte ihren Körper so, wie er war. Zwar war sie nicht supermuskulös, aber schlank, und sie fühlte sich fit. Was sie wollte, war kein stahlhartes Sixpack, sondern die Basis für eine glückliche Beziehung.

»So, Jungs und Mädels, genug gefaulenzt. Jetzt noch einmal, über Kreuz«, diktierte Tom oder Ted.

Yada rollte sich auf die Seite, kam mühsam in den Vierfüßlerstand und richtete sich auf.

»Wo willst du hin?«, fragte Hanno, während er seinen ersten Crunch machte.

Yada presste beide Hände in die Seite. »Bin gleich wieder da, ich suche mir nur eine ruhige Ecke zum Sterben.«

Hanno lachte, nicht über sie, sondern über ihren Witz, *hey*! Vielleicht brachte sie der Ausflug hierher doch einander näher. Yada grinste zurück, ignorierte das Augenrollen von Tom oder Ted, verließ die Folterkammer, die durch eine Glasfront vom Rest des Studios abgetrennt wurde, und steuerte die Saftbar an.

»Ein Wasser, bitte.«

»Ich könnte dir den Limetten-Granatapfel-Smoothie empfehlen.« Die Bedienung strahlte sie mit einem Tausend-Watt-Lächeln an. Sie trug ein bauchfreies neongelbes Top, dazu sonnengebräunte Haut und hatte feingliedrige Muskeln. Ihre Haare waren ein wenig zu sehr blondiert, und die Spitzen würden sich über eine Feuchtigkeitskur freuen, aber ansonsten schienen ihr die Vitalstoffe aus allen Poren zu kommen.

»Einfach ein Mineralwasser, still, danke.«

»Gern.« Die Barkeeperin öffnete eine bauchige Flasche und goss die kristallklare Flüssigkeit in ein hohes Glas.

»Und noch drei – zwei – eins – eins – eins«, hörte Yada den Trainer zählen. Hanno schien auch der zweihundertste Sit-up nichts auszumachen. Yada winkte ihm zu, aber er bemerkte sie nicht, fokussierte irgendeinen Punkt an der Wand.

»Er ist süß, oder?«

»Bitte?« Yada wandte sich dem Fitnessgirl hinter dem Tresen zu.

»Hanno.«

»Ähm, ja.« Es war verstörend, dass jemand so über ihren Freund sprach. Jemand, der weiblich, noch dazu jung und attraktiv war.

»Vergiss ihn«, fuhr das Saftmädchen fort, bevor Yada die Chance hatte, eifersüchtig zu werden. »An dem haben sich schon einige die Zähne ausgebissen. Er ist vergeben und treu.« Sie seufzte und schickte einen verträumten Blick in die Bauchmuskelgruppe, wo Hanno zusammen mit zehn anderen die Beine auf und ab senkte.

Yada wurde ganz warm im Bauch, von Hannos Liebe zu ihr, zu der er felsenfest stand. *Ach*, das war »total romantisch«, flüsterte sie gedankenverloren.

»Du sagst es, ein Traummann.«

Mein Traummann! »Das ist er«, sagte Yada lauter als nötig. Für einen Augenblick sah sie Hanno durch die Augen der Barkeeperin, und die Zweifel der vergangenen Tage verschwanden. Alles, wirklich alles war in bester Ordnung. Und den winzigen Rest, der vielleicht hier und da nicht passte, den würde sie mit viel Liebe meistern.

»Und, kommst du morgen wieder mit?« Hanno schob sich zwei Tortilla-Chips in den Mund.

»Auf keinen Fall«, wollte Yada sagen, entschied sich aber für »Soll ich?«. Sie versuchte, beiläufig zu klingen, konnte den Widerwillen in ihrer Stimme aber nur schwer unterdrücken.

»Ab fünfundzwanzig beginnt der Muskelschwund. Besser, du beugst vor«, schmatzte Hanno.

»Dann habe ich ja noch ein paar Monate«, murmelte Yada, kuschelte sich in ihren grauen Hoodie und sah den Wolken zu, die sich am Himmel übereinandertürmten. Wegen eines Apfelpopos würde sie nicht noch mal mitgehen.

»Bekomme ich eine Massage?« Hannos rechter Fuß stubste sie leicht an, dann legte er ihn in ihren Schoß. Yada zog ihm die Socke aus. Mit kreisenden Bewegungen bearbeitete sie die Reflexzonen für Magen und Nieren. Hanno brummte zufrieden und trank einen Schluck Diätcola. Im Fernsehen lief eine Komödie mit einem lebensgroßen Teddybären. Yada versuchte, die Witze zu verstehen. Irgendwann würden Hanno und sie synchron lachen, *auf einer Welle schwimmen*.

»Aua!« Hannos Fuß zuckte unter ihren Händen.

»Sorry.«

»Ich bin aber auch dermaßen verspannt. Das war das Stresszentrum, oder?«

»In etwa«, log Yada und fuhr behutsam die Wirbelsäulen-Druckpunkte am Innenrist hoch.

»Nag, nag, nag.«

Hanno kicherte über einen Bierrülpser des TV-Teddys.

»Nag, nag, nag.«

»Dein Handy«, brummte Hanno, ohne den Kopf von der Mattscheibe abzuwenden.

»Nag, nag, nag.« Einfach weghören funktionierte nicht mehr. Yada rutschte unbehaglich von einer Pobacke auf die andere. Bestimmt nur Mela oder Shen, unwahrscheinlich, dass es Luuk war. Aber was, wenn?

»Nag, nag, nag.«

»Willst du nicht rangehen?«

Yada biss sich auf die Innenseite ihrer Wange, stand aber auf und ging dem Schnattern hinterher.

»Nag, nag, nag.« Die bekannte unbekannte Nummer flatterte über den Bildschirm.

Luuk, bitte, nicht jetzt, beschwor sie das Telefon stumm. »Ich gehe die Kiwis gießen«, hörte sie sich laut sagen.

»So spät noch? Du bist verrückt.«

Yada nahm ihr Telefon, füllte eine leere Plastikflasche mit Leitungswasser, schlüpfte in ihre bananengelben Flipflops und hastete die Treppe hinunter.

Draußen war es bereits dunkel. Eine schwarze Regenfront hatte die Abendsonne frühzeitig geschluckt, und das Licht, das aus den Fenstern im ersten und dritten Stock drang, reichte nicht aus, um den schmalen Grünstreifen, der sich um das Haus zog, zu erhellen. Yada goss die Hälfte des Wassers auf die männliche und den Rest auf die weibliche Pflanze. Letzten Sommer hatte sie das Kiwi-Mädchen am Straßenrand entdeckt. *Zu verschenken*, hatte an dem Topf gestanden. Yada hatte zwar nicht gewusst, welches Gewächs sich hinter den herzförmigen Blättern verbarg, es aber trotzdem mitgenommen. Vor drei Monaten, kurz nach Ostern, hatte Yada die zweite Pflanze gekauft, und nun rankten die beiden eifrig an den Bambusstäben entlang, die Yada mit Draht zu einer Pergola verbunden hatte.

Yada steckte einen jungen Trieb hinter eine Strebe und setzte sich dann auf die schmale Holzbank, die sie im Frühjahr aus zwei Betonblöcken und einer alten Holzbohle gebaut hatte.

Das Smartphone wog schwer in ihrer Hand. Seit ein paar Stunden erst war sie wieder auf Kurs, befand sich im Landeanflug auf die gewohnte, sichere Umlaufbahn. Wollte sie es wirklich riskieren, noch einmal die Orientierung zu verlieren? Was, wenn sie nicht *Lebewohl* sagen konnte, sobald sie seine Stimme hörte? Sie legte den Kopf in den Nacken und warf einen Blick zu den

Dachfenstern, hinter denen ihr Zuhause lag, da, wo sie hingehörte.

»Nag, nag, nag«, schnatterte ihr Handy wieder los. »Nag, nag, nag«, hallte es von den Klinkerwänden wider, viel zu laut für diese Uhrzeit.

Ach Luuk, er hatte gewählt, bevor sie eine Entscheidung treffen konnte.

»Hallo«, begrüßte sie ihn zaghaft.

»Hey, super, du bist doch da!« Seine Freude strahlte aus jeder Silbe, materialisierte sich fast greifbar in der Dunkelheit.

»Klar, natürlich«, erwiderte sie ungelenk.

»Ich wollte dich eigentlich schon viel früher anrufen, aber mein Akku hatte sich verabschiedet, ohne Vorwarnung! Das Ding ist wohl doch Marke Eigenbau.« Luuk schnaubte. »Tja, und dann habe ich den Kampf um die einzig freie Steckdose verloren. Gegen Henry, zwei Meter, hundertneunzig Kilo, ich hatte nicht den Hauch einer Chance.«

Yada musste lächeln, sie konnte nichts dagegen tun. Es war wie eine chemische Reaktion. Bedächtig betastete sie ihre Mundwinkel. Dass Mela recht zu haben schien, passte nicht in ihren Plan. »Eine Steckdose, die von einem Riesen bewacht wird?« Sie gluckste. »Luuk im Wunderland.«

»Nein, in Afrika. Aber hey, selbst in der Savanne haben wir mehr Strom als du.«

»Haha«, sagte sie trocken.

»Erzähl mal, fließen die fleißigen Elektronen wieder?«

»Alles topfit.«

»Und hängt dein Wäscheklammerfreund schon? Schick doch mal ein Bild.«

Vorfreudekribbeln und dazu ein »Ja, mach ich« – das wäre die Antwort, wenn es nur sie und Luuk gäbe. Aber der Kronleuchter war im Keller, und in ihrer Wohnstube saß Hanno.

»Nein, noch nicht«, antwortete sie knapp, stand auf, ging auf und ab, bekam nicht die Kurve.

Ein paar Atemzüge lang schwiegen sie in das leise Knistern zwischen ihnen. Yada, der die Worte fehlten, die vergeblich nach einem Anfang suchte, um das Ende einzuläuten. Und Luuk, der wohl bemerkte, dass das Gespräch in eine Sackgasse gelaufen war.

Als nichts weiter kam als Verbindungsrauschen, fuhr er fort, änderte die Richtung, war offensichtlich noch nicht bereit, das Telefonat zu beenden. »Und, hast du noch weitere Experimente in angewandter Elektrizitätslehre geplant?«

Sie durfte nicht lächeln, tat es aber trotzdem. »Sicher nicht, ich mache lieber was mit weniger Nebenwirkungen, Papierboote vielleicht.«

»Gute Idee.«

»Ja.« Sie kratzte mit dem Zeigefinger Dreck von ihrem Schuh. Die Einsilbigkeit fiel ihr schwer.

»Also, ehm.« Ihr Unbehagen hatte nun auch Luuk erreicht, sicher würde er sich gleich verabschieden.

»Was machst du eigentlich in Afrika, und wo genau bist du überhaupt?« Die Frage brannte ihr schon die ganze Zeit auf der Zunge, sie hätte nur nicht rausgedurft. *Mist, egal, zu spät.*

»In Namibia, das liegt südwestlich«, sprudelte Luuk los. »Ich helfe in einer Tierstation, als Volunteer, für ein paar Wochen in den Semesterferien.«

»Welche Tiere, ist das gefährlich, kann das jeder machen, find ich ja cool, du studierst, was denn, Biologie?« Das passierte, wenn man aussprach, was man dachte, und zwar alles auf einmal.

Ein Lachen am anderen Ende, das sie so sehr mochte. »In dem Projekt geht es um Großkatzen, vor allem Geparden. Wir tracken ihre Routen und die Jagdgebiete. Die Daten dienen Forschungszwecken und zur Information von Farmern, bevor sie aus Angst um ihre Tierbestände zur Flinte greifen. In meiner Freizeit füttere ich die Tiere in der Station, zupfe Unkraut und repariere Zäune.«

»Und, weiter?« Yada wollte mehr von seinen Abenteuern hören, am liebsten mit ihm gemeinsam durch die Savanne streifen.

»Jeder kann hier mitmachen, vorausgesetzt, du bist mindestens achtzehn Jahre alt, kannst zehn Kilometer am Stück gehen, sprichst Englisch und schmilzt nicht sofort in der Sonne«, fuhr Luuk fort. »Na, wann kommst du?«

»Ich geh nur schnell meine Wollsocken packen«, grinste Yada, die Vorstellung gefiel ihr. Nur zu gern würde sie in einem sandbraunen Jeep sitzen, neben ihm.

Ein grellweißes Licht explodierte lautlos über ihrem Kopf, tauchte alles um sie herum sekundenlang in ein gespenstisches Licht. Dann folgte der Donner. Yada ging unwillkürlich in die Knie.

»Yada?«, fragte Luuk besorgt.

»Yada!« Hanno lehnte sich aus dem Badfenster. »Komm rein! Schnell.«

»Ich muss los«, zurück in ihr Leben, raus aus dem Lügengeflecht, das sich immer dichter um sie zusammenzog. Wohin sollte das führen, nachts, im Vorgarten, von Afrika zu träumen?

»Wann soll ich dich am Flughafen abholen?«, scherzte Luuk und klang dabei eine Spur zu ernst.

»Solltest du nicht jemand anders abholen?« Das *Jemand anders* brannte in ihren Augen.

»Tessa würde niemals hierherkommen.«

»Warum nicht?« Es gab bestimmt tausend Gründe, nicht zu fahren, doch Yada fiel kein einziger ein.

»Ich will nicht schlecht über sie reden.«

»Ja, tut mir leid, wir sollten fair bleiben.« Dicke Regentropfen kamen aus dem schwarzen Nichts über ihr, klatschten auf Scheitel, Stirn und Nasenrücken und rannen in kleinen Bächen über ihre Wangen wie Tränen.

»Das sollten wir«, sagte Luuk gepresst.

»Adieu«, flüsterte sie mit dem letzten bisschen Luft, das sie aus ihrem eingeengten Brustkorb quetschte. Ihr Herz war längst auf der Reise, und sie wusste nicht, ob sie es schaffen würde, es zurückzuholen. Wieder blitzte es. Ausgelaugt ließ Yada das Smartphone sinken, das blaue Leuchten des Displays verlosch, verschwand wie Luuk aus ihrem Leben.

Kapitel 5

»Wirst du dein Handy irgendwann wieder anschalten?« Mela klemmte ein Stückchen Huhn zwischen die Stäbchen und schob es gekonnt in den Mund. Wie in jeder Mittagspause saßen sie im Asia Quick, Shen brutzelte etwas Leckeres, dazu entspanntes Geplauder und Gescherze, heute hätte Yada gern das Thema, besser gleich das Lokal gewechselt.

»Ich spare Strom«, schnappte Yada gereizt. Nicht nur, dass sie ständig an Luuk denken musste, jetzt nervte Mela sie auch noch mit neugierigen Blicken und spitzen Kommentaren.

»Was ist das Problem?« Shen wirbelte Yadas Mittagessen im Wok über der Gasflamme. Bambusspitzen purzelten über Paprikastreifen, Yadas Magen knurrte.

»Yada fürchtet sich vor Luuks Anruf«, übernahm Mela die Antwort.

»So ein Quatsch«, zischte Yada und funkelte Mela an.

»Luuk, verstehe.« Shen nahm mit der Kelle etwas Sojasoße, kippte sie in die Pfanne und ließ die Nudeln wieder tanzen. »Ist das eigentlich dänisch?«

»Holländisch«, korrigierte Mela ihn.

»Echt?« Yada nahm schnell einen Schluck Litschisaft und hoffte inständig, ihre Freunde hätten das Interesse, das ihr unabsichtlich rausgerutscht war, nicht bemerkt.

»L, U, U, K«, buchstabierte Mela und sah Yada mit einem verschwörerischen Lächeln an.

»Woher willst du das denn wissen?« Shen kippte die gebratenen Nudeln in eine Schale und schob sie Yada hin.

»Das hört man doch: *Luuk.*« Mela zog das *U* extra lang und unterstrich es mit ihren Stäbchen.

»Aha.« Shen lupfte eine Augenbraue.

»Ist doch vollkommen egal, ob er mit einem, zwei oder drei U, mit C, K oder G geschrieben wird.« Yada pikste mit der Gabel in den Nudelberg.

»Zwischen zwei Küssen gehaucht, ist die Schreibweise tatsächlich nebensächlich«, nuschelte Mela mit vollem Mund.

Yada spürte, dass der erste Bissen wieder rauswollte. *Unerträglich*, das war das Einzige, was ihr zu Mela gerade einfiel. Sie legte das Besteck beiseite, reckte das Kinn vor und tippte auf ihre Armbanduhr. »Bin gleich wieder da.«

»Ach Yoyo, tut mir leid.« Mela fasste sie am Arm, wollte sie zurückhalten. Aber Yada bückte sich schon nach ihrem Rucksack.

»Muss es nicht«, sagte sie versöhnlich, wohl wissend, dass sie selbst gerade ungenießbar war. »Es ist eine verrückte Geschichte, und ich mache sie zusätzlich kompliziert.«

Weil es nicht einfach ist, nicht bloß verwählt, nicht falsch verbunden, mischte sich jenes Gefühl ein, das sie immer noch quälte wie ein hartnäckiger Kopfschmerz.

»Bis gleich.«

»Halt, stopp. Du musst noch was probieren.« Shen hatte etwas Neues gemixt, normalerweise hätte Yada vor Freude applaudiert, denn es war immer köstlich, auch wenn er selbst nie zufrieden war. »Johannisbeer-Chili-Chutney.«

»Okay.« Heute mochte Yada nicht, nahm aber höflich ein Stückchen Brot und löffelte die rote Masse darauf. »Ganz gut«, nuschelte sie, bevor Säure und Schärfe auf ihrer Zunge brannten.

»Schmeckt nicht«, sagte Mela.

»Wusst ich's doch«, murmelte Shen, kostete selbst, verzog das Gesicht und donnerte das Glas in den Müll.

»Die Mandelcreme letztens war super«, versuchte Yada ihn aufzumuntern. Cremig, nussig und schmolz herrlich zart auf der Zunge, Yada erinnerte sich genau an das Gutelaunegefühl, an das Nichtaufhörenkönnen. Wie die Telefonate mit Luuk.

»Ah ja, die vom Freitag«, sagte Mela und nickte.

»Freitag«, wiederholte Yada gedankenverloren. Nur wenige Stunden später hatte sie Luuk kennengelernt. Nicht mal eine Woche, es kam ihr vor wie ein halbes Leben, eine andere Hälfte ihres Lebens.

Sie rieb sich die Stirn, musste noch mal raus. »Tschau.« Sie hob die Hand zum Gruß, drehte sich um und schlüpfte durch die Glastür ins Freie.

Die Sonne strahlte in alter Beständigkeit vom wolkenlosen Himmel. Yada eilte die Straße hinunter, am Springbrunnen vorbei, über den Markt und weiter geradeaus. Auf der Treppe zu Füßen der St.-Dionysius-Kirche hielt sie an. Dunkle Schatten unter den Bäumen und entlang der verwitterten Mauer spendeten Kühle und Gelassenheit. Yada wischte sich den Schweiß vom Nasenrücken, setzte sich auf die Stufen und zog ihr Handy aus der Tasche.

»Auf die Plätze«, flüsterte sie sich selbst zu, während sie das Display entsperrte. »Fertig machen.« Sie gab die PIN ein. »Los!« Das Netz war schnell gefunden, ein paar Textnachrichten trudelten ein, drei von Mela, die letzte mit kleinen wütenden Teufeln an jedem Satzende, und eine Einladung zu einer Grillparty am Freitag, weitergeleitet von Hanno. Luuk hatte sich nicht gemeldet.

Zum Glück, dachte sie, war aber weder froh noch erleichtert. »Und jetzt?« Sie sprang auf, ging die Treppe hoch und wieder runter, hoch und runter, vor und zurück.

Und dann machten ihre Finger das, was Luuks vor wenigen Tagen getan hatten. Sie wählten eine Nummer, ohne auf Yadas Einwände zu hören. Nach dem dritten Klingeln nahm er ab.

»Hallo, hi, hab ich dich geweckt?«

»Hallo zurück.« Luuk lachte. »Und nein, es ist ein Uhr mittags.«

»Wie geht es den Geoparden?«, fragte sie hastig, um irgendwas zu sagen. Warum bloß hatte sie ihn angerufen?

»Die wissen, wo es langgeht.« Er kicherte, *was war daran so lustig?*

»Lüla, lüla!« Die Sirene war ohrenbetäubend, ein Rettungswagen brauste irgendwo ganz in der Nähe vorbei. Yada hielt sich das rechte Ohr zu, lauschte angestrengt mit dem linken.

»Hallo, hallo?« Luuks Stimme klang mal nah, mal fern, dann raschelte es.

»Hallo!«

»Ah, gut.« Jetzt war er wieder klar und deutlich zu hören. »Der Empfang ist hier oft etwas launisch. Ein paar Meter weiter rechts oder links, und man ist im telekommunikativen Niemandsland.« Er seufzte. »Unser Motor hat sich glücklicherweise nicht in der Wildnis, sondern kurz vor Otjiwarongo verabschiedet, da gibt es wenigstens so was wie Infrastruktur.«

Yada riss die Augen auf. »Heißt das, du sitzt in der Wüste, mit einem kaputten Auto und telefonierst seelenruhig mit mir?« Luuk war echt ein Phänomen – oder verrückt oder beides. Und sie liebte es. »Und wenn ein Tiger kommt?«

»Der hätte 'nen echt weiten Weg von Asien bis hierher. Und sollte ein Ge*o*pard zufällig vorbeispazieren, mache ich Fotos, Notizen und einen kleinen Freudentanz.«

Yada schoss das Blut in den Kopf. Jetzt dachte Luuk bestimmt, dass sich ihr Wissen über Raubkatzen auf Bikinioberteile im Leo-Print beschränkte.

»Dong, dong.« Der volle Klang der Kirchenglocke ließ sie zusammenzucken. Das goldene Ziffernblatt glänzte in der Sonne. Zwei Uhr schon. Sie holte Luft, wollte etwas sagen, aber Luuk kam ihr zuvor.

»Yada, ich«, er zögerte, »ich wollte dir was erzählen.«

»Ja?« Sie atmete aus, erleichtert, wie sie frustriert feststellte.

»Also, es gibt da eine Crêperie, *Suzette, Sucré*, wie hieß die doch gleich, in Berlin jedenfalls. Sie gehört meiner besten Freundin Vicky, wir haben zusammen Abitur gemacht.«

»Stimmt«, Yada erinnerte sich. »Die Pfannkuchen-Flatrate.«

»Ja genau,« er lachte etwas angestrengt, »Vickys Freund ist mit der Bedienung durchgebrannt. Nun steht sie ganz allein da, ohne Koch, ohne Service, dafür mit Kredit und einem Berg Rechnungen.« Er schnaubte. »Und das nur drei Monate nach der Eröffnung. Das kann ihr das Genick brechen.«

»Oje.« Das klang schlimm.

»Und es ist grad sauschwer, Leute zu finden, die kurzfristig einspringen können. Die Stadt ist leer, Sommerferien«, erklärte Luuk weiter.

»Wie blöd«, fieberte Yada mit, wusste aber noch immer nicht, worauf er hinauswollte.

»Jedenfalls werde ich Vicky in den nächsten Wochen unter die Arme greifen, und ähm.« Er räusperte sich. »Vielleicht magst du mal vorbeikommen.« Und als Yada nichts sagte: »Wir könnten Papierboote basteln und auf der Spree um die Wette schwimmen lassen.«

»Papierboote?« Vorbeikommen, sich sehen, Berlin, das ging doch in die falsche Richtung. Ihr Herz hüpfte vor Freude.

»War 'ne Scheißidee, sorry.«

»Nein, nein, überhaupt nicht!« Sie fuhr sich durch die bereits hoffnungslos zerwühlten Haare und tigerte wie eine eingesperrte Raubkatze auf und ab. Etwas Irrationales, beängstigend Starkes zog und schob sie, packte in Gedanken bereits ihren Koffer, wollte in den Zug nach Berlin, im Gepäck Faltanleitungen für Papierdampfer, Segelboote und Katamarane. »Wann fliegst du zurück?«

»Morgen schon. Fünfzehn Uhr ab Windhoek, Umsteigen in Johannesburg, vier Stunden Wartezeit, brr, dann elf Stunden Flug, über London. Gegen Mittag komme ich an.«

»Wo?«

»In Hannover, da, wo meine Waschmaschine steht.«

Und wo Tessa auf ihn wartete! Yada stoppte. Ein schwarzer Käfer krabbelte über die moosbedeckten Steine. Was redeten sie hier eigentlich? Planten das nächste Wochenende, als gehörte es ihnen. In ihren Ohren war plötzlich ein Rauschen wie die Triebwerke des Flugzeugs, das ihn zu seiner Liebsten bringen würde. Ein älterer Herr mit Glatze ging vorbei, sein Hund, ein Spitz, zerrte an der Leine, fletschte die Zähne. Der Mann sagte etwas, sein Lächeln war entschuldigend. Yada rührte sich nicht, jemand hatte den Ton abgestellt.

Nein, es gab keine gemeinsame Zukunft für sie, wieso klammerten sie sich an eine Illusion, konnten einander nicht gehen lassen?

»Yada?«

»Ich kann nicht nach Berlin kommen.«

»Ja, ähm, schade, ich dachte nur, wo wir uns so gut verstehn und, na ja, was ist schon dabei, wir sind doch nur Freunde.«

»Nur Freunde«, wiederholte Yada, noch immer benommen, leer gefegt, wie nach einem großen Sturm. *Freunde*, ja, das könnte gehen, das war vielleicht die Lösung. Eine, die sie nicht wirklich wollte, weil sie nicht passte, weil sie nicht stimmte.

Kapitel 6

Das Nichtwarten war unerträglich. Immer wieder zuckte Yadas Hand zum Handy und zurück. Ihr Blick glitt zur Uhr, wie so oft heute. Aber was sie dort sah, war nicht die Zeit, sondern ein Countdown, der unerbittlich runterzählte. Bis zu dem Moment, da Luuk Tessa wiedersah, sie in seinen Armen hielt, sich erinnerte, wohin er gehörte, und die letzten Tage vergaß. Vielleicht brachte Tessa die Entscheidung, die sie selbst nicht fällen konnte. Oder hatte sie sie längst gefällt, nur dass sie nicht so aussah, wie ihre Vernunft es sich wünschte, wartete sie deshalb?

Nein, sie wartete nicht, sie bangte, und das war unerträglich. Yada rieb sich die Augen, in denen die schlaflose Nacht brannte. Alles fühlte sich merkwürdig an, sie war voll und doch leer, stakste wie eine ferngesteuerte Marionette durch den Tag, konnte sich nicht erinnern, mit wem sie gesprochen oder was sie gegessen hatte. Wenn sie überhaupt etwas zu sich genommen hatte. Nur eine Nachricht – die er mittags, kurz vor der Abfahrt aus dem Camp geschrieben hatte – geisterte in einer Endlosschleife durch ihren Kopf.

Gleich geht's los, mit einem lachenden und einem weinenden Auge. Kannst du es aufmuntern, mit deinem Lachen vielleicht? Beide Augen und ich würden sich jedenfalls total freuen, dich zu sehen, in Berlin, denk doch noch mal drüber nach, bitte.

»Bist du dir sicher, dass da ein halbes Pfund Kakao reingehört?« Shen klang skeptisch.

»Ups!« Yada hielt mitten in der Bewegung inne. Der Löffel, der wievielte wusste sie nicht, schwebte über einem stattlichen Kakaoberg. Vorsichtig kratzte sie die obersten Schichten ab und schaufelte sie zurück in die Tüte.

»Muss es unbedingt ein Scheißhaufen sein?« Shen rümpfte angewidert die Nase.

»Ja.« Yada knetete den Mürbeteig mit den Händen durch und formte eine Kugel.

»Erwarte nicht, dass ich das esse.«

Yada verdrehte die Augen. »Es ist Schokolade, Shen.« Sie verteilte etwas Mehl auf der Arbeitsplatte und rollte den Teigklumpen zu einer Schlange.

»Sieht aber wie ein Hundehaufen aus.«

»Dann ist es genau richtig.«

Shen seufzte. »Na gut. Ich nenne ihn Poo, das klingt netter als Stinker. Zwar macht ihn das nicht appetitlich, aber sympathisch.«

»Schön«, sagte Yada, ohne aufzusehen. Sie mochte nicht reden, nicht mit Shen, nicht mit Mela, mit niemandem, über nichts. Am liebsten wäre sie jetzt allein mit Poo und hatte das Shen in der vergangenen halben Stunde einmal höflich und zweimal deutlich gesagt. Aber er hatte *unbedingt* helfen wollen, schließlich sei Mela auch seine Freundin, und es sei ihm total wichtig, dass sie ihr etwas Selbstgemachtes schenkten, und zwar zusammen, das geböte die Freundschaftsehre, Teamgeist, Wertschätzung, Tomatensaft. Yada hatte irgendwann nicht mehr zugehört, sie glaubte ihm kein Wort. Sicher hatte Mela ihn gebeten, auf Yada aufzupassen, nachdem sie ihrer Freundin den ganzen Tag aus dem Weg gegangen war.

»Oder wir machen einen Stern oder einen Schmetterl…«

»Nein.« Yada schlug mit der flachen Hand auf die Holzplatte, sodass kleine Mehlwölkchen zu allen Seiten aufstoben. »Mela hasst ihren Geburtstag, und sie liebt Schokoladenkuchen – eine Schokoscheißhaufentorte ist die perfekte Kombination«, erklärte sie mühsam beherrscht. Etwas Schwarzes, Zerstörisches wogte durch ihren Körper. Sie schloss die Augen und atmete in ihren Bauch. Das Brodeln wurde schwächer, sie hatte sich wieder unter Kontrolle. »Außerdem kann ich in meiner aktuellen Stimmung nichts anderes backen«, fügte sie in versöhnlichem Tonfall hinzu und zwang sich zu einem schmalen Lächeln.

Shen hob ergeben die Hände. »Aber ich besorge die Blumen.«

»Fein.« Sie versuchte sanft zu klingen, aber ihre Stimme hörte sich kantig an. Yada streifte mit dem Handrücken ein paar Strähnen aus der Stirn. Noch nie hatte sie so um sich gebissen, noch nie hatte sie sich so weit weg gewünscht.

»Wo ist eigentlich Hanno?«

»Irgendwo.« IT-Einführung, Vertriebsfragebogen,

schwierige Klienten oder Indoorcycling. Sie hatte ihn nicht gefragt, nicht richtig hingehört oder es vergessen. Wie und wo auch immer, Hanno bewegte sich in gewohnten Bahnen. Yada musste einfach nur wieder zu ihm aufschließen, sobald sie es konnte. Einen Atemzug lang spürte sie das beruhigende Gefühl von Stabilität und Sicherheit, das Hanno ihr bot.

»Irgendwo, *aha*.« Shen lupfte eine Augenbraue und studierte die Inhaltsstoffe von Hannos Proteinpulver.

»Wertfrei, nüchtern, vollkommen neutral *irgendwo*. Ein *Irgendwo*, das ich nicht kennen muss, weil ich ihm vertraue. *Irgendein Irgendwo*, von dem er bald zurückkommt, und zwar hierher, zu mir, weil er mich liebt.«

»Verstehe«, sagte Shen gedehnt und schob die Dose, die in fett gedruckten Buchstaben *Power* versprach, ins Küchenregal.

Einen Augenblick lang sahen sie sich schweigend an. Yada atmete schwer, die Nasenflügel gebläht. Noch immer kochte das Blut in ihren Adern. Shen bewegte sich als Erster, nahm ein Glas aus dem Schrank, füllte es randvoll mit Leitungswasser und reichte es ihr.

»Danke«, sagte Yada tonlos und trank in großen Schlucken. »Sorry, ich …«

»Schon okay.« Er lächelte sie schief an.

Yada räusperte sich. »Machst du die Augen?« Sie reichte ihm die Marzipanrohmasse.

»Darf die Scheiße schielen?«

»Alles ist erlaubt, tob dich aus.« Sie legte die Kakaorolle in kleiner werdenden Kreisen zu einem gigantischen Kothaufen.

»Pling«, machte es auf dem Fensterbrett, Yada konnte das Geräusch fast körperlich spüren.

»Wie findest du meine Glubschaugen?«

»Könnten die Hauptrolle in einem Horrorfilm spielen.« Yada kicherte überfröhlich, fast schrill, unfähig loszustürzen, auch wenn sie es wollte.

»Pling.«

»Deins«, sagte Shen, als Yada auch beim dritten Pling nicht reagierte.

»Wir springen doch nicht, sobald ein doofes Elektrikteil nach uns pfeift«, ließ Yada den Hundehaufen mit Piepsstimme verkünden. So wie ihre Finger zitterten, würde es ihr ohnehin aus der Hand rutschen.

»Und wenn ich mal Hilfe brauche, eine Frage habe oder einfach nur *Hallo* sagen will?«

»Dann rede mit mir, ich stehe direkt vor dir.« Yada zog das Backblech aus dem Ofen, wischte es mit einem feuchten Lappen ab und stellte die Temperatur auf hundertneunzig Grad Umluft.

»Pling.« *Okay*. »Ich mach das jetzt«, sagte Yada zu sich selbst, legte das Backpapier beiseite, angelte ihr Smartphone vom Sims und ging in den Flur, außer Reichweite von Shens Antennen.

Mit klopfendem Herzen öffnete sie die Nachrichten. Eine SMS war von Shen, er musste sie geschrieben haben, während sie das Backblech aus dem Ofen genommen hatte: *Klopapier ist vielleicht alle, und ich muss bestimmt gleich mal. Sei bitte erreichbar!* Yada schnaubte, konnte sich ein Grinsen aber nicht verkneifen.

Bevor sie wieder zögern und abwägen konnte, las sie

die anderen Nachrichten. Die erste war ein Foto, das Sneakers mit Leo-Print zeigte. *Geoparden-Turnschuhe, von null auf hundert in zwei Sekunden, integriertes Navi. Welche Schuhgröße hast du?*, stand darunter.

Nur Freunde? Nichts dabei? Und woher kamen die Schmetterlinge, die in ihrem Bauch tanzten?

Yada presste die Lippen fest aufeinander, dann klickte sie die Sprachnachricht an, die er kurz darauf geschickt hatte.

»Meine liebe Telefonfreundin, ich stehe hier am Abflug-Gate in Johannesburg, es fühlt sich an, als wartete ich auf meine Hinrichtung. Was würdest *du* sagen, wenn ich den Sommerurlaub streiche, um Vicky zu helfen? Ich befürchte, mir wird der Kopf abgerissen, egal wie viele Pralinenkästen ich kaufe.« Er machte eine Pause, im Hintergrund Stimmengewirr und eine Lautsprecherdurchsage. »Ähm, ich muss jetzt los, sonst verpasse ich meinen Anschlussflug. Ich ruf dich an, sobald ich gelandet bin und wieder ein EU-kompatibles Telefon habe. Wenn nicht, such für mich bitte einen guten Kopftransplanteur.«

»Uh, Tote bei Beziehungsstreit, und du bist Ohrenzeugin.«

Yada wirbelte herum. »Hast du gelauscht?«

»Ich muss aufs Klo, das habe ich sogar schriftlich angekündigt.« Shen streckte ihr die Zunge raus, drängte sich an ihr vorbei und verschwand hinter der Badtür.

»Pfff«, machte Yada, betrachtete ein letztes Mal die Geopardenschuhe und löschte dann Bild und Tonaufnahme. Sie wollte keine gespeicherten Hoffnungen, schon gar nicht solche, die es eigentlich gar nicht geben durfte.

»Fehlerlos ist er jedenfalls nicht, dein Prinz Perfect«, sagte Shen durch die geschlossene Tür.

»Hör endlich auf, sonst bekommst du von mir auch einen Scheißhaufenkuchen zum Geburtstag«, grummelte Yada.

»Super«, kam es gedämpft zurück.

»Was meinst du eigentlich damit?«

»Ich habe mich mit Poo angefreundet, er ist cool.« Die Spülung ging.

»Nein, das, was du davor gesagt hast, das mit den Fehlern.« Yada kaute an ihrem Daumennagel und starrte auf das Plakat, das den Zirkus Roncalli ankündigte, vom zweiten bis neunzehnten April in Kiel. Zwanzigfünfzehn, da war sie mit Mela auf einem Seminar gewesen. Und abends in einem Pub. Ein wenig schämte sie sich immer noch dafür, Mela hingegen musste lachen, wenn sie daran zurückdachte, wie sie das Poster vom Laternenpfahl abgefriemelt hatten, nur weil Yada die roten Vorhänge so schön fand. Guinness war schuld, da war sich Yada sicher, Mela indes beharrte darauf, das Bier habe nur Yadas überstrenge Vernunft abgelenkt und ihr die Chance gegeben, einfach mal sie selbst zu sein.

»Also, er streicht den gemeinsamen Urlaub«, erklärte Shen, als er herauskam, und lehnte sich neben Yada gegen die Wand. »Offensichtlich setzt er seine Prioritäten allein und erwartet von seiner Freundin lediglich Verständnis oder erhofft es zumindest«, fuhr Shen fort.

»Das könnte man offensiv zielstrebig oder auch rücksichtslos nennen. Anhimmeln ist jedenfalls nicht notwendig, du kannst ihn getrost auf die Erde holen, er scheint ein Mensch zu sein.«

»Blödmann.« Yada knuffte ihn in die Seite. »Luuk ist nett. Er wird sich bei Tessa mehr als genug entschuldigen, außerdem ist es nur logisch, dass er Vicky hilft, statt sich an den Strand zu legen.«

»Glückwunsch, du teilst seine Einschätzung. Das steigert deine Chancen auf ein Happy End mit ihm. Denn egal, wie löblich sein Verhalten ist, einfach so den Sommerurlaub canceln, autsch, wenn das nicht kracht!« Shen verzog das Gesicht. »Vielleicht ist Luuk bald Single.«

»Sie holen es nach, alles kein Thema.«

»Sagst du.«

»Sage ich, meine ich, ist so.« Yada legte das Handy beiseite und ging wieder in die Küche. »Außerdem bin ich mit Hanno zusammen. Und ich habe nicht vor, zehn Jahre Beziehung wegzuwerfen.«

»Besser heute zehn als zwanzig in zwanzigsiebenundzwanzig.«

Yada wollte gerade zurückbeißen, da klackte die Wohnungstür.

»Hallo, zusammen.« Hanno ließ seine Sporttasche auf den Boden fallen und nahm sich einen Apfel aus dem Kühlschrank. »Was macht ihr da?« Er umschlang Yada von hinten und legte sein Kinn auf ihre Schulter. Es fühlte sich unangenehm schwer an, wie ein vollgepackter Rucksack.

»Eine Geburtstagstorte für Mela«, erwiderte Yada, gab ihm einen Kuss auf die Wange und befreite sich sanft aus seiner Umarmung. »Wir nennen ihn Poo.« Sie schob das Backblech in den Ofen.

»Ich würde es *albern* nennen, Mela ist doch keine sechzehn mehr.« Hanno verzog die Mundwinkel und verschwand im Wohnzimmer.

»Húndàn.«

»Shen, ich bin *nicht* deine Cousine, und ich spreche *kein* Chinesisch«, zischte Yada und stellte den Küchentimer auf dreißig Minuten, noch eine fürchterliche halbe Stunde, wann war dieser Tag endlich vorbei?

»Es bedeutet: Kuchenbanause.«

»Haha, na klar.« Poo erschien ihr plötzlich nicht mehr witzig, sondern kindisch, überhaupt benahm sie sich nicht erwachsen.

»Nimm dir Zeit, lies ein paar Wirtschaftstheorien, die passen auf alle Lebensbereiche«, sagte Shen. »Heute würde ich dir das Prinzip der *sunk costs* empfehlen, oder übersetzt, wirf keine guten Jahre den schlechten hinterher.«

»Wie bitte?« Sie setzte sich auf den Holztritt, ohne den sie nicht an Koriander, Kreuzkümmel und Kurkuma ganz oben im Gewürzregal kam.

Shen grinste. »Und wer weiß, vielleicht überlebt Luuk den Wutanfall seiner Freundin, dann kannst du seine Wunden pflegen.«

»Pst«, machte Yada und schielte zur Küchentür. Man konnte es Telefonfreundschaft nennen, rein platonisch, aber für Yada fühlte es sich nicht so an. Ihr Gewissen hatte einen tiefschwarzen Fleck, wie lange noch würde sie ihn verbergen können?

Aus dem Wohnzimmer tönte kreischendes Sitcom-Gelächter, Yada dachte an gute und schlechte Jahre und massierte ihren Daumenballen, das half, wenn sie nervös oder erschöpft war. Gerade war sie beides.

»Vierundzwanzig Stunden, dann lösche ich seine Nummer«, hörte sie sich sagen. Bis dahin würde Luuk wissen, ob er sie immer noch hören, sogar sehen wollte, auch mit Tessa an seiner Seite, wenn die das überhaupt zuließ, *Himmel*, diese Gleichung hatte einfach zu viele Variablen.

»Dreißig«, handelte Shen. »Und das ist immer noch verdammt wenig für einen Mann und die Liebe.«

Yada warf einen Blick auf die Flip-Clock, es war kurz vor einundzwanzig Uhr. »Siebenundzwanzig, das ist morgen, um Mitternacht.« Bis dahin hatte Luuk seinen eigenen Berechnungen zufolge längst ein funktionsfähiges Handy und die Möglichkeit gehabt, mit Tessa zu reden, über den Urlaub, über Berlin, über den Verwählwirrwarr. Dass er sie auch küssen würde, daran mochte Yada nicht denken, das gefiel ihr nicht und musste ihr eigentlich auch egal sein.

»Siebenundzwanzig Stunden«, wiederholte sie entschlossen, viel länger würde sie das sowieso nicht durchhalten. Beim nächsten Klingeln würde sich also alles entscheiden. Wenn er denn überhaupt anrief.

»Einmal New York, das ist mein großer Traum.« Der Freitag dehnte sich wie der Kaugummi ihrer Kundin, jetzt ließ sie eine rosa Blase platzen. Erdbeergeschmack, vermutete Yada.

»Ist das nicht unglaublich voll dort?«, fragte Mela rechts neben ihr.

»Über fünfzigtausend Läufer!«, begeisterte sich Dana, die unbedingt einen frechen Bob haben wollte, wie sie mehrfach betont hatte. »Das muss ein Spirit sein, irre. Und dann die Wolkenkratzer.«

»Also wenn ich sechstausend Kilometer über den Atlantik fliege, dann nur zum Shoppen und für ein Stück original New York Cheesecake«, lachte Mela. »Mal abgesehen davon, dass ich einen Marathon nicht überleben würde.«

»Das ist alles eine Frage des Wollens. Vor zwei Jahren konnte ich keine fünf Minuten am Stück laufen, und im September bin ich in Berlin dabei.« Dana klang stolz.

»Ich finde es super, dass Sie Ihre Träume leben«, mischte sich Melas Kundin, Frau Gerber, siebenundsechzig, Kurzhaarschnitt, ein. »Und am besten, Sie machen es, bevor Sie Kinder bekommen. Dann sind Sie nämlich erst mal nur für deren Wünsche da.«

Yada steckte eine Strähne hoch, das Gespräch plätscherte angenehm um sie herum, lenkte sie ab von dem Rauschen und Tosen in ihr drin, nur noch acht Stunden, dann, ja, dann.

»Also, ich habe mir immer Kinder gewünscht. Und seit meine Mia da ist, bin ich endlich erfüllt. Ich kann mir nichts Schöneres vorstellen.« Katja, fünfunddreißig, Keratinbehandlung.

»So war das nicht gemeint«, beschwichtigte Frau

Gerber. »Kinder sind toll. Aber wenn Sie auf einer Harley quer durch die Mongolei wollen, wird das mit Kind schwierig.«

Katja lachte versöhnlich. »Oh ja.«

»Und genau das, meine Damen«, Frau Gerber grinste breit, »werde ich im August tun.«

Mela fiel der Kamm aus der Hand. »Nein, echt? Sie machen das, einfach so?«

»Aber sicher. Das war schon immer mein großer Traum.«

»Respekt, so entschlossen wäre ich auch gerne.« Mela bückte sich, um ihren nagelneuen Stilkamm aus Karbon aufzuheben.

»Ja, das wär's, drauflosfahren, in die endlose Weite, nur weg«, sagte Yada versonnen. Abhauen, vor allen Problemen davonlaufen, der Gedanke fühlte sich gut an.

»Aber sag mir vorher Bescheid, ja?« Mela zwinkerte ihr zu, Yada lächelte schief zurück.

»Komm doch mit«, scherzte sie müde, als ob eine Reise ins Nirgendwo jemals eine Option wäre.

»Und dann wohl auf dem Rad, was?« Mela lachte. »Nein danke, Sport ist nicht so mein Ding, da spiele ich lieber Gitarre.«

»Aber du kannst doch gar kein Instrument«, wunderte sich Yada.

»Wir sind schließlich immer noch beim Träumen, oder?« Mela rollte übertrieben mit ihren himmelblauen Kulleraugen.

»Ah.« Yada franste Danas Pony.

Gitarre, Motorrad, Kinder, Marathon, wiederholte sie in Gedanken. Und was waren ihre Träume, wie sollte ihr Leben aussehen?

In den vergangenen Stunden hatte sie viel gegrübelt über das, was war, was sein würde oder könnte, aber dabei war es immer nur um die Liebe gegangen. Klar, das war wichtig, das war zentral, aber reichte eine erfüllte Beziehung, um glücklich zu sein?

Fragen, Gegenfragen, Bruchstücke von klugen Sprichwörtern und trotzigen Argumenten stürmten ihren Kopf, immer schneller, immer diffuser, bis sie in ein dumpfes Pochen übergingen. Yada rieb sich die Schläfen.

»Der Schnitt ist mega«, lobte Dana.

»Das freut mich«, antwortete Yada mechanisch und wischte die Haare aus dem Nacken ihrer Kundin. Der Föhn war mit einem Mal viel zu schwer, sie steckte ihn ungelenk in die Halterung.

»Sie sehen ja ganz blass aus«, sorgte sich Frau Gerber, ihre Augen trafen sich im Spiegel, unter Yadas lagen tiefe Schatten.

»Yada?« Mela musterte sie eindringlich von der Seite.

»Alles in bester Ordnung.« Sie versuchte ein Lächeln, ihr Spiegelbild fletschte die Zähne. Ihre Haut, die sonst in einem warmen Braun schimmerte, hatte einen leblosen Grauschleier. Sie sah aus wie ein Gespenst, eine Handvoll Luft unter weißem Baumwollstoff. Sechzehn Uhr, er musste längst in Hannover sein, nur zwei Stunden Autofahrt von ihr entfernt und doch unerreichbar.

»Geh nach Hause, leg dich hin«, instruierte Mela sie.

»Nein!« Yada schüttelte energisch den Kopf. Bis zur letzten Haarspitze würde sie hierbleiben. Allein zu sein, das würde sie jetzt nicht aushalten. Außerdem musste Shen jeden Moment mit dem Kuchen aufkreuzen, *wo blieb er denn*?

»Mela, Zuckerschnute!« Da stand er schon in der Tür, mit Poo, der eine Wunderkerze auf dem Scheitel trug. »Zum Geburtstag viel Glück und ein großes Tortenstück!«, intonierte Shen auf einer windschiefen Tonleiter, Frau Gerber, Katja, Dana und Yada stimmten ein. Mela versuchte, grimmig zu gucken, sah dabei aber so komisch aus, dass alle lachen mussten, auch Yada. Das Leben bekam wieder Farbe, Yadas Hände und Füße wurden warm.

Hanno lugte durch das Schaufenster, entdeckte sie, lächelte, winkte sie zu sich heraus; sie winkte ihn herein, wollte die geniale Scheißgeburtstagsparty nicht so schnell verlassen. Ein Korken knallte, Applaus und Gekicher folgten, Hanno steckte den Kopf durch die Tür, alle waren beisammen, vereint unter dem Schein der Wunderkerze.

»Hallo, meine Schöne«, begrüßte Hanno sie. »Ich dachte, ich mach mal früher Schluss.«

»Prima.« Yada lehnte sich an seine Schulter, sah Mela beim Kuchenschneiden und Shen beim Sekteinschenken zu. Glitzerlicht, Schokotorte und goldenes Prickeln auf der Zunge vertrieben alles Dunkel, jede Unsicherheit. Das hier war ihr Zuhause, ihre Familie, alles sollte genau so bleiben, wie es war. Sie würde nicht nach Berlin fahren, und sie musste Luuk endgültig Lebewohl sagen.

Und genau das sollte sie ihm schreiben, gleich, wenn die Wunderkerze runtergebrannt war.

Kapitel 7

»Es ist noch nicht entschieden, aber Inka ist sich zu neunzig Prozent sicher, dass das klappt.« Hanno schälte sich eine Banane, von Melas Geburtstagskuchen hatte er keinen Krümel angerührt. »Ist das nicht toll?«

»Ähm, ja, super.« Yada lächelte zaghaft, unsicher, wovon Hanno gerade sprach. Ihre Gedanken waren schon wieder im Nirgendwo, pendelten zu Luuk und der SMS, die sie gerade getippt hatte, und zurück ins Nichts. Das warmweiße Funkellicht war verloschen, die absolute Sicherheit schon wieder verloren. 17.53 Uhr, nur noch sechs Stunden, dann waren die siebenundzwanzig voll, der Tag vorüber und die Frist abgelaufen. Wenn die überhaupt noch galt, nun, da sie den Schlussstrich bereits gezogen hatte. Yada spürte die Minuten durch ihre Finger tropfen, mittlerweile schien sogar ihr Pulsschlag die Sekunden zu zählen. Hätte sie Luuk doch nur nicht von unterschiedlichen Welten und Lebenswegen geschrieben.

»Natürlich müssen die mich noch zum Gespräch einladen.« Hanno wedelte lässig mit der Hand. »Reine Formsache.«

»Hm.« Yada trank einen Schluck Tee. Vielleicht meldete Luuk sich trotzdem.

»Der Job ist ein Glückstreffer, echt: Verbeamtung nach sechs Monaten, dreißig Tage Urlaub, Weihnachtsgeld, und bombensicher ist er auch.« Hanno strahlte, als stellte er ihr seinen nagelneuen Porsche Carrera vor, den er sich, das betonte er bei jeder Gelegenheit, eines Tages kaufen wollte.

»Aber«, Yada runzelte die Stirn, versuchte, sich auf das zu konzentrieren, was Hanno ihr gesagt hatte, »die Deutsche Bank, das war immer dein Traum?« Finanzabteilung in der Stadtverwaltung, da wollte er jetzt hin, das hatte sie verstanden, doch begreifen konnte sie es nicht.

»Ja, schon, aber dieser Stress!« Hanno streckte sich. »Vor achtzehn Uhr habe ich *nie* Feierabend. Da bleibt kaum Zeit für mich. Und wenn wir, na ja, irgendwann, du weißt schon, Kinder haben, wie soll das gehen?« Er schmiss seine Bananenschale in den Müll. »Außerdem schließen die hundertachtundachtzig Filialen allein in diesem Jahr. Und dann hat man 'ne Immobilie und keine Arbeit.«

»Hmhm«, machte Yada und faltete das Teebeutelpapier.

»Freust du dich denn gar nicht?«

»Doch, doch.«

Hanno verschränkte seine Finger mit ihren und zog sie dichter zu sich. »Das ist ein Riesenschritt, Sweety, für uns beide.« Er sah ihr tief in die Augen, Yada wich seinem Blick aus. »Wir können uns nach einem Haus umsehen.«

Yada atmete geräuschvoll aus. Hannos Umarmung drückte ihr die Luft ab.

»Wohneigentum«, sagte Hanno mit albern verstellter Stimme. Er verdrehte die Augen und lachte. »Das klingt total unsexy. Aber die Zinsen sind irre niedrig, das ist unsere Chance.«

Unsere Chance, wiederholte Yada im Stillen. Seine – *und meine?*

»Und die Elfenwiesen?« Das kam spontan, unüberlegt, von Herzen.

»Ach bitte, Yada, nicht schon wieder! Dieser alte Schuppen, null Infrastruktur, ewige Fahrtzeiten. Das hatten wir doch längst abgehakt.«

Abgehakt, nicht zeitgemäß, aussortiert. Das schönste Häuschen der Welt. »*Du* hast es abgehakt, ich nicht.«

»Lass uns später darüber reden, ja?« Hanno drückte ihr einen Kuss auf die Lippen. »Wir müssen jetzt los, sonst kommen wir zu spät zum Barbecue.«

Die Grillparty, *och nö,* die hatte sie so schön vergessen! Yada stellte die halb volle Tasse auf die Arbeitsplatte und seufzte. Sie hatte keine Lust auf Nackensteaks bei Jessika und Christopher. Hanno hatte Chris erst kürzlich beim Fitnesstraining kennengelernt. Yada wusste von ihm nur, dass er im VW-Autohaus arbeitete und hundertzwanzig Liegestütze machen konnte, obwohl er schon einunddreißig war.

»Stefanie und Patrick kommen übrigens auch. Steffi und Jessika kennen sich von der Arbeit.« Hanno war schon im Flur. »Übrigens, die beiden haben sich eine supermoderne Doppelhaushälfte angesehen, in Dutum.«

»Ah.« Mit Steffi und Patrick gingen sie ab und zu

bowlen oder ins Kino. Die beiden waren nett, auch wenn Steffi ununterbrochen von Mode und Diäten redete und Patrick meist mit Hanno über Politik diskutierte. Unspannend, aber für ein paar Stunden war es okay, heute war es vielleicht sogar eine gute Ablenkung.

»Scheiße, hast du an den Kartoffelsalat gedacht?«

»Nein.« Für Kartoffelsalat war zurzeit kein Platz in ihrem Kopf. Yada nahm eine Strickjacke vom Haken und schlüpfte in ihre Sneakers.

»Dann halten wir kurz beim Supermarkt.« Hanno warf einen Blick auf sein Handy. »Schade, ich wollte dir noch die Reihenhäuser in der Nienbergstraße zeigen, total schick, KfW 50, dreihundert Quadratmeter Grundstück. Aber das schaffen wir nicht mehr, sind eh schon spät dran.«

Yada blähte die Wangen, während sie eine Schüssel aus dem Schrank holte. Hanno meinte es mit dem Wohneigentum ernst, kurzfristig ernst. Sie hatte es nicht glauben wollen, hätte es aber ahnen müssen. Zeichen hatte es genug gegeben. Ihr Blick fiel auf ein Exposé, das sie ungelesen zu den anderen in die Ablage getan hatte. Immer wieder hatte sie seine Nachfragen mit unverbindlichen Antworten galant umschifft. Keines der schneeweiß verputzten Häuser konnte den Elfenwiesen das Wasser reichen. Nur dass sie ihm das nicht hatte sagen können. Jetzt würde sie sich diesem Streitpunkt wohl doch stellen müssen.

Geräuschvoll ließ sie die Luft entweichen und klemmte sich die Plastikschale unter den Arm. Hanno, die Konstante in ihrem Leben, begann sich zu bewegen, und sie wusste nicht, ob sie das Tempo und vor allem die Richtung mitlaufen konnte und wollte.

»Bereit?«, fragte Hanno und öffnete ihr die Tür.

Nein, dachte Yada und nickte. Am besten, sie versteckte sich den ganzen Abend hinter einer Bratwurst.

»Lecker, lecker, ist der selbst gemacht?« Jessika hatte eine helle Stimme, die in einem irritierenden Kontrast zu ihrer olivfarbenen Haut und den dunkelbraunen Locken stand.

»Leider nein.« Yada verzog den Mund zu einem entschuldigenden Lächeln.

»Kann ich gut verstehen. Ich schaffe nach der Arbeit auch kaum noch was.« Jessika stellte die Schüssel auf den Tisch. Das Ergebnis der nervigen Umfüllaktion auf dem Parkplatz konnte sich tatsächlich sehen lassen. Ein Herz aus sauren Gürkchen plus eine Handvoll Tiefkühlkräuter und die Kartoffeln im Mayonnaisebad sahen frisch und gesund aus.

»Das ist aber hübsch.« Yada nahm ein Windlicht, das mit Perlen und getrockneten Blüten beklebt war, in die Hand und betrachtete es von allen Seiten. »Hast du das selbst gemacht?«

»Ach, das ist ganz einfach«, wiegelte Jessika ab, schien sich aber über das Lob von Yada sehr zu freuen.

»Ist Steffi schon da?« Yada rieb sich den Bauch, ihr war leicht übel seit dem Gespräch mit Hanno. Sie sah sich um, entdeckte aber keine bekannten Gesichter.

»Nein, sie musste notfallmäßig zum Arzt«, sagte Jessika mit gesenkter Stimme und hakte sich bei Yada unter.

»Oje, ist es schlimm?« Freitags, 18.40 Uhr, da war Steffi bestimmt in der Krankenhausambulanz, das klang gar nicht gut.

»Weiß nicht.« Jessikas schwarze Brauen gingen nach oben, ein wenig nur, dennoch sah sie besorgt aus. »Komm, ich stell dir die anderen vor.« Gemeinsam schlenderten sie die wenigen Stufen von der Terrasse in den Garten hinunter. Die Männer hatten sich um einen kugelrunden Grill versammelt, die Frauen saßen auf einer Bank dicht neben dem Zaun. Die Unterhaltungen waren bereits in vollem Gange und Hanno mittendrin. Gerade wurde lautstark diskutiert, wer wohl in diesem Jahr den Supercup gewinnen würde und warum.

»Und wann seid ihr hierhergezogen?« Jetzt hatten sie die Frauenrunde erreicht.

»Anfang Juni. Gott, wenn ich daran zurückdenke. Überall Kisten, die Küche noch nicht fertig. Ein Albtraum«, sagte eine zierliche Brünette mit Pferdeschwanz und verdrehte theatralisch die Augen.

»Sei froh, dass du das gemacht hast, bevor das Baby da ist. Ich habe den Keller mit so einer Murmel gepackt.« Eine Blondine mit glossigem Schmollmund zog eine elliptische Bahn mit ihrem Sektglas. »Und dann kam Henry drei Wochen zu früh, und ich saß mit meinem Stillkissen auf den Umzugskartons.«

»Das muss die Hölle gewesen sein.« Eine rundliche Frau mit aschblondem Bob riss die kleinen grauen Augen auf. »Ich war in den ersten Monaten nach der Geburt komplett ausgelastet, und das in einem flauschigen Haus mit Schwiegermutter.«

»*Und* Daniel«, fügte die Blonde mit bissigem Unterton hinzu. »Dein Mann hatte *vier* Monate Elternzeit, im Gegensatz zu meinem.«

Der aschblonde Bob kniff die Lippen zusammen, die Blonde trank ihren Sekt in einem Zug aus.

»Mädels, das ist Yada«, nutzte Jessika das kurze Schweigen, um Yada vorzustellen. »Die Freundin von Hanno.«

»Hallo.« Yada versuchte, freundlich zu lächeln, und fühlte sich dabei wie beim Zahnarzt.

»Ich bin Katharina«, sagte die Blondine.

»Jasmin.« Der aschblonde Bob winkte Yada zu.

»Annika.« Die junge Frau mit dem Pferdeschwanz schüttelte ihr die Hand.

»Und woher kennt ihr euch?« Katharina deutete mit ihrem Glas erst auf Jessika, dann auf Yada.

»Chris und Hanno trainieren zusammen«, erklärte Jessika.

»Ah, vom Fitnessstudio, tja, das würde Kai auch guttun.« Kathrina zog die Mundwinkel nach unten.

»Yada ist heute das erste Mal bei uns, aber bestimmt nicht das letzte«, kicherte Jessika und legte ihre Hand auf Yadas Arm. »Wenn ihr auch hierherzieht, wohnen wir ja Tür an Tür, sozusagen.«

»Was?« Yada sah sie verständnislos an.

»Chris hat gesagt, dass ihr ein Eigenheim sucht. Und Hanno war wohl ganz begeistert von den Häusern, die in der Nienbergstraße gebaut werden. Die sind so ähnlich wie unseres.« Sie deutete hinter sich, auf den rechteckigen Klotz mit den bodentiefen Fenstern.

Yada hustete in ihre Faust. »Ach so, ja.«

»Ich zeige es dir nachher mal von innen. Du wirst begeistert sein, es ist ein kleines Raumwunder. Hat locker Platz für fünf Personen.« Sie grinste Yada verschwörerisch an.

»Ihr wollt *drei* Kinder?« Katharina lachte hinter vorgehaltener Hand, so laut und schrill, dass vermutlich sogar die Spinnen in Nachbars Keller zusammenzuckten.

»Vielleicht?«, gab sich Jessika geheimnisvoll, nur die schmale Furche zwischen ihren schönen dunklen Augenbrauen verriet ihren Ärger.

»Bekommt erst mal eins, dann sprechen wir uns wieder«, meinte Jasmin und nippte an ihrem Wein.

»Wie alt bist du, Yada?«, wollte Annika wissen.

»Vierundzwanzig.«

»Da hast du ja noch massig Zeit.« Jasmin winkte mit einem gutmütigen Schnauben ab.

»Möchtest du überhaupt Kinder?« Katharina lehnte sich erwartungsvoll vor.

»Ähm, also …« Yada wurde heiß und kalt.

»Ach, das würde perfekt passen«, meinte Jessika, ohne Yadas Antwort abzuwarten. »Und einen Spielplatz haben wir auch um die Ecke.«

»Wie blöd, dass wir am anderen Ende der Stadt wohnen«, beschwerte sich Katharina.

»Wir könnten uns trotzdem mal treffen. Luca wird

im nächsten Monat zwei und spielt immer mit Größeren. Er ist schon ziemlich weit für sein Alter. Henry ist drei, oder?«

»Ja, und voll lieb zu jüngeren Kindern«, schwärmte Katharina, bevor sie sich über das mangelnde Bewegungsangebot in der Kita beschwerte. Jasmin regte sich über PEGs in Sonnenmilch auf, was in einer regen Diskussion über Gifte in Kinderspielzeug mündete. Ab da konnte Yada nicht mehr folgen. Der Rasen unter ihren Sohlen fühlte sich plötzlich butterweich an, ein Gläschen Sekt und ein halbes Stück Kuchen reichten wohl nicht aus, um den Kreislauf stabil zu halten.

Den ganzen Tag hatte sie kaum etwas gegessen noch getrunken, hatte einen Schnitt nach dem anderen gemacht. Sogar Melas letzten Kunden hatte sie übernommen, damit sich ihre Freundin mit der aktuellen Staffel *Gilmore Girls* auf dem Sofa einigeln und ihre supermiese Geburtstagslaune mit einer Flasche Prosecco pflegen konnte.

»Ladys, die Steaks sind fertig!« Chris wedelte mit der Grillzange.

»Und was ist mit dem Hühnchen?« Katharina erhob sich und strich ihre Bluse glatt.

»Schon angerichtet.« Chris verbeugte sich.

Yada folgte Annika und Jasmin zum Tisch. Die Windlichter flackerten neben bunt geblümtem Plastikgeschirr, Texas-Senf und Chili-Ketchup. Hanno saß zwischen Chris und Katharina und angelte bereits nach einer Wurst.

»Yada, hier«, Jessika winkte sie zu sich.

Dankbar ließ Yada sich auf einen Stuhl am anderen Ende der Tafel sinken. Von hier aus hatte sie einen freien Blick in den Garten. Sie zwang sich, ein Stück Brot zu essen, während sie die bunten Lampions an den Zwergbäumchen betrachtete. Könnte so ihr Zuhause aussehen? Vor ihrem inneren Auge wandelte sich das Grundstück, die Bäume wuchsen, sprengten den Zaun, die Wiese dehnte sich aus. Eine Scheune kam hinzu, eine Schaukel an einem mächtigen Apfelbaum, daneben ein Sandkasten mit einer mannshohen Burg.

»Wein?«, fragte Jessika und brachte Yada zurück in die Wirklichkeit, zurück zu der Tatsache, dass dreihundert Quadratmeter zu klein für ihre Träume waren. Sie würde sich der Realität beugen müssen.

»Danke.« Sie hielt ihr ein Glas hin, ihre neue Freundin befüllte es großzügig. Jessika gab sich wirklich Mühe. Sie war freundlich, herzlich, einfach liebenswert. Bestimmt konnte man mit ihr prima über Windelhöschen und Babybrei reden.

Yada nippte an dem Riesling. Der kühle Wein perlte ihre trockene Kehle hinab. Sie trank selten, fast nie Alkohol, doch heute gab es nur wenig Gründe, es nicht zu tun.

»Auf uns«, prostete Jessika ihr zu. Glas klirrte an Glas, Yada nahm einen großen Schluck. Die Bratwurst duftete köstlich, aber ihr Magen weigerte sich, auch nur einen Bissen zu probieren. Yada spülte die aufsteigende Übelkeit mit einem weiteren Schluck Weißwein hinunter. Eine watteweiche Leichtigkeit verdrängte die schweren Gedanken, die ihr durch den Kopf geisterten. Ihre Nackenmuskeln entspannten sich. Jessika wackelte mit der Weinflasche und grinste sie fragend an. Yada lächelte zurück und nickte. Das Stimmengewirr vermischte sich zu einem angenehmen Rauschen. Yada betrachtete die lachenden, kauenden, sprechenden Münder. Eine fröhliche Runde. Vielleicht würde sie sich beim nächsten Mal genauso amüsieren, wirklich dazugehören.

»Steffi!« Jessika sprang so heftig auf, dass die Gläser überschwappten.

»Jessi.« Die Freundinnen umarmten sich fest, wiegten sich von rechts nach links. Patrick klopfte zur Begrüßung auf den Tisch und quetschte sich neben Chris auf die Bierbank.

»Komm zu uns.« Jessika lotste Steffi zu ihrem Platz. Yada rutschte ein Stück.

»Yada, schön, dich zu sehen.« Steffi hauchte ihr einen Kuss auf die Wange.

»Geht es dir wieder gut?« Yada sah sie forschend an. Bis auf eine leichte Blässe wirkte Steffi gesund, nahezu strahlend.

»Weinchen?« Jessika kam ihrer selbst gewählten Verpflichtung als Mundschenk nach.

»Nein«, grinste Steffi und streichelte ihren Bauch.

»Nein?!« Jessika riss die Augen auf.

»Nein!«, staunte Katharina.

»Doch.« Steffis Lächeln wurde noch breiter.

»Herzlichen Glückwunsch«, freute sich Annika und goss Wasser in einen Becher.

»Hach«, hauchte Jessika. »Ich freue mich so für euch!«

Langsam begriff Yadas müder Kopf, puzzelte Andeutungen und Gesten zu einem Bild zusammen. »Alles Gute«, sagte sie heiser. Ihre Wünsche gingen in neben-, über-, durcheinander geführten Gesprächen zu Schwangerschaftswochen, Ziehen im Rücken, Vorsorgeuntersuchungen und Familienvans unter.

»Klirr.« Jessika hatte gegen Yadas Weinglas gestoßen. »Jetzt müssen wir uns aber beeilen«, gluckste sie und zwinkerte Yada verschmitzt zu.

Eine ungekannte Hitze schoss Yadas Rückgrat herauf. Ihr Herz raste, und die Übelkeit kehrte schlagartig zurück. Statt einer Antwort trank Yada ihr Glas in einem Zug leer, stellte es ab und stand auf. Terrasse und Doppelhaushälfte, die ganze Welt wankte, Yada hielt sich vorsichtshalber am Sonnenschirm fest.

»Toilette«, beantwortete sie Jessikas fragenden Blick, schnappte sich ihre Handtasche, Frischmachen, überpudern, das würde vielleicht helfen, zumindest der Fassade. Nachdem sie sich an die neue, unberechenbare Gravitation gewöhnt hatte, steuerte sie durch die große Glastür ins Innere des Hauses, vorbei an dem gläsernen Esstisch und den grauen Schwingstühlen, der Buchenholzkommode und der Bodenvase mit Sonnenblumen. Bei der Fotokollage im Flur blieb sie einen Moment stehen. Jessikas Lächeln dokumentierte auf jedem Bild, wie glücklich sie an Chris' Seite war, im Brautkleid, mit Sonnenhut oder Regenschirm. Und bald würden sie zu dritt in die Kamera strahlen. Yada keuchte, das Herzrasen wechselte in ein unregelmäßiges Holpern, und zu der Übelkeit gesellte sich eine beängstigende Atemnot. Yada riss die Haustür auf und stolperte ins Freie. In ihrem Rücken das auf und ab wogende Gelächter der Party, vor ihr die menschenleere Straße, über die eine grau gestreifte Katze huschte. In den letzten Strahlen der Abendsonne glänzten die blanken Fassaden der Häuser gegenüber, eines neben dem anderen, mit ihren Kiesgärten, den kugelrunden Buchsbäumen und Ziergräsern. Die Luft wurde knapper. Sie musste hier weg, sofort. Ohne nachzudenken, setzte Yada einen Fuß vor den anderen, immer schneller, immer weiter, nur weg.

Kapitel 8

»Was machst du denn hier?«

»Weglaufen«, keuchte Yada und stützte sich am Türrahmen ab. Soweit sie sich erinnern konnte, war sie noch nie mehr als drei Kilometer am Stück gejoggt, heute hatte sie acht geschafft, mindestens.

Mela zog die Augenbrauen hoch und trat beiseite, um sie hineinzulassen. »Zwischenstopp oder Zieleinlauf?«

»Wasser!« Yada schleppte sich durch den Miniflur, schmiss ihre Handtasche in die Ecke und ließ sich auf das Zentrum von Melas Wohnung plumpsen, ein kunterbuntes Patchworksofa. Ihr Atem ging rasselnd, aber sie bekam wieder Luft.

»Hier.« Mela reichte ihr eine Flasche Mineralwasser, hockte sich vor Yada auf den Boden und sah sie schweigend an.

Yada trank in gierigen Schlucken, setzte ab, atmete, wischte sich den Schweiß von der Nase, trank weiter. Vor ihren Augen tanzten Sterne im Rhythmus ihres Herzschlags. Irgendwann konnte sie wieder sprechen.

»Ich kann nicht in so einem Haus wohnen! Wo alles blank poliert ist. Die ganze Straße wie aus einem Katalog«, sagte Yada laut, konnte endlich in Worte fassen, was ihr die Luft abgeschnürt hatte. »Und der Garten ist zu klein, viel zu klein.«

»Welches Haus?« Mela drehte einen Schraubenschlüssel in der Hand.

»Hanno wechselt in die Stadtverwaltung.« Yada verschloss die Flasche, schüttelte das Mineralwasser, Sprudelbläschen trudelten an die Oberfläche. »Er will ein Eigenheim kaufen.«

»Oh.«

»›Oh weh‹ trifft es eher.« Yada trommelte mit den Fingern auf der Hartplastikflasche. »Die Elfenwiesen sind tot. Hanno träumt von einem modernen Reihenhaus mit handtuchgroßem Garten.« Yada rieb sich die Schläfen. Ein feiner Kopfschmerz pochte hinter ihrer Stirn, wenn sie an die spiegelglatten Fliesen, die weiß lackierte Küchenfront und die bodentiefen Fenster in Jessikas Haus dachte, aber das war bestimmt nur eine Überreaktion. Kein Wunder nach dieser Woche. »Jessika, Jasmin, Annika, Steffi. Sie sind sympathisch, das Haus erfüllt jeden Standard, die Gegend ist ruhig. Warum flippe ich so aus?« Sie schüttelte den Kopf, schraubte energisch den Verschluss ab und trank noch einen Schluck. Langsam fühlte sie sich wieder klar, konzentriert, vernünftig. Und je mehr sich ihr Puls beruhigte, desto weniger verstand sie die Panik, die sie hierhergetrieben hatte.

»Nur weil andere es mögen, musst du es nicht auch.«

»Aber es ist doch nur eine Wohnung.« Das Weglaufen, vollkommen übertrieben, Yada stöhnte, was sollte sie bloß Hanno sagen.

»Stimmt, ein Dach über dem Kopf, Schutz vor Regen und Hagel, warmes Wasser und ein Klo. Was will man mehr?« Mela verdrehte die Augen. »Wozu sich einen Platz zum Leben suchen, wenn man in den Träumen anderer unterschlüpfen kann?«

Yada ließ sich in die weichen Kissen fallen und presste die kühle Wasserflasche gegen ihre Stirn. *Gott, ja, sie hasste diese supermodernen Wohnsiedlungen, weil sie ihrem Leben einen Rahmen vorgaben, ihre Zukunft in Bahnen lenkten, aus denen sie nicht mehr würde ausbrechen können. Eingebunden in ein Korsett aus Erwartungen, umgeben von furchtbar lieben Nachbarn und Müttern, würde sie ihre Rolle spielen, statt ihr Leben zu leben.*

Hilfe, jetzt drehe ich komplett ab! Entschlossen setzte sie sich auf, stoppte den freien Fall, indem sie sich selbst für verrückt erklärte. »Ich werde mich daran gewöhnen.«

»Pah.« Mela tippte mit dem Zeigefinger gegen die Stirn. »Willst du zur Desensibilisierung, bevor du einziehst?«

»Es liegt in meiner Hand, was ich daraus mache«, erwiderte Yada trotzig.

»So wie du eure jetzige Wohnung nach deinen Vorstellungen gestaltest?«

Yada funkelte sie an.

»'tschuldigung«, murmelte ihre Freundin.

»Heute war einfach ein mieser Zeitpunkt«, beendete Yada die Diskussion und beschloss, ihre Ängste und Bedenken auf einen anderen Tag zu verschieben.

»Ja, vielleicht.«

»Neues Hobby?«, wechselte Yada das Thema und deutete mit dem Kinn auf ein windschiefes Möbelstück, das nach irgendwas zwischen Schuhregal und überdimensionaler Besteckschublade aussah. Allerdings schienen noch einige Teile zu fehlen, sie lagen wild verstreut auf dem Boden, darunter zwei Bretter von etwa zwei Metern Länge.

Mela schnaubte genervt. »Es heißt *Stapling* und soll Ordnung in mein Leben bringen.«

»Kein lustiges Bastelprojekt?«

»Haha«, lachte Mela humorlos, schob Hammer und Akkuschrauber beiseite und streckte sich aus. Erst jetzt bemerkte Yada, wie traurig ihre Freundin wirkte. Das war nicht ungewöhnlich, schließlich hatte sie Geburtstag.

»Birthday Blues?«, fragte sie vorsichtig und setzte sich neben Mela auf den Boden.

»In genau einem Jahr werde ich dreiunddreißig, bald kommt die vierzig.«

Yada entschied sich, weder abzuwiegeln noch nachzubohren. Wenn Mela in einem Tief steckte, wollte sie allein sein, ging jeder tröstenden Schulter, jedem Freundinnengespräch aus dem Weg. In ein paar Tagen, vielleicht schon morgen, könnte sie mit Mela über biologische Uhren und Krähenfüße reden, wenn das überhaupt das Problem war. Heute respektierte sie Melas emotionales Sperrgebiet und tat das Einzige, was jetzt noch half.

Entschlossen nahm sie die Montageanleitung, Stapling sollte eigentlich eine Aufbewahrungskombination mit Sockel werden. »Ah, ach so«, murmelte sie und zog die Stirn kraus.

Mela linste zu ihr herüber. »Was, ach so?«

»Das Ding ist gar kein Schrank«, behauptete Yada und machte eine bedeutungsvolle Pause. Mela richtete sich auf, der erste Schritt raus aus dem Loch.

»Hier steht es«, fuhr Yada fort und hielt sich das Blatt dicht vor die Nase. »Baukasten zur Bestimmung der Dehnbarkeit des menschlichen Nervensystems. Das Set enthält eine Zerreißprobe. Flicken sind im Lieferumfang nicht enthalten.« Yada zuckte mit den Schultern. »Du hast dich vergriffen.«

»Hihi«, kicherte Mela und knuffte sie in die Seite.

Yada grinste zurück. Blödsinn half, sie selbst fühlte sich auch schon besser.

»Und was machen wir jetzt damit?«

Yada betrachtete Stapling von allen Seiten. »Einen Haushaltsroboter?« Sie deutete auf die roten Schubladenknöpfe, die wie zwei Augen leuchteten.

»Au ja, mit Kochfunktion.«

»Ich schau mal, was ich machen kann«, lachte Yada und blätterte auf Seite eins.

»Nag, nag, nag«, quakte es aus der Ecke, dort, wo Yadas Handtasche lag. Yadas Herz setzte einen Augenblick aus, dann stolperte es, als wüsste es nicht, in welche Richtung es laufen sollte. Sie sprang auf, hechtete los, ungelenk holte sie das Handy heraus und klappte die Schutzhülle auf.

»Hanno, oh nein.« Für Enttäuschung blieb kaum

Zeit, wie sollte sie ihm erklären, dass sie einfach verschwunden war?

»Gib her!« Mela nahm ihr das Smartphone aus der Hand und ging in die Küche.

Yada konnte sie gedämpft sprechen hören, verstand aber nicht, was sie sagte. Sie hatte so sehr auf einen Anruf gehofft, jetzt war der Falsche dran, der eigentlich der Richtige sein sollte. Ihre Hände zitterten, sie vergrub ihr Gesicht darin. Dieses Auf und Ab, ihr Herz stolperte nach wie vor, ihr Kopf schmerzte seit Tagen vom vielen Grübeln, weder sie noch ihr Kreislauf hielten das noch länger durch. Das musste ein Ende haben, und zwar *sofort*.

Yada angelte nach dem Hammer. Er wog schwer in ihrer Hand, so wie die Entscheidung, die sie zu fällen hatte. Luuk hatte nicht angerufen. Es war 23.50 Uhr, zehn Minuten vor Mitternacht. Vermutlich lag er jetzt in Tessas Armen, da, wo er hingehörte.

»Uh, war der sauer.« Mela rümpfte die Nase, als röche sie vergammelten Fisch.

»Ja«, flüsterte Yada lautlos, was sonst.

»Ich habe ihm gesagt, dass ich dich wegen eines Notfalls«, sie räusperte sich, »*emotionaler Art* hierhergebeten habe und du gerade eingeschlafen bist.« Mit einem diabolischen Grinsen reichte sie Yada das Telefon zurück.

Yada nahm es wortlos entgegen, das schwarze Display so unwirtlich wie das kalte All. Sie legte es auf ein Stück Pappe, atmete tief ein und schlug zu.

»Yada!«, kreischte Mela und wich zurück, Yada nahm

es kaum wahr, hörte nur am Rande, wie Mela »Stopp« rief. Einmal und noch mal, wieder und wieder sauste der Hammer herunter, bis nur mehr winzige Partikel und sterbende Atome lebendiger Kommunikation übrig blieben.

»Yada, wach auf.« Mela rüttelte an ihrer Schulter.

»Mmh«, brummte Yada, ihre Lider waren schwer, die Stimmung düster. »Alles wird gut«, hatte Mela gesagt, während sie Poo mit Schlagsahne gegessen hatten. »Schlaf 'ne Nacht drüber.« Hatte sie getan, und nichts war gut. Der Kopf dröhnte, ihr Magen rebellierte, die Kehle war trocken, und ihre Probleme waren ungelöst.

»Aspirin und Kaffee, rechts neben dir. Vorsicht, heiß. Frische Sachen sind im Schrank. Ich bin im Zwirbel.«

»Gib mir fünfzehn Minuten«, nuschelte Yada in die Kissen.

»Nimm dir lieber fünfzig.« Die Haustür fiel ins Schloss, und kurz darauf konnte sie das Rattern von Melas Vespa durch die offene Balkontür hören.

Yada rollte sich auf den Rücken und stöhnte. Sie hätte den Karamelllikör ablehnen sollen, wenigstens die letzten drei. Die Deckenlampe tanzte unruhig von rechts nach links. Rasch schloss sie die Augen, wartete, bis das Drehen aufhörte, und richtete sich langsam auf. Stapling begrüßte sie kommentarlos und gleichbleibend freundlich.

»Hi«, sagte Yada, tätschelte den Pressholzrobotor und angelte sich dann den Kaffee, den Mela neben das zertrümmerte iPhone gestellt hatte. Gedankenverloren hob Yada eine der Scherben auf und drehte sie gegen das Licht. Die Sonne glitzerte in dem kleinen Glasstück, zeichnete einen Regenbogen auf ihre Handfläche.

Sie kniff die Augen zusammen, wollte sich ein weiteres, ein allerletztes Mal selbst überzeugen, dass sie doch alles besaß, um glücklich zu sein. Aber dann, mitten im Plädoyer für das Leben, das sie führte, bemerkte sie, dass ihr etwas fehlte.

»Ich habe einen Freund, aber keine Liebe; ich habe eine Wohnung, aber keinen Ort zum Leben; ich habe einen Job, aber keine Lebensaufgabe«, sagte sie laut und erschrak über die glasklare Ehrlichkeit ihrer eigenen Worte. Die ganze Zeit hatte sie es nicht wahrhaben wollen, hatte es vor sich selbst und ihren Freunden geleugnet. Und es wäre so leicht, sich wieder zu belügen, aber würde das auf Dauer funktionieren?

Sie musste ihr bisheriges Leben verlassen, neue Wege gehen. Das war hart, das tat weh. Eine Träne rann über ihre Wange. Auch wenn sie sich davor fürchtete, auch wenn sie nicht wusste, wie, sie musste etwas, nein, alles ändern. Heute war Neuanfang.

Das Zwirbel war leer, als Yada dort ankam. Rasch warf sie einen Blick auf ihre Uhr, vergewisserte sich, dass es kurz vor zehn war, an einem Samstag, 29. Juli. Eigentlich müssten alle Plätze besetzt sein, die Scheren, Föhne, vor allem aber Mela müsste auf Hochtouren laufen. Yada runzelte die Stirn, sperrte die Tür auf und trat ein.

»Mela?«

Keine Antwort, Totenstille, nicht einmal der defekte Wasserhahn am mittleren Becken tropfte. »Mela?« Nichts rührte sich. Yada legte den Schlüssel auf den Tresen und lehnte sich dagegen. Sie verzichtete darauf, die LED-Spots an der Decke und über den Spiegeln anzuschalten. Insgeheim hoffte sie, dass kein Kunde kommen würde. Heute war das Zwirbel kein Arbeitsplatz, sondern ein Unterschlupf.

Sie sah sich um. Der Laden lag um diese Zeit noch im Schatten der Linde, die vor der Fensterfront stand. Im schummrigen Licht wirkte der Raum fast märchenhaft, wie verzaubert. Yada trat einen Schritt vor, betrachtete die schmale Gestalt, die ihr aus den bodentiefen Spiegeln entgegensah. Eine glänzende Fläche warf ihr Bild zur nächsten. Tausendfach reflektiert, und doch konnte sie sich nicht erkennen. Yada trat von einem Bein auf das andere, ihre Doppelgänger tanzten nach rechts, links, vor und zurück, zeigten ihr die Wege, die sie gehen konnte. Aber welcher war der Richtige? Die Yadas legten den Kopf schief, als wüsste es keine von ihnen.

»Wartest du schon lange?« Mela kam atemlos hereingestürzt.

Yada schüttelte den Kopf. »Wo sind die Kunden?«

»Abbestellt.«

»Warum?«

Ihre Freundin reichte ihr einen Becher, der das Logo eines Coffeeshops trug. »Weil du so nicht weitermachen kannst.«

Normalerweise hätte Yada protestiert, heute sagte sie

nichts. Jede Widerrede wäre eine Lüge gewesen, das wusste sie.

»Yoyo, mein Küken.« Mela nahm sie in den Arm, bettete sie in die Geborgenheit einer großen Schwester, die sie sich immer gewünscht hatte. »Du bist so gewissenhaft und besonnen, so vernünftig.« Mela holte tief Luft, suchte Yadas Blick, sah ihr fest in die Augen. »Das ist großartig, aber nicht für dein Alter! Du bist viel zu jung, um so erwachsen zu sein.«

»Ach Mela.«

»Ich hab's!« Shen stürmte durch die Glastür.

Mela reckte einen Daumen in die Luft und grinste.

»Hi, Cousinchen.« Shen küsste Yada auf beide Wangen. Seine wenigen Barthaare kitzelten auf ihrer Haut. Ein merkwürdiges Gefühl, wenn sich der ganze Körper taub anfühlte.

»*Was* hast du?«, fragte Yada und löste sich aus Melas Umarmung.

»Einen Traumkörper, tolle Haare und Abitur.« Er zwinkerte ihr zu.

Mela rollte mit den Augen. »Wir haben einen Ratschlag für dich«, sagte sie, an Yada gewandt, nahm sie bei der Hand und zog sie vor die Tür.

»Einen saucoolen«, sagte Shen und folgte ihnen, »einen, den man unmöglich ausschlagen kann.«

»Genug Konfetti, Shen«, sagte Mela über die Schulter.

»Okay, okay!« Shen, mit einem breiten Grinsen, wutschte an ihnen vorbei zu einem Rad, das an der Linde lehnte. »Das hier, liebe Yada, ist dein Ticket in ein neues Leben.«

»Ring, ring«, machte die Klingel.

»Super.« Mela begutachtete die geblümte Tasche am Lenker.

»Wie findest du es?«

»Schön.« Yada strich über den hellgrünen Rahmen mit Kratzern aus bestimmt drei Jahrzehnten.

»Die Reifen sind nagelneu«, erklärte Shen und drückte an dem schwarzen Profil, um den Druck zu prüfen. Mela stieß ihn unsanft in die Seite. Shen ließ von dem Fahrrad ab und rieb die Handflächen aneinander. »Ähm, also, Yoyo, wir stehen dir jederzeit für lange Rotweinabende zur Verfügung, nächtliche Telefonate …«

»Schokoeis und Liebesfilme …« Mela nickte eifrig.

»Zen-Weisheiten, Küchen-Philosophie, Scrabble«, fuhr Shen fort. »Als beste Freunde haben wir alles im Angebot, was du in deiner jetzigen Situation brauchen könntest.«

»Was dir allerdings wirklich helfen würde, wäre eine Reise!« Mela sah aus, als hätte sie gerade einen Trumpf ausgespielt.

»Nicht mit dem Flieger an den Strand oder im Bus nach Rom.« Shen rieb die Handflächen aneinander, rang wohl um die richtigen Worte, was selten bei ihm vorkam. »Ähm.«

»Ortswechsel, Auszeit, Nachdenken«, sprang Mela ein. »Einfach mal drauflosfahrn – hast du selbst gesagt. Das heißt nicht, dass du gleich bis in die Mongolei radeln sollst.« Sie grinste und drückte Yada eine Straßenkarte in die Hand. »Ach, du wirst deinen Weg schon finden.«

»Aber wenn du nicht weißt, wo du hinwillst, fahr nach Leipzig. Diese Stadt ist nicht zu toppen, einfach superb.« Shen nahm Yada die Karte wieder ab, klappte sie auf und fuhr eine rote Linie mit dem Finger nach. »Das ist die kürzeste Route, hab ich eingezeichnet. Meine Cousine wohnt in der Südvorstadt, Adresse und Telefonnummer, hier.« Er wendete den Plan und tippte auf ein unleserliches Kuliwirrwarr am untersten Rand.

»Ehem, ehm«, hüstelte Yada, noch immer nicht sicher, ob sie ihre Freunde richtig verstanden hatte. »Mel, das mit dem Drauflosfahrn, das war doch nur laut gedacht.«

»Eben«, nickte ihre Freundin.

»Probefahrt?« Shen hielt ihr den Lenker auffordernd hin.

»Was? Nein!« Sie sollte abhauen, den Sinn des Lebens suchen, auf einem Fahrrad, jetzt, sofort? »Das meint ihr nicht ernst!«

»Wir hätten dir gern Shens Clio oder mein Mofa geliehen, aber du hast ja keine Fahrerlaubnis.«

Jetzt war Yadas Stimme weg. Diese aberwitzige Idee war kein Scherz. Mela und Shen schickten sie auf Pilgerfahrt.

»Oh, bevor ich es vergesse.« Mela zog etwas Gelbes aus ihrer Tasche und drückte es Yada in die Hand. »Hier, mein Outdoorhandy: wasserfest, bruchsicher, vier Wochen Akkulaufzeit, überall drei Balken, sogar in Schutzbunkern. Dreimal die Eins zum Entsperren, zwanzig Euro sind drauf, aufladen kannst du es überall.« Sie umarmte Yada fest. »Ruf mich an, wenn du Hilfe brauchst, ich dich aus dem Knast oder einem langweiligen Date rausholen soll.«

Irgendetwas funkte in Yadas Magenkuhle, ziepte links unter dem Rippenbogen. Ihr Bauch wollte eine Entscheidung treffen. Der seltsame Spaß wurde mit einem Mal zu einer reellen Option, zur einzig sinnvollen Lösung ihrer verfahrenen Situation. Andächtig strich sie über den weißen Sattel. Mit dem Rad durchs Nirgendwo-Irgendwo. Würde sie dort Antworten finden?

»Schau mal.« Shen öffnete die Blümchentasche. »Mikrofaserhandtuch, Duschbad, Zahnbürste, Flickzeug, Regenjacke, Wechselwäsche.« Er tippte auf einen schwarzen Leinenbeutel. »Das hat Mela besorgt. Und … was is'n das?« Er zupfte eine rosa Verpackung heraus.

»Conditioner«, erklärte Mela, an Yada gewandt, »mit Kendi-Öl, ganz neu.«

»Kein Aspirin, kein Pflaster, aber 'ne Haarspülung.« Shen schnalzte mit der Zunge und funkelte Mela tadelnd an. »Bin gleich wieder da.« Er rannte quer über die Straße, die Adler-Apotheke war nicht weit.

»Du hast ja keine Ahnung, wie das Haar unter der UV-Strahlung leidet«, rief Mela ihm hinterher. »Stimmt doch, oder?«

Plötzlich standen Yada Tränen in den Augen. Mela und Shen waren ihr Schutzwall, ihre Burg. Sie brauchte sie, brauchte ihren Halt. Zurzeit wusste sie nicht, wo oben und unten war, und sollte auf zwei Reifen quer durch Deutschland rollen? Was für ein Irrsinn! »Ich werde mir den Hals brechen.«

»Papperlapapp, du bist jung und topfit.«

»Einfach losradeln und den Sinn des Lebens suchen? Das bin doch nicht ich, glaube ich.« Yada Marie Prem hatte ein Sparbuch statt Aktienpaket, einen Beruf gelernt, statt an der Kunsthochschule zu studieren, ging alle sechs Monate zur Zahnreinigung und putzte den Hausflur, wenn sie dran war.

»Vielleicht doch! Probier's aus«, sagte Mela leichthin, als wäre es tatsächlich leicht. »Es geht doch nur um eine kleine Auszeit. Eine Woche, vierzehn Tage mal raus. Ich kümmere mich um Hanno, deine Chefin gibt dir frei ...«

»Bist du dir sicher, Mel? Der Terminplaner ist rappelvoll!« Yada kaute auf ihrer Unterlippe.

»Ach was, das ist wie Tetris Level dreißig: schieben, drehen, schachteln. Und darin, Süße, bin ich unschlagbar.«

»Ich würde sie nicht provozieren.« Shen war schon wieder da, er stopfte Schmerzmittel und Verbandszeug in die Blumentasche. »Sonst macht sie eine Dienstreise draus und brummt dir irgendwelche Hausaufgaben auf.«

Mela knuffte Shen, Yada grinste schief. Die Unbeschwertheit der beiden sprang auf sie über, spontane Radfahrerferien schienen nicht mehr ganz so abwegig.

»Yoyo.« Mela nahm sie in den Arm. »Du bist immer mit einer Handvoll Glück zufrieden, und das ist großartig.« Sie streichelte ihr über die Wange. »Aber in dir schlummert so viel mehr. Kämpfe darum.«

»Den Mutigen gehört die Welt.«

Yadas Kopf ruckte zu Shen. »Den Mutigen gehört die Welt«, wiederholte sie leise die Worte, die Luuk ihr vor genau einer Woche zusammen mit einem Löwenbaby geschickt hatte. Aus dem unbestimmten Gefühl, etwas verstanden zu haben, formte sich ein Gedanke, und plötzlich fügte sich alles zu einem übergeordneten Sinn zusammen.

»Deshalb«, wisperte sie lautlos. *Deshalb* hatte Luuk bei ihr angerufen und alles aus den Fugen gerüttelt. Das Universum hatte Luuk geschickt, damit sie aus dem Hamsterrad sprang, sich neu sortierte. Dass sie endlich ihre eigenen Träume suchte, nicht nur denen von Hanno folgte oder immer das tat, was vernünftig und sinnvoll schien. Zugegeben, das war keine wasserfeste Logik, nur wenig mehr als reiner Zufall, vorausgesetzt, man glaubte an das Universum und suchte einen Sinn. Mittlerweile tat Yada beides.

»Ring, ring.« Die Klingel hatte es Shen offensichtlich angetan. »Also, ich würde an deiner Stelle jetzt losfahren, sonst schalte ich Stufe drei meines Motivationsprogramms frei, und dann kommen so fiese Schlagworte wie *Challenge* und *Opportunity*.«

»Okay.« Yada klemmte ihre Handtasche auf den Gepäckträger, nahm den Lenker fest in beide Hände und stieg auf das Rad, jeder Muskel zum Zerreißen gespannt.

»Viel Glück.« Mela küsste sie auf die Wange.

»Immer geradeaus«, lachte Shen und klopfte ihr auf die Schulter.

Yada presste die Lippen fest aufeinander, atmete ein und stieß sich ab. *Bis zur nächsten Ampel, dann links – oder rechts.*

Kapitel 9

Der Schatten, der sie den ganzen Tag begleitet hatte, war lang geworden, als könnte er ihr Tempo nicht mehr mithalten. Bald würde sie einen Platz zum Schlafen suchen müssen. Und davor hatte sie Angst. Denn in der Stille der Nacht würde sie ihren Zweifeln nicht mehr ausweichen können, hatte ihnen keine starken Worte entgegenzusetzen, das wusste sie. Ein Sprichwort reichte vermutlich nicht aus, um weiterzuradeln. Die Dunkelheit würde den letzten Rest Mut oder Übermut, nein, Unvernunft schlucken und sie zurückschicken. Und dann?

Yada blähte die Nasenflügel, beschleunigte, fuhr der Ungewissheit einfach davon. Die Buche mit dem krummen Ast kam ihr bekannt vor, und nein, bitte nicht, da war sie wieder, die Steigung, die sie nur in den erschöpften Muskeln spüren konnte. Beim ersten Mal hatte sie sie gar nicht wahrgenommen, jetzt passierte sie schon das dritte Mal den See, in den sie bereits vor Stunden am liebsten reingesprungen wäre.

Verdammt! »Einfach nur geradeaus« führte nirgendwohin. Sie fuhr im Kreis, so wie sie sich selbst um die eigene Achse drehte, mal in die eine, mal in die andere Richtung, wie ein Kompass, der die Orientierung verloren hatte.

Yada bremste, die Reifen rutschten über den Staub am Straßenrand, einmal wenden, drei langsame Schlenker, und sie hatte den schmalen Trampelpfad gefunden, der sich bis an das Ufer schlängelte.

Beim Anblick des klaren Wassers wurden ihre Schuhe mit einem Mal viel zu eng. Rasch schlüpfte sie aus den Chucks, schob die Leggings hoch und tastete sich vorsichtig durch das Schilf. Ihre Füße tauchten bis zum Knöchel ein, es war kälter als gedacht. Yada schnappte nach Luft, dann atmete sie mit einem wohligen Seufzer aus. Die Kühle umspülte ihre brennenden Waden, die Zehen wühlten im weichen Grund. Selbst die Sonne war hier nicht ihr Feind, sie malte tanzende Lichter auf die herabhängenden Äste der Weide, die sich weit über das Wasser spannten.

Yada beugte sich vor, erfrischte ihre Arme, den Nacken, *ach, was soll's*! Jauchzend rannte sie los, klatschte mit den Händen auf die spiegelglatte Oberfläche, feuerte die Wasserfontänen mit ihrem Lachen an. Mit einem Satz hechtete sie in die Tiefe, tauchte zwei Schwimmzüge lang und kam dann prustend wieder hoch. Bis auf ein paar winzige Wirbel lag der See schon wieder ruhig und unberührt, hatte das wilde Toben längst verschluckt. Yada streckte die müden Beine, drehte sich auf den Rücken und ließ sich treiben. Ein Milan segelte über sie hinweg. Für einen Augenblick fühlte sie sich genauso schwerelos wie der Vogel, dann kam das Grübeln wieder, zog an ihr wie das vollgesaugte Shirt. Sie war nicht frei, weglaufen löste keine Probleme.

Verschwinden, ohne Hanno zu sagen, was sie bewegte, das war nicht nur feige, es brachte auch nichts. Sie beraubte ihn der Chance, etwas zu ändern. Und die hatte er verdient.

Hanno liebte sie, plante ihre gemeinsame Zukunft, auch wenn die allein seine Handschrift trug. Er wollte bloß das Beste, nur dass das für Yada nicht automatisch gut war. Aber das konnte er ja nicht wissen, wie denn auch, wenn Yada zu allem ihr Okay gab, während sie im Stillen Kompromisse verhandelte, immer auf ihre Kosten und ausschließlich mit sich selbst.

Hanno und Yada, das waren *zwei* Herzen, *zwei* Menschen. Sie hatte versucht, ihre Beziehung allein zu retten, und war gescheitert. Aber vielleicht war ihre Liebe noch nicht am Ende. Was sie brauchte, war nicht Mut weiterzuradeln, sondern Mut zu reden. Zwischen ihren Schultern zwickte es, die Beine sanken ab, das entspannte Gleichgewicht war verloren. Yada ruderte auf den Bauch, zerteilte das dunkle Wasser mit den Armen, den Blick entschlossen nach vorn gerichtet.

Die Zuversicht, einen Schritt weiterzukommen, dorthin, wo alles irgendwann gut werden würde, verlieh ihr Flügel, und die Straßenkarte brachte sie auf den richtigen Weg. Nur eine Stunde später bremste Yada neben Hannos Golf, das *White-silver-metallic* glänzte in der Abendsonne, trotzdem konnte sie sich nicht für die Farbe erwärmen. Sie lehnte das Rad an die Hauswand, Frau Schmidtke aus dem Erdgeschoss würde sich darüber aufregen. Yada schielte unauffällig zu den zwei Fenstern, hinter denen die Rentnerin oft saß. Die Gardinen waren zugezogen, die Orchideen lächelten sie in Pink und Weiß an.

Gleich morgen früh würde sie es in den Fahrradschuppen im Hinterhof bringen, heute war sie zu müde für die schweren Türen. Die Zahlenräder rutschten Yada ein paarmal aus den Fingern, irgendwann hatte sie das Schloss fest um den Rahmen gezurrt. Die Stufen zu ihrer Wohnung schienen eine eigene Schwerkraft zu besitzen, es gelang ihr kaum, ohne Pause einen Treppenabsatz zu erklimmen. Dafür hatte sie Zeit, sich eine Begrüßung zurechtzulegen, eine, die offen, herzlich, liebevoll sein sollte.

»Hi«, krächzte Yada, als Hanno die Tür öffnete. Das Grau seiner Augen glänzte so kalt wie der Lack auf seinem Auto. Statt eines *Hallo* schnaubte er nur und wich zur Seite, um sie einzulassen. Yada erschauderte unter seinem eisigen Blick, der jede Vertrautheit zwischen ihnen einfror.

Ein Schritt über die Schwelle, extragroß und weit, als müsste sie eine Hürde überwinden, die Tasche rechts neben das Schuhregal, als wäre sie nur zu Besuch.

»Wo warst du die ganze Zeit?« In jeder Silbe ein Vorwurf, sein Blick wanderte abschätzend über ihre feuchte Kleidung.

»Ich ziehe mich rasch um.«

»Weichst du mir aus?« Er stellte sich dicht vor sie, die Arme vor der Brust verschränkt.

»Nein.« Ihr Blick ruhte auf seiner Nasenspitze, wagte sich nicht bis zu den Augen vor. »Es ist alles in Ordnung.« Sie konnte ihm die letzten vierundzwanzig

Stunden nicht erklären, sie verstand ja selbst nur einen Bruchteil, wenn überhaupt.

»Wie bitte?«, zischte er. »Du verschwindest, mitten in der Nacht, ohne ein einziges Wort! Den ganzen Tag kein Lebenszeichen, auf deinem Handy kann man dich nicht erreichen, und das nennst du *in Ordnung*?«

»Es tut mir leid.«

»Jessika hat mich heute dreimal angerufen, um sicherzustellen, dass es dir gut geht.« Hanno presste die Kiefer so fest aufeinander, dass der Kaumuskel hervorsprang.

Yada schloss die Lider, konnte seine Perspektive auf ihr Chaos kaum ertragen. Sie steckte in einer Krise, das konnte sie selbst durch Hannos Augen sehen. Der Boden unter ihren Füßen schien sich plötzlich aufzulösen, sie fühlte sich verloren wie ein Astronaut in der Tiefe des Alls. Ihr Magen drehte sich in der Schwerelosigkeit.

»Kannst du dir vorstellen, wie peinlich mir das ist?« Das hatte er herausgespuckt, mit viel Gift, es brannte auf Yadas Haut.

Sie öffnete die Augen, blinzelte, nein, sie hatte sich nicht verhört. Ungläubig musterte sie seine Lippen, die schmal und blutleer waren. Sie konnte seine Wut sehen, die Empörung beinahe greifen, sogar ein wenig verstehen, nur, war das das Einzige, was er fühlte? »Peinlich?«, wiederholte sie leise.

»Oberpeinlich«, bestätigte Hanno. »Meine Freundin lässt mich auf einer Party sitzen, *vor allen*! Applaus, Yada, ganz große Klasse.«

Yada hob ihr Kinn, beide Beine wieder auf festem Boden, er war rau und unwirtlich. Trotzdem würde sie das Feld nicht räumen und einfühlsam Hannos Wunden pflegen, so wie sie es sonst immer tat. »Sorry, dass ich dein Image angekratzt habe, aber ich hatte einen guten Grund.«

»Pah.« Hanno lachte humorlos auf. »Was hatte Mela denn für einen Notfall, das erste graue Haar?«

»Sie hat mir den Rücken freigehalten.« Mit der Wahrheit kamen die Schuldgefühle, heftiger als all die Tage zuvor, dabei hatte sie ihm noch nicht einmal alles erzählt. »Ich war fix und fertig, brauchte Abstand.«

»Ihr habt mich *angelogen*?«

»Ich war *am Ende*!« Verdammt noch mal.

»Warum?« Mitgefühl hörte sich anders an, aber Yada nahm, was sie kriegen konnte.

»Jessikas Haus, es hat mir die Luft abgeschnürt. Ich kann in so einem Kasten nicht wohnen.«

Hanno schüttelte den Kopf. »Welcher Film läuft denn bei dir? Wir waren da, um 'ne Wurst zu essen, nicht, um einzuziehen.« Auf einmal prustete er los, kicherte sein hohes Lachen, kniff sich in die Nasenwurzel, um überhaupt noch Luft zu bekommen. »Yada«, keuchte er, »crazy, das glaubt mir keiner.«

Der Anflug eines Lächelns, die zaghafte Freude darüber, offen miteinander reden zu können, erstarb auf ihren Lippen. Ihr Tiefpunkt war für ihn lediglich eine urkomische Story, Zucker für die nächste Kaffeepause.

»Puh!« Hanno rieb seinen Nacken. »Aber ich gebe dir recht, die Gartenmöbel waren echt zum Weglaufen, dunkelbraunes Holz, igitt, und die Küche, billigste Spanplatte.«

»Du hast mich falsch verstanden«, unterbrach sie ihn. »Egal, ob Loungesofa oder Klappstuhl, ich würde mich in keinem dieser Häuser mit ihren faltenlosen Fassaden und den sorgfältig getrimmten Vorgärten wohlfühlen.«

»Oh bitte, und als Nächstes holst du wieder diese Bruchbude *in the middle of nowhere* raus.« Hanno schnaubte.

Etwas in ihr zerbrach, nicht leise, kein trauriges Klirren. »Die Elfenwiesen sind *keine Bruchbude*!« Die letzten zwei Worte hatte sie geschrien.

»Du spinnst!« Er sah sie fassungslos an. »Himmel, bist du verspannt, nimm dir mal ein paar Tage frei.«

Yada atmete tief ein, ihre Nasenflügel vibrierten. »Ja, das werde ich«, sagte sie, nahm ihre Tasche und ging. Tür auf, Stufe um Stufe, nur weg, raus aus der Ausweglosigkeit. Eins-neun-sechs-fünf, das Zahlenschloss sprang auf, sie trat in die Pedale, hörte ihren Namen, einmal, zweimal. Beim dritten Mal bog sie um die Ecke. Der Mond hatte gerade seinen Dienst angetreten, die Straßen waren leer. Yada füllte ihre Lunge mit der milden Abendluft, schmeckte den Sommer auf der Zunge. Ihre Haare flogen wie der Schweif eines wilden Pferdes, leichtblütig fühlte sie sich nicht. Mit einem Seufzer legte sie den Kopf in den Nacken, sie kannte den Weg, jedes Schlagloch, jeden Baum. Dennoch wusste sie nicht, wo sie als Nächstes hinfahren sollte.

Zu Mela vielleicht oder zu Shen? *Nein,* denn sie

konnte weder Mitleid noch Enttäuschung ertragen. Und reden wollte sie auch nicht, hatte keine Ahnung, was sie zu alldem sagen sollte. Eine Ampel sprang auf Grün, Yada stoppte, konzentrierte sich auf das, was vor ihr lag. Der nächste Morgen, immer noch hier, aufstehen, mit wankender Entschlossenheit und einem dicken Streitkater, erst mal Kaffee, überlegen, was zu tun ist, keine Antwort finden, dann, irgendwann, zum Zwirbel, wortlos Schere und Kamm nehmen und weitermachen.

»Nein!«, das hatte keinen Sinn. Wahrscheinlich sogar noch weniger, als einfach mit dem Fahrrad davonzufahren. Das Ampelmännchen leuchtete Rot, Yada trat in die Pedale. Auch wenn es ihr widerstrebte, allein durch die Dunkelheit zu radeln, musste sie die Stadt verlassen, und zwar heute noch. Und es gab nur einen Ort, der nah und doch weit genug entfernt war, wo sie Energie tanken konnte, bevor sie ins Ungewisse aufbrach. Die Elfenwiesen.

Schon der Weg dorthin war ein Stück Zuhause, der süße Duft von frisch gemähtem Heu, das späte Zirpen einer Zikade, die dunklen Schatten der Kühe auf einer Weide. Ein Käuzchen begrüßte sie, als sie kurz nach Mitternacht auf den Feldweg einbog. Yada wurde langsamer, ließ sich ausrollen, stieg ab und schob das Rad die letzten Meter bis zur Gartenpforte. Kies knirschte unter ihren Sohlen, das wunderbare Geräusch des Ankommens. Die Stufen vor dem Eingang schimmerten kalt im silbernen Licht des Vollmondes. Als Yada sich setzte, war sie überrascht von der Wärme, die sie abstrahlten. Mit einem lautlosen Seufzer lehnte sie sich gegen die Tür, sog die Ruhe in sich auf. Irgendetwas prallte gegen ihre Schulter, Yada fuhr zusammen. Ein Nachtfalter krallte sich an ihrem Shirt fest, Yada betrachtete die schmucklosen Flügel, die in dem fahlen Licht kaum von einem Stein zu unterscheiden waren.

»Husch«, forderte sie ihn leise auf zu gehen und zupfte am Ärmel. Der Falter rührte sich nicht. Irgendetwas knurrte, ein grimmiges Grollen. Der Nachtschmetterling flatterte davon. Yada kicherte und rieb sich ihren Bauch. »Keine Sorge, ich fresse dich nicht«, rief sie ihm hinterher und stand auf. Wieder grummelte ihr Magen, beschwerte sich lautstark, dass sie den ganzen Tag nichts gegessen hatte.

Yada schloss die Haustür auf und trat ein. Die Diele war dunkel, doch ihre Augen kannten jedes Möbelstück schon seit Jahren, brauchten nicht mehr als einen vagen Umriss für ein volles Bild. Als sie in die Küche ging, erschien ihr das Mondlicht so grell wie eine Neonwerbung, die an einer Bushaltestelle vor sich hin flackerte. Mit wenigen Handgriffen hatte sie die Petroleumlampe gefunden, dort, wo sie immer stand, unter der Spüle. Daneben die Streichhölzer. Das erste brach ab, dann brannte der Docht. In dem antiken Büfettschrank, den ihre Oma selbst aufgearbeitet hatte, standen Teller, Tassen und Schüsseln ordentlich übereinandergestapelt. Goldränder glänzten im warmen Schein der Flamme. Spinnweben spannten sich wie eine verwunschene Dornenhecke um die Suppenterrine. Yada musste an den Steckrübeneintopf denken, den Frieda immer gekocht hatte. Der Wunsch nach etwas zu essen wurde dringlicher, ja, essenziell. Sie riss den Vorratsschrank auf. Leer, bis auf eine Rolle Küchenkrepp.

Yada schürzte die Lippen. Sollte sie je wieder ausreißen, würde sie an Müsliriegel denken. Nur mühsam unterdrückte sie den Wunsch nach einer Pizza mit Fettpfützen, die sie noch vor wenigen Tagen verflucht hatte.

»Prinzessin«, lachte sie sich selbst aus und ging auf die Knie. Mal sehen, ob sich eine Dose Ananas oder, hoffentlich blieb ihr das erspart, Ölsardinen in einer der hintersten Ecken versteckt hatten.

»Na also!« Yada entschied sich gegen Jagdwurst aus dem Jahre 2001 und zog eine Packung Glückskekse, die ihre Mindesthaltbarkeit vor sechs Jahren überschritten hatten, hervor. Weisheiten hatten kein Verfallsdatum, entschied sie und schlenderte, zufrieden mit ihrer Beute, in den Garten.

Du wirst eine wunderbare Reise machen, verriet ihr der erste Keks. Yada hätte beinahe laut losgelacht. Der nächste prophezeite ihr eine Überraschung. Bei *Das größte Glück kommt meist unerwartet* war sie schon fast satt. Yada lehnte sich entspannt gegen die raue Rinde des Kirschbaums und streckte die Beine aus. Wenn das Keksorakel stimmte, war sie auf dem richtigen Weg. Ein Glühwürmchen schwebte zwischen den Scherenschnitten der Obstbäume, und da, noch eins. Der Leuchtpunkt verlosch, dann tauchte er wieder auf. Mehr und mehr tanzten mit, jeder eine andere Choreografie, jeder zu seiner eigenen Melodie, gemeinsam erschufen sie Magie. Das war einer der Momente, denen die Elfenwiesen ihren Namen verdankten.

In der Hoffnung auf einen Nachtisch nahm Yada die Pappschachtel, wühlte sich durch die leeren Plastiktütchen und angelte einen letzten Keks vom Grund.

Den größten Erfolg hast du mit den Dingen, die du ernsthaft tust, las sie, während sie an dem süßen Gebäck knabberte. Das war simpel, aber klug. So wie die Ratschläge ihrer Mama-Mae. Nur zu gern hätte sie mit ihrer Mutter über alles geredet, doch das war unmöglich. Wie sollte sie ihr erklären, dass sie jede Sicherheit aufgegeben hatte, allein durch die Gegend fuhr, ohne Ziel, wenn auch nicht ohne Grund, den sie ihr kaum begreiflich machen konnte, wo sie ihn doch selbst nicht ganz begriff.

Nein, die Ohnmacht, in die sie ihre Mutter stürzen würde, konnte sie nicht verantworten. Erst wenn sie den richtigen Pfad gefunden hatte, würde sie ihr alles beichten, irgendwann in der Zukunft. Und bis dahin würde sie über Land, Leute und das Wetter plaudern, würde das Sonnenbad, wie sie die seltenen Telefonate mit ihrer Mum insgeheim nannte, genießen.

Yada seufzte und stand auf. Die Glühwürmchen hatten ihre Vorstellung beendet, Nebel zog vom Teich hinter der Scheune auf. Shirt und Hose klebten klamm auf ihrer Haut, sie fröstelte. Das Adrenalin war verpufft, der Zauber verflogen. Die Unberührtheit der Elfenwiesen fühlte sich plötzlich einsam an. Entschlossen hob Yada die Laterne, verscheuchte die Ängste, die sich wie

Schatten um ihr Herz legen wollten. Die Sterne funkelten zurück, freundlich, wie ihr schien. Yada lächelte ihnen zu, das Licht in ihrer Hand schaukelte, als wollte es sagen: Schaut her, ich bin klein, ich bin hier unten, aber ich leuchte!

Kapitel 10

Gleich nach dem Aufstehen war es am schlimmsten.

»Was, zum Teufel, tust du hier?«, fragte ihre Vernunft sofort. »Bist du wahnsinnig?«, fügte sie meist noch hinzu. Am lautesten war sie in den Morgenstunden, aber auch beim Einschlafen flüsterte sie ununterbrochen in Yadas Ohr, bis der Schlaf sie erlöste.

Am Sonntag hatten die Moralpredigten gar nicht aufgehört, vierundsiebzig Kilometer, sechs Stunden lang. Yada war weitergefahren, hatte ein Lied nach dem anderen gesummt, um die Bedenken zu übertönen. Bei der dritten Strophe von »99 Luftballons« wäre sie vor Schreck fast vom Rad gefallen, als ein Tankwagen an ihr vorbeiraste, kurz darauf war sie bei einem Ausweichmanöver in einen Graben gerutscht. Modergeruch, Hose und Shirt schlammig, Brennnesselpusteln, der Ellenbogen zerkratzt. Yada biss die Zähne zusammen, konnte sogar so was wie Abenteuer spüren.

Nur als sie das zweite Mal in Schapen gelandet war, verließ sie die Zuversicht, zum Glück hatte sie am Morgen an einer Tankstelle Schokoriegel gekauft. Die Schokolade schmolz auf der Zunge, Karamell und Keks gaben neue Energie, und die Straßenkarte versprach

Orientierung. Seitdem fuhr sie ostwärts, folgte Shens rotem Faden, so Pi mal Daumen. Meist kurvte sie nördlich oder südlich davon entlang, auf kleineren Landwegen, achtete oft nicht einmal darauf, wo sie sich genau befand.

Der Montag begann mit der gleichen Frage, aber dann folgten weitere, mehr und mehr. Und alle drehten sich um das Warum, warum war sie auf der Flucht und wovor. Yada kehrte zurück bis ins Jahr 2008, als sie fünfzehn und Hanno der coolste Junge der Schule gewesen war. Noch heute konnte sie das nervöse Ziehen in ihrem Bauch spüren, immer wenn er sich zu ihr umgedreht hatte. Stundenlang hatte sie ihm zugesehen, wie er mit seinem Skateboard das Treppengeländer herunterrutschte, hatte seine lockeren Sprüche und sein gewinnendes Lächeln geliebt. Damals war sie glücklich gewesen, damals, als Hanno mit Lukas jeden Nachmittag auf der Halfpipe Kunststücke übte, während Moni und Irena Musik abspielten und Yada dazu malte. Aber da waren sie nie allein gewesen. War das der Grund? *Genügen wir uns nicht?*, fragte sie sich, als sie das Ortseingangsschild zu Sulingen passierte. Immer wieder versuchte Yada, die Vergangenheit zu verstehen, um die Zukunft besser, irgendwie richtiger zu machen. Aber eine Frage löste die nächste ab, ein Einfall folgte dem anderen, ohne dass sie wirklich Antworten fand. So ging es Kilometer um Kilometer. Bilder längst vergangener Augenblicke, Bruchstücke von Gesprächen, blasse Abdrücke einst großer Gefühle umschwirrten sie wie ein Schwarm Gewitterfliegen, während ein seltsames Kribbeln in den Beinen sie antrieb. Acht Stunden saß sie im Sattel, wurde von Kombis, Cabrios, Motorrädern überholt, fuhr durch Orte und Örtchen, vorbei an Mais- und Weizenfeldern. Das alles verschwamm zu einem grauen Einheitsbrei, erinnern konnte sie sich nur an schwarzen Asphalt.

»Was tust du hier?«, fing auch der Dienstag an. Aber nach dem ersten Hügel stellte sich eine irrationale Euphorie ein, das Gefühl, etwas total Verrücktes zu tun und immer noch oder gerade deshalb zu leben. An diesem Tag sah sie vier Rehe, Dutzende hellbraune, weiß und schwarz gefleckte Kühe, einen Fasan, Schäfchenwolken, Mohn- und Kornblumen.

Das Leben birgt viele Umwege, die Kunst besteht darin, dabei die Landschaft zu bewundern. Zwei Tage später, am Donnerstag, konnte sie die buddhistische Weisheit, die rot gerahmt in Melas Küche hing, endlich spüren. Seit sie losgefahren war, hatte sie dreihundert Kilometer zurückgelegt, teilweise in Schleifen und wirren Achten, aber trotzdem irgendwie geradeaus. Ihre Beine hatten einen eigenen Rhythmus gefunden, traten unermüdlich Runde um Runde. In ihrem Kopf war es still geworden, kein Gedanke formulierte sich in komplizierten Sätzen. Nur das Surren der Räder, das Rauschen des Windes, der Geruch heißer Erde und der Geschmack von Salz auf ihren Lippen füllten ihr Sein, das Hier und Jetzt. Sie fühlte sich mutig, stark, beinahe unverletzbar. Heute konnte sie alles erreichen, kein Weg war zu weit, keine Hürde zu hoch, nichts schien unmöglich. Es war kurz nach Mittag, die Luft flirrte vor Hitze. Yada hielt im Schatten einer Birke und trank einen Schluck Wasser. Schweiß rann zwischen ihren Schulterblättern herunter und durchnässte ihr zweites und gleichzeitig letztes T-Shirt zum dritten Mal.

»Waschtag«, beschloss Yada und holte die Karte heraus. Ihre Finger trippelten von Diepholz über Nienburg bis nach Celle, weiter bis nach Wahrenholz, wo sie übernachtet hatte, und fuhren dann die Route der vergangenen zwei Stunden nach, ungefähr. Sie erkannte Parsau wieder, da war sie vor einer halben Stunde gewesen, so etwa. Ein hübsches Dörfchen am Rande eines Vogelschutzgebietes.

»Dröhmling«, las Yada laut. Der nächstgrößere Ort musste Klötze sein. Dort würde sie ein Bett, einen großen Teller Pasta und eine Waschmaschine suchen. Und sie hatte die perfekte Abkürzung dorthin.

»Scheiße, *Scheiße,* verdammt!« Yada kniete vor dem platten Vorderreifen. Der schwarze Mantel beulte sich unter der Last ihrer Tasche schlapp zu beiden Seiten aus. »Scheiße«, wiederholte Yada und drückte an dem butterweichen Gummi herum.

»Pfff«, entwich das letzte Restchen Luft.

»Na toll.« Yada stand auf und trat gegen das Rad. *Und jetzt?* Sie fuhr sich durch die Haare und sah sich um. Nichts als Bäume und Sträucher, seit sie in das Naturschutzgebiet eingebogen war, hatte sie niemanden gesehen.

»Kinderleicht, immer geradeaus, etwas holprig, aber viel schöner als die Landstraße«, hatte sie sich vor einer halben Stunde noch gefreut. Und nun war sie im Nirgendwo gestrandet.

»Wie blöd«, motzte Yada und knetete ihre Unterlippe. Ein Eichhörchen sprang über den Weg, kurz darauf ein bunter Vogel von der Größe einer Krähe. Yada sah ihm nach, es knackte im Unterholz, sie zuckte zusammen, da, noch mal und wieder. Yadas Herz pochte so laut wie der Specht, der an der Eiche, unter der sie stand, hoch- und runterlief. Hier gab es bestimmt auch andere Tiere als süße Piepmätze, das war pure Wildnis, und sie war allein. Was tat man in so einem Notfall?

»Notfall«, flüsterte sie und war mit einem Satz bei ihrer Tasche. Das Outdoorhandy hielt genau, was Mela versprochen hatte. Der Akku war immer noch randvoll, sie hatte zwei Balken Empfang. Hastig entsperrte Yada das Telefon und tippte Melas Nummer ein.

Aber wie sollte Mela ihr helfen? Yadas Daumen schwebte über dem grünen Hörer. Abgesehen davon, dass sie bestimmt drei Stunden Fahrtzeit von Rheine entfernt war, wusste sie nicht mal genau, wo sie sich befand. Außerdem, welche Raubtiere sollten hier herumstreifen, Geoparden? Sie musste unwillkürlich grinsen. Einen Atemzug lang erlaubte sie sich die Sehnsucht, mit Luuk zu reden, dann verriegelte sie das Handy und stopfte es zurück zu Handtuch, Waschzeug, benutzten Socken und … »Hey, ja, genau!« Yada zog das Flickzeug unter einer Packung Taschentücher hervor. Gestern erst hatte sie das schwarze Kästchen rausschmeißen wollen. Um Platz zu schaffen für Grünohrhasen. Zum Glück hatte es den Conditioner getroffen.

Yada angelte sich ein Schaumzuckerhäschen und öffnete das Reparaturset. Während sie das süße Fruchtgummi zerkaute, legte sie Flicken, Klebstoff, Schraubenschlüssel, zwei Hebel und Sandpapier ordentlich nebeneinander. Einen Moment betrachtete sie die einzelnen Teile, versuchte sie zu einem Plan zusammenzufügen. Dann griff sie sich noch einen Fruchthasen und nickte.

»Erst den Schlauch rausholen«, instruierte sie sich selbst, kniete sich vor das Rad, packte den Reifen und quetschte einen Plastikhebel zwischen Felge und Mantel. Aber sosehr sie sich auch bemühte, sie rutschte immer wieder ab. Schweiß perlte auf ihrer Stirn, rann die Schläfen herunter und tropfte von ihrer Nasenspitze.

»Au-ah!« Ihr Daumen war unter den Hebel geraten. Yada steckte sich die Fingerkuppe in den Mund und versuchte, den Schmerz wegzulutschen. Als das Pochen etwas nachließ, besah sie sich den Schaden. Unter dem Nagel hatte sich eine kleine Blutlache gebildet. Mit einem Mal wurde ihr schlecht, auch das letzte bisschen Heldenmut verschwand.

Und plötzlich war er da: der Wunsch, jemand würde sie aus diesem Schlamassel retten. *Hanno,* er konnte so was, er würde den Reifen ruck, zuck reparieren, während sie im Schatten noch ein paar Schaumzuckerhasen naschte. Aber Hanno war nicht bei ihr, nein, sie war nicht bei ihm. Weil sie weglaufen musste.

Weil sie irgendwas suchen musste, einem Ideal nachjagte, von dem sie selbst nicht genau wusste, was es war: erfüllte Liebe, sinnvolles Leben, *ach, hör doch auf!* Yada ließ sich neben ihrem Rad ins Gras fallen und schloss die Augen. Tränen vermengten sich mit Schweißbächen und tropften auf die rissige Erde. Ein Windhauch rauschte leise durch das Blätterdach über ihr, Sonnensprenkel und Schattenflecken tanzten einen Reigen aus Schwarz und Weiß auf ihren Lidern. Langsam beruhigte sich ihr Atem. Das Sehnen nach Hannos starker Schulter ebbte ab, wandelte sich in die dringliche Bitte an Gott, Hilfe zu senden. Irgendwen, jemanden, egal wer, jeder würde das können, jeder.

»Jeder kann das, jeder.« Yada schlug die Augen auf. Die Schatten waren weitergewandert. Wie lange hatte sie geschlafen? Zwanzig vor vier zeigte ihre Uhr, und noch immer keine Rettung in Sicht. Yada atmete tief durch und stand mit einem Ruck auf.

»Jeder kann das und ich auch!« Entschlossen griff sie nach dem Werkzeug, hebelte, zog, schob. Ihr Daumen heulte auf, Yada biss die Zähne zusammen.

Nein, sie brauchte nicht stets jemanden an ihrer Seite, der ihr beistand und ihre Probleme löste.

»Ich bin ein großes Mädchen!« Sie kniff die Augen zusammen und fixierte ihren zweirädrigen Gegner konzentriert. Die Wut auf ihre frei gewählte Abhängigkeit und die Angst, abends durch den unbekannten Wald schieben zu müssen, spornten sie an.

Da! Dort schien der Mantel eine Schwachstelle zu haben. Sie griff mit ihrem Werkzeug an und schaufelte eine schmale Lücke frei. Hektisch tastete sie nach dem zweiten Hebel und schob ihn behutsam neben den ersten. »Jippie«, quiekte sie. Der Mantel hob sich in seiner vollen Länge von der Felge ab.

Jetzt der Schlauch. Sie drehte an der Verankerung, die das Ventil an der Felge hielt. Kurz bevor sie den schmalen Silberring abgeschraubt hatte, fiel ihr ein Detail auf, das sie bis jetzt übersehen hatte.

»Oh bitte.« Yada schnaubte. Hätte sie besser mitgedacht, statt im Selbstmitleid zu baden. Mit ausgebautem Rad hätte sich der Mantel bestimmt leichter lösen lassen.

Der braune Rabenvogel mit den himmelblauen Flügeln hüpfte zutraulich von einem Ast zum nächsten und betrachtete Yada mit schräg gelegtem Kopf. »Ich baue jetzt das Vorderrad aus«, erklärte Yada ihm und wedelte mit dem Schraubenschlüssel.

»Dchää, dchää«, krächzte der Vogel und flog auf.

»Zum Weglaufen, ich weiß«, schmunzelte Yada und war froh, dass es keine weiteren Zeugen für ihren Kampf mit dem Fahrrad gab. Mit einem Seufzer nahm sie die Tasche ab und wuchtete das Rad auf den Lenker.

Dreißig Minuten später hatte sie das Loch gefunden, das Gummi angeraut und den Flicken aufgeklebt. Eine weitere halbe Stunde später war der Schlauch an seinem Platz, zwischen Felge und Mantel.

»Yes, yes, yes.« Yada riss die Arme hoch und schwang die Hüften. 17.09 Uhr: Fahrradreparatur in anderthalb Stunden, drei blaue Flecken, davon zwei am Schienbein, gleiche Stelle, fies, Ohrmuschel am Lenker gequetscht, Nägel an Zeige- und Mittelfinger rechts eingerissen und ein gequetschter Daumen. Hungrig, verschwitzt, staubig – und die Gewissheit, unbesiegbar zu sein.

Yada lehnte sich gegen die Eiche, ihren Baum. Er hatte sie beschützt, ihr Schatten und Trost gespendet und all ihre Flüche kommentarlos geschluckt. »Danke«, schickte sie lautlos in den Himmel. »Und danke, dass es nicht den Hinterreifen erwischt hat.« Trotz ihrer Superkräfte verzichtete sie gern darauf, die schmierige Kette auf das Zahnrad zu puzzeln.

Yada schloss die Augen und atmete tief ein. Stille und Einsamkeit waren nicht mehr bedrohlich, sie hatten etwas Meditatives. Sie lauschte den Vogelstimmen, fuhr mit den Fingerspitzen über die raue Rinde. Das erste Mal seit Ewigkeiten war sie glücklich, von Kopf bis Fuß mit sich und der Welt im Einklang.

»Ich habe es geschafft, ich, *ganz allein*«, wisperte sie gegen den Rand ihrer Wasserflasche. Sie nahm einen Schluck, ließ die Erkenntnis mit dem erfrischenden Nass in ihren Körper sickern. Heute hatte sie ihren Wohlfühlbereich verlassen, war ohne Netz und doppelten Boden aus dem Nest geflogen.

»Ich habe es geschafft«, wiederholte sie laut und reckte die Flasche wie eine Trophäe hoch. Es war zwar nur ein Fahrradschlauch, ein einfaches Stück Gummi, aber für Yada fühlte es sich an, als hätte sie eine ausgewachsene Königsboa bezwungen. Pure, prickelnde Energie durchströmte sie, ihr Rücken schien gerader und stärker als je zuvor. Sie war bereit, ihren Weg zu gehen, egal, wie steinig er noch werden mochte.

Die Milch schmeckte köstlich, eiskalt, süßlich, die beste, die sie je getrunken hatte. Yadas Bauch reagierte mit einem erstaunten Glucksen. Normalerweise mochte sie keine Milch und er auch nicht. Aber bei dieser würde er sicher eine Ausnahme machen. Yada trank noch einen Schluck und betrachtete die Fassaden, einen Wechsel aus bröckelndem Pastell und klassischem Fachwerk. *Zu verkaufen*, stand in dem Schaufenster gegenüber, Marions Wäschestube hatte längst zu, ebenso der Bäcker mit der goldenen Tür, der seine Brötchen für zwanzig Cent anbot. Yada genoss die träge Ruhe, die über der Ladenstraße lag. Dieser Ort schien aus der Zeit gefallen, fast vergessen und dabei so ungeschönt echt, Yada war gerne hier.

Schläfrig lehnte sie sich gegen die Mauer und schlürfte den Rest aus der Milchflasche. Eine Kirchenglocke läutete, sieben Mal, irgendwo in Klötze, dem ersten Städtchen, dem sie begegnet war, kurz bevor sie geglaubt hatte, das Grün des Waldes würde nie enden.

Eine Frau mit knielangem Rock und vollen Einkaufsbeuteln hastete an ihr vorbei. »Klack, klack, klack, klack«, machten die Absätze ihrer Sandalen. Yada legte den Kopf schief, während sie ihr nachsah. Das Klappern wurde leiser, ein hektischer Takt, der eine eigene Zeitrechnung zu bestimmen schien.

Erstaunlich, wie unterschiedlich schnell Minuten und Sekunden vergingen. Yada war froh, gerade nicht von der Uhr getrieben zu werden. Aber wie lange konnte sie noch in dieser Zeitblase schweben? Irgendwann würde sie sich wieder zu den anderen Zahnrädern gesellen müssen, zu den großen, kleinen, fleißigen und faulen, müden und munteren. Sie alle drehten sich unermüdlich, in einem zuverlässigen Wechseln von Job und Freizeit, Arbeit und Vergnügen. Und dann würde sie sich der Frage stellen müssen, wie und mit wem sie ihre Stunden füllen wollte.

Später, wehrte sie die Auseinandersetzung mit ihrer Zukunft ab. Denn jedes Mal, wenn sie das Thema anschnitt, war da nichts als Leere – oder Vorwürfe, weil sie ihr Glück wegwarf, beharrte jedenfalls die Vernunft. Und heute Abend wollte sie sich nicht im Kreis drehen, nicht schon wieder. Sie löste ihren Pferdeschwanz, fuhr mit den Fingern durch die zerzausten Strähnen und band sie zu einem losen Dutt. Noch immer war es drückend heiß, kein Windhauch, nicht ein winziges Wölkchen sorgte für Abkühlung. Yada fächelte sich mit der Hand Luft zu und zupfte an ihrem T-Shirt, auf dem weiße Linien getrockneten Schweißes die Anstrengungen des Tages dokumentierten. Sie brauchte dringend eine Dusche. Gleich an der Ecke war ein Hotel, roter Backstein, Geranien an den Fenstern, hoffentlich hatten die Nudeln auf der Speisekarte.

»Och Menno!« Ein paar Schritte von ihr entfernt, halb verborgen von einem parkenden Auto, stampfte ein kleiner Junge mit dem Fuß auf. Vor ihm etwas Buntes, das er offensichtlich mit Kreide auf die Gehwegplatten gemalt hatte. Jedenfalls hielt er ein Stück noch in der Hand. Jetzt hockte er sich hin und schluchzte.

Yada erhob sich und ging zu dem kleinen Künstler.

»Was ist denn los?«, fragte sie und kniete sich neben ihn.

»Ich kann kein Raketenauto. Guck!« Er deutete auf ein buntes Oval, das Yada an ein Osterei erinnerte.

»Hm«, machte sie und griff nach der Kreidepackung, die neben dem Ei auf dem Boden lag. »Fehlen doch nur noch die Triebwerke.« Sie tippte mit einem Kreidestück an das dickere Ende des Eis. »Hier?«

Der Junge zog die Nase kraus, Sommersprossen tummelten sich darauf. Er hatte große blaue Augen und blonde Haare, die in alle Himmelsrichtungen abstanden. »Nein, da!«, bestimmte er und deutete an die Längsseite des Raketeneis.

»Okay, klar«, sagte Yada. »Zwei?«

»Drei«, grinste er mit großer Zahnlücke vorn. »Eine zum Starten und Tiefflug, eine Turbo und eine für Überschalllichtgeschwindigkeit.«

»Natürlich«, lachte Yada und setzte die Kreide an. »Soll ich?«

Der Junge nickte und machte es sich im Schneidersitz neben ihr bequem. Yada begann zu zeichnen. Sie war gerade bei der Turbo-Turbine, als ihr kleiner Freund aufsprang.

»Hey, Toni, schau mal, ein Raketenauto!«

»Cool.« Weiße Sneakers mit blauen Streifen traten an den Rand des Bildes. Dazu Jeans und ein eng anliegendes weißes Herrenhemd, dessen Ärmel hochgekrempelt waren. Toni hatte halblange karamellblonde Haare, streng gescheitelt und nach hinten gegelt.

»Hi.« Yada lächelte Toni freundlich an.

»Hallo.« Graue Augen musterten Yada kühl durch eine eckige schwarze Brille. »Wir müssen los, Mama wartet.«

»Och nö, mein Supersonic-Racer ist noch nicht fertig.«

»Dauert nicht mehr lange«, unterstützte Yada den Kleinen.

»Nur ganz kurz, bitte, bitte.«

»Meinetwegen«, brummte Toni und holte ein Smartphone raus.

»Danke.« Der blonde Strubbelkopf setzte sich wieder zu Yada. »Wie heißt du?«

»Yada, und du?«

»Milan.« Er neigte sich vor und tippte auf den Scheitel des Ostereis. »Da muss noch ein Spoiler dran.«

»Stimmt.«

»Wohnst du hier?« Milan deutete auf das Elektronikgeschäft hinter ihnen, an dessen Schaufenster sich Toni gelehnt hatte und sie über den Rand des Handys hinweg beobachtete. Ein schmales Lächeln umspielte die Lippen, die Strenge war aus den Gesichtszügen verschwunden. Jetzt war Yada sich sicher, Toni war eine junge Frau.

»Nein, ich komme aus Rheine, das ist über dreihundert Kilometer weit weg.«

»Ah«, machte Milan. »Bist du mit dem Auto da?«

»Mit dem Fahrrad.«

»Oh-wow.« Das kam von Toni.

Für einen Moment hörte man nur das leise Kratzen der Kreide auf den rauen Steinen. Yada schraffierte das Cockpit.

»Und was ist dein Ziel?«, fragte Toni von hinten.

Yada drehte sich zu ihr um. »Eine Dusche und ein Bett.« Sie grinste schief. »Zumindest für heute.«

Toni zog eine Augenbraue hoch.

»Du kannst bei uns schlafen«, bestimmte Milan. »Oder?« Er sah Toni auffordernd an. Die rückte ihre Brille zurecht und stieß sich vom Schaufenster ab.

Yada spürte, wie ihr das Blut in die Wangen schoss. »Das ist lieb, Milan, aber …«

»Du kannst die Couch haben, Yada«, unterbrach Toni sie.

»Super, danke«, freute sich Milan.

Yada räusperte sich und starrte auf die Pappschachtel, auf der in bunten Buchstaben das Wort *Straßenkreide* gedruckt war. Sie konnte doch nicht bei Fremden übernachten, die sie gerade ein paar Minuten kannte. »Ähm, ja, also …«, begann sie zögernd, konzentrierte sich auf Rauch und Flammen, die dem Raketentriebwerk die notwendige Dynamik verliehen.

»Liest du mir heute Abend vor?« Milan hatte sich flach neben die Zeichnung gelegt und sah Yada mit kugelrunden Augen an.

»Vielleicht«, übernahm Toni.

»Bitte, bitte!« Milans Unterlippe schob sich vor.

Yada konnte gar nicht anders, sie lächelte ihn an. »Na gut, okay.«

»Juchhu!«

Toni nahm ihr Smartphone und schoss ein Foto von dem Turbo-Ei. »Du bist echt talentiert.«

Und vollkommen übergeschnappt, aber mit einem guten Bauchgefühl. »Ich hol kurz mein Rad.« Ihre Reise war noch nicht zu Ende.

»Claudia, das ist Yada, sie schläft heute bei mir.« Toni strahlte eine natürliche Autorität aus, die keine Widerrede zuließ. Zuerst hatte Yada das verunsichert, langsam gewöhnte sie sich daran.

»Hallo.« Yada streckte Milans Mutter die Hand entgegen. Sie war eine rundliche Frau mit kurzen blonden Haaren und einem breiten Mund. Ihre blaugrauen Augen huschten von Yada zu Toni und zurück. »Danke, dass ich eine Nacht bleiben darf.«

»Sehr gerne.« Claudias Lächeln wirkte unsicher.

»Mama, Mama, Yada hat mir einen Super-Racer gemalt.« Milan hängte sich an das Bein seiner Mutter.

»Schön, mein Schatz.« Claudia wuschelte ihrem Sohn durch die Haare.

»Toni hat ein Foto, Toni, das Foto!«

»Hast du eine Bettdecke für Yada?«, fragte Toni, an Claudia gewandt, während sie gleichzeitig Milan davon abhielt, sie zu kitzeln.

Claudia nickte. »Bringe ich gleich hoch.«

»Komm, Yada, ich zeige dir mein Piratenschiff.«

»Später, Milo, lass die beiden mal in Ruhe.«

»Menno.« Milan verschwand in der Wohnung.

»Wollt ihr bei uns essen? Es gibt Spaghetti.«

»Jippie, Spaghetti!« Milan tauchte hinter Claudia auf, einen Einmaster mit blutroten Segeln unter dem Arm. »Das ist eine Karamelle«, erklärte er stolz.

»Karavelle«, verbesserte Claudia ihn.

»Toll«, sagte Yada und betastete interessiert den Bug.

»Mit Kanone, die kann man sogar abschießen. Bum, Bum.«

»Klasse«, begeisterte sie sich, obgleich sie müde und hungrig war.

»Und guck mal hier«, plapperte Milan weiter, klappte irgendwas auf und wieder zu. Toni blähte die Wangen.

»Wir essen oben«, bestimmte sie, Yada widersprach ihr nicht, Milan stampfte mit dem Fuß auf. »Aber erst liest Yada noch ein Buch für mich, versprochen ist versprochen.«

»Auch 'ne Zippe?« Toni schob ihren Teller beiseite und stand auf.

Yada schüttelte den Kopf, erhob sich aber ebenfalls. »Ich werde mir die Karamelle vornehmen.« Mit Kanone, Piratenflagge und Seemonsterschlange. Das hatte Milan sich gewünscht, ganz doll.

»Du musst das nicht machen, ich drucke ihm ein Ausmalbild.« Toni klopfte eine Zigarette aus der Packung. Sie lehnte gegen ihren Schreibtisch, eine massive Kiefernplatte, die auf zwei Holzböcken ruhte und das größte Möbelstück in dem Zimmer war. Eine graue Couch und ein weißer Schrank komplettierten die Einrichtung. Tonis Bett, vermutete Yada, befand sich auf dem Zwischenboden über der Bücherecke.

»Schon okay, ich zeichne gerne.« Yada holte die Box mit der Pastellkreide aus ihrer Tasche. »Hast du Papier?«

Toni stieß sich vom Tisch ab und ging vor einem silberfarbenen Rollcontainer in die Hocke. »Irgendwo hier«, murmelte sie, während sie eine Schublade nach der anderen öffnete.

Yada kam näher. Ihr Blick fiel auf zwei Mädchen, die Arm in Arm an ihrem Eis leckten. Sie griff nach dem Foto, das in einem hellrosa Rahmen hinter Tonis Laptop stand, und kippte das Bild ins Licht, *verblüffend.* »Hast du eine Schwester?«

»Nein.« Toni hielt ihr einen Zeichenblock hin. Die sonst so weichen Gesichtszüge wirkten plötzlich hart und kantig.

»Sorry.« Yada stellte die zwei Freundinnen wieder an ihren Platz.

»Das bin ich«, sagte Toni und zündete die Zigarette an. »Mit elf.«

Yadas Mund öffnete sich in lautlosem Erstaunen, Toni mit pinkem T-Shirt und hellblonden Locken, es war eine Menge passiert seitdem. Sie wollte etwas sagen, sich für ihre Neugierde entschuldigen, aber sie fand keinen Anfang, schloss ihre Lippen wieder und schwieg.

»Antonia, dreiundzwanzig, weiblich, auch ohne Rock und Zöpfe.« Toni ging an Yada vorbei zur Balkontür, öffnete sie und trat in die Abendsonne.

»Klar, ähm, natürlich.« Yadas Wangen glühten, so hatte sie das nicht gemeint. »Und was machst du so?« Eine unverfängliche Frage, hoffte Yada und folgte Toni geräuschlos, als könnten ihre Schritte Tonis Privatsphäre stören. Leute kennenlernen, die nicht schon Freunde von Freunden waren, darin war sie nicht geübt.

»BWL studieren.« Toni blickte an ihr vorbei in das tiefe Grün der Tanne, die breit und dicht vor dem Haus wuchs. Gedankenverloren zog sie an ihrer Zigarette, inhalierte tief und entließ den Rauch langsam durch ihren sanft geschwungenen Mund.

»Und wo?« Yada entschied sich für den Friseurstuhl-Small-Talk, setzte sich auf eine leere Holzkiste, stellte Milans Schiff auf den Boden und begann zu zeichnen. Eine Amsel zwitscherte ihr Lied, die sengende Hitze des Tages war einer drückenden Gewitterluft gewichen.

»Berlin.« Nur ein Wort, und Yadas Herz machte einen kleinen Hüpfer, erinnerte sich sofort daran, dass Luuk dort war.

»Und du, verdienst du dein Geld mit Zeichnen?«, fragte Toni, als Yada gerade dabei war, Segel und Masten zu skizzieren.

»Nein, ich bin Friseurin.«

Toni zündete sich noch eine Zigarette an und setzte sich neben sie. »Schade, du hast echt Talent.«

»Talent allein reicht leider nicht immer aus, es muss auch jemand bereit sein, dafür zu bezahlen.« Yada zuckte mit den Schultern. »Darum schneide ich Haare.«

»Und ich studiere BWL.« Toni grinste sie von der Seite an. Eine kurze einvernehmliche Stille setzte ein.

»Du zeichnest auch?« Yada schraffierte die Wellenkämme.

»Ich habe lange Saxofon gespielt, das mit dem professionellen Jazzmusiker wird aber nichts.«

»Hast du es versucht?«

»Selbsteinschätzung, Marktanalyse und Wahrscheinlichkeitsrechnung haben mich davon abgehalten, Musik zu studieren. Und das ständige Üben, uh.« Toni hielt ihr Feuerzeug an die Lippen und trötete eine Melodie. »Jetzt spiele ich nur, wenn ich Lust dazu habe, meistens ist das nachts, was mein Mitbewohner nicht lustig findet, Kunstbanause.« Das Stück ging weiter, Yada erkannte *Summertime*.

Yada applaudierte. »Du solltest Feuerzeug-Virtuosin werden.«

»Management ist schon genau das Richtige für mich«, erwiderte Toni und drückte einen imaginären Knopf. »Pling, nächster Halt, Chefetage, dann lasse ich die Leute nach meiner Pfeife tanzen.« Sie lachte, Yada lachte mit.

»Oder nach deinem Saxofon.«

»Haha, genau.«

»Spielst du was für mich?«

»Wenn du mal nach Berlin kommst.«

Yadas Herz hüpfte, als sie erneut den Namen der Hauptstadt hörte.

»Mein Saxofon ist dort«, erklärte Toni weiter.

»Ach so.« Das Seeungeheuer bekam gelbe Augen, gruselig.

»Du könntest Kinderbücher illustrieren«, sagte Toni jetzt.

»Ach was«, winkte Yada ab.

»Hm.« Toni klopfte Asche in ein leeres Marmeladenglas.

»Ich mag meinen Beruf, er ist bodenständig und krisensicher.«

»Klingt solide, aber nur mittelgut argumentiert«, analysierte Toni. »Ich schätze, du hast kein Businessmodell erstellt?«

Yada runzelte die Stirn.

»Na ja, das kann man vermutlich auch nicht sauber rechnen«, wischte Toni ihre eigene Frage vom Tisch, bevor Yada zu einer Antwort ansetzen konnte. »Aber gründlich drüber nachgedacht, das hast du doch, oder?«

Yada biss in die Innenseite ihrer Wange und drehte das Kreidestück zwischen den Fingern. Geträumt hatte sie davon, mit zwölf, vielleicht sogar noch mit dreizehn. Ab dann wusste sie, dass es unrealistisch, nahezu utopisch war, aus dem Zeichnen einen Beruf zu machen.

»Dann wird es höchste Zeit.«

»Vielleicht«, sagte Yada, wollte sich lieber keine Gedanken machen, sie hatte genug ungelöste Fragen. Doch der Stein war längst am Rollen, alles hing sowieso irgendwie aneinander, sie musste ihr ganzes Leben neu verankern und bis dahin rudern. Aber in welche Richtung?

»Wo willst du eigentlich hin?«, fragte Toni, als hätte sie Yadas Gedanken gehört.

»Weiß nicht.« Die Monsterwelle bekam einen Knick, die Karavelle schaukelte bedrohlich, hoffentlich fand sie bald Land.

Toni tippte etwas in ihr Smartphone. »Vierzig Stunden bis zur Zugspitze, aber was will man da, fünfundzwanzig bis Amsterdam, hm, achteinhalb, und du bist an der Ostsee, das wäre auch nett, vierzehn bis nach

Polen und, hey, nur knapp neun bis Berlin, also wenn du mich fragst …« Sie drückte die Zigarette aus.

»Ja?« Die Welt schien auf einmal riesig, viel zu groß.

»Also, ich fahre morgen Abend nach Berlin, Wundtstraße 46, dritter Stock.«

Yada sah sie mit schief gelegtem Kopf an. »War das eine Einladung?«

»Nee.« Toni lachte leise. »Na klar, komm vorbei, wenn du vorbeikommst. Willst du auch 'ne Coke?«

»Hast du Milch?«

»Milch.« Toni betonte es so, als wäre das etwas Verbotenes, dann grinste sie schelmisch. Ja, sie hatte eine neue Freundin gefunden.

»Berlin«, flüsterte Yada, als Toni gegangen war. In ihrem Bauch ziepte und kribbelte es gleichzeitig. Sie wusste, warum, schaffte es nicht, Luuk zu vergessen, sie konnte noch so mauern, die Erinnerung an ihn kam trotzdem immer wieder, sie war zu lebhaft, zu stark.

Yada legte den Kopf in den Nacken. Eine Taube segelte über sie hinweg. Die Venus kündigte bereits die Nacht an, der bald ein neuer Morgen folgen würde. Wieder ein Tag mit geraden und krummen Kilometern, die sie weiterbringen würden, nur wohin?

»Berlin«, wiederholte sie und kniff die Augen zusammen, der Abendstern funkelte nah und doch unerreichbar fern. Das Weglaufen musste ein Ende haben. Es wurde Zeit, ihrer Reise ein Ziel zu geben.

Kapitel 11

Die Wundtstraße lag ruhig und grün, von Bäumen gesäumt, ganz in der Nähe eines Sees. Lietzensee hieß er, das wusste Yada mittlerweile. Sie fuhr langsam, trotzdem raste ihr Puls. Das tat er, seit sie in die S7 gestiegen war. Die Bahn hatte sie über die Stadtgrenze gebracht, jene unsichtbare Barriere, die sie allein nicht zu überwinden vermochte. Hundertsiebzig Kilometer auf dem Rad, in zweieinhalb Tagen, bei dreißig Grad Durchschnittstemperatur: Alles kein Problem, nur auf den letzten Metern streikten die Muskeln, die Motivation, der Mut.

Bis zum Ortseingangsschild hatten die handverlesenen, fein aufeinander abgestimmten Beweggründe all ihre Bedenken mundtot gemacht, um dann von einer Sekunde auf die nächste der Scheinheiligkeit überführt zu werden. Kunst, Kultur, coole Schuhe, einmalige Grafiken, Gleichgesinnte, neue Ideen – alles konstruiert, ein kläglicher Versuch, um *ihn* zu verbergen, den eigentlichen Grund, warum sie hier war, ein Grund, der keiner sein sollte, *Luuk*.

»Scheiße«, hatte sie laut geflucht.

»Scheiße, Scheiße«, hatte ein kleiner Junge auf der anderen Straßenseite gerufen und gelacht. Seine

Mutter hatte ihr einen vorwurfsvollen Blick geschenkt und sich dann zu ihrem Sohn hinuntergebeugt, für einen Vortrag über gesellschaftliche Normen, vermutlich.

Yada hatte ihr Rad gewendet; eine andere Richtung, frischer Wind, das war es, was sie brauchte, hatte sie gedacht. Immer schneller war sie gefahren, ohne zu wissen, wohin. Grimmig hatte sie einen Gang und noch einen hochgeschaltet, bis die Luft in ihrer Lunge brannte. Aber sie konnte vor der Wahrheit nicht wegfahren. Luuk war nicht abgehakt, er war immer noch da, war nie weg gewesen. Etliche Schleifen war sie so durch Babelsberg gefahren, war rechts, links und wieder rechts abgebogen, auf der Suche nach einer sinnvollen, einer rationalen, irgendeiner anderen Begründung für ihre Reise nach Berlin, außer Luuk. Mit mäßigem Erfolg, keine Ausrede war wirklich glaubhaft. Hätte nicht das Notfallhandy geklingelt, würde sie wohl noch immer endlose Achten vor den Toren der Hauptstadt kurven.

»Wie geht es dir, wo bist du?«, hatte Mela sich im Plauderton erkundigt und dabei wahnsinnig angespannt geklungen.

»Alles okay? Hast du Ärger?«, hatte Yada gebohrt, aber ihre Freundin hatte nicht reden wollen, sondern nur noch einmal nach Yadas Standort, einer genauen Adresse gefragt.

»Berlin«, hatte Yada geantwortet, dort wollte sie doch hin, wenn sie sich nur endlich traute.

»Und wo genau da?«, hatte Mela nachgehakt, hatte

aber bestimmt nur wissen wollen, ob Yada schon auf dem Rückweg war.

»Wundtstraße 46«, hatte Yada geantwortet und schnell »Ich bin bald wieder zurück« hinzugefügt. Aber vorher musste sie sich ihren Geistern stellen und ihr inneres Gleichgewicht wiederfinden. Und deshalb hatte sie kurz entschlossen ein Ticket für sich und ihr Rad gekauft und war in die Bahn gestiegen.

Das war vor vier Stunden gewesen. Seitdem bekam sie keine Luft mehr. Bei jedem jungen Mann, der ihr auf der Straße begegnete, stockte ihr der Atem, schlug sie die Augen nieder und versuchte gleichzeitig zu erkennen, ob *er* es war. Zwanzig Typen später und mit einer Herzfrequenz von hundertachtzig, mindestens, war sie in den Grünstreifen rund um den Lietzensee abgetaucht, hatte sich an das Ufer gesetzt und sich langsam und verständlich vorgebetet, dass über drei Millionen Menschen in Berlin lebten, sie weder Luuks vollen Namen noch sein Gesicht kannte und somit die Wahrscheinlichkeit gegen null ging, ihn zu finden, selbst wenn sie das wollte. Nachdem sie dann noch eine weitere Stunde im Kreis gefahren war, ohne einen Schritt voranzukommen, hatte sie sich aufgemacht, um Tonis Wohnung zu suchen.

»Ja?« Der vierte Klingelknopf war ein Treffer, trotz des Rauschens in der Gegensprechanlage erkannte sie Tonis Stimme.

»Ich bin's, Yada.« Sie knetete ihren Daumenballen. Unsicherheit mischte sich in die Erleichterung, Toni gefunden zu haben.

»Willkommen in Berlin, dritter Stock, links.«

Eine Glastür und sechs Treppen später grinste Toni sie an. »Du in Berlin, klasse, sehr gute Wahl, ich hätte auf die Ostsee gewettet.«

»Aber da bist du ja nicht.« Das war nur die halbe Wahrheit, aber Yada freute sich wirklich total, Toni zu sehen, am liebsten hätte sie sie geknutscht. Stattdessen gab es einen High five, Toni war nicht der Typ für Küsschen.

»Du willst mir doch nicht weismachen, dass du meinetwegen hier bist.«

»Ähm.« Yada spürte, wie ihre Ohren heiß wurden.

»Ist das Ei noch gut?« Ein großer hagerer Typ mit grellgrünem Poloshirt und schwarzbraunen Locken tauchte aus dem Dunkel der Wohnung auf. »Hör mal, das gluckert so komisch.« Er schüttelte es neben Tonis Ohr.

»Das ist Matti, mein Mitbewohner«, stellte Toni den Lockenkopf vor, ohne auf dessen Frage einzugehen.

»Hi, ich bin Yada.«

»Du hast Glück, die Pizza ist gleich fertig.« Matti hatte ein sympathisches Lächeln und sanfte braune Augen. Er zwinkerte ihr zu und verschwand wieder in der Küche.

»Blumenkohlpizza und Glück?« Toni atmete schwer ein. »Na ja.«

Yada musste lachen. »Gesundheitsfanatiker?«

»Medizinstudent.« Toni nahm ihr die Tasche ab und trat beiseite, um Yada in den Flur zu lassen. »Aus jedem Seminar kommt er mit einer neuen Krankheit, vor drei Wochen hat er die Glutenunverträglichkeit für sich entdeckt. Seitdem kauft er nur noch seltsames Brot, die Nudeln schmecken schrecklich, und ich habe keine Lust mehr, seine Kekse zu klauen.« Toni grunzte und öffnete eine Tür. »Bitte, *es tu casa*.«

»Danke.« Yada schob sich an ihr vorbei. Der Raum war quadratisch, angenehm hell mit einer Balkontür, weißen Vorhängen und einem kreisrunden mondgrauen Teppich auf dem Parkett.

»Der ist für dich.« Toni stellte Yadas Tasche auf einen türkisblauen Sessel. »Er heißt Copperfield, ist ausklappbar und superbequem.« Hinter Copperfield hing eine Grafik von einem Hirsch mit Norwegerpulli und Brille, gleich daneben Pippi Langstrumpf mit Kopfhörern und Smartphone. Yada lächelte. Sie mochte Tonis Zimmer, ein Ort zum Ankommen, Innehalten und Neustarten.

»Yummy, yummy!«, kam es von irgendwoher. Toni verdrehte die Augen und führte Yada in die Küche, einen kleinen Raum, rappelvoll und urgemütlich, mit einem runden Tisch und vier Stühlen, in der Ecke ein mannshoher Kühlschrank aus gebürstetem Edelstahl und, neben Uraltherd und Spüle, ein Holzregal, in dem sich Einweggläser, bauchige Ölflaschen, braune Tüten und getrocknete Kräuter türmten.

Gerade angelte Matti eine Salzmühle aus dem obersten Fach, Marilyn Monroe in Schwarz-Weiß sah ihm dabei von der Seite zu.

»Himalaya-Salz«, kommentierte Matti, »das ist das beste.«

Yada setzte sich und schnüffelte. Die Kombination

aus Thunfisch, Blumenkohl und Spiegelei war gewöhnungsbedürftig, aber sie war hungrig, sehr hungrig. Sie schlang die Pizza hinunter, nahm sich ein zweites Stück und schielte schon auf das dritte, vielleicht lag es am Salz.

»Das Geheimnis liegt im Kichererbsenmehl«, erklärte Matti. »Macht den Boden fluffig und kross.«

»Dann mach doch gleich 'ne Farinata.« Toni nippte an ihrem Wein.

»Didldidldidl.« Die Türklingel übertönte die leise Jazzmusik, unterbrach die Kichererbsen-Debatte und verhinderte, dass Yada erfuhr, was eine Farinata war.

»Didldidldidl.« Matti und Toni streckten ihre Fäuste aus. »Schnick, Schnack, Schnuck.« Der Stein fiel in den Brunnen, Matti schnaubte, legte Messer und Gabel beiseite und stapfte zur Wohnungstür.

»Yada, für dich«, rief er kurze Zeit später.

Yada verschluckte sich an ihrer Milch. Der Hustenreiz trieb ihr Tränen in die Augen. Toni lehnte sich vor und hieb Yada auf den Rücken.

»Kaum hier und schon Besuch, das nenn ich beliebt.« Matti setzte sich wieder.

»Ich nenne es *auf-ge-spürt*.« Tonis Miene war undurchdringlich, aber ihre Mundwinkel zuckten, so als würde sie sich ein wissendes Grinsen verkneifen.

Yadas Magen zog sich zusammen, wollte von Blumenkohl und Thunfisch plötzlich nichts mehr wissen. Langsam stand sie auf und ging in den Flur.

»Hallo?« Das war Melas Stimme, die gleiche, die sie erst vor sechs Stunden am Telefon gehört hatte. Darum hatte sie die Adresse wissen wollen, jetzt bekam alles einen Sinn, Mela hatte einen Überraschungsbesuch geplant.

»Mel!« Mit einem Satz war Yada an der Tür, schlang die Arme um den Hals ihrer Freundin und drückte sie fest an sich. Über Melas Schulter hinweg entdeckte sie Shen, der gerade den letzten Treppenabsatz erklomm. »Shen.« Yada tanzte von einem Bein auf das andere, immer noch eng an Mela geschmiegt.

»Hi, Cousinchen.« Shen warf ihr einen Luftkuss zu.

»Wie seid ihr so schnell hergekommen?«

»A30, A2, Gaspedal aufs Bodenblech, der Clio macht hundertachtzig, und das bei vierzehn Jahren.« Shen klang stolz, Mela stöhnte. Es musste ein Höllentrip gewesen sein, ihre Freunde waren die besten, die allerbesten.

»Wie cool, wie cool, wie cool, dass ihr da seid!« Yadas Stimme war ein atemloses Quietschen.

»Ich frag dich in einer Stunde, ob du es immer noch cool findest.« Shen verzog den Mund, fast grimmig, viel zu ernst für Yadas Hochstimmung. Sie kicherte sie weg und boxte ihn freundschaftlich gegen den Arm.

Mela löste sich aus ihrer Umklammerung und blickte sie mit einer tiefen Furche zwischen den Augenbrauen an. Die Zeichen verdichteten sich, dies war kein reiner Freundschaftsbesuch.

»Er hat gedroht, die Anschlussfinanzierung für das Zwirbel zu kippen«, sagte sie zerknirscht.

»Anschlussfinanzierung?« Hinter Yadas gerunzelter Stirn reihte sich eins ans andere: Kredit, Bank, *Deutsche*

Bank, Hanno. Mit der Geschwindigkeit des Begreifens verlangsamte sich ihr Herzschlag, bis er fast aufhörte.

»Aber wir haben ihn nicht allein fahren lassen, und wir sind nicht wegen seiner Drohgebärden hier.« Shen schnaubte abfällig. »Als wenn es nur die Deutsche Bank gäbe, pah.«

»Na ja«, lenkte Mela ein und sah dabei auf ihre Fußspitzen.

»Der Typ terrorisiert uns«, gab Shen nun auch zu.

»Ihr müsst reden, das ist nur fair. Sorry, Süße.«

Habe ich doch versucht, wollte Yada trotzig antworten. Aber das änderte nichts. Hanno war hier.

»Er wartet unten.«

»Viel Glück.«

Die Treppe schien kein Ende zu nehmen, und doch war sie viel zu schnell unten. Hanno stand mit dem Rücken zu ihr. Obwohl er das Öffnen und Schließen der Eingangstür gehört haben musste, drehte er sich nicht sofort zu ihr um.

»Hallo«, sagte Yada, ihre Stimme war so leise wie das Knistern von Zeitungspapier.

Ein Atemzug verstrich und noch einer, dann erst wandte er sich ihr zu. »Hi.« Das Lächeln, das er zu jeder Tages- und Nachtzeit abrufen konnte, wirkte verkrampft, sein sonst so strahlender Teint grau.

»Hallo«, wiederholte Yada, wusste nichts anderes zu sagen.

»Ich musste dich sehen.«

Yada blickte auf einen Punkt unterhalb seiner Augen, er war so viele Kilometer gefahren, stand nur eine Armeslänge entfernt, und doch war da keine Nähe mehr. Sie nickte langsam.

»Okay, gehen wir ein Stück.«

Schweigend liefen sie nebeneinander, die Straße entlang, irgendwohin. Um sie herum die Klänge des Sommerabends: Vogelgezwitscher, Gelächter, bellende Hunde, Motorengebrumm und mittendrin, zwischen ihnen, eine Stille, die immer größer wurde, auf ihren Schultern lastete, bis sie kaum noch Luft bekam.

»Und, was hast du so gemacht?« Als wären sie alte Schulfreunde, die sich nach langer Zeit zufällig im Aldi trafen. Nur dass die Frage gepresst über seine Lippen kam.

»Ich bin Rad gefahren.« Das war die schlichte Wahrheit, die isoliert, ohne eine weitere Erklärung, sonderbar klang.

»Warum hast du nicht angerufen?« Er verstummte, seine Kiefermuskeln tanzten, bissen wohl Wut und Vorwürfe weg.

Yada strich sich durch die Haare, folgte blicklos einer vorbeifahrenden Vespa. Sie hatte ihm nichts zu sagen gehabt, genug von ihm gehört, an jenem Abend vor einer Woche, kurz bevor sie sich auf ihr Rad gesetzt hatte. Aber das sagte sie ihm nicht, wollte keinen alten Krach mehr hören.

Hanno hielt abrupt an, nahm ihre Hand, zwang sie zum Stehen. »Ich bin so froh, dich zu sehen.« Zum ersten Mal, seit er hier war, sahen sie einander an. In seinem Blick lag ein Schmerz, der Yada wie ein heißer

Pfeil durch die Brust fuhr. Er beugte sich vor, hielt inne, musterte ihr Gesicht, der Moment kurz vor einem Kuss. Yada drehte sich weg.

Hanno wich zurück, verschränkte aber seine Finger mit ihren, bevor sie weitergingen. »Ich habe so ein Wäscheklammer-, ähm, Dings im Keller gefunden.« Er wechselte das Thema, zu Alltagsbanalitäten, die keine waren, plauderte mit einer Leichtigkeit, die gezwungen wirkte.

Yada sah stur geradeaus. Ihre Hand in seiner, das fühlte sich nicht richtig an, dennoch zog sie sie nicht zurück, wollte ihn nicht verletzen.

»Es ist …« Er räusperte sich.

Yada spannte die Bauchmuskeln an.

»… originell.«

Ihr Atem entwich mit einem kaum hörbaren Schnaufen. Das war ehrlich, nett, ein Kompliment aus seinem Mund. »Danke.« Sie musterte ihn ungläubig.

»Wir könnten es im Schlafzimmer aufhängen, oder wo du willst.« Er verhaspelte sich fast, als wollte er das schmale Band zwischen ihnen nicht verlieren.

»Hm«, machte Yada nur. Wie seltsam es sich anfühlte, wenn Wünsche von gestern sich heute erfüllten und man nichts als Gleichgültigkeit empfand, weil sie zwischendrin jegliche Bedeutung verloren hatten.

Sie hatten die Fußgängerbrücke, die sich über Bahnschienen und den Stadtring spannte, erreicht. In friedlicher Eintracht stiegen sie Stufe um Stufe hoch, so als würden sie immer noch im Gleichschritt schwingen. Dann standen sie Seite an Seite über dem dichten Verkehr. Scheinwerfer und Rücklichter reihten sich zu weißen und roten Perlenketten, eine S-Bahn ratterte vorbei.

»Für dich.« Hanno holte etwas aus seiner Umhängetasche und hielt es ihr hin.

Zögernd nahm Yada das Geschenk entgegen, wog es bedächtig in ihren Händen. Es war in rotes Glanzpapier eingewickelt und hatte Form und Größe eines Buches.

»Mach es auf!« Hannos breites Lächeln war zurück, wenn auch mit einem winzigen Zucken unter dem rechten Auge. Ein Zeichen der Anspannung, das man nur selten bei ihm sah. »Zwei Nächte habe ich dran gesessen, gefällt dir bestimmt.«

Yada starrte das Päckchen an, auf dessen spiegelglatter Oberfläche die Brückenbeleuchtung bizarre Muster malte. Plötzlich hatte sie Angst vor dem Inhalt. Angst davor, dass er sie bedrängen würde, sie in die Pflicht nahm, etwas zu sagen oder zu tun, das sie nicht wollte. Diesem Abend wohnte eine Entscheidung inne. Keine Geste ohne Gewicht, kein Wort ohne Konsequenz.

»Möchtest du nicht wissen, was es ist?«

»Danke, Hanno, aber …« Yada ließ das Päckchen sinken. »Später.« Sie wollte nicht mit gespielter Begeisterung falsche Hoffnung säen, ebenso wenig konnte sie sein Bemühen mit einem schmallippigen Lächeln entwerten. Dieses Geschenk war ein Zeichen von Liebe. Und deswegen war es ihr unmöglich, es jetzt zu öffnen.

»Okay, klar.« Hanno gab sein Bestes, um locker zu wirken. Er wandte sich von ihr ab, betrachtete scheinbar konzentriert die Autos, wobei er das Brückengeländer so fest umklammerte, dass seine Fingerknöchel weiß hervortraten.

Yada biss sich auf die Unterlippe, musste sich davon abhalten, ihm die Hand auf die Schulter zu legen und ein paar tröstende Worte zu flüstern. Es tat ihr weh zu sehen, wie Hanno sich quälte. Auch wenn er nichts sagte, so konnte Yada sein Leid spüren. Es war furchtbar, Yadas Herz ganz klamm, und doch konnte sie Hanno nicht erlösen, nicht einfach wieder dort anknüpfen, wo sie herkam.

»Kommst du zurück?« Er klang unsicher, fast kleinlaut.

»Ich weiß es nicht.« Es wurde Zeit zu gehen. Mehr konnte sie heute nicht sagen, auch wenn sie ahnte, dass die Antwort »Nein, nicht zu dir« lauten würde, sobald sie sich traute, sie laut auszusprechen. Sie machte einen Schritt auf die Treppe zu. Hanno rührte sich nicht. Als er sie endlich ansah, war es, als stünde ein anderer vor ihr, jemand, den sie nicht kannte. Er hustete in seine Faust, schubste mit der Fußspitze ein Kaugummipapier aus dem Weg und kam näher. Selbst sein sonst so athletischer Gang wirkte steif. Und plötzlich wusste Yada, was ihn derart verändert hatte, etwas, das in seinem Wortschatz sonst nicht vorkam: Verzweiflung.

»Habe ich etwas falsch gemacht?« Das hatte er fast tonlos gesagt.

Ein Kloß schnürte ihren Hals zu. Sie hob die Hand, um ihm zu signalisieren, dass er warten solle. Währenddessen purzelten längst vergangene Dialoge und Bilder in ihrem Kopf durcheinander.

Es gab vieles, was sie darauf hätte antworten können. Dinge, die ihr wehgetan hatten, deren Wunden nur schwer verheilt waren. Doch waren sie unbedacht, ohne verletzende Absicht geschehen. Das wusste sie, deshalb war sie bei ihm geblieben, deshalb hatte sie sich nie beschwert.

Moral und Recht pochten darauf, ihm wenigstens ein paar seiner blöden Sprüche aufzuzählen. Und dann? Wollte sie, dass Hanno nur noch irgendwas Nettes sagte, aber nicht mehr das, was er dachte?

Hanno war Hanno, mit all seinen Ecken und Kanten. Selbstsicher, fast ein wenig zu sehr, treu, zuverlässig, etwas zugeknöpft vielleicht, langweilig wollte sie es nicht nennen. War es falsch, er selbst zu sein?

»Nein«, sagte Yada. Die Antwort schmeckte bittersüß.

Hannos Gesicht hellte sich auf. Er überbrückte den letzten Meter und blieb dicht vor ihr stehen.

»Yada, ich liebe dich. Wenn du Zeit brauchst, nimm sie dir. Es ist okay, ich warte. Und egal, was ist, ich bin für dich da, ruf mich einfach an, ja?«

Sie nickte, unfähig, irgendetwas zu sagen, ohne dass Tränen kommen würden.

»Also«, Hanno lehnte sich vor und hauchte ihr einen schüchternen Kuss auf die Wange, »ich geh dann mal.« Er deutete mit dem Daumen zur S-Bahnstation, drehte sich um und war bald in dem graubraunen Häuschen verschwunden.

»Vergiss den Strafzoll nicht!« Shen tippte auf den Flachbildschirm, vor dem er und Toni saßen.

»Wie hoch war der noch mal?« Toni scrollte sich durch eine schwarze Zahlenreihe.

»Zweihundertsechsundsechzig Prozent in den USA und in der EU, warte, Sekunde …« Shen wühlte in einem Stapel dicht bedruckter Blätter.

»Oh, hallo.« Jetzt hatte Mela sie bemerkt. Ihre Freundin saß auf Copperfield, die Beine angezogen, und blätterte in einem Bildband über Architektur.

Yada kam näher. »Was machen die beiden?« Sie deutete mit dem Kinn auf Shen und Toni.

»Sie nennen es Case-Study«, sagte Mela gedehnt.

Yada musste grinsen. »Klingt wie Käsekuchen.« Das Lächeln entspannte ihre verkrampften Gesichtsmuskeln.

»Der wäre mir lieber als ein Fachvortrag über die chinesische Stahlindustrie.« Mela legte das Buch beiseite und sah sie an, mit diesem Blick, den Yada nur allzu gut kannte.

Rasch schüttelte Yada den Kopf, wollte keine Frage hören, keine Erklärungen abgeben. Mela presste die Lippen aufeinander. Sicher konnte sie es nur schwer schlucken, dass ihre Freundin nicht reden wollte.

»Blaubeermuffins und eine Runde Wortpourri!« Matti rettete sie. In der einen Hand balancierte er einen Teller mit köstlich duftenden Gebäckstücken, in der anderen ein Tablett mit Teekanne und grünen Bechern.

Augenblicklich setzte Mela sich kerzengerade auf, rutschte an den Rand des Sessels und verfolgte jede noch so kleine Bewegung des Kuchentellers mit weit aufgerissenen Augen, das geplatzte Verhör bereits vergessen.

»Hunger?«, neckte Yada sie.

»Er kann Gedanken lesen«, flüsterte Mela ihr zu. »Ich träume seit dem Aufstehen von Mohnschnecken.«

»Das sind aber Blaubeermuffins.«

»Na ja, zwischendurch wollte ich Streuselkuchen, dann Donuts und zuletzt Nussecken.«

»Apfelminztee, bitte.« Matti reichte Mela einen Becher. Sie nahm ihn höflich dankend an, schielte aber immer wieder zum Kuchen.

»Wer möchte Gin Tonic?« Toni klappte den Laptop zu und stand auf.

»Hier.« Shen meldete sich, ohne von den Aufgabenblättern aufzusehen.

»Wer fängt an?« Matti nippte an seinem Tee.

»Womif?« Mela hatte sich einen halben Muffin in den Mund gestopft.

»Wortpourri.« Matti nahm sich ebenfalls einen.

Mela kaute, schluckte, kaute und warf Yada einen fragenden Blick zu. Die zuckte nur mit den Schultern.

»Ahhmhm.« Matti nickte, hatte wohl begriffen, dass Mela und Yada keine Ahnung hatten. Er tippte mit dem Zeigefinger gegen seinen Mund, um zu signalisieren, dass er es ihnen erklären würde, sobald er aufgegessen hatte.

»Es beginnt mit einem Satz«, übernahm Toni, die gerade mit zwei Gläsern aus der Küche kam. »Reihum fügt jeder ein Stück hinzu.«

»Ein Wort, einen halben oder ganzen Satz«, betonte Matti und warf seiner Mitbewohnerin einen giftigen Blick zu, er fand sie wohl zu vorlaut.

»Ich nehme Punkt und Komma«, kicherte Shen und zwinkerte Toni zu. Die grinste verstohlen in ihr Glas.

»Je nachdem, wer mitmacht, entstehen lustige, schaurige, herzzerreißende oder einfach skurrile Geschichten.« Matti schob Mela den Kuchenteller rüber. Die wurde rot, schnappte sich aber gleich noch einen Muffin. »Im Uhrzeigersinn.« Er fuhr die Reihenfolge mit seinem Becher nach. »Wer möchte anfangen?«

»Ich.« Mela legte den Muffin beiseite, schloss die Augen, massierte mit den Fingerspitzen ihre Schläfen und begann, wie eine Hochspannungsleitung zu summen. »Die Farbe der Liebe«, sagte sie dann.

»Na prima«, seufzte Yada leise und ließ sich im Schneidersitz nieder. Erst jetzt bemerkte sie, dass sie Hannos Geschenk noch immer in den Händen hielt. Im gedämpften Licht der Papierlampions, die von der Decke hingen, glänzte es rubinrot.

»Ist rot«, ergänzte Matti links neben ihr.

»Nein«, widersprach Yada und legte das Päckchen beiseite. »Die Farbe der Liebe ist blau.«

Yadas Veto wogte durch den Raum, verschluckte für einen Moment jede Konversation. Nur die Gutelaunebeats, die durch die geöffnete Balkontür drangen, das Gelächter der Grillparty unten im Hof, das Donnern der Triebwerke irgendeines Urlaubsfliegers weit über ihnen waren überlaut zu hören. Trotzig reckte Yada das

Kinn, Matti zog die Stirn kraus, Mela formte ein lautloses O, Shen prostete ihr zu.

»Blau«, wiederholte er und nahm einen Schluck.

»Wie Heidelbeerbrause, die im Bauch prickelt, wenn man zu viel davon trinkt.« Das kam von Toni, ohne ironischen Unterton. Sie starrte dabei auf ihre Füße, die Nägel waren zartrosa lackiert, Yada wusste nicht, was sie gerade mehr verblüffte.

»Blaubeerlimo«, wiederholte sie gedankenverloren.

»Die in der Nase kitzelt wie ein wolkenloser Sonnentag.« Mela schnupperte an dem Apfeltee und stellte ihn unangerührt zur Seite.

»Liebe ist blau, weil sie so unendlich ist wie das Meer.« Matti schielte unsicher zu Yada, sie schenkte ihm ein Alleswiedergut-Lächeln.

»Wo tief unten, versteckt in dunklen Spalten, Urzeitskorpione warten.« Shen zerknüllte sein Muffinpapier und warf es knapp an Yadas Ohr vorbei in den Mülleimer neben dem Schreibtisch. »Mit einem riesigen Stachel, den sie dir ins Herz rammen.«

»Und an dessen Gift du langsam stirbst.« Toni probierte auch einen Backförmchenzielwurf, traf aber nicht. Sie grunzte missmutig. Shen lachte, stand auf, hob das Papier auf und gab es ihr für einen zweiten Versuch.

»Manchmal ist Liebe azurblau, schillernd, perfekt, wie der Traumstrand im Urlaubskatalog«, versuchte Mela die Romantik zu retten. Sie entknotete ihre Beine aus dem Schneidersitz und lehnte sich mit einem Seufzer zurück.

»Und plätschert nichtssagend vor sich hin, seicht, lauwarm, oberflächlich.« Toni und Shen feierten einen Treffer mit einem High five.

»Sie ist wie ein Sommerregen auf nackter Haut, weich, samtig, verspielt«, bemühte Yada sich und musste unwillkürlich an Luuk denken.

Toni schnaubte, erhob sich und kam kurze Zeit später mit fünf Longdrinks wieder, von denen sie einen Yada reichte.

»Und so groß und weit wie der Horizont«, trällerte Shen indes und machte eine elegante Armbewegung.

»An dessen gegenüberliegendem Ufer er steht«, sagte Yada, obwohl sie nicht dran war. Die Erinnerung an Luuks Lachen war so lebendig, als säße er neben ihr. Ihr Hals wurde trocken. »Und du weißt genau, dass du nie dorthin gelangen wirst«, wisperte sie kaum hörbar und trank, bis nur noch die Zitrone am Boden klebte.

»Die Liebe ist blau«, wiederholte Mela den Eingangsvers, spannte einen Rahmen, der das Ende des Gedichts ankündigte. »Wie der Wind, der dich zu ihm bläst, jede Schlucht, jede Meile überwindet.«

»Wind ist nicht blau«, sagte Shen.

»Die Atmosphäre schon, Flachpoet«, muffte Mela zurück.

Shen zuckte mit den Schultern und leerte ebenfalls sein Glas. »Okay, nächste Runde, ich beginne.« Er streckte die Hand aus, um sich Ruhe und Aufmerksamkeit zu sichern. »Der Regenwurm«, begann er, kicherte, kam nicht weiter, räusperte sich, gluckste, räusperte sich noch mal, holte tief Luft, verschluckte sich, vermutlich an einem Blaubeermuffinkrümel, von denen einer noch in seinem Mundwinkel klebte, hustete, lachte, bis er blaurot anlief.

Matti klopfte ihm beherzt auf den Rücken und eröffnete mit: »Gott erschuf die Nacktschnecken.«

Toni warf eine Erdnuss nach ihm. »Um Kleingärtner zu erschrecken.«

Wortpourri ging weiter, Yada hörte nicht mehr hin. Zu sehr nahm sie die Erinnerung gefangen, entführte sie in die blaue Vergangenheit und ließ die Gegenwart farblos zurück.

»Na?« Mela setzte sich neben sie auf den klitzekleinen Balkon, den Yada sich seit den frühen Morgenstunden mit Petersilie, Basilikum und Lavendel teilte. Eine Biene suchte in den lilafarbenen Blüten nach einem späten Frühstück, vielleicht war es auch schon Mittag, Yada hatte die Zeit aus den Augen verloren. Ganz still saß sie, lauschte dem Großstadtlärm, der wie eine weit entfernte Brandung rauschte. Ihre Gedanken waren müde geworden vom vielen Kreisen, endlich. Yada genoss es, blicklos vor sich hin zu starren, während die Welt sich weiterdrehte. Irgendwann würde sie losgehen, dorthin, wo es richtig war, irgendwie würde sie das dann wissen, irgendwann, aber nicht jetzt.

Die ganze Nacht hatte sie wach gelegen, den nächsten Schritt gesucht, war zur Küche und wieder zurück gegeistert, hatte Milch getrunken, einen Apfel gegessen, die Toilette aufgesucht.

Um sieben hatte endlich Mattis Wecker geklingelt,

der Tag begann. Yada hatte Kaffee aufgebrüht und sich mit einem Toast auf den Balkon verzogen. Halb acht war Matti verschwunden, kurz darauf waren Toni und Shen aufgestanden und hatten sich nach einem schnellen Frühstück auf den Weg zur Uni gemacht. Toni, weil ihr Leadership-Seminar begann, und Shen, weil er sich den Campus ansehen wollte.

»Es sind noch Plätze in der Sommerakademie frei«, hatte Toni zwischen zwei Happen Kokos-Mandel-Müsli erwähnt, als Yada sich gerade einen zweiten Toast schmierte.

»Mmh«, hatte Shen gemacht, und Yada hatte gewusst, dass er sich später anmelden würde.

»Magst du auch noch einen?«, fragte Mela jetzt. Sie hatte ihren Kaffeebecher geleert und deutete damit auf Yadas bunt geringelte Tasse, die sie immer noch in den Händen hielt, obgleich nur mehr ein brauner angetrockneter Rand an den einstigen Inhalt erinnerte.

»Gerne.« Yada lächelte schwach. Es war schön, Mela hier zu haben, auch wenn sie den fragenden Blicken ihrer Freundin immer wieder ausweichen musste.

»Hier, bitte«, sagte Mela kurze Zeit später und hielt ihr dampfenden Kaffee vor die Nase. Irgendjemand spielte Gitarre, die Melodie floss aus den geöffneten Fenstern, breitete ihre Flügel aus und flog in den azurblauen Himmel.

»Danke schön.« Yada linste über die Balustrade, wollte einen Blick auf die Stimme werfen, die gerade ihr Herz zerriss, sie sang von Liebe, einer, die nicht sein durfte. Ein weißer Vorhang blähte sich, ein buntes Rad auf dem Balkon schräg gegenüber drehte sich im lauen Wind, die Sängerin blieb verborgen.

»Ah.« Mela grunzte wohlig, pustete und nippte an ihrem Milchkaffee. Sie hatte am längsten geschlafen, sah aber aus, als hätte sie durchgefeiert. Die Augen waren geschwollen, und auf ihrer Wange zeichnete sich das wirre Muster des Hochflorteppichs ab, auf dem sie die halbe Nacht gelegen hatte, nachdem sie von der Isomatte gerollt war. Im klaren Licht des noch jungen Tages sah sie blass und erschöpft aus.

»Wie läuft es im Zwirbel?« Yada kaute schuldbewusst an ihrem Daumennagel. Ein Kinderlachen hallte von den Häuserwänden wider, weckte in Yada die Sehnsucht nach ein wenig Unbeschwertheit.

»Gut.« Mela knabberte an einem Marmeladentoast. »Nina hat am Mittwoch ihr Praktikum angefangen. Erinnerst du dich noch an sie? Hat sich vor etwa zwei Monaten bei uns vorgestellt.«

»Braune Haare, kinnlanger Bob?«

»Genau die. Sie ist echt clever und schafft ordentlich was weg.«

Yada atmete erleichtert auf, fühlte sich aber immer noch mies. »Ich komme … *hm.*« Sie schloss die Lippen, bevor sie ein Versprechen gab, das sie nicht halten konnte. Wie sollte sie erklären, dass sie noch nicht angekommen war, auch wenn sie nicht wusste, wo das Ziel lag?

»Süße, du hast Urlaub, und zwar so viel du willst.« Mela tippte Yada mit dem Zeigefinger auf die Nasenspitze. »Allerdings könnte sich dein Überstundenkonto ab Oktober gefährlich der null nähern.«

»Pfff, bis dahin bin ich längst wieder da«, lachte Yada, schlang einen Arm um ihre Freundin und schmatzte ihr einen Kuss auf die Wange. Mela roch nach Blumenwiese, ganz warm und sonnig.

»Und?« Mit nur einem Wort durchbrach Mela den Wohlfühlmoment. Yada versteifte sich unwillkürlich. *Na* und *und*, das waren die beiden Worte, mit denen Mela alles fragen konnte und jede Antwort bekam. Nur dass Yada heute keine hatte, überhaupt keine, da war nichts in ihrem übervollen Kopf.

»Hey, entspann dich.« Mela kniff ihr in die Seite, sodass Yada fast den Kaffee verschüttete. »Ich bohre nicht weiter, und meine preisgekrönten Ratschläge verkneife ich mir auch, es sei denn, du willst sie unbedingt hören.«

»Ich fürchte, dass ich das Rätsel um die Liebe selbst lösen muss.«

»Brav.« Mela streichelte über Yadas Kopf. »Aber wenn du mal schummeln willst …« Sie grinste und wedelte mit ihrem Handy, stoppte mitten in der Bewegung, starrte auf das Display und fluchte. »Scheiße, ist es echt schon elf? Ich muss los.« Sie sprang auf. »Wo ist denn Shen?«

»Mit Toni in der Sommerakademie.«

»Ah.« Ihre Freundin zog die linke Augenbraue hoch, sie hatte sie offensichtlich auch bemerkt, die gemeinsame Wellenlänge, auf der Toni und Shen funkten. »Dann fahre ich also allein zurück.« Mit fliegenden Fingern tippte sie etwas in eine Bahn-App.

Yada grinste schief. »Die beiden sind wohl noch nicht fertig mit, ähem, der chinesischen Stahlindustrie.«

»Ja, ja, natürlich«, lachte Mela und wählte eine Zugverbindung.

Seit fünf Jahren kannten sie Shen, hatten es jedoch erst vor achtzehn Monaten geschafft, ihn aufzuknacken. Er war zu jedem und jeder charmant und aufmerksam, aber stets auf einer unverbindlichen Ebene, mindestens zwei Armlängen von seinem Kern entfernt. Alle sechs bis acht Wochen vermutete Mela eine Frau in seinem Leben, ohne dass sie je eine zu Gesicht bekommen hätten. Vielleicht würde sich das schon bald ändern.

»Adieu, meine Süße!« Sie wuschelte Yada durch die Haare, hielt inne, runzelte die Stirn, betrachtete die Spitzen. »Sag mal, hast du den Conditioner überhaupt benutzt?«

»Ähm, also«, stotterte Yada und zupfte Mela die Strähne aus der Hand.

»Soso.« Ihre Freundin schnalzte mit der Zunge.

»Sorry, ich brauchte den Platz für Süßigkeiten.«

»Ach so, das ist natürlich erlaubt.«

»Weil überlebenswichtig«, betonte Yada und meinte es sogar ein wenig ernst.

»Ein Schoko-Erste-Hilfe-Set, das muss man immer an Bord haben«, bestätigte Mela mit todernster Miene.

»Es waren Grünohrhasen«, gab Yada zu.

»Sind noch welche da?« Mela leckte sich über die Lippen.

»Leider nein.« Yada zuckte entschuldigend mit den Schultern.

»Was bist du nur für eine Freundin!« Mela streckte ihr die Zunge raus.

»Deine beste.« Yada schenkte Mela einen Luftkuss. Die fing ihn auf, klatschte ihn an ihre Wange.

»Ich hab dich lieb«, sagte sie und küsste Yada auf den Scheitel.

»Buhu«, heulte Yada gespielt, um nicht wirklich weinen zu müssen.

»Eijeijei, ich muss jetzt echt los.« Melas Augen huschten über ihren Zugfahrplan.

»Halt, warte.« Yada umklammerte Melas Bein, wollte sie nicht gehen lassen. »Ich brauche doch noch eine deiner Lebensweisheiten!«

»Na gut, also: Kommt der Regen schräg von vorn, kriegt die Kuh ein nasses Horn.« Mela grinste. »Alte Bauernregel.«

»Haha.« Yada rollte mit den Augen.

»Für das Leben und die Liebe gibt es weder ein Patentrezept noch eine Zauberformel, aber ich sag nur eins: Du bist in Berlin.«

»Ja und?«

»Entweder hat das Schicksal einen schrägen Humor, oder du bist nicht zufällig hier.«

Nicht zufällig hier, nicht zufällig. Die Sonne wanderte weiter, die Schatten wurden länger, Melas Worte geisterten wieder und wieder durch Yadas Kopf. Natürlich war sie nicht zufällig hier, wenn überhaupt halb zufällig. Sie hatte Toni getroffen, zufällig, sich gut mit ihr verstanden, zufällig, aber die Entscheidung, Tonis Einladung nach Berlin anzunehmen, hierherzukommen, das war kein Zufall. Dennoch, das Schicksal hatte seine Finger im Spiel, zeigte ihr den Weg, zu ihm, sie musste ihn nur beschreiten, *oder*?

»Steckst du fest?«

Yada zuckte zusammen, sie hatte Toni nicht kommen gehört. »Wieso?«

»Hast du dich seit heute früh überhaupt bewegt?« Toni zündete sich eine Zigarette an. »Du hast doch schon hier draußen gehockt, als wir los sind.«

»Zählen Toilettengänge?« Yada stand ächzend auf, streckte sich, drehte den Oberkörper nach rechts und links, einmal auf die Zehenspitzen und wieder runter. Unter ihren Fußsohlen kribbelte es. Mela war vor fünf Stunden abgefahren. Seitdem starrte sie auf das Fotobuch, das sich hinter dem roten Glanzpapier verborgen hatte. Neun Jahre und acht Monate *Hanno & Yada* dicht an dicht, chronologisch sortiert, mal mit verspieltem Rüschenrand und Herzapplikation, mal in edlen Sepiatönen. Vor, zurück und wieder vor hatte sie geblättert, viel hatte sich seit ihrem ersten Kuss nicht verändert, seine Haare waren kürzer, Yadas länger, die Orte waren dieselben, Hannos Arm lag auf jedem Bild um ihre Schulter.

Beschützend, hätte sie es vor ein paar Jahren noch genannt.

Besitzergreifend, konnte sie heute nur denken. Yada hob das Buch vom Boden auf und klappte es zu. Die Luft war nicht mehr so klar wie am Morgen, ein feiner Dunstschleier waberte durch die wolkenlose Atmosphäre. Eine Frau mit Telefon am Ohr goss Pflanzen in Hängetöpfen, von irgendwoher schallten entspannte Reggaerhythmen, laut genug für alle, Urlaubsstimmung. Yada hätte den Stadtsommer gern mehr genossen, sollte raus, entdecken, aber sie steckte tatsächlich fest.

»Wenn sich die Wahrheit in mir verhakt«, sagte Toni jetzt und atmete dabei blauen Qualm aus. »Wenn ich nicht sagen kann, was ich möchte oder noch nicht mal weiß, was ich denke.« Sie schüttete den Rest ihrer Cola auf den Lavendel. »Dann schreibe ich eine Postkarte an den, den es betrifft.« Die Glut an der Zigarettenspitze knisterte, als sie daran zog. »Manchmal stehe ich selbst im Adressfeld.« Sie drückte die Kippe aus und warf sie in eine leere Blumenvase.

Yada betrachtete die weißen Kondensstreifen, die das Himmelblau in ungleiche Portionen zerschnitten. Zwar konnte sie sich nicht vorstellen, dass ihr eine Postkarte helfen würde, aber alles war besser, als weiter regungslos rumzusitzen.

»Okay«, sagte sie mit einem Schulterzucken. »Zeit für Urlaubspost.«

Toni nickte, ging an ihr vorbei, quer durch das Zimmer zum Regal, zog eine braune Holzkiste heraus und klappte den Deckel auf.

»Wo ist eigentlich Shen?«

»Einkaufen.« Toni reichte ihr einen Stapel Postkarten. »Unterhosen, Zahnbürste, so was.«

»Ach so«, sagte Yada betont beiläufig. Sie hatte es geahnt, trotzdem war es eine Überraschung. Sie freute sich, dass er blieb. »Klasse«, sagte sie leise, mehr zu sich selbst.

»Ja, ne?«, grinste Toni und zupfte eine Karte mit Mickey und Minnie auf einem Tandem aus der Kiste und zog sich auf den Balkon zurück.

Yada drehte einen Bleistift zwischen den Fingern und nahm sich eine Karte vom Stapel. Hinter ihrer Stirn formten sich bereits erste Sätze, wurden durchgestrichen, neu aufgesetzt, bis sie endlich wusste, was sie sagen wollte. Es dauerte eine weitere Stunde, bis sie ihre Entscheidung an Hanno adressieren konnte. Eine Pusteblume, deren Schirmchen der Wind davontrug, acht mal acht Zentimeter, um Lebewohl zu sagen, jedes Wort dreimal umgedreht, handverlesen.

Den angekauten Bleistift fest umklammert, lief Yada los, zur Post, »geradeaus, links, rechts, links«, hatte Toni gesagt. Der Asphalt strahlte die Hitze des Tages ab, Ozon lag in der Luft, Leben pulsierte auf den Straßen, durch die Adern der Stadt. An der Ampel, neben ihr, kicherten zwei Mädchen über irgendwas, das irgendwer am Badesee, gestern … Dann kam Grün. Die beiden fuhren auf ihren Rollschuhen weiter, Lachen im Gesicht, coole Sonnenbrillen, kurze Jeans, Eis am Stil. Die Leichtigkeit des Sommers umspülte Yada, konnte sie aber nicht mitreißen, dafür wog die Karte in ihrer Hand zu schwer.

Die fünfhundert Meter zur Post waren bestimmt zwei Kilometer, sie war mehr als dreimal abgebogen und hatte sich dann irgendwann durchgefragt. Yadas Finger klebten, ihr Mund war trocken, zum Glück musste sie die Briefmarke nicht anlecken.

Fünfundvierzig Cent, und das Ende ihrer Liebe war

auf dem Weg zu ihm, nach Rheine, in die Basilikastraße, dort, wo einst ihr gemeinsames Zuhause gewesen war. Die Pusteblume verschwand in der gelben Box, doch die Erleichterung stellte sich nicht ein. Der Abschied wog schwer, zog Yadas Schultern herunter und drückte ihren Brustkorb zusammen. Sie lehnte sich gegen eine Hauswand und legte die Hände vor die Augen, wollte sich einen Moment lang abschirmen, verschnaufen, sich verstecken vor der Realität, dem Wasnun und, vor allem, vor sich selbst.

Doch in der Dunkelheit der geschlossenen Lider sah sie sich auf einem Hochseil stehen. Die Angst vor dem nächsten Schritt schnürte ihr die Luft ab. Die Zukunft lag wie ein weißes Blatt vor ihr, und keine Skizze, kein Rahmen gaben Halt und Orientierung.

Zeichne, gestalte dein Leben selbst, hatte Oma Frieda immer gesagt. Wie gerne wäre sie jetzt in den Elfenwiesen. Yada ließ die Arme sinken, tastete nach dem Stift in ihrer Hosentasche, betrachtete die rundgeschriebene Mine, die noch genug Atem für weitere Texte hatte. Mit einem Mal sprudelten die Worte, die gerade noch zäh in ihrem Unterbewusstsein geklemmt hatten. Yada sprintete los, rannte, bis der Sauerstoff ihre Lunge verätzte. Die Wundtstraße entlang, das Treppenhaus hinauf, vorbei an Matti, der unter grünen Kopfhörern fast verschwand, schnurstracks zur Postkartenkiste.

»Darf ich noch eine?«, fragte sie in Tonis Richtung, die mit Shen über Zahlenkolonnen brütete.

»Klar«, brummte die, ohne sich umzudrehen.

Die erstbeste Karte war genau richtig, bunte Luftballons vor dunklen Gewitterwolken. Yada schrieb, radierte jedes Wenn und Aber aus, setzte Luuks Namen ins Adressfeld, fertig. Dann stand sie auf, steckte die Karte in ihre Tasche und ging in Mattis Zimmer.

»Könnte ich mal deinen Laptop benutzen?«

Matti sah von seinem Buch auf. Es hatte die Dimension einer Jahrtausendchronik. Seine Augen waren gerötet.

»Logo«, gähnte er.

»Kaffee?«

»Lieber Tee.«

Nachdem Yada ihre Freunde mit Kaffee, Tee und ein paar Extrawünschen versorgt hatte, setzte sie sich an den Rechner. Die Suchanfrage *Crêperie Berlin* brachte sechs Ergebnisse, fünf weitere Cafés fand sie unter *Pfannkuchen*. Ein *Sucré* gab es nicht, dafür ein *Suzette*. Konzentriert tippte sie Adressen, Öffnungszeiten und Telefonnummern untereinander. Dann eine gestrichelte Linie, darunter »The Art of Bansky«, täglich geöffnet im Felix, Stencil-Workshop im YAAM, An der Schillingbrücke 3, und die Kontaktdaten der Akademie für Illustration und Design, nur so, wer weiß.

»Bssprcht«, spuckte der Drucker die Liste aus. Yadas Fingerspitzen prickelten, als sie das Papier aufhob. Das war er, ihr Plan, der erste Schritt in eine Zukunft ohne Sicherheitsleine.

Kapitel 12

So, jetzt platze ich! Yada öffnete unauffällig den obersten Knopf ihrer Jeans und fuhr sich über den Bauch. Poffertjes, eine Galette mit Schinken und Ei, ein Crêpe sucré und einer mit Kirschmarmelade, Pfannkuchen, Apfelmus und belgische Waffeln in fünf Stunden dreiundzwanzig Minuten. Yadas Magen war an seiner Belastungsgrenze angekommen. Dabei hatte sie sich noch nicht einmal durch die Hälfte der Liste gefuttert. Sie schob den Teller von sich und ließ den Tag Revue passieren. Im *Suzette* hatte sie mit ihrer Suche angefangen, schließlich hatte Luuk den Namen erwähnt. Aber dort waren nur Frauen gewesen, was nicht hieß, dass Luuk nicht vielleicht in der Küche stand oder einkaufen war, während Yada Spiegelei auf Buchweizenfladen kaute. In der *Crêpestation* hatte sie einen Mann an der Bar entdeckt. Zweimal war sie zur Toilette gegangen, um ihn genauer zu mustern. Letztlich legte sie sich auf Mitte dreißig fest. *Zu alt für Luuk,* entschied sie, obgleich sie das nicht wissen konnte, überhaupt wusste sie eigentlich gar nichts über ihn. Außer dass er sie zum Lachen bringen konnte, eine wunderbar warme Stimme hatte, die Welt retten wollte oder zumindest Geoparden und Pfannkuchenläden.

Yada musste lächeln, gleichzeitig war ihr zum Heulen zumute. Sie vergrub ihr Gesicht in den Händen. Mut und Abenteuer, Träume und Bauchgefühl, das hörte sich toll an, schien aber nicht zu funktionieren.

Warum tue ich das überhaupt? Genügten ein paar Telefonate, eine Handvoll getauschter Worte, um das hier zu rechtfertigen? Yada seufzte, löste ihr Haargummi, kämmte die Haare grob mit den Fingern durch und band sie zu einem Pferdeschwanz.

Nein, ja, doch, sicher, beantwortete sie ihre eigene Frage und nahm einen Schluck von dem Eistee, der ein feines Zitronenaroma besaß, *weil es mich verändert hat.* Ohne es zu wollen, nicht einmal zu ahnen, hatte Luuk den Anstoß gegeben, ein kleiner Schubs nur, der alles ins Rollen gebracht, eine Lawine ausgelöst hatte, die ihr Leben umgekrempelt hatte. Wer war also dieser Junge, der sie mit einem Fingerschnipsen aus ihrer gewohnten Umlaufbahn werfen konnte?

Natürlich hatte sie sich ausgemalt, wie es wäre, ihn zu treffen, immer wieder, immer anders, immer seifenblasenwunderschön.

»Alles nur Wunschträume«, schimpfte sie lautlos und fragte sich gleichzeitig, ganz im Geheimen, was sie sagen oder tun wollte, wenn sie ihn tatsächlich gefunden hätte.

»Schnapsidee«, hatte sie laut geflucht, an irgendeinem Zebrastreifen zwischen Friedrichshain und Prenzlauer Berg. Sie kurvte um Bauzäune und Bierbänke, kühlte die heißen Füße im Märchenbrunnen, bestaunte Graffiti und überlebensgroße Murals, verirrte sich in

Touristentrauben, ohne eine Sehenswürdigkeit zu entdecken, fuhr durch eine Schokoeispfütze und noch etwas anderes, wurde zweimal von einem Skateboard überholt, einmal ein Junge mit Wollmütze, bei dreißig Grad im Schatten, einmal ein Typ mit Sakko.

Die Namen von Straßen und Plätzen kamen und gingen, in irgendeinem Park spielten Jugendliche Fußball, »Mach mit«, rief einer von ihnen, nachdem der Ball vor Yadas Vorderrad gerollt war. Sie hatte ihn zurückgekickt und »Vielleicht ein andermal!« gerufen. Kurz darauf hatte sie den genialen Einfall gehabt, dass sie die Zwischenwelt verlassen und ein neues Leben beginnen konnte, wenn sie Luuk nur einmal sähe. Als sie ihr Handy zerstört hatte, war die Verbindung zu ihm gekappt worden, abgeschlossen war die Geschichte damit jedoch nicht. Im Gegenteil, Luuk war zu einem Ideal geworden: unerreichbar, unantastbar, fehlerlos. Und genau mit diesem unrealistischen Bild musste sie aufräumen, *darum* musste sie ihn kennenlernen, *ja, darum*.

»Wenn ich ihn überhaupt je finde«, seufzte sie jetzt leise, zog den Stadtplan und ihre Liste heraus und kreuzte das *Suzette*, die *Crêpestation* und den *Eierkuchentraum* durch. Der Kuli schwebte über dem *California Pancakes*, wo sie gerade saß. Bedient hatte sie eine kleine, zierliche Frau mit amerikanischem Akzent und Neonshirt. Aber was war mit dem Kellner? Yada kippelte, um einen Blick auf die Terrasse zu erhaschen. Junger Typ, sympathisches Lächeln. Gerade wischte er einen der Metalltische ab, während er ein paar Worte mit einer älteren Dame wechselte. Vor fünf Minuten noch hatte Yada, nein, ihr Bauch ihn als Luuk-Kandidaten abgewählt. Jetzt riskierte sie einen zweiten Blick. Blonde Dreadlocks, die er im Nacken zu einem losen Zopf gebunden hatte, blaue Augen, so weit sie das aus der Entfernung erkennen konnte, und ein krauser roter Bart, der die größten Teile des Gesichts verbarg. War er das?

Yada schürzte die Lippen. Irgendwie passte der Rasta-Mann nicht in ihr Bild von Luuk. Ein Bild, das sie gar nicht haben konnte, sollte, eigentlich. Sie spürte, wie ihr das Blut in die Wangen schoss. Andere Menschen an ihrer Nasenspitze beurteilen, scheußlich.

Nun, mit vermeintlicher Intuition kam sie nicht weiter. Wenn sie herausfinden wollte, ob er es war, musste sie wohl mit ihm reden, *puh*. Bevor die Entschlossenheit sie verließ, stand sie auf, griff sich den Stadtplan und ging zu ihm.

»Sorry?« Ihr Hals war trocken, obwohl sie gerade einen Viertelliter Eistee getrunken hatte.

»Yeah.« Er drehte sich zu ihr um.

»Also, ähm.«

»Luca?« Die Kellnerin mit dem neongelben T-Shirt winkte ihn zu sich.

»Sekunde«, entschuldigte er sich. Sein Lächeln war umwerfend.

Luuk, war das die Abkürzung von Luca?

»Sorry!« Luca war zurück. *»What can I do for you?«* Er wischte sich die feuchten Hände an der knielangen schwarzen Schürze ab.

»Ich suche, hm.« Sie beugte sich tief über den Stadtplan. »Einen Radladen.« Ja, das passte.

»Radladen«, wiederholte er gebrochen und kratzte sich im Nacken. »*There is the Golden Lenker, over here.*« Sein Finger fuhr eine der weißen Straßen auf Yadas Stadtplan nach. »Grünberger Straße.«

Yada war so erleichtert darüber, dass sie es geschafft hatte, mit ihm ins Gespräch zu kommen, dass sie ein wichtiges Detail erst jetzt bemerkte.

»Du sprichst kein Deutsch?« Das rutschte so raus, war ihr sofort peinlich, »'tschuldigung«, murmelte sie gleich hinterher.

»Ein bisschen nur.« Er lächelte sie schief an. Yada lächelte zurück, sie mochte ihn. Dennoch war sie froh, dass er nicht Luuk war.

»Danke«, verabschiedete sie sich von ihm und ging zu ihrem Rad. Ein Luuk weniger, war das wirklich eine Information mehr?

Yada gab das Geburtsjahr ihrer Mutter in das Zahlenschloss ein und gähnte. Sie setzte sich auf den Sattel, fuhr bis zum nächsten Laternenpfahl und stieg wieder ab. Der Eistee schwappte in ihrem Magen hin und her. Heute würde sie keine Köche und Kellner mehr ausspionieren und mit Sicherheit keinen Pfannkuchen mehr essen.

Bis zur Wundtstraße war es ein ganzes Stückchen, zehn, fünfzehn Kilometer vielleicht, aber der Tag war angenehm warm, lebendig, einfach herrlich, perfekt zum Schlendern, Schieben, Entdecken, Atmosphäre tanken. Unter einer gelben Markise türmten sich rotbackige Pfirsische, dickbauchige Melonen und saftig rote Erdbeeren. Zehn Schritte weiter tanzte eine Porzellanballerina mit rosa Tutu auf einem Beistelltischchen vor einem An- und Verkauf. Gerade wollte sie die Straße überqueren, da fuhr ein Kanu auf Augenhöhe an ihr vorbei, es war länger als der Corsa, der es transportierte. Yada hielt inne, fühlte sich trotz vollen Bauchs plötzlich federleicht. Langsam spürte sie den Puls der Stadt, ihr Herz pochte damit im Gleichschritt, verliebte sich in die breiten Straßen, die schattigen Ecken, die bunten Wände. Berlin hatte sie in den Bann gezogen, sie für einen Moment aus ihrem Mikrokosmos entführt.

Der Feierabendverkehr tobte durch die Straßen, manchmal im Rhythmus voller Bässe, die aus weit geöffneten Fenstern dröhnten. Yada ließ sich mitreißen von dem Strom aus Füßen, Rädern, Menschen. Eine junge Frau mit Kinderwagen kam ihr entgegen. Yada spürte ihren Lufthauch, der nach Limette roch. Um ihren Kopf hatte sie ein Tuch geschlungen. Es war mit rostroten Füchsen bedruckt. Yada sah ihr nach. Genau so eines würde sie für Mela kaufen.

In einem Schaufenster entdeckte sie ganz zauberhafte Ohrringe, davor glänzte etwas Goldenes auf dem Pflaster. Yada bückte sich, es war ein Knopf. Ihr Herz hüpfte, sie hatte einen Schatz gefunden! Lächelnd rieb sie ihn an ihrer Hose sauber und steckte ihn ein.

»Idiot«, brüllte jemand neben ihr. Yada fuhr herum. Ein tätowierter Männerarm drohte einem weißen Transporter, der rücksichtslos auf den Gehweg rumpelte. Yada sprang beiseite, zog ihr Rad mit. Sie ratschte sich den Knöchel an dem Pedal, strauchelte, fast wäre sie auf die Miniterrasse eines Cafés gefallen, *nichts weiter passiert,* zum Glück. Ein Mann mit dunklem Bart und blauem Käppi sprang aus dem Wagen und hetzte mit einem Päckchen in der Hand zum nächsten Hauseingang. Ein paar Beschimpfungen fielen, Yada hörte nicht genau hin, abgelenkt vom bunten Mosaik auf einer Litfaßsäule.

»Open Air Gallery, The LOPs, Die kleine Wollmaus, Jazz im Park«, las sie lautlos, während sie ihren Knöchel rieb. Vielleicht sollte sie etwas unternehmen, wenn sie schon mal in Berlin war. Shen, Toni oder Matti, einer würde bestimmt mitkommen.

Der Transporter startete wieder, brummte vorbei, hüllte sie in eine Wolke aus Diesel und Feinstaub. Yada hustete. Neben ihr klopfte es, Fingerknöchel gegen Scheibe. In einem bodentiefen Fenster stand ein junger Mann, halb verdeckt von einem Plakat, das er gerade von innen befestigte. Jetzt lächelte er sie an, deutete mit dem Zeigefinger auf den Aushang und machte eine einladende Geste.

Yada legte den Kopf schief und las leise: »Aushilfe gesucht, zwanzig Stunden pro Woche, Minijob.«

»Getränke servieren, mit elegantem Hüftschwung, abwaschen, bis der Schweiß rinnt, und leckeres Essen«, erklärte ihr Gegenüber mit Händen und Füßen. Das sah so komisch aus, dass Yada herzhaft loslachte. Ein Geschäftsmann mit Handy am Ohr, der an einem der winzigen runden Tische vor dem Café einen Espresso trank, drehte sich zu ihr um. Ein Lächeln huschte über seine strengen Gesichtszüge. Yada schlug sich die Hand vor den Mund und gluckste weiter. Der Pantomime bat sie, hereinzukommen und sich umzusehen.

Yada schüttelte den Kopf. Sie suchte ein erfülltes Leben, eine glückliche Liebe, keinen Nebenjob.

Ihr Gesprächspartner zog die Mundwinkel nach unten, hob die Hand zum Abschied, verbeugte sich und verschwand hinter die Bar.

Yada berührte mit den Fingerkuppen die Stelle, wo gerade eine sprühende Unterhaltung stattgefunden hatte, ohne dass ein einziges Wort gesprochen worden war. Berlin war magisch, definitiv. Mit einem Lächeln auf den Lippen schob Yada ihr Rad weiter, umschiffte die Tische, die sich dicht neben dem Eingang zum Café drängten. Ihr Blick blieb an einem kleinen Holzschild haften, das über der blauen Tür baumelte. *Sourire*, stand in geschwungenen Lettern darauf. Und mit einem Mal roch sie es: Butter, Zucker, Vanille. Unverwechselbar, eindeutig Pfannkuchen. Das *Sourire* war eine Crêperie.

Die Luft in Tonis Zimmer war dickflüssig, man konnte sie kaum atmen. »Was ist das?« Yada rümpfte die Nase, der letzte Pfannkuchen wollte wieder ins Freie. Schnell zog sie den Kragen ihres T-Shirts über Nase und Mund, atmete den Duft ihrer Haut. Gerade noch hatte sie ein leichtes Hungergefühl verspürt, schließlich war sie knapp drei Stunden durch enge Straßen, grüne Oasen, über weite Plätze, breite Brücken, vorbei an Dönerbuden und langweiligen Gläserfronten gelaufen. Aber dieser Geruch tötete jeden Appetit.

»Wie das riecht!«, näselte Yada und öffnete die Tür zum Balkon. Mit einem Bein an der frischen Luft beäugte sie die rote Pampe auf Shens Teller.

»Heringsfilet in Tomatensugo«, nuschelte Shen und starrte weiter auf den Laptop, den sie vor das Sofa auf einen Bierkasten gestellt hatten. Ein Krachen und Poltern kamen aus dem Dreizehn-Zoll-Gerät.

»Konservenfisch auf Nudeln«, übersetzte Matti mit unüberhörbarem Ekel.

»Uh.« Yada rieb sich ihren nervösen Magen. »Geht's dir gut, Shen?« Dass er Dosenfisch auf Nudeln aß, beunruhigte sie.

»Der Kühlschrank war leer.« Shen spießte einen Turm Schmetterlingsnudeln auf seine Gabel.

»Matti ist heute mit Einkaufen dran.« Toni klang anklagend.

»Ich hatte Pathologie-Blockseminar, danach kann ich keine Lebensmittel sehen.« Matti verschränkte die Arme vor der Brust. »Zungenwurst zum Beispiel, da …«

»Halt, stopp, reicht, danke«, unterbrach Toni ihn mit vollem Mund.

»Probier doch mal.« Shen kratzte die Reste auf seinem Teller zusammen. »Ist gar nicht so schlecht, noch die eine oder andere Geheimzutat, und das Ding ist marktreif.«

»Nein danke.« Yada atmete lieber weiter durch den Mund.

»Ich bleibe heute besser bei Gemüse«, sagte Matti und stand auf. »Will noch jemand 'ne Karotte?«

Yada schüttelte den Kopf, sie war noch nicht so weit. Shen versuchte, auf Tonis Teller zu wildern, wurde aber von ihrer Gabel und einem Fauchen weggescheucht. Er brummte und holte sich eine zweite Portion aus der Küche.

»Wer ist das?«, fragte Matti jetzt und deutete mit seiner Karotte auf den Laptop.

»Zorg«, zischte Toni, ohne den Blick vom Bildschirm abzuwenden. Ihre Gabel stoppte kurz vor ihren Lippen.

»Was schaut ihr da?« Yada setzte sich neben die offene Balkontür auf den Boden und zog die Schuhe aus. Die Teller waren noch voll, der Film scheinbar mittendrin, das konnte dauern.

»Pst«, machte Toni und lehnte sich vor.

»*Das fünfte Element.*« Shen grinste zufrieden.

»Ah«, machte Yada nur, keine Ahnung, was das für ein Film war.

»Und bei dir? Nichts dabei, was dir geschmeckt hat?«, fragte Shen.

Yada wollte schon den Kopf schütteln, da sah sie den Jungen aus dem *Sourire* wieder vor sich. Unentschlossen zuckte sie mit den Schultern.

»Wenn du gut essen willst, da gibt es einen neuen Laden in der Boxhagener Straße, alles bio und vegan«, erklärte Matti.

»Pst!« Toni funkelte ihn an.

»Sie interessiert sich nicht fürs Essen, sondern für den *Koch*«, raunte Shen ihm hinter Tonis Rücken zu und wackelte dabei anzüglich mit den Augenbrauen.

»Krrrch.« Karottenkrümel landeten auf Mattis schwarzem T-Shirt.

Yada fletschte die Zähne und knurrte Shen an, der rasch hinter einem Kissen in Deckung ging.

»Pst!« Jetzt hatte Toni eine furchterregende Falte auf der Stirn. Shen setzte sofort eine konzentrierte Miene auf und verfolgte weiter den Spielfilm.

»Sorry, Yada, der Schlafmangel«, entschuldigte sich Matti, unterdrückte ein Kichern, lief rot an und verließ schließlich hustend und lachend den Raum.

Yada grunzte genervt, rutschte über die Schwelle nach draußen und zog die Balkontür hinter sich zu. Eine leichte Brise war aufgekommen. Sie streckte die Arme über den Kopf und strich durch den sanften Luftzug. Luuk zu finden war genauso unmöglich, wie Wind zu fangen, das sollte sie langsam einsehen.

Mit einem Seufzer öffnete sie ihre Tasche und angelte das Handy heraus. Zeit, einen Notruf abzusetzen.

»Ja?« Mela klang wie eine rostige Gartentür.

»Alles okay, Mel?«

»Mh.«

Yada hatte sich getäuscht, das war kein Krächzen, ihre Freundin hatte überhaupt keine Stimme mehr.

»SOS«, flüsterte sie kleinlaut und hatte dabei das Gefühl, dass eigentlich Mela an der Reihe wäre, das zu sagen.

»Warte, ich hole kurz meinen Zauberstab.« Mela hustete.

»Bist du krank?«

»Nur 'ne klitzekleine Sommergrippe.« Yada hörte, wie Mela einen Schluck trank. »Hast du ihn gefunden?«, fragte ihre Freundin gleich darauf.

»Nein.«

»Irgendetwas anderes? 'ne schöne Handtasche, coole Socken, einen süßen Paul, Tobi oder Nico?«

»Tss.« Yada grinste, musste aber sofort wieder an das Jobangebot im *Sourire* denken. Merkwürdig, dass ihr das andauernd durch den Kopf geisterte. *Sucré, Suzette, Sourire.*

»Du willst doch nicht etwa aufgeben?«, tadelte Mela mit verstopfter Nase.

»Mela, ich …« Yada strich mit der flachen Hand durch den Lavendel. »Ich habe mich verrannt. Das ist absolut unrealistisch.«

»Nun, diesen Satz hat Albert Einstein sicher auch oft gehört.«

»Ich schreibe hier aber nicht die Raum-Zeit-Gesetze neu.«

»Marsmission, Stricksalon, große Liebe, was auch immer, wenn du nicht kämpfst, haste schon verloren.«

»Hab ich doch.« Yada faltete ihre Liste auf, die bis zur Hälfte abgehakt war. Wurde es nicht langsam Zeit, diese Irrfahrt zu beenden? Einen Moment ruhte ihr Blick auf der Telefonnummer der Kunstakademie, und sie kam sich plötzlich albern vor, übergeschnappt, die Schulbank drücken mit vierundzwanzig. Sie knüllte das Papier zusammen, zog die Beine an und legte das Kinn auf die Knie. »Wenn ich mir meine Geschichte selbst erzähle, kann ich mich nicht entscheiden, ob ich die Heldin für verrückt, naiv oder nur verträumt halten soll.«

»Momentchen«, unterbrach Mela sie und trompetete am anderen Ende in eines ihrer Rosentaschentücher, vermutlich.

»Hast du dir Tee gekocht?«, sorgte sich Yada. »Nimm Linde und Holunderblüte, die senken das Fieber, und Thymian, der wirkt schleimlösend.«

»Igitt«, brummte ihre Freundin.

»Das ist wichtig, du musst viel trinken, damit …«

»Ja, ja, jetzt lenk nicht ab«, unterbrach Mela sie. »Ich finde dich übrigens gerade wunderbar-verrückt und ganz liebenswert-verträumt, vor allem aber ist das alles *total romantisch*.«

»Plemplem, das ist es, total plemplem«, gab Yada zurück. »Ich kenne weder seine Augenfarbe, noch weiß ich, ob er schwarze oder weiße Haut hat. So ein Theater wegen einer verdrehten Rufnummer.«

»Sicher«, sagte Mela gedehnt. »Nichts weiter als eine schräge Anekdote, die man hin und wieder zu Bier und Hackbällchen serviert.« Ihre Freundin nieste, schniefte, schnaubte und fuhr dann fort. »*Oder:* Ein klitzekleiner kosmischer Fehler föhnt dich einmal kräftig durch, von oben nach unten, von rechts nach links. Könnte man Schicksal nennen, wie auch immer, jedenfalls hat dieser Typ ohne Augen- und Hautfarbe es geschafft, dass du nicht weiter blind geradeaus trottest.« Mela wurde von einem heftigen Hustenanfall geschüttelt.

Yada rieb sich den Nasenrücken. »Mel? Geh ins Bett. Wir reden morgen.«

»Nein, jetzt kommt erst deine Hausaufgabe.« Sie räusperte sich. »Denk noch mal drüber nach, ob das Ganze eine witzige Kurzgeschichte fürs Archiv ist oder eine Chance, ob morgen wie gestern sein soll oder anders. Keine Angst, es gibt keine falsche Lösung. Wichtig ist nur, dass du zu deiner Entscheidung stehst …«, Mela gluckste, »und natürlich die Chance wählst.«

»Krrrch, krrrch«, machte Yada und kaute an ihrem kleinen Finger.

»Und, fährst du sofort los, ihn suchen?« Mela zog schniefend die Nase hoch.

Yada lachte leise. »Muss erst noch Hausaufgaben machen.«

»Du hast die Lösung längst.«

»Ich rechne noch mal nach, okay?« Yada sah ihr Spiegelbild in der Balkontür lächeln. Für einen Moment schwiegen sie einvernehmlich in die Leitung.

»Hanno war übrigens bei mir.«

Yadas Lächeln erstarb, die Post war schnell, schneller war nur sie selbst gewesen, mit ihrer Suche nach Luuk. Auf einmal schämte sie sich dafür.

»Hanno«, wiederholte sie leise. Als sie aus Rheine losgefahren war, hatte sie noch oft an Hanno gedacht, manchmal hatte sie es sich sogar verboten, um nicht aus den falschen Gründen zu ihm zurückzukehren. Aber seit sie den Schlusspunkt gesetzt, das Lebewohl schwarz auf weiß entschieden hatte, drückte der Hanno-Knoten nicht mehr in ihrem Hinterkopf. Heute war er nur einmal, kurz, durch ihre Gedanken gehuscht, als sie an einem Postkasten vorbeigefahren war. Nun wusste sie, dass er es wusste. »Wie geht es ihm?«

»Na ja, dunkle Augenränder auf grauem Untergrund.«

»Ich hätte es ihm persönlich sagen sollen.« Plötzlich war er da, ein schlimmer Abschiedsschmerz, und darunter Gewissensbisse.

»Tschüs bleibt tschüs, so oder so.«

»Aber eine Postkarte, nach fast zehn Jahren?« Yada schniefte. »Das ist schäbig.« Wäre sie doch mutiger gewesen, an jenem Abend auf der Brücke. »Ich bin ein Feigling.«

»Das hat er auch gesagt.«

»Nahein«, heulte Yada. Die Reue fraß sich in ihre Eingeweide.

»Hey, hey. Er hat von mir Whiskey, 'ne Wärmflasche und einhundert Minuten Gesprächstherapie bekommen. Der Abstand zwischen euch ist gut so, für dich und für ihn. Yada, *du* kannst ihn nicht aufbauen, unmöglich. Zusammen würdet ihr euch nur um *Wenn* und *Aber* drehen und am Ende einen neuen Versuch starten, der sich nahtlos an die Beziehung anfügen würde, in der du unglücklich warst.« Mela hustete.

»Aber wenn …« Vergeblich suchte Yada nach einem Taschentuch.

»Er ist mit rosa Bäckchen und der Gewissheit, dass er ein feiner Kerl ist, nach Hause gegangen«, unterbrach Mela ihren Widerspruch.

»Danke.« Unter dem Grill lag eine Serviette. Yada

prustete ihre Schuldgefühle in das bunte Blumenmuster und schloss sie sorgsam darin ein.

»So, Süße, ich gehe jetzt zur Tankstelle, Schokoeis kaufen.«

»Wie bitte? Du legst dich sofort hin, *sofort*! Sonst erzähle ich Shen, wie schlecht es dir geht. Darf ich dich an seinen chinesischen Kräuteraufguss erinnern?«

»Oh mein Gott.« Mela stöhnte.

»Und wie er deinen Fußrücken durchlöchert hat, um den Akupunkturpunkt für das Immunsystem zu finden?«, legte Yada nach.

»Ich liege schon, hörst du meinen Lattenrost ächzen? Nachher werde ich Obst essen, irgendwo habe ich bestimmt noch eine Konservendose mit Mandarinen.« Mela kicherte, musste aber sofort wieder husten.

»Aber ohne Sekt, Weißwein und Bowlespieße.«

»Versprochen.«

»Pass auf dich auf, ja? Du fehlst mir.«

»Du mir auch.«

Yada legte auf. Kopf, Schultern und Arme fühlten sich immer noch ein wenig schwer an, aber ihre Beine schienen zu ahnen, wohin die nächsten Schritte sie führen würden. Die Suche ging weiter, und beginnen würde sie im *Sourire*.

Kapitel 13

Fünf vor zehn. Yada schielte um die Haltestelle herum zum *Sourire*. Noch immer lag die Crêperie leblos und still da. Yada wich zurück in ihr Versteck, lehnte den Kopf gegen das kühle Glas und schloss die Augen. Ihr Magen bemängelte das fehlende Frühstück, sein Knurren hatte einen gereizten Unterton.

»Puh«, machte Yada, als der Wahnsinn ihres Plans so nüchtern vor ihr lag. Vor zwei Stunden war sie beflügelt von der Aussicht, Luuk finden zu können, zur Wülischstraße geradelt. Die Stadt war in emsiger Geschäftigkeit in den Tag gestartet, ohne ihn zu begrüßen. Überall Menschen, in den Ohren weiße Stöpsel, das Smartphone in der Hand, verbunden im weltweiten Netz, nur nicht mit dem Leben um sie herum.

Ein großer Hund mit struppigem Fell schnupperte an Yadas Rad.

»Guck mal, Mama«, rief ein kleines Mädchen und zeigte auf den Zottelhund, bevor sie an der Hand ihrer Mutter weiterhasten musste.

Um neun hatte ihr die Idee noch gefallen, den Jungen von der anderen Fensterseite kennenzulernen, jetzt war sie sich nicht mehr so sicher. Was, wenn er nicht Luuk hieß? Sie war nicht hier, um Pfannkuchen auf einem Tablett zu balancieren und Pantomime zu studieren. Yada musste grinsen, als sie an das wortlose Gespräch von gestern dachte.

Das Rasseln von Metall auf Metall unterbrach ihre Gedankenfragmente. Eine junge Frau befreite Stühle und Tische vor dem *Sourire* von ihren Fußfesseln.

Yadas Herz klopfte Paukenschläge, *los, jetzt sofort*, bevor sie der Mut verlassen konnte. Mit Schwung schob sie ihr Rad über den Bedenkenberg, überrollte alle Zweifel und verließ ihr Versteck hinter der Haltestelle.

»Nnnööhnn!« Ein Motorroller, plötzlich, mitten auf dem Gehweg. Er streifte Yadas Vorderrad, stieß sie um und fuhr einfach weiter.

»Autsch.« Der Schmerz in ihrem linken Ellenbogen trieb ihr die Tränen in die Augen. Das quengelige Motorengeräusch der Schwalbe entfernte sich genauso schnell, wie es gekommen war.

»Sind Sie verletzt?« Die junge Frau, die gerade Stühle und Tische vor dem *Sourire* gerückt hatte, stürmte auf sie zu.

»Alles okay«, presste Yada hervor und zog ihr Bein unter dem Fahrrad hervor.

»So ein Vollidiot«, schimpfte die Frau, ihre braunen Locken wippten empört.

»Was ist denn passiert?«, fragte eine Stimme von irgendwo hinter ihr. Sie war dunkel, wie Zartbitterschokolade. Yada hätte sie selbst im All, ohne jeden Schall wiedererkannt. *Luuk*. Ihr Herz stolperte, setzte aus und klopfte dann so heftig, dass es ihr den Atem nahm.

»Wieder so ein Irrer, der Ausfahrt mit Autobahn verwechselt«, motzte der braune Lockenkopf und richtete Yadas Fahrrad auf.

»Scheißhinterhofparken«, fügte Luuk hinzu, während er näher kam. Und plötzlich schien alles klar, vollkommen logisch. Natürlich war das Luuk. Luuk, in den sie sich verliebt hatte, ohne ihn zu sehen, mit dem sie gelacht hatte, ohne ihn zu hören.

»Kann ich dir helfen?«, fragte er jetzt und reichte ihr die Hand.

»Aua, ja, vielleicht.« Yada stemmte sich mühsam hoch. Der Ellenbogen zwiebelte, und ihr Sprunggelenk hatte auch was abbekommen.

»Komm, setz dich erst mal«, sagte Luuk und nahm ihren gesunden Arm, um sie zu stützen. »Geht's?« Sie hatten die Stühle fast erreicht.

»Hm«, machte Yada abwesend. Sie spürte seine Haut an ihrer, roch das Shampoo in seinen noch feuchten Haaren, die nass hellbraun wirkten und nach einem langen Sommer am Meer vielleicht sogar blond sein mochten. Er war kaum größer als sie, das konnte sie erkennen, auch wenn sie die ganze Zeit starr geradeaus blickte.

»Das Vorderrad hat was abbekommen, eiert de luxe«, sagte die junge Frau und grunzte missmutig. »Fahrerflucht, ganz klar, du solltest den anzeigen.« Sie schob Yadas Rad zum *Sourire*, wo sie es gegen die Hauswand lehnte.

»Schon okay«, sagte Yada. Der Schmerz, der Schreck, alles längst vergessen, heute war ihr Glückstag, sie hatte ihn gefunden.

»Gar nicht okay«, meinte Luuk und besah sich die Schürfwunde an Yadas Ellenbogen.

»Ich hab noch irgendwo Pflaster.«

»Was zu trinken?«

»Ein Wasser, bitte«, sagte Yada, erstaunt, dass sie überhaupt noch sprechen konnte. Alles in ihr fühlte sich butterweich an, auch die Konturen der Außenwelt schienen Härte und Klarheit verloren zu haben.

»Du warst gestern am Fenster«, sagte er, nachdem er ihr eine Schale Milchkaffee und ein Glas Wasser gebracht hatte. Seine strahlend blauen Augen musterten sie neugierig.

»Ja.« Sie spürte, wie die Hitze von ihren Wangen bis zu den Ohren wanderte.

»Und jetzt bist du hier, weil …« Er lächelte sie auffordernd an. Sein Kinn war kantig und trug einen leichten Bartschatten.

Yada holte tief Luft. *Weil, also …* »Ich mich bei euch bewerben wollte.«

Luuk klatschte in die Hände. »Fantastisch!«

»Fantastisch«, wiederholte Yada, immer noch unfähig zu glauben, dass das alles wirklich passierte.

»Was?« Der brünette Lockenkopf kam mit einem Verbandskasten aus dem Laden.

»Wir haben eine neue Kollegin«, freute sich Luuk, lehnte sich auf seinem Stuhl zurück und verschränkte die Arme hinter dem Kopf.

»Das ist ja fein.« Die junge Frau umarmte sie. »Willkommen im Team, ich bin Vicky.«

»Ya…« Sie stockte mitten in ihrem Namen. Luuk

hatte sich nicht bei ihr gemeldet, war vermutlich glücklich versöhnt mit Tessa. Plötzlich war es ihr unglaublich peinlich, hier zu sein. Am liebsten wäre sie aufgesprungen und weggerannt. Vicky lächelte sie auffordernd an, wartete wohl immer noch auf einen Namen.

»Marie«, stotterte sie ihren zweiten Vornamen und nahm sich fest vor abzuhauen, sobald es möglich war.

»Marie«, wiederholte Luuk. Sie mochte, wie er ihren Zweitnamen aussprach, der sonst ungenutzt in ihrem Reisepass stand. »Ich heiße Luuk.«

Ich weiß.

»Los, Luuk, Teig vorbereiten, Erdbeeren schnippeln, Orangensaft pressen. Das wird heute ein Supertag, das Schicksal meint es gut mit uns.« Vicky band ihre Locken zu einem Pferdeschwanz, desinfizierte Yadas Wunde und klebte ein Pflaster darauf.

»Das Schicksal fährt Schwalbe?«, lachte Luuk und stand auf.

»Das Schicksal ist ein dicker Mann mit rotem Helm auf einer Schwalbe, um genau zu sein«, konterte Vicky. Sie packte das Erste-Hilfe-Set wieder zusammen, umrundete den Nebentisch, schob einen Stuhl an seinen Platz und verschwand zusammen mit Luuk hinter der blau gestrichenen Tür.

Yada sah ihnen nach und nahm einen Schluck Kaffee. Die Milch war süß, aber trotzdem hatte sie einen bitteren Geschmack im Mund. Sie hatte ihn gefunden, jetzt kannte er sie und wusste dennoch nicht, wer sie war. Das hatte sie in ihren Tagträumen nicht bedacht, das fühlte sich falsch, verlogen, ja, fast kriminell an. Das

Schicksal hatte sie zusammengeführt. Fragte sich nur, für wen es heute unterwegs gewesen war.

Sechzig Minuten, ein weiteres Plaster (am Fußknöchel links) und zwei Eisbeutel (gegen die Schwellung im Sprunggelenk) später verteilte Yada Servietten und Besteck. Das *Sourire* war kaum größer als ein Wohnzimmer. Runde Tische mit blauen Holzstühlen besetzten jeden freien Winkel, sodass man von dem Sternparkett nur wenig erkennen konnte. Die Wände waren bis auf ein Poster, das verschiedene Nudelsorten erklärte, kahl.

Warum ausgerechnet Nudeln?, fragte sich Yada und legte Gabel neben Messer.

»So, ich habe dich bei der Minijob-Zentrale angemeldet«, riss Luuk sie aus ihren Betrachtungen. »Neun Euro pro Stunde, fünf Stunden pro Tag, von vierzehn bis neunzehn Uhr, für zehn Tage, okay?«

Yada nickte, so hatten sie sich geeinigt. Sie würde früher kommen und später gehen, das war klar, das Geld war ihr nicht wichtig. Dies war ihre Chance, zwei Wochen, um herauszufinden, ob sie auch im echten Leben auf einer Wellenlänge surften.

»Hier musst du unterschreiben.« Er reichte ihr den Vertrag und einen Stift.

Ihr Name kam ihr fremd vor, wie er so krakelig mit zittrigem Y und schiefem P auf der geraden Linie stand, *Y. Marie Prem.*

»Super.« Luuk nahm ihr die Unterlagen ab und legte sie hinter sich auf den Tresen. »Darf ich dich jetzt mit dem Tablett bekannt machen?« Er präsentierte ihr ein schwarzes Plastiktablett. »Tablett, das ist Marie. Sei nett zu ihr.« Er zwinkerte Yada zu und neigte sich zu ihr. »Du musst aufpassen, es ist zwar gezähmt, wirft aber Grünschnäbel manchmal ab«, flüsterte er.

Yada musste lachen, langsam löste sich ihre Anspannung, Luuk kam ihr so vertraut vor, es war fast ein wenig beängstigend.

Luuk füllte ein paar Gläser mit Leitungswasser und stellte sie auf das Tablett. Yada beobachtete ihn dabei, unauffällig, beiläufig, wie so oft in der vergangenen Stunde. Seine Augen waren von einem intensiven Blau, das mal leuchtend, mal stechend wirkte. Er trug eine Brille, ein rundes dunkelbraunes Kunststoffgestell. Seine Haare waren mittlerweile trocken und standen unordentlich zerwühlt in alle Himmelsrichtungen.

»Versuch es mal.« Jetzt drückte er ihr das Tablett in die Hand. »Tisch eins, bitte.«

»Eijeijei.« Yada kaute auf ihrer Unterlippe. Das war schwerer als gedacht. Die Wasseroberfläche schwappte bedrohlich gegen den Rand. Wo war Tisch eins noch mal? Zahlen waren nicht ihre Stärke, vergeblich hatte sie beim Eindecken versucht, sich die Nummerierung zu merken.

»Hinten links«, half Luuk ihr.

Yada setzte sich in Bewegung, erreichte die Eins, wurde von Luuk zur Vier, dann zur Sechs und Acht im Außenbereich geschickt.

»Zahlengeografie ist nicht so deins, oder?«, lachte Luuk, als Yada die Drei nicht fand. Sie hatte lediglich jeden zweiten Tisch richtig zugeordnet und dabei fast jedes Mal geraten. Mit Luuk in einem Raum war sie froh, wenn sie sich an ihr eigenes Geburtsdatum erinnerte.

»Rechnen kann ich«, verteidigte Yada sich. »Aber Postleitzahlen, Telefonnummern, puh.«

»Ja, Telefonnummern«, wiederholte Luuk, das Gesicht plötzlich ernst, wie ein Wetterumschwung.

Yada hielt die Hand vor den Mund, hätte sie doch bloß besser aufgepasst, sich nicht verplappert. Was dachte er jetzt nur, hieß die Falte zwischen seinen Brauen, dass er sie vermisste oder die Telefonate bereute oder …?

»Vielleicht nehmen wir lieber Buchstaben«, stoppte Luuk Yadas Fragenkarussell.

»Oder Namen.«

»Und woran hattest du da gedacht?« Jetzt strahlte er wieder. Yada warf einen verstohlenen Blick auf seinen Mund. Er wirkte ein wenig schief, schien immer zu einem Lächeln bereit zu sein. Die beiden vorderen Zähne hatten sich leicht übereinandergeschoben, so als wollte jeder von ihnen in der allerersten Reihe stehen, wenn er lachte. »Historische Persönlichkeiten, Trickfilmfiguren, Politiker, Schlagersänger.«

Yada legte den Kopf schief. »Märchen vielleicht?«

Luuks linke Augenbraue schnellte hoch. »Rotkäppchen, Frau Holle, der gestiefelte Kater?«

»Ali Baba, der kleine Muck und Zwerg Nase.« Yada klatschte in die Hände, das konnte lustig werden.

»Gut«, sagte Luuk und ging zu Tisch acht, neun oder sieben, an den sich ein Pärchen gesetzt hatte.

Yada lehnte sich gegen Nummer drei oder fünf und

beobachtete, wie er, Stift in der einen, Block in der anderen Hand, etwas aufzählte, vermutlich rezitierte er die Speisekarte. Sein grünes T-Shirt hing locker über der dunkelblauen Jeans. Es spannte sich nicht über Muskelpaketen, aber die Dynamik, mit der er sich bewegte, seine Schultern, die Sehnen an den sonnengebräunten Armen ließen keinen Zweifel daran, dass er sich zur Not vor einem Ge*o*parden hätte retten können. Oder zumindest fast.

Jetzt ging er zur Bar und winkte sie zu sich. »Also, Schneewittchen und ihr Zwerg bekommen einen Cappuccino und ein Ginger Ale.« Er verzog keine Miene, öffnete eine Glasflasche mit bernsteinfarbener Flüssigkeit, stellte sie auf das Tablett und machte sich dann mit geübten Handgriffen an der Espressomaschine zu schaffen. Yada biss sich auf die Innenseite ihrer Wange, um nicht loszulachen, ihre Fantasie hatte dem Gast bereits einen spitzen roten Hut aufgesetzt. Das Tablett wackelte bedrohlich, als sie sich zu dem Mädchen mit den schwarzen Haaren und der weißen Haut aufmachte.

Nach und nach füllte sich der Laden, war gegen ein Uhr nahezu voll besetzt, lichtete sich in der flirrenden Hitze des Nachmittags, um gegen Abend erneut Gäste zu begrüßen. Yada flitzte hin, her und wieder zurück, wischte, kassierte, lächelte, spülte Gläser, lachte, brachte Galettes ins Nimmerland und Crêpes auf die Dracheninsel. Das Tablett buckelte zweimal, jeweils mit Sachschäden, die Yada mit knallroten Wangen auffegte und dann in der Trinkgeldkasse beglich.

»Feierabend!« Vicky klapperte mit dem Schlüsselbund.

Yada schrubbte gerade das Sieb der Saftpresse. »Ich bin noch nicht fertig.«

»Dein Tag war lang genug.« Vicky nahm ihr die Bürste aus der Hand. »Hast du super gemacht.«

Yada kratzte sich am Hinterkopf. »Bis auf die Teller und Tassen, die ich in den Tod gerissen habe.«

Luuk kam aus der Küche. »Gehört dazu, das nennt man Taufe.«

»Habt ihr auch so einen Mordshunger wie ich?« Vicky rieb sich den Bauch. »Ich mach mir eine Galette, wer möchte auch eine?«

»Für mich mit Schinken und Ei, bitte.« Luuk füllte Kaffeebohnen in die Mühle.

»Ich muss jetzt los.« Yada wischte sich die Hände an der Hose ab.

»Ach komm. Parmaschinken, Ziegenkäse, Rucola, mmh und die Tagesschau.« Vicky reichte Yada ein Glas Cidre und verschwand in der Küche.

»Das würde ich mir nicht entgehen lassen.« Luuk goss sich ebenfalls Apfelwein ein und prostete Yada zu.

»Na gut.« Abendessen und Nachrichten, was war schon dabei.

»Eins.« Vicky schmiss den Würfel zurück in den Becher. »Einmal heimlich in der Küche gefurzt«, kicherte sie.

»Nur einmal? Ich habe mindestens dreimal Atemnot gehabt.« Luuk wischte sich mit dem Daumen einen Krümel aus dem Mundwinkel.

Vicky streckte ihm die Zunge raus und reichte Yada den abgegriffenen Lederbecher. Die herzhaften Pfannkuchen waren köstlich, Tagesschau hatte sie sich allerdings anders vorgestellt. Yada hielt die flache Hand auf den Becher und schüttelte kräftig. Das Klackern des Würfels hatte etwas Hypnotisches. Welche Zahl würde kommen? Und welches Tagesereignis passte dazu?

»Zwei«, verkündete Luuk das Ergebnis, nachdem Yada den Becher angehoben hatte.

»Zwei Schnittwunden. Daumen links und Mittelfinger rechts.« Yada zeigte zum Beweis ihre Pflaster, jetzt waren es schon insgesamt vier.

»Uhh.« Vicky verzog mitleidig das Gesicht.

»Autsch.«

»Miauo.« Eine pechschwarze Katze mit buschigem Schwanz und der Größe eines ausgewachsenen Fuchses sprang auf Luuks Schoß.

»Hallo, Dicker.« Luuk streichelte das Katzentier, das sich wohlig an ihn schmiegte und schnurrte.

»Nenn ihn nicht so, das ist schlecht für seinen Selbstwert«, beschwerte sich Vicky. »Er ist nicht fett, sondern kräftig.«

»Das ist Gang-Slang. Ludwig weiß das, schließlich ist er ein Straßentiger.«

Ludwig hatte seine Aufmerksamkeit in der Zwischenzeit auf Yada gerichtet. Seine grünen Augen fixierten sie, als wollte er herausfinden, ob man ihr trauen konnte.

»Lord Ludwig, das ist Marie«, stellte Luuk die beiden vor. Yada zuckte bei der Nennung ihres Zweitnamens zusammen. Wann immer er fiel, erinnerte er sie daran, dass sie Luuk anlog.

Ludwig sprang mit einem Satz von Luuks Schoß und näherte sich langsam Yadas Beinen. Sie hielt ihm die Hand hin, der Kater stupste mit seiner Nase dagegen. »Hallo, Ludwig.« Yada streichelte ihn behutsam hinter den Ohren.

Lord Ludwig streckte sich, verabschiedete sich mit einem gepflegten, etwas hochnäsigen »Miauo« und verschwand durch die Hintertür.

»Du bist dran, Luuk«, erinnerte Vicky daran, dass die Tagesschau noch Spielzeit hatte. »Vier«, kommentierte Vicky Luuks Würfelergebnis.

Er schwieg, seine Miene unergründlich. »Viermal habe ich sie heute angerufen«, sagte er dann.

»Wen?«, fragte Vicky neugierig.

»Den Nikolaus«, konterte Luuk.

»Wohl eine Nikol*a*«, grinste Vicky, »du hast *sie* gesagt. Oh, ach ja, war es …«

»Genau, du bist als Nächstes dran«, unterband Luuk Vickys Spekulationen. Yada hätte gern mehr gehört – oder vielleicht doch besser nichts. Alles hing davon ab, wer der Nikolaus war.

Der letzte Bissen schmeckte plötzlich fad und salzig. Yada würgte ihn hinunter und trank den Apfelwein in einem Zug leer. Seit sie den Fuß über die Schwelle des *Sourire* gesetzt hatte, hatte sie Tessa erfolgreich verdrängt. Verschwinden tat sie deshalb leider nicht. Mit einem Mal kam es ihr falsch vor, hier zu sitzen, sich in sein Leben zu schleichen.

»Drei«, unterbrach Vicky ihre Gedanken. »Drei Rechnungen, die ich nicht bezahlen kann.« Sie schenkte sich noch ein Glas Cidre ein.

»Zwei«, würfelte Luuk. »Nur noch zwei Liter Milch im Kühlschrank.«

»Mistimurks, die habe ich heute vergessen.« Vicky schob die Unterlippe vor. »Dann muss ich morgen früher aufstehn, doof.«

»Kann ich machen«, meinte Luuk.

»Wir würfeln darum, okay?«

»Fünf.«

»Sechs, hurra, ausschlafen.« Vickys Zeigefinger vollführten einen kleinen Siegertanz. »Dann kann ich jetzt noch zum Latenight-Kleiderbasar. Möchte jemand mitkommen?«

»Bei Loungemusik und Prosecco Secondhand-Handtaschen shoppen? Lass mich kurz überlegen.« Luuk kratzte sich am Kinn. »Heute nicht.«

»Na gut«, lachte Vicky. »Marie?«

»Im Bett bin ich besser aufgehoben.« Yadas Stimmungshoch war längst abgezogen, verdrängt von dunklen Wolken, schwer und aufgeladen mit Scham und Verzweiflung. Sie wollte nicht gehen, sie mochte ihn, auch im echten Leben, selbst nach nur einem Tag. Yada ließ den Würfel durch ihre Finger auf die Tischplatte rollen. *Drei* – einer zu viel. Luuk und Tessa hieß die Gleichung, Yada kam darin nicht vor.

»Okay, ciao, ciao. Schließt du ab?« Vicky warf Luuk den Schlüssel zu und hastete los.

Yada erhob sich, löste den Knoten ihrer Schürze und

hängte sie zu den anderen an den alten Türknauf, der an einem wurmstichigen Brett angebracht war. *La cuisine*, stand in geschwungenen Buchstaben darüber.

»Noch was Süßes?« Luuk wackelte mit den Augenbrauen und machte lustige Schmatzgeräusche. »Schokocrêpe oder einen mit Honig und Zitrone, oh, oder, mmh, Kastaniencreme, danach bin ich ganz verrückt.«

Pfannkuchen um Mitternacht, mit Luuk, der Traum kribbelte ganz real in ihrem Bauch. Aber sie musste das zuckersüße Angebot ablehnen, weil es für sie mehr sein würde als nur ein Nachtisch.

»Nein danke, ich bin supersatt«, log sie und nahm rasch ihre Tasche.

»Schade, dann bis morgen«, sagte Luuk und verschwand in die Küche.

»Tschüs«, sagte Yada leise, obgleich er sie nicht mehr hören konnte. Es war ein wunderbarer Tag gewesen, anstrengend, hektisch, oft chaotisch und dennoch schön. Aber sollte sie morgen wiederkommen? Sie wollte kein Phantom sein, das unerkannt durch Luuks Leben schlich, über seine Witze lachte, sich im Geheimen verliebte, ihm nicht die Wahrheit sagte. Trotz der Wärme, die der Tag zurückgelassen hatte, fröstelte Yada. Sie zog ein Tuch aus ihrer Tasche, hellblau mit weißen Punkten. Sie hatte es in einem kleinen Städtchen unterwegs gekauft, es war ein treuer Begleiter, bei Hitze und Kälte. Es legte sich leicht wie eine Wolke um ihren Hals mit dem Duft von Sonne und Wind, so tröstlich wie eine Umarmung. Ein letztes Mal sah sie sich um, bevor sie in den lauen Abend trat. Zwölf Stunden hatte sie ohne Pause gearbeitet, hatte von Vicky mehr als einmal gehört, wie froh sie sei, dass sie so schnell eingesprungen sei, jetzt im Sommer, da wollten alle nur ans Meer und nicht für Mindestlohn kellnern, vor allem nicht, wenn unbezahlte Mehrarbeit anfalle, so wie heute.

»Verflixt.« Sie konnte nicht einfach aussteigen. Hier ging es nicht mehr nur um sie. *Sie zählen auf mich.*

»Radfahren in Berlin, das ist irgendwas zwischen Todeslabyrinth und Freikampfarena.« Toni strich mit der Hand über die Felge, sie hatte darauf bestanden, Yadas Rad sofort zu reparieren, auch wenn bald der Morgen grauen musste. Es hatte Yada eine halbe Ewigkeit gekostet hierherzukommen, trotz S-Bahn. Jetzt standen sie im Hinterhof, das Rad auf dem Kopf, im Kegel einer kleinen Lampe mit Bewegungsmelder, die sie immer wieder im Dunkeln stehen ließ.

»Vielleicht sollte ich mir eine Gladiatorenausrüstung zulegen.«

»Ein Helm reicht.« Ein Auge zugekniffen, die Lippen geschürzt, suchte Toni die größte Abweichung, drehte das Rad vor und zurück.

Wie ein Glücksrad, das Roulette des Lebens, dachte Yada, hätte am liebsten eine Murmel geworfen und »Alles auf Rot!« gerufen, wäre ins *Sourire* gestürmt, hätte Luuk gesagt, wer sie war und was ihr die Telefonate mit ihm bedeutet hatten. Aber sie war hoffnungslos verheddert in einem wirren Knäuel aus schrägen Zufällen und verrückten Entscheidungen, gefangen zwischen Unsicherheit, Panik und dem irrationalen Gefühl, alles richtig zu machen. Das konnte sie sich selbst kaum erklären, geschweige denn laut aussprechen. Yada rieb sich den Nacken. Wie sollte sie dieses Durcheinander jemals auflösen?

»Anzeigen muss man solche Typen«, brummte Toni, die heute, so weit man das in dem hässlichen Stromsparlicht erkennen konnte, fabelhaft aussah.

»Ist doch fast nichts passiert«, sagte Yada, jedenfalls im Vergleich zu den Stunden danach.

Toni schnaubte und richtete sich auf. Sie trug olivgrüne Flipflops, ausgeblichene Jeansshorts, darüber ein weißes Feinripptop, unter dessen leichtem Stoff man einen Triangel-BH erahnen konnte. Ihre Haare fielen in unordentlichen Wellen bis zu den Ohrläppchen.

»Du siehst verändert aus«, wich Yada auf ein anderes Thema aus. »Sehr hübsch, steht dir.«

»Oh bitte!«, stöhnte Toni und strich sich eine Strähne aus der Stirn.

»Was ist?«

»Und als Nächstes kommt: süß, wie ein richtiges Mädchen.«

»Nein«, protestierte Yada, obwohl sie nicht leugnen konnte, dass sie für einen winzigen Augenblick genau das gedacht hatte.

»Ach ja?« Toni zog die letzte Speiche nach, prüfte noch einmal, ob alles rundlief, und stellte das Fahrrad wieder auf die Reifen. »Probier mal.«

Yada fuhr eine kleine Runde und kam vor Toni zu stehen. »Tipptopp, danke.«

Toni erwiderte nichts, ihre Augen lagen im Schatten. Die Lampe ging aus, einen Moment standen sie schweigend einander gegenüber in der Dunkelheit, keine totale Finsternis, so was gab es in Berlin irgendwie nicht.

Yada spürte, dass Toni etwas sagen wollte, wartete, hörte ihren Atem. Irgendwo weinte ein Baby, im zweiten Stock ging Licht an.

»Nur weil ich gern Herrenhemden trage, lieber Gin als Hugo trinke und Lipgloss widerlich finde, bin ich doch kein Kerl!« Sie warf den Speichenschlüssel von der rechten in die linke Hand und wieder zurück. »Die meisten meiner Freunde sind Jungs, ich hasse Wangenküsschen und bin verrückt nach American Football und dreckigen Witzen, muss ich deshalb immer der Kumpeltyp sein?« Sie kickte einen Stein quer über den Hof, die Bewegung weckte die Außenlaterne, jetzt konnte Yada die Traurigkeit in Tonis Gesicht sehen.

»Für mich bist du der Bestefreundintyp«, sagte Yada, ging einen Schritt auf sie zu, legte den Arm um ihre Schulter, federleicht.

»*Du* bist süß«, sagte Toni und entzog sich Yadas Umarmung, »*ich* nicht.« Sie richtete sich auf. »Aber weißt du, ich finde das okay so.«

»Ich auch, total.«

Yada konnte ein Lächeln auf Tonis Lippen erkennen, ein kleines grimmiges, dann ging das Licht wieder aus. Durch die Stille zwischen ihnen zog der Duft von Bratkartoffeln.

»Bratkartoffeln um diese Uhrzeit?«, fragte Toni laut,

was Yada gerade im Stillen gedacht hatte. Sie sahen gleichzeitig nach oben, in verschiedene Richtungen, alles düster. »Mmh, lecker, Bratkartoffeln«, sinnierte Toni weiter, »oder Spiegelei, hast du auch Hunger?«

Yada zögerte, war noch nicht bereit, den vertrauten Moment zu beenden. Irgendetwas bewegte Toni, sie wäre gern eine gute Freundin für sie. Aber Toni wollte nicht mehr reden, das konnte sie deutlich spüren. Sie seufzte lautlos. »Kochen die Jungs?«

»Wir haben Glück, heute nicht.« Die Andeutung eines echten Lächelns huschte über Tonis Mundwinkel. »Matti ist auf Kneipentour, immer nach Prüfungen, Lerninhalte löschen, Platz machen für neuen Stoff, sagt er.«

»Und wo ist Shen?«

Sofort verfinsterte sich Tonis Miene. »Bei Luisa.« Die Art, wie sie das U lang zog und das A ausspuckte, verriet Yada, dass Luisa vermutlich für Tonis schlechte Laune zuständig war.

»Luisa?«, wiederholte Yada.

»Neue Gruppeneinteilung«, sagte Toni, Yada verstand nicht, wollte nachfragen, aber da kam jemand in den Hinterhof, der Bewegungssensor sah ihn als Erster.

»Huhu, spielt ihr verstecken?« Shen ging mit federnden Schritten auf sie zu, hielt abrupt an, musterte Toni von oben bis unten und kam langsam näher. »Darf ich mitmachen?«

»Nein«, sagte Toni und verschränkte die Arme vor der Brust.

»Was habt ihr bei dem Pepsi-Case rausbekommen?«

Shens Blick ruhte auf Tonis nackten Beinen. »Luisa hat einen superinteressanten Ansatz gefunden.«

»Hat sie?« Tonis Stimme schnitt durch die Sommernacht.

»Wolln wir gleich …«

»Nein«, unterbrach Toni ihn und stapfte zur Tür.

Shen pfiff durch die Zähne, während er Toni hinterhersah. »Was hat sie denn?« Er drehte sich zu Yada und sah sie ratlos an.

»Hunger«, erwiderte Yada. »Das kann ich dir jedenfalls als offiziellen Grund nennen.«

»Und weiter?«

»Das musst du wohl selbst rausfinden.«

»Yoyo, bitte, tu mir das nicht an! Toni ist ein prima Typ, ein echt guter Kumpel, aber sie ist immer noch eine *Frau*.« Er fuhr sich durch die Haare. »Was soll ich tun?«

»Kochen.« Yada drückte ihm einen Beutel in den Arm, ihren Beitrag zum Kühlschrank, gefunden in einem Tante-Emma-Laden, der bis ein Uhr nachts geöffnet hatte. »Gouda, Spaghetti, Tomaten, Bananen – lass dir was einfallen.«

Shen küsste sie auf die Wange. »Du bist genial.«

»Und ich geh mit meinem Rad spazieren.« Viel lieber hätte sie sich jetzt auf Copperfield gekuschelt, ihre Füße brannten, und ihr Kopf war schwer. Aber die zwei brauchten Raum für sich und das, was zwischen ihnen war und vielleicht noch werden wollte.

Kapitel 14

»Juten Tach.«

Yada konnte ihn nicht sehen, als sie den Laden betrat, aber sein Lächeln war zwischen jeder Silbe zu spüren.

»Hallo.« Sie stellte ihre Tasche ab. Die Fahrt durch die kühle Morgenluft hatte sie erfrischt, dennoch steckte ihr die kurze Nacht in den Knochen. Als sie nach vier in die Wohnung geschlichen war, hatten Toni und Shen Kopf an Kopf, Schulter an Schulter vor dem Laptop gesessen, vermutlich schliefen sie heute in der Uni.

»So früh schon hier?« Luuk kam hinter dem Tresen hervor, musterte sie kurz und nahm dann zwei Becher aus dem Regal. »Coffee first.«

Yada reckte beide Daumen in die Luft und setzte sich. Bei ihrem Nachtspaziergang hatte sie die ganze Zeit, es ging nicht anders, über Luuk nachgedacht und kurz vor der Morgendämmerung entschieden, ihn ganz unvoreingenommen, ganz nüchtern kennenzulernen und dabei etwas über *sich selbst* zu erfahren, was auch immer das sein mochte. Eine kurze Episode, die Fragen beantworten sollte, ohne romantische Hoffnungen und heimliche Wünsche. Ihr übermüdetes Gehirn hatte gejubelt, so würde es gehen. Und jetzt war sie hier, ihr

Herz hüpfte und klopfte, warf alle schlauen Ideen mit einem Wisch um.

»Miauo.« Lord Ludwig sprang auf Yadas Schoß. Sie vergrub die Hand in dem schwarzen Fell, verlor sich in dem Moment. Ihre schlau gedachten Erleuchtungen waren ohnehin nichts als lahme Rechtfertigungen, alles Murks, es fühlte sich gut an.

Luuk reichte ihr einen Cappuccino. »Ludwig kann sehr besitzergreifend sein, wenn ihm etwas gefällt. Ich fürchte, du gehörst jetzt ihm.«

Der Kater schnurrte und schloss die Augen. Yada lachte und nippte an ihrem Kaffee. »Wo ist Vicky?«

»Bei der Bank.« Luuk setzte die Saftpresse zusammen. »Ich hoffe, du bist fit. Heute hast du einen straffen Stundenplan: Einführung in die Espressomaschine, Pfannkuchenteig backen, Klos reinigen.«

»Bereit«, sagte Yada und stand auf. »Miauo«, fauchte es empört. Yada stolperte über den Kater, verlor das Gleichgewicht, strauchelte, riss einen Stuhl um und fiel unsanft auf den Po. »Alles okay«, rief sie betont fröhlich.

»Miauo.« Ludwig strich an ihrem Arm vorbei. Zum Glück war ihm nichts passiert, und nachtragend schien ihr kuscheliger Freund auch nicht zu sein. Yada rappelte sich auf und stellte den Stuhl an seinen Platz.

»So, du Gravitationskünstlerin, damit du wach wirst, zaubere ich dir meinen magischen Orangensaft.« Luuk nahm eine Apfelsine in beide Hände, ließ sie los und …

»Sie schwebt!« Yada starrte erstaunt auf die Frucht, die zwischen Luuks Fingern frei in der Luft zu hängen schien.

»Das könnte klappen«, murmelte Luuk geheimnisvoll.

»Was?«

»Vielleicht schaffst du es damit, dich auf den Beinen zu halten.« Luuk schnitt die Frucht in zwei Hälften und presste sie aus.

»Bah.« Yada streckte ihm die Zunge raus und kam näher. »Wie machst du das?«

»Abrakadabra.« Luuk nahm noch eine Orange, beschwor sie mit einem intensiven Blick, und wieder trotzte die Frucht der Schwerkraft.

»Erstaunlich.« Yada umfasste sein Handgelenk und drehte es von rechts nach links.

»Okay, erwischt.« Luuk zeigte ihr die Rückseite der Orange. »Da ist das Loch, in dem mein Daumen steckt.«

»Och.« Yada war ein wenig enttäuscht, dass der Trick so einfach war.

»Du glaubst doch nicht ernsthaft an Magie.«

»Nein«, sagte sie, dachte »Na ja, vielleicht doch ein klitzekleines bisschen«, und schlang die Hände ineinander. Noch immer spürte sie seine Haut unter ihren Fingerspitzen, warm und weich.

»Der Saft hat trotzdem Superkräfte.« Er verteilte die sonnengelbe Flüssigkeit auf zwei Gläser und prostete ihr zu.

»Pling«, machte es. Wie ein elektrischer Schlag zuckte es durch Yadas Wirbelsäule bis in die Zehenspitzen. Genau so ein Pling hatte Nachrichten von Luuk angekündigt, damals, in einer anderen Wirklichkeit.

Luuk zog sein Smartphone aus der Hosentasche. Ein Lächeln huschte über sein Gesicht, und er tippte mit fliegenden Fingern eine Antwort. Yada presste die Lippen aufeinander. Jetzt war es wieder Tessa, die las, was ihn bewegte oder belustigte.

»So.« Luuk legte das Telefon neben die Espressomaschine und klatschte in die Hände. »Lord Ludwig, Zeit für Ihren Kontrollgang.« Er scheuchte den Kater durch die Hintertür. »Fräulein Prem, bitte an den Mixer.«

Yada stürzte den Orangensaft hinunter, band sich die Schürze um und folgte Luuk in die Küche.

»Zwei Kilo Mehl, fang.« Luuk warf ihr eine Packung zu.

Geschafft. Eine weiße Puderwolke stob ihr ins Gesicht. »Hatschi.«

Luuk lachte. »Uuund Nummer zwei.« Jetzt war Yada besser vorbereitet, und das Mehl bestäubte lediglich ihren Handrücken. Sie öffnete die Papierverpackung und schüttete es in die Rührschüssel vor ihr auf der Arbeitsplatte.

»Zwanzig Eier«, rief Luuk hinter ihr. »Hep.«

Yada wirbelte herum, die Hände halb schützend, halb in Fangstellung vor dem Gesicht.

Luuk gluckste und kam mit der Palette zu ihr.

Yada verdrehte die Augen mit einem breiten Lächeln, das war einfach immer da, wenn er in ihrer Nähe war.

»Jetzt brauchen wir noch vier Liter Milch.« Luuk löffelte Zucker in den Teig.

»Hol ich.« Yada sah sich suchend um.

»Im Kühlschrank unten links.« Luuk steckte die Rührstäbe in den Mixer.

Yada griff sich die Tetrapaks und goss die Milch zu Mehl, Eiern und Zucker. Der Mixer ratterte in der Plastikschüssel geschäftig vor sich hin. Yada betrachtete die hellgelbe Masse, die in sanften Wellen zwischen den Rührstäben verschwand, wieder auftauchte, Blasen bildete, sich ständig wandelte auf ihrem Weg zu den bestimmt besten Pfannkuchen der Welt.

»Okay.« Luuk fügte noch eine Prise Salz hinzu und schaltete dann den Rührer ab. »Und jetzt müssen wir gaaanz leise sein.« Er legte den Finger an die Lippen.

»Wieso?«, flüsterte Yada.

»Der Teig muss ruhen.«

»Soll ich ihm eine Geschichte vorlesen?«

»Zudecken und Gutenachtlied reicht.«

Yada verpasste Luuk mit einem Geschirrhanduch einen Klaps.

»Aua, bitte nicht vor den Pfannkuchen, das gibt Entwicklungsstörungen, die Psyche und so.«

»Spinner«, lachte Yada.

»Ähm, gut, genug der Küchenpsychologie. Jetzt zeige ich dir, wie man Kaffee kocht.«

»Pling.« Luuks Smartphone leuchtete neben der Edelstahlmaschine auf. Luuk überflog die Nachricht, seine Stirn legte sich in Falten. Yada suchte einen Punkt auf der anderen Seite des Raums, fand das ausgeblichene Spaghetti-Poster, fragte sich wieder, warum es dort hing. *Es gehört genauso wenig hierher wie ich,* huschte es durch ihren Kopf.

»Konzentration«, forderte Luuk dicht neben ihr, und die fehlplatzierten Nudeln waren vergessen. »On, off.« Er tippte auf einen Schalter an der Seite. »Hier.«

»Einfach draufdrücken?«

»Nein, ablecken.«

»Mit viel oder wenig Spucke?«, konterte Yada, streckte die Zunge raus und beugte sich zu dem Knopf.

»Stopp, du Wahnsinnige.« Luuk zog sie ein Stück zurück, sein Arm berührte ihren, ein Schauer fuhr ihren Nacken herauf, bis unter die Kopfhaut.

»Das ist der Siebträger.«

»Hm.« War schwer, ihm zu folgen, sehr schwer.

»Da kommt das Kaffeepulver rein.« Luuk deutete auf die Mühle. »Der Mahlgrad ist schon eingestellt, nur anschalten.« Er hob den Zeigefinger bis vor Yadas Nase. »Und zwar damit.«

Yada verscheuchte seinen Finger wie eine lästige Fliege. »Schon verstanden, ich öffne den Mund nur noch in Ausnahmefällen, bei Feueralarm und zum Atmen, sollte die Nase verstopft sein, okay?«

Luuk musterte sie belustigt. »Es genügt, wenn du die Küchengeräte nicht abschleckst.«

»Und was ist mit den Rührstäben?«

»Nur wenn du mir was abgibst.«

»Niemals.« Yada boxte ihm leicht gegen den Oberarm.

»Bitte, kein Mundverbot, deine Pffs, Ahs und Auas würden mir fehlen.« Er zwinkerte. »Und dein Lachen natürlich.«

Das laute Surren und Rattern des Mahlwerks unterbrach das Gespräch, verschaffte Yada Luft zum Atmen. Sie strich sich eine Strähne aus der Stirn. Röte und Glück prickelten auf ihren Wangen.

»Mit dem Tamper«, fuhr Luuk jetzt fort, »gut andrücken.« Er stampfte das Kaffeebohnenmehl zu einer kompakten Einheit.

»Aha.« Yada sah ihm zu, in Gedanken bei ihm und doch woanders, betrachtete das kleine Muttermal an seinem rechten Daumen, den sonnenbraunen Nacken, die hellen Härchen auf seinem Unterarm.

»Noch einmal durchspülen.« Es zischte und brummte. »Dann einsetzen.« Er reichte ihr den Siebträger. Yada nahm ihn und beugte sich vor, damit sie besser sehen konnte.

»Seitlich, so ungefähr.« Luuks Hand umfasste ihre, sein Arm, sein Körper ganz dicht, seine Worte an ihrer Wange und ein Flirren und Flattern überall. »Und nun nach vorn schieben.« Sie drehten den schwarzen Griff, wie den Zeiger einer Uhr, die nur den Moment zählte. Gemeinsam hielten sie die Zeit in ihren Händen, Yadas Herz klopfte die Sekunden, viel zu schnell, dann rastete der Siebträger ein.

»Okay, gut.« Luuk räusperte sich und wich einen Schritt zur Seite. »Jetzt den Hebel hoch, dreißig Sekunden, fünfunddreißig Milliliter, fertig.«

»Easy«, log Yada, die nichts mehr wusste, außer dass das keine Eismaschine war. Auf Puddingbeinen schob sie sich an ihm vorbei, raus aus der Enge hinter der Bar. Noch eine Sekunde länger zwischen Luuk und neunzig Grad heißem Brühwasser, und sie würde zerfließen.

»Wollen wir den Teig wecken?« Luuk rückte seine Brille zurecht.

»Solange ich ihn nicht wachküssen muss«, sagte Yada und zupfte an ihrem Shirt.

»Ich werde noch ganz eifersüchtig.«

Ein Glockenspiel tupfte eine helle Melodie in das, was auch immer es war, zwischen ihnen. Ein Dreiklang, eine Variation, dann die Wiederholung des Motivs. Luuk seufzte und nahm das Telefonat an.

»Tess«, begrüßte er den Anrufer, hob einen Zeigefinger, um Yada zu signalisieren, dass er in einer Minute wieder da sei, und verschwand raschen Schrittes durch die Hintertür.

»Tess«, flüsterte Yada lautlos, stützte sich am Tresen ab und schloss die Augen. Wie war es möglich, dass sie in Luuks Gegenwart nur ihn sah, ohne all die Hindernisse zwischen ihnen? Sie schüttelte den Kopf, ging zur Spüle, öffnete den Hahn, ließ kaltes Wasser über die Hände laufen und legte sie in ihren Nacken.

»Marie?« Luuk kam hereingestürmt. »Wir backen Pfannkuchen. *JETZT!*«

Yada stellte das Wasser ab, zögerte. Doch Luuk ließ ihr keine Zeit, mit sich zu ringen. Er war schon an der Küchentür, hielt sie auf und winkte sie zu sich.

»Zunge rein, Crêpes-Platte an.« Luuk deutete auf den Schalter. »Etwas Öl, voilà.« Er verteilte einen Klecks auf der beschichteten Oberfläche. »Das hier ist der Temperaturregler.« Ein schwarzer Schalter, der stufenlos auf die Zweihundertzwanzig glitt. »Eine Kelle Teig, das genügt.« Luuk war fokussiert, erlaubte sich nur hin und wieder ein Lächeln, es war freundlich, aber nichtssagend, fand Yada. Irgendwas war anders, seit er von dem Telefonat zurück war.

»Ich muss gleich noch mal weg.« Luuk verteilte die Masse zu einer gleichmäßigen dünnen Schicht. »Ist das okay für dich?« Jetzt sah er sie direkt an, das Blau seiner Augen stechend, als wollten sie jede Widerrede im Vorfeld erdolchen.

Yada blinzelte, überrumpelt von der Bitte, die keine war, erschlagen von der Verantwortung, die er ihr zuwarf und die sie unmöglich tragen konnte. Sie öffneten in zehn Minuten, Vicky war nicht da, was, wenn Gäste kamen? »Ähm, also, ich«, stotterte sie und wurde sofort von ihm unterbrochen: »Vicky kommt sicher jeden Augenblick, keine Sorge.« Er reichte ihr die Dosierkelle, nahm die Schürze ab, noch ein aufmunterndes Lächeln, dann war er weg.

»Eine Orangina, bitte.« Ein Mädchen und seine Mutter im Außenbereich, Tisch Dracheninsel, Yada immer noch allein, ihr Flehen war nicht erhört worden. Hoffentlich kamen keine weiteren Gäste. »Und einen Crêpe mit Erdbeeren.« Aussprache und Betonung waren perfekt, die Frisur fiel in goldblonden Wellen auf das dezente Trägerkleidchen mit einem silbernen Kätzchenaufnäher. Der Rücken gerade, die Stupsnase selbstbewusst nach oben gerichtet, war sie eine richtige Lady. Nur die Zahnlücke und ihr hohes Stimmchen passten zu einer Grundschülerin.

»Und ich bekomme einen Latte macchiato, danke.«

Jetzt wusste Yada, woher das Mädchen sein Auftreten hatte. Die Mutter, ein moderner Long-Bob mit Goldknöpfen an der Bluse und Rolex am Handgelenk, strahlte mehr Autorität aus als seinerzeit Schuldirektor Tietke. Yada schrumpfte innerlich.

»Gern.« Sie zwang sich, die Mundwinkel nach oben zu ziehen, sammelte die Speisekarten ein und wandte sich zum Gehen, ein Schritt nach dem anderen, damit es nicht wie eine Flucht aussah.

»Ach Entschuldigung!«, rief ihr die Frau von der Dracheninsel zu, kurz bevor Yada die Tür erreicht hatte.

»Ja bitte?«

»Haben Sie Karamellsirup?« Ihr Lächeln war schmallippig.

»Ich habe noch nicht mal Kaffee!«, wollte Yada schreien, sagte stattdessen »Sicher« und machte sich eine Notiz auf ihrem Block, ein weiterer hilfloser Kringel, den sie mit viel Kreativität und Improvisation in eine Mahlzeit verwandeln musste.

Sobald die beiden sie nicht mehr sehen konnten, rannte sie los. Auf dem Tresen stand noch der Test-Espresso, der mittlerweile Zimmertemperatur hatte. Sie hatte Milch, aber keine Ahnung, wie der Aufschäumer funktionierte. Es gab kein Karamell und keine Erdbeeren, dafür eine Schale Himbeeren und Kokosmilch.

»Verdammt«, heulte Yada auf. Am liebsten wäre sie in den Kühlschrank geklettert und hätte sich hinter den Eiern versteckt. Stattdessen riss sie das Gefrierfach auf, fand Vanilleeis, erinnerte sich an den Kokoseiskaffee, den Mela im letzten Sommer gemacht hatte, und begann zu mixen. Die Kokosmilch mit dem lauwarmen Espresso, darauf die Eiscreme, etwas Sahne und Schokoraspeln, die Orangina aufgehebelt, Strohhalm, fertig.

»Einen Café de Coco.« Yada stellte das Kokosexperiment auf den Metalltisch. »Und eine Orangina, bitte.«

»Danke«, piepste das Mädchen und trank mit spitzen Lippen aus dem geringelten Strohhalm.

»Aber ...« Die Rolexdame blickte von dem Eiskaffee zu Yada und wieder zurück.

»Darf ich von der Sahne?«, fragte ihre Tochter und griff nach dem langstieligen Löffel.

»Lassen Sie es sich schmecken«, blockte Yada schnell mögliche Reklamationen ab, lächelte steif und hastete zurück ins *Sourire*, um sich der zweiten Aufgabe zu stellen.

Leise fluchend wühlte sie sich durch Türme von Metallschüsseln und Geschirr, vorbei an Schneebesen, Wendespateln und Messbechern. Die anfängliche Fassungslosigkeit über Luuks Verschwinden hatte sich in Wut verwandelt. Nie hätte sie geglaubt, dass er sie ohne Erklärung – gut, die war er ihr nicht schuldig – einfach so alleinließ. Das war mies. Noch einmal grummelte sie in das Wandregal, dann fand sie, was sie gesucht hatte: Spritzflaschen.

»Yes!«, feierte sie ihren Etappensieg. Etwas Teig in eine kleine Schüssel, Kakaopulver hinzu, YouTube-Tutorial kurz konsultiert, los ging's.

Yada heizte die Platte an, verteilte Fett darauf, füllte erst den dunklen Teig in die Plastikflasche und begann zu zeichnen. Eine Schnauze, Katzenaugen, Schnurrhaare, spitze Ohren, Tigerstreifen, zuletzt alle Lücken mit dem hellen Teig ausfüllen, wenden. Danach ein Mini-Crêpe mit Krone, zwei Himbeeren, Puderzucker, servieren.

»Guten Appetit.« Yada stellte die Teller vor die beiden, Drachenkönigin nannte sie die Mutter insgeheim, und ja, sie hatte Angst vor ihr.

»Mama, guck mal, eine Katze!« Das Mädchen verlor die Contenance, fuhr hoch und hüpfte auf und ab, während sie sich eine gezuckerte Himbeere in den Mund schob. »Das muss ich Viola und Lilian zeigen, un-bedingt, unbedingt. Können wir morgen noch mal hierherkommen?«

»Ja, Schatz, vielleicht.« Wieder dieser verwirrte Blick von der Bestellung zu Yada und zurück.

»Und du hast eine Krone, schau, wie auf deiner Uhr.«

»Hübsch, nicht wahr«, sagte die Dame, musterte Yada, holte Luft, wollte etwas sagen und wurde abgelenkt. Ein froschgrüner Polo hielt am Straßenrand, hüpfte noch zweimal, krächzte und ging aus.

»Vicky«, quietschte Yada, als die erste braune Locke aus der Fahrertür lugte, und eilte zu ihr wie ein Ertrinkender zum Rettungsring.

»Boah, diese Bäääänker.« Vicky rollte mit den Augen, während sie das Wort bis zur Unkenntlichkeit dehnte. »Mehr Paragrafen, Rechenmodelle und Bedenken als die Summe, um die es geht.« Sie öffnete den Kofferraum und holte eine Stiege Erdbeeren heraus. »Hier.« Sie drückte sie Yada in die Hand und stapelte dann noch zwei weitere darüber.

»Und, seid ihr ohne mich zurechtgekommen?« Sie hievte einen vollbepackten Karton auf den Bürgersteig und schloss die Kofferklappe.

»Na ja.« Yada wackelte mit dem Kopf. »Improtheater, würde ich sagen.«

»Hä?« Vicky ächzte unter der Last ihrer Einkäufe.

»Luuk ist nicht da, und ich habe vergessen, wie die Espressomaschine geht.«

»Wiebittewas?« Vicky riss die Augen auf.

»Er hat mir alles gezeigt«, verteidigte Yada ihn. »Aber ...« *Ich war abgelenkt, seine Nähe frisst meinen Verstand.*

»Wo ist er denn?« Vicky wirkte angesäuert.

»Keine Ahnung.« Yada stellte die Erdbeerkisten auf die Arbeitsfläche. »War bestimmt was Wichtiges.« *So wichtig, dass er mich einfach hängen lässt.* Ihr Groll war abgeebbt, aber noch nicht verdaut. So was machte man doch nicht, und schon gar nicht Luuk, das passte nicht zu ihm. Wobei, woher wollte sie wissen, was zu ihm passte?

»Ach wirklich?« Vicky schnaubte. »Musste er mal wieder die Welt von irgendjemandem retten.«

Ja, Tessas Welt. Etwas Ätzendes brannte hinter Yadas Brustbein.

»Na ja, wie auch immer, ich will mich nicht beklagen. Schließlich bin ich auch Teil seines Weltrettungsprogramms.«

Und dafür hat er den Urlaub mit Tessa gestrichen, ergänzte Yada in Gedanken, jetzt fügte sich eins ans andere. Luuks half hier, unterstützte dort, vermutlich immer da, wo er am meisten gebraucht wurde. Blöd war nur, wenn man in seiner Prioritätenliste runterrutschte so wie Tessas Urlaub oder heute das *Sourire*, nein, *sie*. Luuks Charakter bekam eine neue Dimension, einen Schatten, der der glänzenden, immer gut gelaunten Fassade Tiefe verlieh.

»Nimm es ihm nicht übel, er entscheidet streng rational, und scheinbar hat er dir zugetraut, den Laden allein zu schmeißen, auch wenn es für dich bestimmt der Horror war.« Vicky bändigte ihre Locken mit einem Haarband. »Am zweiten Arbeitstag, tss«, murmelte sie und schüttelte den Kopf.

»Hey, hallo!« Ein junger Mann steckte den Kopf zur Küche rein, Strohhut, dunkle Haut, breites Grinsen.

»Ben, hi!« Vicky fiel aus allen Wolken, das konnte man hören. »Was suchst du denn hier?« Ben kam rein, sie hauchte ihm einen Kuss auf die Wange.

»Luuk, um ehrlich zu sein.«

Vickys Rücken wurde gerader, steifer. »Er ist nicht da.« Sie steckte sich eine Strähne hinter das Ohr und reckte das Kinn.

»Ah, okay.« Ben trommelte mit den Fingerspitzen gegen seine Lippen. »Und, geht's dir gut?«

»Ja«, schnappte Vicky.

»Und Olaf so?«

»Der ist nicht hier.« Vickys Stimme war so frostig, dass Yada Gänsehaut bekam. Das Gespräch hatte einen Unterton, der nicht für ihre Ohren bestimmt war. Gerade wollte sie sich in den Gastraum zurückziehen, da klopfte die Drachenkönigin. »Zahlen, bitte«, trällerte sie, als Ben die Tür einen Spaltbreit öffnete. Yada zog den Kopf ein, konnte die Beschwerde, die Nur-einen-von-fünf-Sternen-Bewertung schon riechen.

»Gerne«, zwitscherte Vicky betont fröhlich zurück, schob sich an Ben vorbei und ging kassieren.

»Ähm, tja«, sagte der und rieb die Handflächen aneinander. »Also, ich werd dann mal.« Er deutete mit dem Daumen Richtung Ausgang.

Yada nickte, obgleich ihn ihr Einverständnis sicher nicht interessierte. Sie folgte ihm, schielte durch das Fenster zu Vicky, die sich gerade zu dem Mädchen beugte und ihr etwas ins Ohr sagte. Die Drachenkönigin lachte, von Unzufriedenheit keine Spur. Yada atmete erleichtert auf und wandte sich zu Ben, wollte anbieten, Luuk eine Nachricht zu überbringen, aber da war er schon verschwunden.

»Eine Katze und eine Eule für Peter Pan und ein Herz für Schneewittchen.«

»Okay«, meldete Yada zurück, zeichnete die Konturen, ließ sie auf der heißen Platte backen und füllte dann das Bild aus. Seit Stunden backte sie Tiere, Blumen, Herzen und manchmal sogar Disneyfiguren.

Die Drachenkönigin, Chefin einer Werbeagentur, war vor Lob übergeflossen, und ihre Prinzessin, Amalia, wollte den nächsten Kindergeburtstag im *Sourire* feiern. Sogar über Eventcatering hatten sie gesprochen. Vicky flatterte und schwebte durch den Gastraum. Ihre Crêperie hatte ein neues Gesicht, Gesichter auf Crêpes.

»Miauo und Huhu für Peter Pan«, rief Yada und machte sich an Schneewittchens Herz.

»Huhu zurück.« Luuk stand plötzlich in der Küche.

Yada war so überrascht, dass sie ihn nicht mal grimmig anfunkeln konnte. Das Pfannkuchenherz verrutschte auf der Platte, wurde ein Blitz mit Peng.

Luuk warf einen Blick auf den missglückten Pfannkuchen und verzog das Gesicht zu einer Grimasse. *»Shame on me.«*

»Der ist für dich«, schnappte Yada, so leicht wollte sie ihn doch nicht davonkommen lassen.

»Eigentlich wollte ich mir Superman wünschen.« Er zeigte seinen Bizeps. »Klavier, Waschmaschine und einen Elefantenfuß in den vierten Stock.«

»Ah«, sagte Yada, Umzugshelfer war er heute also gewesen. Das war gut, sehr gut sogar, alles war besser als das, was ihre Eifersucht und Fantasie sich in den letzten Stunden ausgemalt hatten. Nur, wer war wohin gezogen, und was hatte Tessa damit zu tun?

»Bär und Eule ins Nimmerland, zack, zack«, befahl Vicky durch den Türspalt.

Luuk nahm die Teller. »Bin beeindruckt, ehrlich.« Er betrachtete die Pfannkuchen wie ein Kunstwerk. »Du hast heute zaubern gelernt.«

Luuks Lob brannte auf ihren Wangen, der Unmut verrauchte. »Ach«, sagte sie und konzentrierte sich auf das Herz. »Das hab ich mal in einem Clip gesehen.«

»Komisch, ich hab letztens Bachs Toccata und Fuge in d-Moll im Klassikradio gehört und kann's immer noch nicht spielen.«

»Du spielst Orgel?«

»Natürlich nicht!«, lachte er.

Yada warf eine Heidelbeere nach ihm. »Los jetzt, sonst servierst du Eisbären und Schneeeulen.«

Luuk war schon mit einem Fuß aus der Tür, da stoppte er. »Hast du heute Abend was vor?«

Yada hatte den Kopf schon geschüttelt, bevor sie über die Konsequenzen dieser Bewegung nachgedacht hatte.

»Jetzt doch.«

»Was? Hey, warte«, rief Yada, aber Luuk war bereits weg. Und ihr Herz hüpfte, wieder, obwohl sie es ihm ausdrücklich verboten hatte. Yada seufzte, dann formte sie ein großes Herz aus Teig und noch eins, und noch eins.

Kapitel 15

»Das ist Hausfriedensbruch, was wir hier machen!« Yada kletterte hinter Luuk über den Bauzaun.

»Es ist ein verpasstes Abenteuer, wenn wir es nicht machen.« Luuk drückte ihr eine Taschenlampe in die Hand.

Yada blickte zurück zur Straße, deren Laternenschein Sicherheit versprach.

»Vertrau mir, Yada.«

Sie drehte sich zu ihm um, wollte gerade antworten, dass sie keine Rechtsschutzversicherung habe, da fiel es ihr auf. Im letzten Abendlicht konnte Yada seine Augen sehen, die sie ruhig musterten.

Seit wann weiß er es und woher, wie peinlich, was denkt er wohl, warum hat er den ganzen Tag nichts gesagt, bestimmt hasst er mich, ich bin eine Witzfigur, hetzte es durch ihren Kopf, bis er glühte, während sie wie eingefroren dastand, nur »Oh!« sagen konnte. Ihre Finger wurden langsam taub, so sehr umklammerte sie den Schaft der Lampe.

»Die hier habe ich gestern Abend gefunden«, durchbrach er die Stille, die Yada nicht hören konnte, so sehr surrte es in ihren Ohren. Er zupfte etwas aus seiner Tasche, ein graues Viereck mit schwarzen Schatten, mehr war in der Dunkelheit nicht zu erkennen. Yada wusste, was darauf zu sehen war.

»Du liest meine Post?« Das sollte bissig klingen, war aber lediglich ein Quieksen. Die doofe Karte musste ihr aus der Tasche gerutscht sein, als sie das Halstuch herausgezogen hatte, gestern Abend, nach ihrem ersten Arbeitstag im *Sourire*. Die Wahrheit hatte es verdammt eilig, ans Licht zu kommen.

»Sie lag auf dem Boden«, verteidigte Luuk sich. »Und sie ist an mich adressiert.«

Yada schwieg. Jetzt war es raus, erleichtert fühlte sie sich nicht, sie hätte sich gern in Luft aufgelöst.

»Hier, bitte.« Er hielt ihr die Karte hin.

»Behalte sie«, wisperte sie. Jetzt wusste er, was ihr die Telefonate mit ihm bedeutet hatten, dass sie ihn nicht vergessen konnte und nicht eher wieder gehen würde, bis sie verstand, warum sie hier war.

»Danke«, sagte er und steckte sie wieder ein. »Danke, dass du hierhergekommen bist.«

Yada sah überrascht auf, fand ein Lächeln in seinem Gesicht, das erste, das wirklich für sie bestimmt war. Es war warm und echt, Yada schwebte, im Dunkeln, im Vorgarten einer Bauruine. »Berlin ist ja gut ausgeschildert.« Ein zartes Lächeln, ganz schief vor Verlegenheit. »Und ich hatte den Westwind im Rücken.« Ihre Fußspitze scharrte im losen Sand.

»Haha, dann danke ich dem Westwind, diesem Schlingel.« Er lachte und reichte ihr die Hand. »Und jetzt lass uns gehen, nur den Mutigen …«, sagte er und kam einen Schritt auf sie zu.

»... gehört die Welt«, komplettierte sie. *Das war's schon?* Keine langen Erklärungen, keine endlosen Debatten über wie, was und warum?

»Komm!«

»Echt?«

»Ja klar«, sagte er unbekümmert, Luuk-typisch, wie sehr sie das mochte!

Ihr zaghaftes Lächeln wurde breiter. Alles schien sich zu fügen, ohne viel Tamtam. Ihre Finger verhakten sich in seinen, auf einmal hatte ihre Geschichte keine Lücke mehr, dafür umso mehr Fragen, die sie ihm jetzt nicht stellen wollte. Was zählte, war das Hier und Jetzt, es war wunderbar, selbst an diesem verbotenen Ort.

Die Ruine zeichnete sich als kantiger Schatten gegen den nachtblauen Himmel ab. Eckige Säulen, drei Türen, verriegelt mit Metallstangen. Luuk spähte in die Schwärze hinter dem Eingang. Yada spürte den kühlen Sog der Vergangenheit, der hinter den Mauern herrschte. Rasch wandte sie den Blick ab, suchte Orientierung in der Gegenwart. Das Rascheln der Blätter im warmen Abendwind, das Tschilpen eines Vogels, ein Ast knackte, leises Fluchen, war da jemand?

»Was ist das hier eigentlich?« Yada klammerte sich an Luuks Hand.

»Das ehemalige Institut für Anatomie.«

»Da, wo ... Nein, nicht dein Ernst.«

»Wir müssen von der Seite rein, glaube ich, hm, ist schon eine Weile her, dass ich hier war.« Luuk sprang die Stufen vom Eingangsportal hinunter, riss Yada mit.

Sie strauchelte, fand wieder Halt, stemmte die Füße in den Boden.

»Nein.«

»Es ist nur ein Hörsaal.«

Yada schüttelte den Kopf. Sie wollte den Abend mit ihm verbringen, aber nicht hier, umgeben von Erinnerungen, längst vergessenen Gefühlen, wo Tod und Leben einst aufeinandergetroffen waren.

»Luuk!« Die Freude in der Stimme schräg hinter ihnen war nicht zu überhören. Ein Mensch, Umrisse von einem Hut, er trug etwas, eine Tasche vielleicht, kam näher, schon war er bei ihnen.

»Ben!« Ein Handschlag, eine Viertelumarmung, Schulter an Schulter. Jetzt erkannte Yada ihn auch. Ben von heute Mittag, der Luuk gesucht und nun, vermutlich nicht ganz zufällig, gefunden hatte.

»Super, dass du hier bist.«

»Anni hat's mir erzählt.«

»Shit, der Umzug. Ist sie sauer, dass ich nicht da war?«

»Sie nicht, aber mein Rücken«, lachte Luuk.

»Sorry, Mann.«

»Lass mal, ich hätte es auch vergessen, wenn Tess mich nicht erinnert hätte.«

»Hast du eigentlich 'ne neue Nummer?«

»Ist 'ne längere Geschichte«, wiegelte Luuk ab, legte den Arm um Yadas Schultern und zog sie dichter an sich heran. »Das ist übrigend Yada.«

»Wir kennen uns.« Ben lächelte ihr zu, ein kurzes Aufblitzen weißer Zähne in einem dunklen Gesicht.

»Hi.« Sie bewegte die Lippen mehr, als dass sie sprach, in Gedanken bei Tessa, Anni und den Toten im Gebäude hinter ihnen.

»Ach!«, machte Luuk.

»Yada«, wiederholte Ben ihren Namen. »Das klingt schön, ist das indonesisch?«

»Thailändisch«, korrigierte Yada mit einem zaghaften Lächeln.

»Mensch, Ben, das war meine Frage, die hatte ich mir für später aufgehoben«, protestierte Luuk.

»Der frühe Vogel«, raunte Ben in seine Richtung.

»Wenn's nur Würmer sind.«

»Bei überirdisch schönen Frauen bin ich immer schüchtern«, erklärte Ben an Yada gerichtet, ohne dass sie richtig verstand, was da gerade abging. »Sonst hätte ich dich vorhin eingeladen.« Er hauchte Yada einen Kuss auf die Hand.

»Überirdisch übergeschnappt bist du.« Luuk boxte Ben gegen die Schulter, es sah härter als rein freundschaftlich aus.

»Wie geht es eigentlich Tessa?«

Die Temperatur sank schlagartig, erreichte den Gefrierpunkt, überall Geister, dunkle Schatten, Yada wollte weg von hier.

»Wollen wir?«, sagte Luuk, ohne auf Bens letzten Kommentar einzugehen. »Anni hat sicher schon angefangen.« Er setzte sich in Bewegung, Yada blieb stehen.

»Geh ruhig, ich finde schon zurück.« Nur ungern gab sie den Platz an Luuks Seite auf, wenn der überhaupt noch frei war.

»Angst vor den Toten?«, fragte Luuk.

Yada nickte, wenngleich das nur die halbe Wahrheit war.

»Ich auch«, lachte Ben. »Weißt du, warum ich hierherkomme?«

Yada verschränkte die Arme vor der Brust, wollte nicht überzeugt werden. Nachts in eine Leichenhalle, das war bizarr, da wollte sie nicht rein, niemals.

»Weil hier jahrzehntelang jede Zelle zweimal umgedreht wurde, von allen Seiten fotografiert, immer wieder analysiert. Und doch konnten Wissenschaftler und Ärzte das Leben zwischen den Atomen nicht finden, mussten sich damit begnügen zu beschreiben, woraus der Mensch gebaut ist, ohne zu verstehen, was ihn ausmacht.« Ben räusperte sich. »Umgeben von Tod und klinischer Analytik kann ich das Unsichtbare zwischen meinen Nervenbahnen fühlen, es in meiner Musik transportieren. Das ist das Besondere an diesem verlorenen Ort, darum komme ich hierher.«

»Und wegen Annis Keksen«, fügte Luuk trocken hinzu.

»Erwischt«, lachte Ben und hakte sich bei Yada unter. Neben ihr grunzte Luuk, legte den Arm um ihre Taille.

Yada schüttelte beide ab. »Na gut, ich mach's.« Das war draußen, bevor sie es sich anders überlegen konnte.

Weil sie bei Luuk sein wollte und er, zumindest jetzt, bei ihr. Und weil sie neugierig geworden war. Sie wusste, wovon Ben sprach. Weil sie das Unsichtbare zwischen den Nervenbahnen kannte, es schon mehrmals erlebt hatte. Immer dann, wenn sie malte, eins war mit dem Stift, der Kreide, sich selbst.

»Mutig«, lobte Luuk.

Oder verrückt, dachte Yada, wer wusste das schon, aber es war ihre Entscheidung, und die fühlte sich gut an.

»Passt auf, hier liegt 'ne Menge Schrott rum«, erklärte Ben und ging voran. Yada folgte ihm, Luuk hielt sich dicht neben ihr.

Nahezu lautlos drangen sie tiefer in das Gelände ein, schlichen an grauen Hauswänden und schwarzem Gestrüpp entlang. Yada unterdrückte ein Schaudern, als hohes Gras um ihre nackten Knöchel streifte.

»Dahinten geht es rein«, sagte Ben irgendwann. Sie umschifften Stacheldraht und wichen einem Trümmerhaufen aus. Die bodentiefen Fenster waren eingeschlagen. Der gezackte Glasrand glitzerte gespenstisch im Licht ihrer Taschenlampe. Yada hielt die Luft an, machte sich schmal und klein. Ein großer Schritt, Luuk fing sie auf, zog sie weg von den Scherben, die wie messerscharfe Zähne den Eingang bewachten.

»Nicht hinfallen«, raunte er ihr ins Haar. Yada klammerte sich an seinen Oberarmen fest. Von der Wand hinter seinem Rücken grinste sie ein Skelett mit Zylinder an. Rasch senkte Yada die Taschenlampe, schickte das Gespenst zurück in die Dunkelheit.

»Hier lang.« Luuk leuchtete einen schmalen Korridor vor ihnen aus. Putz bröckelte von den Wänden, die duldsam Tags von Graffitikünstlern trugen. Yada folgte ihm, konzentriert, wachsam. Glasscherben knirschten unter ihren Sohlen. Misstrauisch beäugte sie ein Kabel, das aus der Deckenverkleidung heraushing. Gedämpfte Stimmen drangen durch die verlassenen Räume, wurden lauter, eine Gitarre spielte eine zarte Melodie. Noch eine Ecke, der scharfe Geruch von Urin, Luft anhalten, vier hastige Schritte, wieder durchatmen, dann waren sie da.

Wie ein antikes Theater erhob sich der Hörsaal vor ihnen. Unten die Bühne, von einem Flutlicht spärlich beleuchtet, auf den Holzbänken, wo einst Medizinstudenten die unaussprechlichen Namen von Muskeln und Knochen gelernt hatten, lagen Taschenlampen, leuchteten überallhin und nirgends, wie verlorene Sterne.

Ben hatte sich zu dem Gitarrenspieler gesellt, neben ihm eine junge Frau mit kurzen dunklen Haaren, Anni vermutlich. Sie lachte, Ben küsste sie auf die rechte und die linke Wange.

»Streberbank oder Chill-out-Zone?« Luuk deutete auf die erste und die letzte Reihe.

»Irgendwo dazwischen.«

Sie stiegen die Stufen bis zu einer umgestürzten Stehlampe hinauf, ein großer Schritt über den eckigen Ständer. Luuk wischte Staub von der Sitzfläche.

»Danke.« Yada klemmte sich eine Strähne hinters Ohr und setzte sich, ihre Tasche auf den Knien.

»Es ist etwas schaurig, ich gebe es zu.« Luuk holte eine Flasche aus seinem Rucksack. »Aber die Akustik ist gigantisch.« Er schraubte den Deckel ab und nahm einen Schluck. »O-Saft?«, bot er ihr an.

Yada schüttelte den Kopf, ihr Magen kämpfte immer noch mit der Nervosität. Der erste Akkord erklang, und mit ihm verschwanden der Schrecken und das Grauen, die diesem Ort anhafteten.

»*I'm loosing moments, while chasing time.*« Annis Stimme schwebte glaskar über der gezupften Melancholie.

Gänsehaut rann über Yadas Rückgrat. Sie spürte, dass Luuk sie von der Seite beobachtete. Sein Blick brannte auf ihrer Haut.

»*Spending my life, sitting in a waiting room.*« Immer einen Atemzug hinter dem Takt und doch in perfekter Harmonie, sang Anni von unerfüllter Liebe und der Suche nach dem Glück.

Wärme kehrte in Yadas Finger zurück, in ihrem Bauch prickelte die Magie des Augenblicks. Sie drehte sich zu Luuk. Seine Gesichtszüge wirkten vertraut und doch fremd, kantiger als sonst im Halbschatten der umherirrenden Lichtstrahlen. Ihre Nasenspitze war nur eine Handbreit von seiner entfernt, sie lehnte sich vor, zu ihm, an ihm vorbei, Wange an Wange.

»Es ist einmalig«, flüsterte sie gegen sein Ohr, dichter, als sie es sonst je gewagt hätte, hier und jetzt fühlte sie sich verwegen, tollkühn, stark.

»Lohnt sich also, mal was zu riskieren?« Seine blauen Augen strahlten sie durch das Schummerlicht hindurch an.

»Auf jeden Fall.« Yada fing seinen Blick auf, hielt ihn fest, diesen Augenblick für die Ewigkeit.

»Das«, fuhr er fort, wurde von Applaus, Pfiffen und

»Anni«-Rufen unterbrochen, »freut mich.« Er rieb sich das Kinn, sah weg, deutete auf die improvisierte Bühne zwischen zertrümmerten Spanplatten und Müll. »Jetzt kommt Ben.«

Yada atmete tief ein, ihr Herzschlag wollte sich nicht beruhigen, flatterte in einem ungewohnten Rhythmus weiter.

Ben saß auf einer Holzkiste, die am Rande des Flutlichtkegels stand, auf seinem Schoß etwas, das Shen für einen erstklassigen Wok gehalten hätte. Bens Hände ruhten auf dem schwarzen Metall, seine Augen waren geschlossen. Das gesamte Auditorium schien den Atem anzuhalten. Dann erklang der erste Ton, tief wie ein Gong schwebte er durch die Halle aus kaltem Beton, schwoll an und wieder ab. Jetzt hüpften helle Töne über dem vollen Rhythmus, rieselten wie feiner Sommerregen von der Decke. Bens Finger flogen wie auf einer Tastatur über die Handpan.

Yada rutschte auf die vorderste Kante ihres Sitzes, sog jede Note in sich auf. In den schwarzen Schatten hinter dem Rednerpult materialisierte ihre Fantasie tanzende Elefanten, die Rüssel eng umschlungen, darüber schillerten Weltraumnebel in irisierenden Farben.

»Danke, Leute, dass ihr heute da seid.« Bens Stimme riss sie aus ihrem Wachtraum. Yada blinzelte, konnte nicht fassen, dass eine Pfanne neue Welten zu erschaffen vermochte.

»Der nächste Song ist für meine große Liebe.«

»Uh«, raunte es, vereinzeltes Klatschen.

»Das Meer.« Ben grinste gegen das scherzhafte Grollen des Publikums, seine Finger vibrierten über dem Metall, dann tauchte er ab und riss Yada mit.

Hastig holte sie Kreide und Papier aus ihrer Tasche, skizzierte Möwen, Wellen, ein winziges Papierboot auf dem großen Ozean. Die Kontraste wurden schärfer, das Weiß strahlte sie an, Luuk leuchtete jeden Winkel des Blocks aus. Yadas Hand huschte über das Papier, unbewusst und doch voll konzentriert, jeder Strich genau da, wo er hingehörte. Unter der Wasseroberfläche schwebten Luftblasen, darin versteckt geheime Träume, verschlossen mit großen Knöpfen. Kleine Elfen, große Murals, weit weg gehen, mit jemandem ganz nah, all ihre Wünsche und Hoffnungen, gefangen in den Tiefen des Meeres. Die Musik durchflutete Yada wie Sonnenlicht, schwang in ihrer Brust, als wäre sie ein lebender Resonanzkörper. Eine Melodie webte sich an die andere, Zeit existierte nicht mehr, bis die letzte Note verhallte. Yada nahm das Korallrot, zeichnete ein winziges Herz in eine der Blubberblasen, dann sah sie auf. Langsam kam die Umgebung wieder, ein Husten vorn links, leise Stimmen in den hinteren Reihen. Ein süßlich-fruchtiger Geruch kitzelte in ihrer Nase. Zwei Reihen vor ihr blubberte eine Wasserpfeife. Noch immer schien Bens Musik den Raum auszufüllen, wie ein Echo aus der Vergangenheit. Yada blickte nach oben, als könnte sie die letzten Akkorde erhaschen, bevor sie wie Funken in der Dunkelheit verloschen.

»Bravo«, rief jemand.

»Applaus«, meinte ein Zweiter. Der Bann war gebrochen.

»Unfassbar.« Luuk drehte den Zeichenblock andächtig zu sich, betrachtete das Traummeer ganz genau. »Ich bleibe dabei, du kannst zaubern.«

»Ach was«, erwiderte Yada, der es mit einem Mal unangenehm war, dass ihr Herz offen vor ihm lag. »Ben zaubert, ich dokumentiere nur seine Kunst.« Sie verstaute die Kreide in der abgeschabten Dose, die sie unterwegs gekauft hatte.

Luuks Magen knurrte so laut, dass sich der Shisha-Raucher umdrehte. »Ich fürchte, wir müssen erst eine Currywurst finden, bevor wir über deine magischen Fähigkeiten weiterreden«, grinste Luuk. »Es sei denn, du kannst mir eine herbeihexen.«

»Ich probier's mal.« Yada kramte in ihrer Tasche. »Simsalabim.« Sie präsentierte eine Pappbox, auf der bunte Bonbons abgedruckt waren. »Mist, wieder nur Schokolinsen.«

»Her damit!«

»Nein, das sind meine.« Yada presste die Schachtel fest an sich.

Luuks Stirnrunzeln, das zwischen Lachfalten und Unglauben hin und her wechselte, war zu komisch.

Yada prustete los. »Na gut, aber nicht die blauen, die schmecken am besten.«

»Hexentrisch, würde ich sagen«, philosophierte Luuk leise hinter ihr, während sie vorsichtig die Stufen herunterstieg. Einige der Zuschauer hatten sich ebenfalls in Bewegung gesetzt, in den Lichtkegeln ihrer Taschenlampen flammten Graffiti-Bruchstücke auf. »F, a, M, u, L, o, s, A«, buchstabierte Yada. Eine neue Sprache, ein eigenes Universum inmitten von Berlin.

»Ben«, rief Luuk, als sie unten angekommen waren. »Currywurst und Pommes?«

»Nee, hab noch ein Date.« Ben grinste Luuk provozierend an, schob sich zwischen ihn und Yada. »Wolln wir noch was essen gehen, Yada?«

»Du Freak!« Luuk puffte ihn an die Schulter.

»Okay, okay«, gab Ben glucksend nach. »Und, Yada, hat dir das Konzert gefallen?«

»Es war unheimlich«, sagte Yada und grinste dann. »Unheimlich gut. Oder um es mit einem Wort zu sagen: *famulosa*.« Sie fühlte sich frei, ausgelassen, fast ein wenig übergeschnappt. Sie hatte die Mutprobe überlebt, etwas Einmaliges gefunden und war immer noch mittendrin. Famulosa war genau das richtige Wort für diesen Abend.

Ben sah fragend zu Luuk, der erst mit den Schultern zuckte und dann mit dem Zeigefinger eine kreisende Bewegung an der Schläfe machte. »Zu viele blaue Smarties, befürchte ich.«

Yada streckte ihm die Zunge raus. »Hier, ich habe Protokoll geschrieben«, sagte sie an Ben gewandt und reichte ihm das Bild. »Dein Song in Zwei-D!«

Ben nahm das Blatt, hielt es ins Licht. Seine Augen weiteten sich, Yada konnte ein lautloses *Wow* auf seinen Lippen lesen.

»Mir fehlen die Worte.«

»Und das, obwohl er Kommunikationswissenschaften studiert.«

»Wir sollten mal was zusammen machen«, murmelte Ben, ohne den Blick von Yadas Zeichnung zu nehmen. »Gibst du mir deine Nummer?«

»Bitte nicht«, stöhnte Luuk übertrieben.

»Ich habe kein eigenes Handy.« Melas Notfallhandy war Melas Notfallhandy und sollte es auch bleiben.

»Wie jetzt?« So sah Luuk also aus, wenn er perplex war.

»Ein Offline-Junkie, seltene Spezies.« Ben holte ein Buch aus seiner Tasche, riss die Titelseite heraus und notierte eine zehnstellige Zahl, daneben schrieb er seinen Namen. »Aber Münztelefon geht, oder?« Er gab ihr den Zettel.

»Du weißt ja, wo du mich finden kannst«, sagte Yada und steckte die Nummer ein. »Dort gibt es auch hervorragenden Kaffee und köstliche Pfannkuchen.«

»Hm, ja, mal sehn«, murmelte Ben. »Warum hilfst du eigentlich bei Vicky aus?«, fragte er nach einer kurzen Pause, an Luuk gewandt. »Braucht Olaf, das zarte Pflänzchen, ein Päuschen?«, säuselte er und wedelte sich kokett Luft zu.

»Der ist mit der Kellnerin abgehaun.«

»*What?*« Ben schlug die Arme über dem Kopf zusammen. »Verdammt, warum weiß ich das nicht?«

»Weil du drei Monate mit dem Rucksack in Rumänien warst.«

»Als wenn es da keine Sendemasten gäbe«, fauchte Ben.

»Vicky hatte sicher ihre Gründe, dir nichts zu erzählen.«

»Olaf, diese Pfeife, ich hab ja immer gesagt, dass er ein Vollidiot ist.« Ben kickte eine Plastikflasche weg.

»Genau darauf wollte Vicky wohl verzichten«, sagte Luuk und klopfte seinem Freund auf die Schulter.

»Zum Glück ist es jetzt passiert und nicht in zehn Jahren. Heute streitet sie sich mit ihm nur um Kredite und nicht um Haus und Sorgerecht.« Ben atmete geräuschvoll aus.

»Erzähle das mal Vicky.« Luuk seufzte.

»Oh, ich weiß, Olaf, die große Liebe, der Einzige, der alles richtig, nein, besser macht, als jeder andere es je könnte.« Ben rollte mit den Augen.

»Tja, Vicky und ihre rosarote Romantik.«

»Er war bestimmt ihre Lieblingsjeans«, verteidigte Yada Vicky.

»Hä?«, machten Ben und Luuk gleichzeitig.

Yada rang die Hände. Hätte sie bloß nicht davon angefangen. »Na, die perfekte Jeans, die jede Frau sucht, und wenn sie sie hat, will sie die nie wieder ausziehen, bis dass die letzte Naht sie scheidet.« So oder so ähnlich hatte Mela an einem Glühweinabend kurz vor Weihnachten Liebe definiert.

Jetzt prustete Ben los, Luuk blieb jedoch weiterhin ernst. »Es gibt sieben Milliarden Menschen und noch mehr Jeanshosen, ganz zu schweigen von Leggings, Röcken und Hotpants.« Ben hatte das mit den Kleidern offensichtlich falsch verstanden.

»Darum geht es nicht.« Hitze brannte auf Yadas Wangen, sogar ihre Ohren fühlten sich heiß an.

»Ähm, also ich laufe zurzeit in Unterhosen rum«, kam ihr Luuk zu Hilfe.

Und was war mit Tessa? Yadas Kreislauf lief auf Hochtouren, nur ihre Hände waren eiskalt.

»Hast du deine Jeans im Schlafzimmer einer Lady vergessen?«, grinste Ben und boxte gegen Luuks Oberarm.

»Wolltest du nicht gehen?«, knurrte Luuk.

»Also, Guys, ich muss los, Annie einholen, die hat vielleicht noch Kekse.« Er klatschte Luuks Hände ab. »Lass uns bald mal was zusammen machen.«

»Unbedingt.«

»Hey, Sekunde, ich hätte da was Kurzfristiges, last minute sozusagen.« Ben gab sich geheimnisvoll. »Eine Woche schroffe Felsen, Mordskletterrouten, Sonnenaufgang am Berg, das Rauschen der Brandung tief unter dir, mega«, schwärmte er. »Ein Platz ist im Bulli noch frei. Samstag geht's los, nach Kroatien, um vier Uhr morgens.«

»Klingt verlockend, bis auf die Uhrzeit, ich melde mich.«

Ben küsste Yada auf die Wange. »Wir hören uns, versprochen?«

Aus dem Halbdunkel, da, wo Luuk stand, glaubte Yada ein Schnauben zu hören. Ben schulterte seine Handpan und verschwand durch eine der Türen, die seitlich aus dem Hörsaal führten.

»Woher kennt ihr euch?«, fragte Yada nach einer Weile, nicht weil es sie brennend interessierte, sondern weil er nichts sagte und sie das beunruhigend fand.

»Aus der Schule, sechste bis zwölfte Klasse, Vicky gehörte auch zu unserer Gang.«

»Ach so.« Mehr fiel Yada nicht ein, ihre Gedanken hingen immer noch an Luuks verschwundener Hose.

Auch Luuk war in sich versunken, und so schwiegen sie wieder, während sie den Weg zurückgingen, über rostigen Draht und Scherbenhaufen, an einer Birke vorbei, um den eingewachsenen Mülleimer herum und unter der Efeuranke hindurch bis zur Straße.

Yada sah sich noch einmal um, alles ruhig. Erleichtert atmete sie aus.

»Was ist eigentlich mit deinem Handy passiert?«, fragte Luuk beiläufig, den Blick angestrengt nach vorn gerichtet.

Yadas beschwingter Schritt bekam einen Knacks, sie stolperte über ihren eigenen Fuß. »Ach das«, hüstelte sie, »kaputt«, zerstört in wilder Verzweiflung, aber das konnte sie ihm nicht erklären.

Luuk sagte darauf nur »Ah«, und, nach einer kurzen Pause, »Aha«, als hätte er gerade etwas Wichtiges verstanden. Auf seiner Stirn runzelten sich kleine Fragezeichenfalten. Aber er hakte nicht nach, und Yada kreuzte die Finger, dass das so blieb.

Kurz bevor sie die U-Bahn-Station erreicht hatten, blieb er abrupt stehen. »Bist du Vegetarier, Frutarier, Pescetarier, Veganer, Flexitarier, Freeganer?«

Flexitarier? »Glaube nicht.«

»Kennst du das *Curry36?*«

»Nein.«

»Da gibt es lecker Wurst rund um die Uhr.« Luuk

rieb die Handflächen aneinander. »Mein Rekord liegt bei drei Mantaplatten, dehne schon mal deine Bauchmuskeln.«

Vierzig Minuten später tunkte Yada Pommes in Ketchup. Die Currywurst war wirklich gut, die zweite sogar noch besser, jetzt nagte sie an ihren Fritten. Am liebsten hätte sie den obersten Knopf ihrer Hose geöffnet.

»Was ist mit deiner Jeans?«, fragte Luuk unvermittelt.

Yada hielt in ihren Kaubewegungen inne. Konnte man etwa sehen, dass sie drückte und spannte?

»Wird langsam eng.« Sie legte die Snackgabel in die Schale.

Luuk lachte und gab ihr eine extra lange Pommes. »Ich meine deine Lieblingsjeans.«

»Oh«, sagte Yada, »nun«, sie drehte die frittierte Kartoffelspalte zwischen Zeigefinger und Daumen, »meine Lieblingsjeans aus Schulzeiten hat mir nicht mehr gepasst, und meine Traumjeans, nun ja, ich bin mir nicht sicher, könnte sein, dass sie noch auf einem anderen Hintern sitzt.«

»Dann ist das *Sourire* also eine Unten-ohne-Bar.« Luuk lachte, es klang etwas angestrengt. Er presste eine Beule in seine Coladose und trank einen Schluck. »Aber sprich bitte nicht mit Vicky über deine Hosentheorie, sie ist noch nicht so weit.«

»Oh klar.« Vicky tat ihr leid. »Ist echt mies, sie einfach sitzen zu lassen.«

»Schon, aber aus meiner Sicht war diese Trennung zwingend notwendig. Vicky ist gewachsen, ein Stück und noch eins. Olaf war längst nicht mehr ihre Bundweite. Kann sein, dass er das sogar bemerkt hat, nur sie eben noch nicht.« Luuk spießte zwei Stückchen Wurst auf seine Gabel und schob sie in den Mund.

»Willst du damit sagen, dass man immer wieder neu suchen muss?«

»Man könnte sich auch einvernehmlich auf Stillstand einigen, diese Paare gibt es zuhauf.«

»Oder auf gemeinsames Wachstum.«

»Der Idealfall«, nuschelte Luuk und konzentrierte sich auf seine dritte Currywurst.

Yada wischte einen Ketchuprest aus der Ecke der Schale. War Hanno ihr entwachsen oder sie ihm? Hatte sie an unsichtbaren Fesseln gezogen, die Stagnation bedeuteten? Nein, sie waren in unterschiedliche Richtungen ausgetrieben, hatten ihr Gesicht zwei verschiedenen Sonnen zugewandt.

»Puh.« Yada kapitulierte. Die letzte Pommes passte nicht mehr rein. »Frühstück lasse ich ausfallen.«

»Und ich tausche mein Müsli gegen eine Mütze voll Schlaf.« Luuk gähnte.

Yada lachte. »Dann musst du dich aber beeilen, die Nacht ist fast vorbei.«

»Schade«, glaubte sie gehört zu haben, ihr Kopf ruckte, aber Luuk stapelte nur die Pappschalen übereinander und entsorgte sie in einem Mülleimer.

»U eins, drei, sechs oder sieben?«, fragte er jetzt, gedanklich offensichtlich bereits auf dem Nachhauseweg.

Yada zuckte mit den Schultern, sie hatte keine Ahnung, welche Linie wohin fuhr. »Egal«, Umwege störten sie nicht, irgendwann würde sie schon ankommen.

Die U-Bahn-Station war nur wenige Schritte entfernt, Luuk ging daran vorbei. »Wir nehmen die dahinten.« Sein kleiner Finger hakelte sich in ihren. »Die ist weiter weg.«

Es dauerte einen Wimpernschlag, dann prickelte das Glück unter Yadas Rippenbogen. Sie schielte unauffällig zu ihm herüber, ein Spitzbubenlächeln umspielte seine Lippen, am liebsten hätte sie ihn geküsst.

Drei kichernde Mädchen in Miniröcken wankten auf hohen Absätzen an ihnen vorbei. Eine der Partymäuse stolperte, klammerte sich an Yada, riss sie beinahe um. Ein Kreischen und Lachen folgten.

»Ups«, gluckste das Mädchen, »sorry.«

»Is okay«, sagte Yada, obwohl sie sauer war, sie hatte Luuks Finger verloren und traute sich nicht, ihn wieder zu holen.

»Noch mal zu den Hosen«, Luuk schien noch nicht fertig damit. »Man könnte doch einfach Jogginghosen tragen. Die passen sich jeder Lebenslage an.«

»Oder Leggings«, schlug Yada vor.

»Nicht so mein Ding.«

»Aber woher weißt du, welches Turnhöschen es ist? Schließlich sind sie alle bequem.«

»Ich rieche dran.« Luuk machte ein schnüffelndes Geräusch.

Yada rümpfte die Nase. »Du riechst dran?«

Sie waren an einer großen Kreuzung angelangt, sechs Spuren, wenig Verkehr, eine beleuchtete Uhr, die

1.20 Uhr anzeigte. Hinter der Ampel eine Brücke. Yada ging zu dem Geländer, lehnte sich darüber und versuchte, einen Blick auf das Wasser unter ihnen zu erhaschen. Sie dachte an die Papierboote, die Einladung, die sie ausgeschlagen hatte und der sie am Ende doch gefolgt war. Und jetzt stand er neben ihr. Ein Sportwagenmotor röhrte auf, gelbes Kunstlicht über ihnen, alles war perfekt auch ohne Sternenglitzer und Glockenspiel, gleich würden ihr Flügel wachsen, alles war möglich heute Nacht.

»Evolutionsbiologen haben nachgewiesen, dass wir den besten Deal für unsere Nachkommen erschnuppern können«, philosophierte Luuk weiter und spähte ebenfalls in die Tiefe.

»Intelligenz, gemeinsame Interessen, schöne Augen, alles egal? Im einundzwanzigsten Jahrhundert beschnüffeln wir uns wieder wie die Affen, haha.«

»Na, du würdest wahrscheinlich einfach dran lecken, oder?«

»Pfff.«

»Auf das Ende der Online-Partnersuche.« Luuk prostete Yada mit seiner Cola zu. »Es lebe die Trainingshose mit Lieblingsduft.«

»Quatsch«, widersprach Yada. »Verlieben geht auch blind, taub und mit verstopfter Nase.« Liebe hatte eine eigene Dimension, sie ließ sich nicht messen oder vorhersagen, Liebe kannte viele Wege, jeder anders, jeder einzigartig.

»Da muss ich dir recht geben, liebe Kollegin.«

Liebe Kollegin? War sie nicht mehr für ihn? Das Schweben nahm ein abruptes Ende, die Landung war unsanft, der Boden der Tatsachen rau. Eine Currywurst war kein Date, das hatte sie wohl übersehen.

Yada holte ihren Zeichenblock hervor und riss ein Blatt Papier raus.

»Was machst du da?«

»Einen Wunschflieger.« Sie faltete die seitlichen Stabilisatoren, holte einen Bleistift aus ihrer Tasche und schrieb auf die Tragfläche ihre Jeansgröße: W28 L34, vielleicht half das, und daneben seinen Namen, so dass er ihn nicht lesen konnte.

»Ich will auch einen.«

Yada gab ihm Papier und Stift und wartete, bis er seinen Düsenjet fertig hatte.

»Auf drei?«

»Eins, zwei, drei«, zählte Yada.

Seite an Seite segelten die beiden Papierflieger in die Dunkelheit, trudelten umeinander, leuchteten hell vor dem schwarzen Wasser, bevor sie sanft darauf landeten. Yada sah ihnen nach und konnte nicht aufhören, sich zu fragen, was Luuk wohl auf den Rumpf seines Flugzeugs geschrieben hatte.

»Jemand zu Hause?«

»Nein!« Die Antwort war ein Knurren und kam aus der Küche.

»Hi, Shen.« Yada ließ ihre Tasche auf den Boden fallen.

Der Küchentisch war von einer weißen Puderschicht überzogen, Eierschalen türmten sich in einer Pappbox. Shen hatte die Hände in einer orangeroten Schüssel vergraben. Die Lippen fest aufeinandergepresst, knetete er einen dunkelbraunen Teigberg.

»Was wird das?«, fragte Yada über die Schulter, während sie ihre Hände in der Spüle wusch.

»Ein Scheißhaufen.«

Oje. Sie setzte sich auf einen Stuhl, das rechte Bein untergeschlagen. »Wo ist Toni?«

Shen boxte in den Teig, dann sah er auf. Seine blauschwarzen Haare hingen ihm wirr ins Gesicht, und zwischen seinen Augenbrauen konnte Yada zwei tiefe Falten entdecken.

»Ich wollte bloß, dass Luisa in unserem Team ist.«

Yada sog zischend Luft zwischen den Zähnen ein.

»Du nicht auch noch«, fauchte Shen. »Was habt ihr denn alle?«

»Ehem.« Yada hüstelte in ihre Faust. Selbst ohne die Details zu kennen, ahnte sie, warum Shen jetzt Hundehaufen backte. »Du hast vermutlich nur gesagt, dass Luisa smart und clever ist.«

»Genau, und kreativ.« Shen rieb mit dem Handrücken an seiner Schläfe.

»Eijeijei.« Yada spitzte die Lippen.

»Eijeijei?«

Sie seufzte und schob ihre Ärmel hoch. »Lass uns viele kleine Haufen machen.«

»Brauchst du auch einen?«

»Ja, nein, ich weiß nicht. Alles kommt auf die Bundweite an.« Sie zupfte ein Stück Schokoladenteig ab und rollte es zwischen den Handflächen, zuerst zu einer Kugel, dann zu einem Wurm. »Oder die Beinlänge.«

»Hä?«

»Vergiss es.« Yada legte die braune Wurst in einer Spirale zu einem Kottürmchen. Luuk hatte eine Telefonfreundschaft vorgeschlagen, damals; er hatte eine Freundin, oder hatte gehabt; sie hingegen war nur eine Kollegin, würde nie mehr als ein guter Kumpel werden, oder?

Eine Weile schwiegen sie, kneteten, formten, modellierten, gaben ihren Sorgen eine Gestalt.

»Ach Scheiße!« Shens Faust zermalmte einen verunglückten Keks zu einem unansehnlichen Brei.

»Genial, das Gehwegmodell, draufgetreten, platt gelatscht, dekoriert mit allerlei Verwünschungen.« Yada applaudierte, legte den breit getrampelten Hundehaufen zu den anderen und schob das Blech in den Backofen.

Shen brummte nur, stand auf und stellte die Küchenuhr auf zehn Minuten.

»Und was willst du jetzt tun?« Yada pickte ein paar Krümel Schokolade vom Tisch und lutschte sie von ihrem Finger.

»Bleiben.«

»Bleiben, hm.« Wenn sie jetzt blieb, würde sie sich hoffnungslos verlieben, wenn sie nicht schon längst verloren war. Aber was, wenn aus *ich* und *du* kein *wir* wurde? Den freien Fall würde sie bestenfalls schwer verletzt überleben, würde ewig brauchen, um sich davon zu erholen. War sie bereit, das Risiko einzugehen?

»Ja.« Shen sah entschlossen aus, als bereitete er sich für einen Kampf vor.

»Ich vielleicht nicht.« Was, wenn Luuk der Richtige für sie war, aber sie nicht für ihn? Sie dachte an Hanno, es musste sehr wehtun, wenn Liebe nicht erwidert wurde.

»Bitte, Yoyo, du *musst*, ich brauche dich.« Shen faltete die Hände.

»Wofür?«

»Als Berater für diplomatische Sonderaufgaben.«

Yada schob alle Waswenns beiseite. »Okay, aber nur, bis die Scheißhaufen alle sind.«

Die Tür klappte. »Hallo, allerseits!« Matti kam herein, schnupperte, blieb vor dem Backofen stehen. »Hm, lecker, darf ich einen?«

»Wie war dein Tag?«

»Fantastisch.« Matti reckte beide Daumen in die Luft. »Dieser Psychiatriekurs ist super.«

»Nimm dir 'n Butterkeks.«

»Warum?«, protestierte Matti.

»Die Scheißhaufen sind nur für Scheißtage.«

»Ich bin in klinischer Chemie durchgefallen.«

»Heute?«

»Vor drei Wochen«, grummelte Matti kleinlaut. »Aber ich bin immer noch traumatisiert.« Wieder schielte er auf die Schokokekse und sah dabei aus wie Struppi vor einem großen Knochen, scheinbar war seine glutenfreie, superbio, rundum vitale Ernährung doch auf Dauer zu gesund.

Yada musste trotz ihrer düsteren Stimmung kichern. »Wir backen einfach noch ein Blech.«

Kapitel 16

»Yada!« Ben strahlte sie an, Luuks Lächeln wirkte daneben etwas angestrengt.

»Hey, hallo.« Yada lehnte ihr Rad gegen die Hausmauer und kam den beiden entgegen. »Na, wach genug für ein Frühstück?« Sie zwinkerte Luuk verschwörerisch zu, es war toll, etwas Zweisames mit ihm zu teilen, und sei es nur die Erinnerung an das nächtliche Currywurstgelage.

»Ähm, ja, frühstücken, mal sehn«, sagte Luuk, ohne auf Yadas Anspielung einzugehen. Ben rieb über seinen kurz rasierten Schädel, dunkelbraune Haut schimmerte unter winzigen schwarzen Löckchen. Yada hatte das ungute Gefühl, dass die beiden in einem unbequemen Gespräch steckten.

»Heute gibt es Hamster und Enten«, fuhr sie möglichst unbekümmert fort und gab die Zahlenkombination in ihr Schloss ein. Gestern hatte sie mit Vicky einen ganzen Zoo durchgebacken, jetzt blieben nur noch ein paar Haustiere. Sie hatten solch eine Freude daran, Pfannkuchenbilder zu machen, dass Luuk mehrmals die Spritzflaschen verstecken musste, damit sie nicht ohne Bestellung einfach weiterbackten.

»Kaffee, vielleicht«, murmelte Ben.

»Ist Vicky schon drin?« Yada musterte die beiden unauffällig. Ben trommelte auf seiner Umhängetasche, Luuk hatte eine steile Falte zwischen den Augenbrauen, keiner antwortete ihr. »Ich geh dann mal rein.«

»Hm«, machte Luuk gedankenverloren.

Yada runzelte die Stirn, trat ein und blieb abrupt stehen. Tische und Stühle waren verschwunden, Vicky saß zusammengekauert unter dem Pastabild. Ihre Augen waren rot und geschwollen.

»Vicky?« Yada hockte sich vor sie.

Eine Träne rollte über Vickys blasse Wange. Neben ihr stand ein Eimer, mit den Händen hielt sie eine Scheuerbürste umklammert.

»Was ist denn los?«, fragte Yada und berührte sie sacht am Arm.

Vicky schwieg, sah durch sie hindurch, als wäre sie nicht da. Yada wollte ihre Hand nehmen, da kreischte Vicky plötzlich auf, presste die Bürste fest an ihren Körper. »Nein, die brauche ich noch! Man kann mir doch nicht alles wegnehmen!« Sie wirbelte herum, kniete sich vor die Wand und begann zu schrubben. Die Kunststoffborsten rieben über einen hässlichen Penis.

»Dieser Idiot«, fauchte Yada. Sie wusste genau, wer für diese Schmiererei verantwortlich war. Ein Typ, dümmliches Grinsen, billige Sprüche, hatte gestern einen Penis-Pfannkuchen verlangt. Vicky hatte ihm einen Stinkefinger serviert. Das war nun wohl die Quittung, gestern hatten sie es nicht gesehen, weil der Tisch davorstand.

»Der Tisch ... Wo sind die Tische und Stühle?«

»Olaf hat sie abgeholt«, antwortete Vicky tonlos. Wandfarbe tropfte neben den Hoden auf die Fliesen, aber der schwarze Edding verblasste nicht.

»Das kann der doch nicht machen!« Yada war aufgesprungen, ging auf und ab, im Kreis, zurück.

»Er sagt, seine Eltern hätten uns die Einrichtung nur geliehen.« Sie vergrub ihr Gesicht in den Händen. »Für sein neues Café am Meer braucht er sie, dieser Mistkerl.« Sie wischte sich die Nase an ihrem Strickjackenärmel ab. »Und dann pinselt irgendein Hohlkopf einen Schwanz an meine Wand.«

Luuk und Ben kamen rein, immer noch betreten, aber nicht mehr ganz so ratlos.

»Dieses Arschloch«, rief Yada ihnen entgegen, »darf der das überhaupt?« Sie machte eine ausladende Geste mit der Hand, dorthin, wo gestern noch Gäste gesessen hatten und heute nur mehr Kratzspuren auf dem Boden an ein vollbesetztes Café erinnerten.

»Ich fürchte, schon«, sagte Luuk. »Tische und Stühle haben Mami und Papi gekauft, es gibt keinen Vertrag, nichts.«

»Wie kann man nur«, wisperte Yada, schüttelte den Kopf, fassungslos, entsetzt. Vickys lebloser Blick zerriss ihr das Herz.

»Tja, Olaf halt.« Ben kniete sich vor seine Schulfreundin und legte ihr die Hand auf die Schulter. »Lass mich das machen.« Er griff nach der Scheuerbürste.

»Ich mach das allein, ich brauche niemanden! Kapiert?«, fauchte Vicky. »Ihr denkt wohl, ich kann das nicht.« Sie zog geräuschvoll die Nase hoch. »Aber ich werde es allen zeigen, allen!«

»Das brauchst du nicht, wir wissen, dass du schaffst, was du dir in den Kopf setzt.« Ben streichelte ihr sanft über den Arm.

»Und Olaf musst du gar nichts beweisen.« Luuk schob den Eimer ein Stück zur Seite.

Jetzt brach Vicky in sich zusammen, die Bürste rollte ihr aus der Hand. Sie lehnte sich gegen die Wand, ihr Gesicht in Verzweiflung und Wut erstarrt. Für einen Moment nahmen ihr die Tränen den Atem. Dann schluchzte sie laut, füllte keuchend ihre Lunge. Luuk kratzte mit dem Fingernagel an der Zeichnung, die Augenbrauen fest zusammengezogen. Fast konnte Yada sein Gehirn arbeiten sehen. Ben war aufgestanden und tippte etwas in sein Smartphone.

Yada löste sich aus ihrer Starre, ging lautlos um den Tresen herum und füllte ein Glas mit Mineralwasser. Dann trat sie zu ihren Freunden und reichte Vicky das Wasser.

»Hier«, flüsterte sie.

Luuk unterhielt sich leise mit Ben, sie alle schienen Angst zu haben, Vicky durch eine unbedachte Bewegung oder ein Geräusch noch mehr aus der Bahn zu werfen.

»Danke«, krächzte Vicky. Ihre Hände zitterten, als sie das Glas zu den Lippen führte.

Yada hätte ihr gern etwas Tröstliches gesagt. »Alles wird gut« vielleicht oder »Das wird schon wieder«. Aber die Floskeln klangen leer, hohl, boten keine Lösung für

Vickys Probleme. Also sagte Yada nichts, setzte sich vor sie und legte die Hände auf die Knie ihrer Freundin. Der Penis fiel ihr ungewollt ins Auge, ein wirklich scheußliches Ding.

Sie deutete mit dem Kinn darauf. »Ich könnte eine Frau mit Kettensäge daneben malen.«

»Oder einen Bulldozer.« Vicky trank das Wasser aus.

»Mit Schneewittchen oder einem Zwerg am Steuer?«

»Humpty Dumpty, bitte.« Ihre Freundin zwang sich zu einem schiefen Lächeln.

»So, liebe Victoria-Adriana, wir schicken dich in den Urlaub«, meldete sich Ben zu Wort, und Luuk nickte einvernehmlich. »Klettern in Kroatien.«

»Nein.«

»Das ist verbindlich, quasi angeordnet.«

»Auf keinen Fall.« Vicky stand auf und stemmte die Arme in die Hüften.

»Gut, dann telefoniere ich jetzt mit deiner Mutter«, sagte Ben leichthin und zückte sein Handy.

»Du erpresst mich?«

»Zu deinem Wohle.«

»Ich hasse dich!« Sie stach mit dem Zeigefinger in Bens Richtung. »Und dich auch.« Jetzt erdolchte sie Luuk mit ihrem Blick. »Ach was, *alle Jungs* inklusive des Weihnachts- und des Sandmanns.«

»Dann wird das eine harte Woche für dich«, erwiderte Ben trocken. »Drei Jungs, zwei Zelte, du darfst bei mir schlafen«, er zwinkerte ihr zu, »und nichts als Felsbrocken, raues Meer, Cevapcici und Bier.«

Vicky faltete die Hände und atmete hinein.

»Morgen geht's los, ich hole dich gleich ab, es gibt noch 'ne Menge vorzubereiten, wahrscheinlich hast du nicht mal 'n Schlafsack.«

»Es geht nicht«, jaulte Vicky, »ich muss mich um den Laden kümmern.«

»Nein, du musst dich um *dich* kümmern«, sagte Luuk eindringlich. »Rund um die Uhr arbeiten, Existenzängste, Liebes-Aus, das hält auf Dauer keiner durch, auch du nicht.«

»Ich weiß nicht.« Vicky strich sich über die Stirn, ihre Fingerspitzen vibrierten, ganz zerbrechlich wirkte sie, fast durchsichtig.

»Nimm's nicht persönlich, aber du siehst aus wie der Tod auf Latschen«, sagte Ben. Yada warf ihm einen tadelnden Blick zu.

»Yada und ich schmeißen den Laden schon«, beeilte sich Luuk zu sagen.

»Zur Not als Stehcafé«, versuchte es Yada mit einem kleinen Witz, aber Vicky hatte ihr Lachen verloren.

»Na gut«, willigte sie schließlich ein.

»Nicht von der Klippe springen, ja?« Luuk klopfte ihr aufmunternd auf die Schulter.

»Du hast dir eine Auszeit verdient.« Yada umarmte sie. »Geh ruhig, ich bleibe hier«, flüsterte sie in Vickys braune Locken. Ihre Lippen kribbelten unter dem Versprechen, das sie bereits Shen gegeben hatte. Nein, sie würde nicht weglaufen, egal wohin sie das Hierbleiben auch führen mochte.

Als Vicky, nicht ohne eine Liste mit Instruktionen zu verfassen, gegangen war, machte Yada wortlos zwei Cappuccino, während Luuk die Tür verriegelte und das Schild im Fenster auf *Fermé*, geschlossen, drehte.

»Waren Vicky und Ben mal ein Paar?«, fragte Yada, während sie den Milchschaum verteilte. Irgendetwas war zwischen den beiden.

»In der Neunten, Klassenfahrt Zehnte, in der Zwölften sogar einen ganzen Sommer.« Luuk lachte. »Total verknallt, wie Hund und Katz.«

»Ach«, das erklärte die Funken oder eher Blitze, die zwischen den beiden hin- und herflogen. Yada reichte Luuk einen Becher.

»Und dann war da plötzlich Olaf. ›Olaf aus dem Kochkurs‹ haben wir ihn immer genannt. All ihre Träume wollte er wahrmachen.« Luuk schnaubte. »Ben hat wochenlang nur von Bier und Salzstangen gelebt.«

»Dann ist es vielleicht keine gute Idee, dass die beiden gemeinsam Urlaub machen.«

»Doch, doch, Ben wird Vicky nicht in tiefe Löcher fallen lassen.«

»Kann Vicky überhaupt klettern?«

»Sie lernt vom Besten.«

»Oh-okay«, sagte Yada. »Zumindest ist sie abgelenkt.«

»Definitiv, und wir können derweil ihre Probleme lösen«, bestätigte Luuk und ließ den Blick durch das Bistro wandern.

»Türkis«, sagte Yada, bevor er überhaupt anfangen konnte, über die Inneneinrichtung nachzudenken.

Schließlich hatte sie einen Vorsprung, denn jedes Mal, wenn sie das triste Nudelposter sah, kamen ihr Ideen, wie man das *Sourire* zu einem schöneren Ort machen könnte. »Oder Altrosa, kommt drauf an, welche Farbe das Sofa hat.«

»Welches Sofa?«

»Das, was wir auf dem Flohmarkt kaufen werden.«

»Aha.« Luuk zog die Augenbrauen hoch und schmunzelte.

»Und hier«, Yada tippte mit dem Zeigefinger auf das angeschmuddelte Deckweiß, »da und da alte Bilderrahmen, dahinter schwarze Tafelfarbe.« Sie nippte an ihrem Kaffee. »Genug Platz für Zeichnungen, Angebote, neue Kreationen aus der Küche.«

»*Like it.*« Luuk grinste zufrieden und hob den Daumen. Er wendete den Zettel mit Vickys Anweisungen, der Bleistift schwebte nun über der unbeschriebenen Rückseite. »Das klingt eher nach Kernsanierung, oder reicht eine Schönheits-OP?«

»Was zählt, ist doch der Charakter«, erwiderte Yada mit einem Augenzwinkern.

Fünf Stunden und einen Baumarktbesuch später hatten sie den Boden mit einer Abdeckplane, dem *Berliner Abendblatt,* der *Morgenpost* und Werbeprospekten versiegelt und mit Kreppband Leisten und Übergänge abgeklebt. Jetzt pinselte Yada türkis (das war mit vielen Sofafarben gut kombinierbar), und Luuk kämpfte mit der Decke, die einen frischen Weißanstrich bekommen sollte.

»Die Kanten haben sich gegen mich verschworen«,

knurrte er und stocherte mit seinem Farbroller in einem engen Winkel.

»Stimmt, ich habe sie vorhin in der Ecke zusammen sitzen sehen, getuschelt haben sie und dabei ganz arglistig geguckt.«

»So ist das also.« Luuks Nasenflügel blähten sich. »Na warte, wenn ich euch erwische. En garde.« Luuk fuchtelte mit dem Teleskopstab gegen das Kreppband.

Yada kicherte. Mit Luuk war jeder Augenblick locker-leicht, einfach unbeschwert schön. Sie verstanden sich blind, waren sich so nah, kamen sich aber nicht näher. Yada tunkte den Pinsel in die Farbe, schielte zu Luuk hinüber, wie so oft in den vergangenen Tagen. Einen Schritt weiter traute sie sich aber nicht, plantschte lieber mit ihm an der Oberfläche, im flachen Wasser, da, wo es sicher war.

»Igitt, es hat mich angespuckt!« Luuk wischte sich einen Klecks weißer Farbe von der Stirn. »Ich fordere die sofortige Disqualifikation.«

»Rote Karte, Freistoß oder Ecke?«

»Platzverweis.« Luuk kniff die Augen zusammen und schob sich die Ärmel hoch. »Du da, links oben, ja du, mit den grässlichen grauen Flecken, genau dich meine ich. Wenn du nicht kooperierst, hetze ich die Spinnen auf dich.«

»Sto-ho-ho-hop!« Yada klammerte sich an eine Sprosse, um nicht vor Lachen herunterzupurzeln.

»Hoppla.« Schon war Luuk bei ihr, umfasste ihre Taille mit der einen, die schwankende Aluleiter mit der anderen Hand.

»Nahahahahein«, kicherte Yada und zappelte unter seiner Berührung, die sich in dem Lachanfall wie Kitzeln anfühlte.

Luuk verlor die Balance und kippte unter ihrem Gewicht nach hinten. Krachend landeten sie auf einem Abtropfgitter.

»Ahrg.«

»Alles okay?« Yada rollte sich zur Seite, stützte sich auf und musterte ihn besorgt.

»So muss sich ein Airbag fühlen«, stöhnte Luuk. »Nicht gerade mein Traumjob, ist eher was für aufgeblasene Typen.«

Yada unterdrückte ein Grinsen. »Puh.« Sie strich sich die Lachtränen mit dem Handrücken aus dem Gesicht, musste schon wieder kichern. »Sorry.«

Luuk feixte. »O-oh, zu viel Lösungsmittel, du solltest eine Pause machen.«

Noch immer lag er dicht neben ihr, ein paar Strähnen hatten sich aus ihrem Dutt gelöst und berührten seine Schulter. Yada betrachtete die Farbtupfer auf seinen Brillengläsern, wagte sich ein Stück näher, fokussierte seine Augen, die längst auf ihr ruhten, das konnte sie spüren. Die Intensität seines Blicks traf sie unerwartet, brannte bis in ihren Bauchnabel, feuerte das, was seit Wochen in ihr schwelte, lichterloh an.

»Yada«, sagte er stimmlos, mehr zu sich selbst, wie ihr schien.

Yada nickte, unfähig zu sprechen.

Luuk richtete den Oberkörper auf, sein Mund nur einen Atemzug von ihrem entfernt. Er nahm eine

Strähne, betrachtete sie gedankenverloren und legte sie behutsam hinter ihr Ohr.

»Kling-kling-klang«, durchbrach ein freundlich heller Klingelton das Knistern kurz vor einem Kuss, durchbohrte das, was zwischen ihnen war, und das, was gerade entstand. Die Melodie tat Yada körperlich weh, sie zuckte leicht zusammen. Luuk bewegte sich nicht, blickte sie unverwandt an, als könnte er so den Moment bewahren.

»Kling-kling-klang«, machte es wieder.

Luuk seufzte. »Ich geh mal besser ran«, murmelte er und stand auf.

»Ja?«, begrüßte er den Anrufer, mit der Antwort verdüsterte sich sein Gesicht. »Hi«, sagte er knapp und verschwand in der Küche.

Yada ließ sich zurück auf den Boden sinken. Ihre Arme fühlten sich kraftlos und taub an. Malern war anstrengend, und das ständige Herzklopfen schlauchte mehr als ein Dauerlauf. Sie starrte an die Decke, auf die tausend Schattierungen von Weiß, entdeckte eine darin verborgene Fressmaschine mit spitzen Zähnen, einen Glückskäfer auf Rädern und einen Ameisenbären mit Flügeln. Ein Lächeln huschte über ihr Gesicht. Gleich konnte sie gemeinsam mit Luuk nach weiteren Fabelwesen in dem Deckenfresko suchen.

»Verstehe ich, es geht nur gerade nicht, nein, ja, vielleicht in ein paar Tagen«, drangen Bruchstücke des Telefonats zu ihr. Mit wem sprach er da? Der Gedanke an Tessa suchte einen Weg an die Oberfläche, bohrte sich wie ein eiskalter Splitter in ihre Brust. Die Fressmaschine grinste sie hämisch an, der Glückskäfer verwandelte sich in eine graue Kellerassel.

Ihre Gedanken nahmen Anlauf für eine weitere Runde ergebnisloser Grübelei. Yada schloss die Augen, dafür hatte sie jetzt keine Energie. Nur einen Moment abtauchen. In ihrer Fantasie breitete sie die Arme aus, flog zu den Elfenwiesen, landete im weichen Gras, hörte das Rauschen der Blätter. Ihr Körper wurde schwer, bleiern. Langsam glitt sie in die Schwerelosigkeit der Träume, beugte sich ihrer Erschöpfung, die in der Stille plötzlich übermächtig auf ihr lastete. Die Nächte in Tonis Zimmer waren immer kürzer geworden. Bis in die frühen Morgenstunden saßen ihre beiden Freunde, dicht an dicht, vor Online-Vorträgen, lauschten Strategie-Koryphäen und Topmanagern. Yada war sich nicht sicher, ob sie überhaupt hörten, was Michael Porter und Ruben Vardanyan erzählten. In Wahrheit, das glaubte Yada ganz fest, wollten sie nur beisammen sein, konnten das aber nicht bei Kerzenschein oder unter dem Vollmond am See. Also musste Yada weiterhin mit drei Stunden Schlaf auskommen oder in die Badewanne umziehen. Bildfetzen der vergangenen Tage, unfertige Gedanken, diffuse Erleuchtungen flirrten durch ihren Kopf.

Neben ihrem Ohr raschelte es. »Yada?«

Mühsam hob sie ein Lid. Luuk saß im Schneidersitz neben ihr und hielt ihr ein geröstetes Brot vor die Nase.

»Magst du ein Panini?«

Der Geruch von Schinken und geschmolzenem Käse erinnerte sie daran, dass Frühstück und Mittag heute ausgefallen waren. Mit einem ungeduldigen Knurren verscheuchte ihr Magen den letzten Zipfel Schläfrigkeit. Gierig schnappte sie nach dem gegrillten Baguette, biss hinein und war überzeugt, nie etwas Besseres gegessen zu haben.

Luuk legte sich neben sie, die Beine in die entgegengesetzte Richtung ausgestreckt, seine Nasenspitze auf gleicher Höhe mit ihrer, das Gesicht über Kopf. Gemeinsam kauten sie schweigend, genossen das knusprige Brot, den kräftigen Comté, das Raucharoma des Parmaschinkens und die fein-würzige Note des Dijon-Senfs.

»Mmh«, seufzte Yada lautlos und leckte ihren Daumen ab. Sie drehte den Kopf, betrachtete seinen Mund, der aus dieser Perspektive merkwürdig melancholisch über seinem eckigen Kinn wirkte. Ihre Fingerspitzen streckten sich, wollten über den leichten Bartschatten auf seinen Wangen streichen, das ovale hellbraune Muttermal an seiner Schläfe ertasten, sich in seinen Haaren verlieren.

Nein!, verboten ihr seine Lippen, die sich jetzt fest zusammenpressten. Yada ballte die Hand zur Faust, schloss die Finger ein. Sie neigte den Kopf, änderte den Blickwinkel, versuchte zu erkennen, welcher Text hinter seiner Stirn rauschte. Luuk schien in eine Ferne zu blicken, die hinter Farbschichten und Betonplatten lag. Yada fragte sich im Stillen, was er dort wohl sah, traute sich nicht, es laut auszusprechen, klammerte sich lieber an die unbeschwerte Fröhlichkeit, die sie so gern mit ihm teilte. »Schau mal, eine Fressmaschine.«

Luuks Augen wanderten zu der Stelle, die ihr Zeigefinger einkreiste. Er nickte, lächelte schwach und drehte sich zu ihr um.

»Es ist verrückt, oder?«, sagte er, seine Pupillen waren weit, sein Blick unergründlich, tief, ging durch sie hindurch, irgendwohin. »Was wäre passiert, wenn ich nicht *deine* Nummer gewählt hätte?«

Yada blinzelte, draußen rauschte der Verkehr, irgendjemand hupte. Sie hatte sich die Frage selbst tausend Mal gestellt, hatte sich mehr als einmal gewünscht, mit Luuk über jenen Abend und alles danach zu reden. Nur, dann würde unweigerlich Tessa auftauchen, sich zwischen sie drängen, und wenn es bloß in halben oder ganzen Sätzen war.

Yada rückte unmerklich näher an Luuk heran, bis sie seine Wärme spüren konnte.

»Dann würde Herr Brummotto jetzt neben dir liegen«, beantwortete sie seine Frage, ließ Tessa draußen, solange es ging.

Luuk lachte sein tiefes, samtiges Lachen. Es rieselte wie sonnenwarmer Sand über ihre Haut. »Es ist echt schön, dich zu kennen, Yada-Marie Prem.«

»Und ich bin glücklich, dass du mich angerufen hast.« Sie schielte zu ihm herüber, er hatte die Augen geschlossen, lächelte, sie lächelte zurück, auch wenn er es nicht sehen konnte. Dann beugte sie sich zu ihm, zögerte, aber nur kurz, überwand das letzte Stück zwischen ihnen und hauchte ihm einen Kuss auf die Schläfe. »Aber noch schöner ist es, jeden Tag bei dir zu sein.«

Er sagte darauf nichts, sein Atem ruhig und gleichmäßig. Yada kuschelte sich an ihn, schloss die Augen, fühlte immer noch seine Haut auf ihren Lippen, ihre Gedanken verwoben sich mit seinen, seine Träume mit ihren, während der Schlaf die Finger nach ihr ausstreckte.

»Yada? Aufwachen!«

»Ja,«, wollte Yada sagen oder »gleich«, aber mehr als ein unverständliches Brummen brachten ihre Stimmbänder noch nicht zustande. Ihre Schulter schmerzte, sie hob vorsichtig den Kopf. »Ah.« Ihr Nacken wollte lieber in der Neutralnullstellung verharren, also einfach liegen bleiben.

»Kaffee?«

»Ja«, krächzte sie, langsam kam das Sehen wieder, es war noch ziemlich dunkel. Oder, nein, irgendetwas lag über ihrem Gesicht, es knisterte, *Zeitung,* dachte sie träge und blinzelte gegen die Müdigkeit an. Grimmige Gorilla-Augen starrten zurück, Reißzähne blitzten weiß, Fell streifte ihren Arm. Die Logik noch im Tiefschlaf, der Instinkt übernahm. »Ah«, kreischte sie und richtete sich ruckartig auf.

»Miauo«, machte Lord Ludwig und sprang mit einem Satz in Sicherheit.

Die Erkenntnis, dass sie auf einer Naturreportage geschlafen hatte, kam eine Zehntelsekunde später, sie hatte sich vor einem Titelbild und einer Schmusekatze halb zu Tode erschreckt.

»Tut mir leid, Ludwig.« Yada hielt eine Hand aufs

Herz, es raste, Blutdruck über normal, jetzt war sie wach.

»Was ist denn los?« Luuk kam mit zwei Kaffeebechern auf sie zu.

»Ich wurde von gefährlichen Wildtieren geweckt«, gab Yada zu und zeigte ihm mit einem schiefen Lächeln den Artikel über Berggorillas, während sie Ludwig hinter den Ohren kraulte.

»Dir klebt noch Affenfell an der Stirn.« Luuk prustete los, der Kaffee schwappte auf die Abdeckplane.

»Ah, deshalb fühle ich mich so steinzeitmäßig«, grinste Yada und versuchte, die Druckerschwärze abzurubbeln.

»Bin erleichtert, ehrlich.« Luuk reichte ihr einen Becher. »Sechzehn Stunden hast du geschlafen. Ein paar Mal war ich kurz davor, dir einen Löffel vor die Nase zu halten.«

»Wieso?« Yada nahm einen Schluck Kaffee, er war heiß und kräftig, das tat gut.

»Um zu prüfen, ob du noch lebst.«

»Du übertreibst.« Sie kratzte an einem der unzähligen Farbsprenkel auf ihrem schwarzen T-Shirt.

»Sicher nicht«, murmelte Luuk und zwinkerte ihr belustigt über den Rand seiner Tasse zu.

»Pfff«, machte Yada, stellte die Tasse beiseite und stand auf. Und da sah sie es. Decke und Wände waren tadellos gestrichen, sie hatte nichts davon bemerkt.

»Krass, wann hast du das gemacht?« Sie legte den Kopf in den Nacken und drehte sich um die eigene Achse.

»Während du von Berggorillas geträumt hast.«

»Haha«, lachte Yada und tänzelte zu den Toiletten. Eine Handvoll Wasser später und um das Wissen reicher, dass sie blass und verquollen aussah, zumindest aber keine Zeitungsreste mehr im Gesicht hatte, tapste sie zurück in den Gastraum.

»Fertig? Sehr gut, der Flohmarkt öffnet in genau«, er warf einen Blick auf seine Armbanduhr, »siebzehn Minuten vierzig Sekunden. Und wenn wir nicht nur die Reste einsammeln wollen, müssen wir los.«

»Was, wie? Nein!« Yada riss die Augen auf. Einen Zeitplan hatte Luuk also auch noch aufgestellt, während sie geschlafen hatte. »So wie ich aussehe, kann ich höchstens im Sperrmüll wühlen.« Sie zupfte an ihrem T-Shirt.

»Es erwartet niemand von dir, dass du eine Fashionshow läufst.« Er drückte ihr eine Packung Butterkekse in die Hand. »Auf geht's.«

Yada grummelte, trank hastig ihren Kaffee aus und folgte ihm zur Tür. Offensichtlich hatte es keinen Sinn, auf einer Dusche und frischen Klamotten zu beharren.

Draußen hatte der Tag bereits begonnen, die Luft war noch frisch, aber die Sonne versprach einen weiteren heißen Tag. Yada kniff die Augen zusammen und fragte sich, wie lange ihr Vierundzwanzig-Stunden-Deo noch durchhalten mochte.

»Hereinspaziert.« Ein VW Käfer, himmelblau, Baujahr 1965, stand mitten auf dem Gehweg. Luuk hielt ihr die Tür auf. »Hab ich von dem Freund eines Freundes eines Freundes, oder war da ein Cousin dazwischen?«

Yada fuhr über die Reling, für so ein Schmuckstück würde sie sogar die Fahrerlaubnis machen. »Aber wie transportieren wir die Möbel?«

»Auf deinem Schoß.«

»Willst du nur Klappstühle kaufen?«

»Haha, nein, wir holen unterwegs einen Hänger.«

»Gut«, sagte Yada und gähnte.

»Und, wie schläft es sich so neben einem Berggorilla?« Luuk startete den Motor.

»Ganz nett.« Yada klappte die Sonnenschutzblende herunter und zupfte sich einen Butterkeks aus der Verpackung. »Du schnarchst und trittst nicht, und Kaffee kochen kannst du auch. Ganz passabel für einen Primaten.«

»Sei lieb zu mir, ich gehöre zu den vom Aussterben bedrohten Arten.«

»Echt?«

»Die Population ist zwar in den letzten Jahrzehnten leicht angewachsen, aber es gibt nur etwa achthundert Tiere. Sie leben an den Virunga-Vulkanen und im Biwindi-Nationalpark in Uganda.«

»Hast du die etwa auch gezählt?«

»Nein, aber das wäre was für die nächsten Ferien.« Luuk angelte nach einem Keks, während sie an einer Ampel warteten. Sein Arm berührte dabei ihren, er kramte lange in der Tüte, seine Härchen kitzelten auf ihrer Haut. Es kribbelte überall, dann wurde es Grün, Luuk hatte einen Keks gefunden, schade. »Man kann übrigens auch als Team reisen«, sagte er jetzt zwischen zwei Bissen, »Also, wenn du magst …?«

»Ja, vielleicht komme ich mal mit«, aber nicht als *Team*. Sie verfluchte das Wort, das jegliche Romantik ausschloss.

»Das wäre toll. Bis dahin wirst du Expertin auf dem Gebiet sein.« Luuk machte ein sehr affenmäßiges U-hu-ha-ha, setzte den Blinker und ordnete sich auf einer Linksabbiegerspur ein.

»Tja, dann werde ich dir ab jetzt nicht mehr von der Seite weichen. Reine Feldforschung, versteht sich.« Sie schluckte ihre Enttäuschung runter, weil sie nur eine *Team-Kollegin* war, versuchte es mit Lockerheit, es funktionierte. Sie sah ihn nicht an, spürte aber sein Grinsen auf ihrer Schläfe.

»Für dich spiele ich gern das Versuchskaninchen.«

»Dann gib Gas, hopp, hopp!«

Jemand hupte, einmal, zweimal, Luuk legte den Gang ein, der Motor heulte auf, sie sprangen von der Kreuzung und brausten durch den Morgenverkehr.

»Hach, wie schön«, seufzte Yada ein paar Stunden später. Der wolkenlose Tag spiegelte sich in einem Suppenlöffel, den sie versonnen zwischen den Fingern drehte. Das Besteck mit den floralen Ornamenten passte perfekt zu dem rosa Blümchengeschirr, das sie gerade erstanden hatte.

»S-T-U-H-L«, buchstabierte jemand hinter ihr.

»Ja-ha«, antwortete Yada und drehte sich zu Luuk um, »aber schau mal.« Sie zeigte ihm das glänzende Silber.

»Wunderschön, eine einmalige Gelegenheit«, flötete Luuk in Yadas Stimmlage.

Yada knuffte ihn in die Seite. »Das wird mein Einweihungsgeschenk«, entschied sie. Luuk wollte etwas erwidern, aber Yada legte einen Finger auf die Lippen und hob drohend eine Gabel.

Luuk seufzte ergeben. »Kann das in die Spülmaschine?«, fragte er den Standinhaber.

Der nickte. »Nehmen Sie die Tabs von JUP, keine Beläge, kein Anlaufen oder Abnutzen.«

»JUP«, murmelte Luuk und schüttelte den Kopf.

»Wie viel wollen Sie dafür?«

»Hundertsechzig.«

»Sechzig.« Yada schenkte dem Verkäufer ihr schönstes Lächeln.

»Haha.«

»Weiter so«, raunte Luuk ihr zu.

»Fünfundsiebzig.« Jetzt verengte sie die Augen zu giftigen Schlitzen.

»Hundertvierzig, das hat 'ne hunderter Silberauflage.«

Sie blähte die Nasenflügel, Adrenalin pulsierte durch ihre Adern. »Achtzig, maximal.«

»Wie viel kostet der Hocker?«, mischte Luuk sich in das Kräftemessen ein.

»Ähm, dreißig.«

»Und der Bilderrahmen?« Luuk zog das barocke Goldstück hinter einer Kommode hervor.

»Vierzig, nein, fünfzig.« Der Händler tupfte sich die Stirn mit einem blau karierten Taschentuch.

»Entschuldigung, die Standuhr, wie viel?«, fragte ein Herr mit feinen Lederschuhen und schickem Anzug dazwischen.

»Neunzig.«

»Hocker, Rahmen und Besteck für hundertzwanzig«, schlug Luuk vor.

»Okay.«

»Deal.« Sie besiegelten den Kaufpreis mit einem Handschlag.

Während Luuk das Geld abzählte, packte Yada Messer, Gabeln und Löffel in einen Beutel, schnappte sich den Bilderrahmen, schleppte ihre Beute zum Auto und verstaute alles in dem Hänger, den sie in einer kleinen Autowerkstatt geliehen hatten, von einem Bekannten eines Bekannten.

Yada lugte unter die Plane und zählte die Schätze, die sie bis jetzt erstanden hatten. Ein dunkelgraues Zweiersofa aus den Sechzigern, einen runden Tisch mit geschwungenen Beinen, eine alte Turnbank.

»Kuckuck.« Luuk zwickte sie in die Taille.

»Puh.« Yada unterbrach ihre Inventur und zog den Kopf zurück, die Hitze war unerträglich. Es war kurz nach zwölf, und es herrschten Temperaturen wie in einer finnischen Sauna.

»Und?«

»Er hat den Fehler erst beim Abkassieren gemerkt.« Luuk grinste schief. »›*Zwei*hundertzwanzig‹, hat er gemotzt, aber leider gab es drei Zeugen für die hundertzwanzig, darunter ein Notar.«

»Die Standuhr.«

»Genau der.«

»Wir sollten den Flohmarkt wechseln.« Yada trank einen Schluck Wasser.

Luuk nickte. »Aber wir jagen nur noch vierbeinige Schnäppchen, okay?«

»Ich habe schon einen Hirsch gekauft«, erinnerte Yada ihn.

»*Mon dieu*, ich vergaß.« Luuk fasste sich ergriffen an die Brust. »Die Jagdschlossausstattung.« Yada spritzte ihm Mineralwasser ins Gesicht, Luuk griff blitzschnell nach der Plastikflasche, drückte fest zu, eine Fontäne schoss heraus.

»Ih-hihi«, kreischte Yada und zupfte an ihrem nassen Shirt. Dann revanchierte sie sich, es blieb kein Haar trocken.

Luuk lachte, seine Augen strahlten sie an, heller als der azurblaue Himmel. Er nahm die Brille ab, putzte die Wassertropfen von den Gläsern, musterte Yada mit zusammengekniffenen Augen, neigte den Kopf, ging zwei Schritte um sie herum.

»Hab ich da was?« Yada betastete unsicher ihre Haare.

»Zeig mal«, sagte er, kam näher, zupfte sacht an ihrem Ohrläppchen. »Hm, komisch«, murmelte er, das war ganz dicht, Yada rührte sich nicht, konnte kaum atmen. »Ich hätte schwören können, du hast es faustdick hinter den Ohren.«

»Ah, du!«, schimpfte Yada, wirbelte zu ihm herum, doch Luuk war schneller. Er küsste sie auf die Wange und sprintete zur Fahrertür.

Gänsehaut in der Mittagshitze, wilde Schmetterlinge überall, Yada hüpfte zur Beifahrertür. Es konnte losgehen, wohin auch immer.

»Noch ein Flohmarkt heute und morgen die Reste bei IKEA«, das war die Idee, eine supergute sogar, fand Yada.

»Nix ist, morgen ist Sonntag«, erwiderte Luuk und parkte den Wagen aus.

»Ein verkaufsoffener noch dazu«, triumphierte Yada. »Steht an jeder zweiten Werbetafel.«

»Die lügen, glaub denen kein Wort«, wehrte Luuk sich.

»Ach komm, die haben lecker Würstchen«, lockte Yada, brach den letzten Keks in der Mitte durch und gab Luuk die größere Hälfte.

»Na gut, überredet«, sagte Luuk zwischen zwei Bissen. »Mit dir gehe ich bis ans Ende der Welt, und wenn's sein muss, sogar in den IKEA.«

»Abgemacht, aber zuerst IKEA, dann der Rest der Welt«, lachte Yada und schnürte in Gedanken schon die Wanderstiefel. Mit Luuk an ihrer Seite war sie für alles bereit.

»Mehr Kekse«, jaulte Luuk und fiepte wie ein Welpe.

»Das war der letzte.« Yada knisterte mit der leeren Tüte.

»Hunger!«

»Erst ein Holzschemel und zwei Polsterstühle, dann die große Feierabend-Currywurst, versprochen.« Wenigstens ein paar Sitzmöbel wollte sie heute noch ergattern. Bisher hatten sie keinen einzigen Stuhl, dafür Teller, es lief nicht nach Plan, Yada hielt sich nicht an die Regeln. Trotzdem war Luuk locker und gut gelaunt, interessierte sich für ihre Ideen, drängte und kritisierte sie nicht. Nur als Yada sich in den vierten Lampenschirm in Folge verliebte, ließ er sich zu einem Kommentar hinreißen. Yada quittierte seine Scherze mit einem Knurren, das meist in ein Kichern mündete, egal wie sehr sie versuchte, ernst zu bleiben.

»Gnade«, winselte Luuk und warf einen sehnsüchtigen Blick auf einen Schnellimbiss, an dem sie gerade vorbeirauschten.

»Geduld«, erwiderte Yada und fragte sich unwillkürlich, wie viele Scheißhäufchen wohl noch übrig waren. Sie selbst hatte seit der Nacht, in der sie und Shen gebacken hatten, keinen mehr gegessen.

»Du hast ja doch eins.« Luuk deutete mit dem Kinn auf das Notfallhandy, das Yada aus ihrer Tasche gezogen hatte, nur, um Shen zu schreiben, dass alles in Ordnung war und er die Finger von den Hundehaufen lassen sollte.

»Das gehört meiner Freundin«, *bei der ich mich dringend melden muss.* Yada nagte auf ihrer Unterlippe und tippte dann eine SMS an Mela, mit einer Einladung und einer Bitte.

»Gibst du mir deine Nummer?« Luuk zwinkerte ihr zu.

»Wenn du mir deine gibst?«

Luuk schüttelte den Kopf. »Besser, wir bleiben so in Kontakt.« Er nahm ihre Hand, hielt sie, bis er wieder schalten musste. Yada kurbelte das Fenster herunter, ließ die Finger durch den Fahrtwind gleiten, versuchte, ein Stück von dem Glück festzuhalten, das sie gerade verspürte.

Kapitel 17

»Achtung, Brücke!« Luuk legte den Arm um ihre Schultern und zog sie zu sich herüber.

Yada lehnte den Kopf an, verfluchte die unbequeme Plastikkante, die sich in ihre Seite bohrte, und genoss trotzdem Luuks Nähe. Das Schaufelrad ihres Tretboots wühlte gemächlich durch das glatte Wasser, ein rhythmisches Rauschen in der Nachmittagsidylle. Yada begutachtete die blauen Stahlträger, unter denen sie langsam hinwegglitten.

»Da ist noch endlos Platz.« Vermutlich hätte sie sogar auf Zehenspitzen stehend mit Hochsteckfrisur darunter gepasst.

»Eben«, sagte Luuk. »Du kannst ruhig näher kommen.« Er sah sie nicht an, lächelte aber verschmitzt.

Yada blinzelte vorsichtshalber, das war kein Tagtraum, kein Wunschgedanke, er hatte es gesagt, sie hatte es gehört. Ungelenk rutschte sie von dem Pedal ab, ihr Turnschuh verklemmte sich. »Wie blöd«, fluchte sie lautlos, beugte sich vor, raus aus seiner Umarmung, und befreite ihren Fuß.

»Pause?« Luuk holte eine Wasserflasche aus dem Rucksack und reichte sie Yada. Das Tretboot schaukelte träge zu den Seerosen am Ufer. Dieser Ort war eindeutig romantisch, das jedenfalls meldete ihr Kreislauf in einer Dauersendung.

Luuk lehnte sich mit einem Seufzer zurück, schloss die Augen, was dachte er jetzt wohl? Yada trank, setzte ab, trank wieder, obwohl sie keinen Durst verspürte. Auch die Müdigkeit in den Beinen und das Brennen der Sonne im Nacken nahm sie nicht mehr wahr, wohl aber das Glühen in ihrem Bauchnabel. Sie betrachtete seine Lippen, den leichten Bartschatten, das kantige Kinn. Seitlich lehnte sie sich aus dem Boot, ließ eine Hand in das kühle Nass gleiten und erfrischte ihre erhitzten Wangen.

»Bereit für eine letzte Runde?«, fragte Luuk und trat ein paar Mal rückwärts, sofort waren sie wieder auf Kurs. Er rieb die Handflächen aneinander, seine Batterie schien wieder aufgeladen.

Nachdem sie drei Stühle, einen Ohrensessel mit rosa-weiß gestreiftem Bezug, dafür leider nicht die antike karamellbraune Kommode, aber eine herrliche Kuchenglocke aus Glas, die Vicky wunderbar für Cookies, Muffins oder Mini-Gugelhupfe benutzen konnte, sowie einen goldenen Hahn erstanden und im Hänger verstaut hatten, hatte Luuk laut »Feierabend« gerufen, war in den nächsten Supermarkt gestürmt, hatte seine und Yadas Arme bis unters Kinn vollgeladen, auf dem Parkplatz ein halbes Pfund Eiersalat und zwei Brötchen verspeist und Yada dann gefragt, ob sie Rad fahren *und* schwimmen könne.

Jetzt saßen sie nebeneinander in einem Tretboot und paddelten durch Neu-Venedig, das von Seen umgeben im Südosten von Berlin lag. Yada mochte die verträumten Kanäle, die von leise raschelndem Schilf, dichtem Grün und ordentlichen Rasenflächen flankiert wurden. Die herabhängenden Äste einer Weide streiften ihren nackten Arm, Yada musste schon wieder an Luuks Lippen denken und daran, wie sie sich wohl anfühlten. Die nächste Brücke kam in Sichtweite, Yadas Herz rannte los.

»Noch eine Schleife und dann Wettschwimmen im Müggelsee?«, fragte Luuk.

»Ja, ähm, nein, vielleicht.« Sprechen lief nur auf Notstrom, ihr Hals war plötzlich trocken, da half auch das lauwarme Sprudelwasser nicht. Trotzdem trank sie noch einen Schluck.

»Lust auf ein kleines Quiz?«

»Nein, ähm, ja, vielleicht.«

»Soll ich dichotome Fragen stellen?« Luuk feixte sie von der Seite an.

»Dagegen bin ich allergisch«, sagte Yada das Erste, was ihr dazu einfiel.

»Haha, sehr gut, muss ich mir merken.« Luuk hielt ihr die Hand zum High five hin. Yada grinste schief und schlug ein.

»Also, aufgepasst und mitgemacht: Welche Stadt hat die meisten Brücken in Europa? A) Venedig, b) Amsterdam, c) Stockholm oder d) Berlin?«

Yada zupfte an ihrem Ohrläppchen. »Antwort b und Venedig.«

»Weder noch, Hamburg mit über zweitausend Brücken.«

»Das stand nicht zur Auswahl.«

»Kleine Trickserei zugunsten des Überraschungseffekts.«

»Pfff«, machte Yada und spritzte Luuk ein paar Tropfen ins Gesicht.

»Wart's ab, ich lass dich die Planken schrubben, du kesser Leichtmatrose.« Luuk schaufelte einen Schwall Kanalwasser auf ihr T-Shirt.

»Iiih«, kreischte Yada und sprang auf. Die ruckartige Bewegung brachte das Boot ins Wanken und Yada aus dem Gleichgewicht.

»Ah!« Sie ruderte mit den Armen, der Fall war nicht mehr aufzuhalten.

»Mlala.« So klang ihr Name also unter Wasser.

Yada kam prustend wieder hoch, schnappte nach Luft und wischte sich Pflanzenreste aus dem Gesicht. Die Idylle war plötzlich nicht mehr ganz so paradiesisch. Ihre Schuhe versanken im schlammigen Grund, Fäulnisgase blubberten an die Oberfläche.

Luuk sprang zu ihr in den Kanal, stieß das Boot an die Seite und kam auf Yada zu. »Hast du Delfine in deiner Abstammungslinie?«

»Haie könnte ich nicht ausschließen«, antwortete sie und platschte mit der flachen Hand auf die Wasseroberfläche. Dummerweise landete die Fontäne in ihren Nasenlöchern statt auf Luuks frechem Grinsen.

Der aufgewühlte Schlamm flirrte in winzigen braunen Punkten um sie herum, folgte unsichtbaren Strömungen und Strudeln, rieselte wieder auf den Grund des Kanalbetts.

Auf Luuks Brille glitzerten Wassertropfen, vervielfachten das Blau seiner Augen, die über Yadas Hals bis zu der Stelle glitten, wo ihr Shirt eng an ihrem Körper klebte.

»Wale waren es jedenfalls nicht«, sagte er leise, kam ein Stück näher und noch eines. Die letzten Zentimeter zog er sie zu sich, bis sie nur noch durch eine dünne Wasserschicht voneinander getrennt waren. Ein Motorboot brummte hinter ihnen vorbei, Pfiffe erklangen, die Bugwelle schwappte gegen Yadas Rücken. Sie stieß sich ab, ließ sich schweben, von der Welle tragen, die sie gegen ihn drückte. Ihre Nasenspitze gegen seine, ihr Atem, sein Atem. Seine Hände auf ihrer Taille. Yadas Herz pochte wild, pumpte mit der Kraft eines Tsunamis das Blut durch ihren Körper.

»Yada«, flüsterte er kaum hörbar gegen ihren Mund, eine Hand in ihrem Nacken, der Kuss, so leicht wie ein Schmetterling, mit der Macht, die Welt aus den Angeln zu heben. Der Boden unter Yadas Füßen war plötzlich viel zu weich, bot ihr keinen Halt mehr.

Wieder lärmte ein Bootsmotor in die Stille, begleitet von lautem Lachen und den gleichen Pfiffen wie vor der kurzen Ewigkeit, die sie geteilt hatten.

»Komm«, sagte Luuk und schob sie mit sanftem Druck zum Ufer. Erst stemmte Luuk sich an Land, dann half er Yada heraus. Sofort verschwand alle Leichtigkeit, die Kleidung klebte unangenehm schwer an Bauch und Beinen. Am liebsten hätte Yada Leggings und Top ausgezogen, kämpfte aber mit der Vorstellung, nur mit schwarzen Dreiecken und grauer Spitze vor ihm zu stehen.

Luuk indes zögerte nicht. Er schlüpfte aus seinem T-Shirt und den Shorts, wrang sie aus und hängte sie zum Trocknen auf das Tretboot, das friedlich neben ihnen schaukelte.

»Mein rechter, rechter Platz ist leer …«, sagte er und klopfte neben sich. Unentschlossen knetete Yada den Saum ihres Shirts, Wasser tropfte auf den Boden. »Lieber der linke?«, fragte Luuk und fegte ein paar Blätter von der Uferbegrenzung. »Der ist auch noch frei.«

Yada setzte sich neben ihn, im Schneidersitz, pitschnass, kerzengerade, tropfend, bäh.

»Ähm, ich schau mir mal den Himmel an«, sagte Luuk und legte sich auf den Rasen, der an einigen Stellen von der Trockenheit der vergangenen Wochen gezeichnet war.

Yada blähte ihre Wangen, na gut. Sich vor johlenden Teens und paddelnden Großfamilien halb nackt auszuziehen war nicht gerade spaßig, schien aber durchaus vernünftig. Sonst würde sie nach ihrem Ausflug klitschnass durch Berlin radeln müssen. Mit einem Schauer erinnerte sie sich an ihre nächtliche Radtour zu den Elfenwiesen, nasser Stoff auf klammer Haut, das musste sie nicht noch einmal haben.

Yada stand auf, ignorierte das nervöse Ziehen in ihrem Magen, verdrängte mit mäßigem Erfolg, dass nicht die vorbeifahrenden Boote der Grund waren, warum sie sich genierte, sondern Luuk. Sie schälte sich aus Hose und Top, kippte Wasser aus ihren Schuhen und legte alles zu Luuks Klamotten.

Dann setzte sie sich rasch auf den massiven Holzbalken, der das Kanalbett begrenzte. Mit den Fingerspitzen fuhr sie über die verwitterte Oberfläche. Eine Ameise balancierte über einen tiefen Riss.

»Siehst du die Wolke dahinten?« Luuk hatte sich auf seinen Unterarmen abgestützt und betrachtete sie, dann wanderten seine Augen wieder in den Himmel. Yada folgte seinem Blick.

»Ein Schlumpf, der Breakdance macht.«

»Nein, ein Kaninchen mit tätowierten Ohren.«

Yada kicherte, lachte ihre Verlegenheit weg, bis sie fast verschwunden war. Luuk rutschte im Krebsgang bis zu ihr und setzte sich neben sie, nur eine Kieselsteinbreite von ihr entfernt. Yada konnte trotz der Sonnenhitze seine Wärme spüren. Sie hakte ihren kleinen Finger in seinen, er lehnte sich zu ihr, bis sein Arm ihren berührte.

»Schau mal, dahinten: die Erschaffung des Menschen aus einem Spiegelei.«

»Hm, ja, tolle Grafik«, murmelte Yada und schielte unauffällig zu ihm herüber. Dort, wo sonst das T-Shirt war, war seine Haut hell. Eine Ader schimmerte bläulich an seinem Oberarm, bevor sie in der Ellenbeuge verschwand.

»Sorry«, sagte Luuk unvermittelt.

Yada zuckte leicht zusammen, fühlte sich ertappt. »Sorry wofür?«

»Weil, ähm.« Er hielt inne, den Blick nach oben gewandt, die linke Augenbraue gesenkt, die Lippen geschürzt, als suchte er die Antwort auf eine besonders schwierige, auf eine alles entscheidende Frage.

Yada musterte ihn mit schief gelegtem Kopf, versuchte in seinem Gesicht zu lesen, was er wohl als Nächstes sagen würde. Aber ihr Kopf war leer gefegt, benebelt von der Nähe, die nicht nah genug war.

Jetzt sah Luuk sie wieder an, seine Augen strahlten kristallblau. Yada konnte ein Lächeln darin endecken, aber noch etwas anderes, etwas Ernstes. »Dafür, dass ich dich nass gespritzt habe.«

»Ach was«, sagte Yada, die dem Gespräch kaum noch folgen konnte. »Das ist doch Schnee von gestern.« Sie rutschte von einer Pobacke auf die andere und richtete sich auf. Etwas zog sie zu ihm, wurde stärker, übermächtig, nahezu unkontrollierbar. Lange würde sie dem nicht mehr standhalten können, wollte sie auch gar nicht, aber der erste Schritt war so verdammt schwer.

Luuk pflückte ein Gänseblümchen, lehnte sich zu ihr, verringerte den ohnehin geringen Abstand. Yadas Herz hielt dem Druck kaum noch stand, rannte, hetzte, klopfte, überschlug sich.

»Dann gib mir einen anderen Grund«, flüsterte er und steckte die Blume in ihr Haar. Sie spürte den Hauch seiner Worte mehr, als dass sie sie hörte, begriff nicht den Sinn, aber verstand, was er meinte. Langsam drehte sie den Kopf und mit ihm die ganze Welt. Alles um sie verschwamm zu einem bunten Streifenmuster, das sie einhüllte, sie und ihn, Yada und Luuk. Weich waren sie, sanft, zum Niemehraufhörenwollen, endlich wusste sie, wie sie sich anfühlten, seine Küsse.

»Feierabend, Leute.« Der Typ vom Bootsverleih konnte sich ein Grinsen nicht verkneifen. »Es ist neun, wir schließen um acht.«

»Ups«, flüsterte Luuk gegen Yadas Mund und stand auf.

Yada blinzelte, langsam bekam die Umgebung wieder Konturen. Die Sonne war hinter den Baumwipfeln verschwunden, die Uhr war weitergelaufen, ohne dass sie etwas davon bemerkt hatte.

»Sorry, Mann.« Luuk streifte sich sein T-Shirt über.

»Schon okay, du hattest einen guten Grund.« Der Junge musterte Yada und zwinkerte ihr zu. »Einen sehr guten sogar.« Er war etwa so alt wie sie, hatte blonde Rastazöpfe, einen durchtrainierten, braun gebrannten Oberkörper und trug ausgewaschene Jeansshorts, die ihm locker auf den Hüften hingen.

»In der Tat«, erwiderte Luuk, half Yada hoch und schlang einen Arm um ihre Taille. Die Berührung prickelte auf ihrer Haut bis in den Bauchnabel, vermengte sich mit der Erinnerung an seine Küsse zu einem Verlangen, das unstillbar schien.

»Jut, jut«, sagte der Surferboy und holte ein Seil hervor. »Ich schlepp euch ab, sonst seid ihr vor Mitternacht nicht am Steg.« Er zog das Tau durch einen Metallring am Bug des Tretboots und verknotete es fachmännisch. »Alles einsteigen, uff jeht's.« Er startete den Motor und fuhr langsam an.

Luuk sprang mit einem Satz in das Tretboot und reichte Yada seine Hand. Mit einem großen Schritt hüpfte sie zu ihm, das Boot wankte, Luuk hielt sie fest, sie lachten, so fühlte sich vollkommenes Glück an.

Zehn Minuten, dann waren sie da. Gerade genug Zeit, um sich anzuziehen, doch viel zu wenig, um den Geruch von Wasser und Sommer zu atmen, den Fahrtwind in den Haaren und das Gefühl von Leben auszukosten.

»Danke für den Service«, sagte Luuk, nachdem sie die Boote vertäut hatten, und gab dem Surferboy einen Schein.

»Kein Thema.« Er verabschiedete sich mit Handschlag von Luuk und salutierte für Yada.

»Tschüs«, lachte sie und schulterte ihre Tasche. Als sie sich zu Luuk umdrehte, tippte er eine Nachricht in sein Smartphone.

Yada konnte kaum hinsehen, etwas Heißes stieg in ihr hoch. Es war eine irrationale Eifersucht, die Angst, dass es Tessa war, der er schrieb. Sie schloss die Augen und atmete tief in ihren Bauch. Luuk würde sie nicht küssen und gleichzeitig Tessa *Lieb dich* schreiben, nein, so war er nicht, ganz sicher, aber was war dann mit Tessa? Die Panik flaute ab, die Gewissheit blieb, dass sie mit ihm über Tessa reden musste.

»Und jetzt?« Luuk ließ das Handy in seinen Rucksack gleiten und strich ihr sanft über den Arm.

Yada ignorierte das Kribbeln, das die Berührung hinterließ, und krallte sich am Saum ihres Shirts fest. »Wir müssen reden.«

Luuk stutzte, nur einen Augenblick, dann lächelte er sein Stirnrunzeln weg und küsste sie. »Das kann warten.«

»Nein.« Yada schüttelte den Kopf.

»Bitte«, sagte Luuk und rieb sich den Nacken. »Die letzten Tage, also die ohne dich, waren echt mies.« Er strich ihr eine Strähne aus der Stirn. »Und endlich bist du hier, bei mir«, *und alles ist gut*, sagte sein Kuss. »Lass uns heute nicht über morgen grübeln.«

»Aber ich muss über das Gestern reden«, versuchte Yada verzweifelt an ihrem Entschluss festzuhalten. Sie konnten sich nicht neu begegnen, wenn die Vergangenheit sie wie ein Schatten begleitete, jedes Vertrauen hinterfragte und irgendwann vielleicht sogar zerstörte.

»Später, versprochen.«

»Okay«, seufzte Yada, vergrub ihre Finger in den weichen Haaren an seinem Hinterkopf und schmiegte sich an ihn.

Eine Libelle flog um sie herum, ihre Flügel schillerten im letzten Licht des Tages. Luuks Lippen fanden ihre, Yada spürte ein Flattern in ihrem Bauch, als tanzte die Libelle dort ihren Reigen. Der Moment dehnte sich, verschluckte sie, ihn, Raum und Zeit.

Kapitel 18

»Aus den Knien heraus, so!« Matti ging in die Hocke und stemmte ein Paket aus dem Hänger.

Toni verdrehte die Augen und beugte sich über Ingatorp, einen Rundtisch mit gedrechseltem Fuß. »Auf drei«, instruierte sie Yada. »Eins, zwei, *drei*!«

Zwischen Yadas Schulterblättern knackte es, sie stöhnte und biss die Zähne aufeinander. Luuk kam aus dem *Sourire*, schüttelte kurz den Kopf und nahm Yada ungefragt die Last ab.

»Ist da wirklich nur 'n Tisch drin?«, motzte Toni.

Luuk neigte den Kopf und betrachtete das Etikett. »*Shit*, ich habe aus Versehen den Fernsehturm eingepackt.«

»Haha«, machte Toni und schob sich mit Trippelschritten hinter ihm her, während er rückwärts durch die schmale Eingangstür manövrierte.

»Hier hinten, gegen die Wand«, instruierte Luuk sie.

»Sicher, dass die nicht einstürzt?« Yada packte an Tonis Seite mit an. Sofort flammte ein brennender Schmerz in ihrem Rücken auf, irgendwas hatte sie sich verknackst. »Ich will zurück ins Bällebad«, jammerte sie und schob die Unterlippe vor.

»Erst der schwedische Holzbaukasten, dann darfst

du auf den Spielplatz.« Toni nahm sie am Ellenbogen und zog sie mit sich.

»Lasst mal, Mädels, das machen wir.« Matti lehnte Lerhamn, vierundsiebzig mal vierundsiebzig, Antikbeize hell mit weißen Tischbeinen, gegen den Tresen.

»Ihr könntet Kaffee organisieren.« Shen schleppte eine Bank mit Zungenbrechernamen herein.

Toni hob kaum merklich die linke Augenbraue. »Gentlemen, bitte.« Mehr sagte sie nicht.

Shen grinste, Matti grummelte etwas Unverständliches, Bandscheibe kam darin vor.

»Cappuccino?« Yada warf Toni einen entschuldigenden Blick zu und gähnte. Die ganze Nacht hatten sie und Luuk philosophiert, Musik gehört, über Bilder und Menschen, über Wichtiges und Triviales geredet, wenn sie überhaupt gesprochen hatten. Meist waren sie still gewesen, nebeneinander, miteinander, ineinander verschränkt, verwoben, umgeben vom ab- und wieder anschwellenden Rauschen des Verkehrs, den frühen Liedern der Amsel und dem Schnattern der Enten auf der Spree. Yada hatte nicht gewollt, dass die Nacht zu Ende ging, hatte sich an die gemeinsamen Stunden geklammert, als wären es ihre letzten, als könnte sie jedem und allem aus dem Weg gehen, indem sie nicht schlief, indem sie so tat, als gäbe es kein Morgen.

Und es hatte funktioniert. Die Sonne ging auf, sie lag in Luuks Armen, nichts war zerbrochen, alles wundervoll, zauberhaft und noch besser. Nach einem späten Croissant, einer unaufschiebbaren wilden Kuschelei und zwei noch späteren Espressos waren sie durch IKEA gehetzt, hatten Tische, Stühle und Hocker übereinandergestapelt, Hotdogs gegessen und dann beschlossen, dass sie Hilfe brauchten.

»Danke, dass ihr gekommen seid«, sagte Yada zu Shen und reichte ihm einen Becher Kaffee mit extra viel Milchschaum.

»Kein Thema, wir waren sowieso schon extrem neugierig auf das *Sourire.*« Er legte eine Montageanleitung beiseite und nippte an seinem Cappuccino. »Und auf Luuk.« Seine Augen funkelten Yada schelmisch an.

»Unglaublich«, lachte sie und boxte ihm gegen den Arm.

»Matti haben wir übrigens mit der Aussicht auf ein leckeres Essen geködert.« Er sah sich um, lehnte sich dann vertraulich zu ihr und raunte: »An deiner Stelle würde ich mich zeitnah in die Küche verziehen, gestern hat er Minestrone gekocht.« Shen machte Würgegeräusche. »Mit Sardellen.«

Yada kicherte. »Gibt es eigentlich noch Hundehaufen?«

»Alle aufgegessen«, flüsterte Shen und deutete mit dem Kinn auf Matti, der auf der anderen Seite des Raums Beine an einen Hocker schraubte. »Angeblich wegen Depression.«

»Burn-out, es war ein Burn-out«, verbesserte Tonis Mitbewohner ihn. Er musste das Gehör einer Fledermaus haben.

Shen warf Matti einen verblüfften Blick zu, dann räusperte er sich. »Für einen Abend, klar.«

»Nach dieser fürchterlichen Suppe wundert mich das nicht«, mischte Toni sich ein.

»Nach den Keksen ging es mir viel besser«, verteidigte Matti sich.

Yada lachte. Es war schön, ihre Freunde um sich zu haben.

»Autsch!« Ein Schraubenzieher flog durch den Raum und landete mit einem Knall auf dem Parkett. »Dieses Scheißding«, fluchte Toni und lutschte an ihrem Zeigefinger.

»Hat er dich beleidigt?« Shen krempelte die Ärmel hoch und stapfte entschlossen auf das Werkzeug zu. »Mädels, jetzt wird's dreckig. Besser, ihr geht hinterm Herd in Deckung.«

»Achtung, Rollenklischee!« Toni verschränkte die Arme.

»Niemals!« Shen ruderte mit dem Schraubendreher in der Hand. »Ich schätze deine Kreativität in der Küche.«

»Shen, *du* bist der Koch!«

»Stimmt, aber ich *liebe* deine Spaghetti mit Fischmatsch.«

Toni klappte den Mund auf und wieder zu, als fände sie keine passende Erwiderung. Stattdessen streckte sie ihm die Zunge raus. Eine feine Röte überzog ihre Wangen, das konnte Yada sehen, obwohl Tonis Gesicht im Schatten lag.

»Komm«, sagte Yada und zog ihre Freundin am Ärmel zur Küche.

»Bitte kein Konservengemüse«, meldete sich Matti,

von dem nur noch ein paar schwarze Locken hinter einem Bretterhaufen hervorlugten.

»Klar, sind kurz aufm Acker, Möhren ziehen«, brummte Toni. Matti rief noch etwas, das mit Pestiziden und BPA zu tun hatte, jedoch prallten seine Erläuterungen an der sich schließenden Tür ab.

»Es gibt Nudeln mit …« Yada musterte den Inhalt des Kühlschranks. »Kochschinken.« Sie warf eine Packung auf die Arbeitsfläche. »Und Sahne.«

»Etwas fehlt noch.« Tonis Lippen umspielte ein teuflisches Grinsen. Sie griff in das Regal hinter Yada und nahm eine Dose Erbsen heraus.

»Toni!« Yada wusste nicht, ob sie protestieren oder lachen sollte.

»Meine Rache dafür, dass er meine Burger-Patties in den Lidl zurückgebracht hat.« Sie suchte in den Schubladen nach einem Dosenöffner. »Und dann dieser endlose Vortrag über artgerechte Tierhaltung.« Toni hämmerte die Schneide in das Metall. »Auf leeren Magen! Das war Folter von der schlimmsten Sorte.«

Jetzt musste Yada lachen. Sie füllte Wasser in einen Topf, gab Salz dazu, stellte ihn auf den Herd und zündete die Gasflamme an. Dann riss sie die Plastikfolie auf und schnitt den Kochschinken klein.

»Heute in einer Woche ist der letzte Tag«, sagte Toni plötzlich, ungewöhnlich leise, fast schüchtern.

Yada sah auf. »Wovon?«

»Die Sommerakademie.« Ihre Freundin kaute auf ihrem Daumennagel. Es ging ihr nicht um die Fallstudien, so viel stand fest.

»Braucht ihr unbedingt ein Seminar, um euch zu sehen?«, sprach Yada den eigentlichen Punkt offen an.

»Ja.«

»Warum?« Yada legte das Messer beiseite und wischte sich die Hände an einem Tuch ab.

»Neutraler Boden.«

»Den hast du doch längst nicht mehr unter den Füßen.« Yada holte eine Flasche Rotwein aus dem Karton, der vor drei Tagen geliefert und noch immer nicht ausgeräumt worden war.

»Gott«, flüsterte Toni und vergrub ihr Gesicht in den Händen. »Ich fühle mich wie ein Basejumper. Mir ist schwindelig, mein ganzer Körper kribbelt, ich bin federleicht, sicher kann ich fliegen, aber ich traue mich nicht zu springen.«

»Soll ich dich anschubsen?« Yada hatte den Merlot geöffnet, zwei Gläser gefüllt und reichte Toni eines.

»Lass uns lieber anstoßen.«

Sie tranken einen Schluck und schwiegen. Das Wasser kochte sprudelnd auf, Yada gab Penne und Spirelli dazu und regelte die Flamme runter.

»Shen ist der beste Fallschirm, den ich kenne«, sagte sie dann.

Toni presste das Weinglas fest gegen ihre Stirn, als wollte sie sich und ihr Gefühlschaos dahinter verstecken.

»Die Stahlindustrie ist vielleicht am Ende, aber ihr doch nicht«, versuchte Yada sie aufzumuntern.

»Stimmt, aber für ein Ende bräuchte es erst mal einen Anfang«, flapste Toni und trank noch einen Schluck.

»Und bei dir?«, wechselte sie das Thema. »Luuk ist smart, ich mag ihn.«

Das Grinsen kam prompt wie ein Reflex, es spannte sich von einem Ohr zum anderen.

»Mit dem Zug wärst du schneller bei ihm gewesen.«

»Manchmal braucht es einen Umweg.«

»Kann sein«, sagte Toni leichthin, aber Yada spürte, dass ihre Freundin an die Sackgasse dachte, in der sie feststeckte.

»Hm«, machte Yada, es musste doch eine Lösung geben. Konzentriert hackte sie die Petersilie klein – und plötzlich hatte sie eine Idee.

»Ist noch was da?« Matti schob sich eine weitere Gabel in den bereits vollen Mund.

»Da ist ein Nudelberg, direkt auf deinem Teller.«

»Gleich nicht mehr«, schmatzte Matti und grinste. Petersilie klebte an seinem Schneidezahn.

Yada hatte sich neben Luuk gesetzt, sein Arm berührte ihren, zufällig, wenn sie sich ganz leicht nach links lehnte oder er in seiner Pasta stocherte.

»Nur noch fünf Stühle und zwei Tische«, resümierte Shen den verbliebenen Arbeitsaufwand.

»Pling.«

Yada zuckte zusammen, wegen eines harmlosen Klingeltons, etwas zu schreckhaft, aber nun ja, man wusste nie, was sich dahinter verbarg. Shen bewegte sich, Yada entspannte sich. Er zog sein Handy aus der Hosentasche, entsperrte es, runzelte die Stirn, wischte mit dem Daumen über das Display.

»Pling«, machte es wieder, diesmal bei Toni. Yada hörte auf zu kauen. Das war schneller gegangen, als sie gedacht hatte.

»Bizarr«, murmelte Toni und stellte ihren halb vollen Teller beiseite.

»Oder genial, ich bin noch unentschieden.« Shen hielt ihr sein Handy hin.

»Du auch?«

»Nennt es doch *originell*«, bot Yada an und feixte.

»*Du!*« Shen lachte, schüttelte den Kopf, stand auf und gab Yada einen Kuss auf die Wange. Toni starrte nur entgeistert auf ihr Smartphone und dann auf Shens, immer im Wechsel.

»Klärt mich mal jemand auf?«, murrte Matti.

Luuk hatte sich höflich unbeteiligt gegeben, aber jetzt sah er auf, legte die gefüllte Gabel zurück auf den Teller und wartete auf die Antwort.

»Toni und ich machen einen Workshop«, verkündete Shen und setzte sich wieder.

»Gemüseanbau für den Hausgarten«, fügte Toni tonlos hinzu und klopfte eine Zigarette aus der Schachtel.

»Wie cool ist das denn«, sagte Matti. »Das will ich auch.«

»Nein«, sagten Yada, Shen und Toni im Chor.

»Ihr seid voll fies«, schmollte Matti.

»Es hat nichts mit dir zu tun«, beruhigte Yada ihn und nahm sich vor, ihm alles zu erklären, später.

»Spielst du Herzblatt?«, raunte Luuk gegen Yadas Ohr, seine Lippen streiften sie zart, wie zufällig, die Berührung kribbelte überallhin.

»Nur ein bisschen«, wisperte sie zurück.

»Unerhört.« Er küsste sie hinter das Ohrläppchen. Yada biss sich auf die Unterlippe. Wenn er nicht damit aufhörte, würde sie gleich mit ihm irgendwohin verschwinden müssen.

»Bauernhof in der Altmark«, las Toni immer noch fassungslos. »Herbstanbau, Winterrettich, Feldsalat.«

»Komm, Toni, das wird super«, kicherte Shen. »Du und ich zwischen Kohl, Radieschen und Spinat.« Er legte den Arm um sie. Wieder huschte ein Hauch von Rot über Tonis Wangen. Zaghaft lächelte sie, schlug die Augen nieder. Dann sah sie auf und funkelte Yada an.

»Sorry«, hauchte Yada lautlos. Vor zwanzig Minuten hatte sie es witzig gefunden, die beiden für eine Woche auf einen Bauernhof zu schicken, jetzt fürchtete sie, dass Toni sie noch vor ihrer Abreise umbringen würde.

Toni kniff noch einmal die Augen zusammen, dann grinste sie breit und lehnte sich zurück. »Danke«, las Yada von ihren Lippen ab.

»Wann seid ihr in den Beeten?« Matti scrollte durch seinen Kalender.

»Einundzwanzigster bis siebenundzwanzigster August.«

»Da wäre Toni mit Putzen dran.« Matti schnalzte mit der Zunge. »Übernimmst du das, Yada?«

Yada wollte schon »Kein Problem« rufen, da holte sie die Wirklichkeit ein. Sie war Gast in der Wundtstraße, gehörte nicht auf den Putzplan, egal, wie sehr sie sich das wünschen würde. Irgendwann würde die Sommerseifenblase platzen, Luuk wäre wieder in Hannover, studieren, und sie, wo würde sie dann sein?

Noch immer hatte sie keine Zukunftspläne, nicht mal eine grobe Skizze. Der Stencil-Workshop war längst gelaufen, die Kunstakademie untergegangen im Chaos der letzten Tage. Das Hier und Jetzt mit Luuk war alles gewesen, was zählte. Aber das konnte nicht ewig so bleiben, wie sehr sie sich das auch wünschte.

»Yada?«, riss Matti sie aus ihren Überlegungen. »Kannst du in der KW vierunddreißig die Böden wischen, oder hast du schon was vor?«

»Ähm, also.« Yada fixierte ihre Hände, die Finger, die sich mit Luuks verwoben hatten, so dicht, dass es unmöglich schien, sie voneinander zu lösen.

»In Lichtenberg wird zum September ein kleines Atelier frei«, sagte Toni in beiläufigem Tonfall, diesmal war sie es, die Yadas wunden Punkt traf. »Ein Kumpel von mir kennt den Vermieter.«

Yadas Magen kribbelte aufgeregt, drehte sich dann einmal um die Achse und zog sich ängstlich zusammen. Sie musterte Luuk aus den Augenwinkeln, als könnte sie in seinem Gesicht erkennen, wohin die Zukunft sie führen würde und ob es eine gemeinsame Reise wäre. Er sah sie nur aufmerksam an, scheinbar ruhig, doch Yada spürte den Druck seiner Hand, die sich jetzt fester um ihre schloss.

»Wusstet ihr, dass Yada nach den Terroranschlägen in Paris dem Eiffelturm eine Wollmütze stricken wollte?« Shen rettete sie aus der peinlichen Stille.

»Ein schönes Symbol für Wärme und Fürsorge«, meinte Matti und spießte Nudeln auf seine Gabel.

»Vierhundertfünfzig pro Monat, vierzig Quadratmeter, Mini-Einbauküche Dachgeschoss, mit Panoramafenster«, griff Toni die Idee vom Atelier wieder auf. »Überleg es dir.«

Yada zog die Beine an. Das klang gut, aber es wäre komplett übergeschnappt, in Berlin ein Atelier zu mieten, ohne Job, ohne Plan. Zu Hause warteten die Elfenwiesen und Mela, an die sie in der letzten Zeit viel zu wenig gedacht hatte. »Danke, Toni, aber ich habe schon ein Zuhause.«

»Du kannst mich doch nicht mit Mattis Blumenkohlpizza allein lassen!«, empörte sich Toni und zog eine gruselige Grimasse.

»Die ist megavollwertig«, protestierte Matti und wischte mit dem Zeigefinger Soße vom Tellerrand. »Aber ich koche auch gern was anderes, damit du bleibst.« Er lächelte Yada an, zuckersüß, mit Sahne im Mundwinkel.

»Das ist lieb von euch«, sagte Yada, irgendwie enttäuscht, dass Luuk sich an der Diskussion nicht beteiligte. »Aber ich werde Mela nicht einfach so hängen lassen. Ich mag es, Haare zu schneiden, jedenfalls meistens. Und ich liebe die Elfenwiesen.« Sie hatte es lange vor sich hergeschoben, aber jetzt, wo sie es laut sagte, spürte sie, dass das alles genau so stimmte. Die Aussicht, wieder im Zwirbel zu arbeiten, machte sie froh. Außerdem konnte sie es kaum erwarten, die Elfenwiesen nach ihrem Geschmack zu gestalten. Sie hatte eine Entscheidung gefällt, einfach so, es war die richtige, und alles andere würde sich auch finden. Das spürte sie ganz deutlich, in ihrem Bauch.

»Hach, Yada, ich könnt dich knuddeln und hauen zugleich«, seufzte Shen.

»Bin kurz mal an der frischen Luft.« Toni marschierte zur Tür, Shen folgte ihr.

»In der Dusche musst du die Fugen schrubben, sonst gibt es Schimmel.« Matti stapelte die Teller übereinander.

»Bitte?«

»Der Putzplan.« Matti schien fest entschlossen, jemanden in Tonis Abwesenheit zu verpflichten.

»Klar«, sagte Yada geistesabwesend. Sie würde jede Ritze mit der Zahnbürste polieren, wenn sie dann noch hier wäre.

»Gibt es Nachtisch?« Matti war schon fast in der Küche.

»Such dir einen.«

Einen Moment lang war nur gedämpft das Klappern von Geschirr zu hören. Luuk fuhr mit der Hand imaginäre Linien auf ihrem Rücken entlang, Yada schloss die Augen und stöhnte lautlos. Luuk lachte leise, ein raues, dunkles Geräusch, das süß und bitter zugleich schmeckte. »Eine Mütze für den Eiffelturm also.«

»Zuerst deine Wollsocken.« Yada wandte sich zu ihm und schlang die Arme um seinen Hals. »Versprochen ist versprochen.«

»Für mich auch ein Paar, bitte.« Matti war wieder da, mit einer Packung Schokoladeneis. »Aus Merinowolle, wenn's geht, die kratzt nicht, hat ein Superklima, riecht nicht und ist schwer entflammbar, was gerade am Lagerfeuer – hm, mmh.« Er lutschte den übervollen Eislöffel ab.

»Könntest du dir auch vorstellen, dem Empire State Building einen Schal zu häkeln?«, nutzte Luuk die Pause in Mattis Redeschwall. In der Frage schwang keine Spur Humor. Er meinte es ernst, Yada hatte jedes Wort deutlich gehört, verstand jedoch nichts.

Die Tür ging auf, Shen rempelte gegen Toni. »Bist du lebensmüde?«, fauchte sie und schüttelte Shens Arm ab, der aber grinste nur und umklammerte sie gleich wieder.

»Ja, besser Socken, das ist nicht so gefährlich, dreihunderteinundachtzig Meter sind nämlich ganz schön hoch«, bestätigte Matti, obgleich Yada sich nicht sicher war, ob Tonis Kommentar dem Wolkenkratzer oder Shen gegolten hatte.

Ein Glockenspiel durchbrach ihre Suche nach der Bedeutung von Luuks Frage. Wieder das nervöse Zucken, Yada kannte die Melodie, es war Luuks freundlicher Klingelton. Er zog sein Smartphone heraus, Yada sah ein schneeweißes Lächeln, Katzenaugen, Sommersprossen und rote Locken, noch ein Dreiklang, dann ging Luuk ran.

»Tess.« Das kam schroff, ihr Anruf schien unerwünscht. Sein Gesicht verdüsterte sich, je länger sie sprach. »Wie bitte?«, rief er jetzt, stand auf und durchmaß den Raum mit großen Schritten. »Das kann doch nicht sein!« Schon war er beim Ausgang, die Tür hinter ihm zu, verwehrte Yada den Zutritt zu dem Gespräch.

Am Rande bemerkte sie, wie Toni und Shen regungslos nebeneinanderstanden, so als hielten sie die Luft an. Sie hörte, wie Matti die Reste der Eiscreme aus den Ecken kratzte. Aber sie fühlte sich fremd, außenstehend, als wäre sie nicht Teil dieser Szene.

»Hilfst du mir, den hier aufzubauen?«, durchbrach Shen irgendwann die Starre. Die Schwarz-Weiß-Skizze eines Tischs schob sich in Yadas leeren Blick.

»Das kannst du doch allein«, meinte Toni und zog ihn von Yada weg.

»Nein, schau, man braucht zwei Leute.« Shen tippte auf die zwei Männchen, die gut gelaunt vor einem Stapel Bretter standen.

»Einer hält sowieso nur einen Stift.«

»Genau. Das bin nämlich ich«, sagte Shen und verpasste einem der beiden Glatzköpfe eine Popperlocke.

»Bin ich der mit der geilen Frisur?«, mischte Matti sich ein. An seiner Wange klebte Schokolade oder ein Muttermal, das Yada zuvor nicht bemerkt hatte.

»Von mir aus.« Shen kritzelte bei dem Glatzkopf eine Glühbirne und einen Schlips dazu. »Dann bin ich der Boss mit den genialen Einfällen.«

»Ist das nicht ein Widerspruch?«

Shen erwiderte etwas, Yada nahm es nicht wahr, sah nur Luuks gehetzten Gesichtsausdruck, als er wieder reinkam, Panik in den Augen, die Haut leichenblass.

»Schafft ihr den Rest ohne mich?« Seine Stimme

klang belegt, als hätte er eine schlimme Mandelentzündung.

»Logisch«, meinte Matti und klopfte ihm auf die Schulter.

Luuk zuckte zusammen, sah ihn verstört an. »Okay, danke«, murmelte er geistesabwesend.

»Was ist los, was hat sie gesagt, rede mit mir, geh nicht«, wollte Yada sagen, flehen, verzweifelt schreien, aber die Bestürzung in seinem Blick ließ sie verstummen. »Alles okay?«, fragte sie stattdessen und meinte damit ihn, nicht sie.

»Tess, sie hat, sie ist …« Er nahm die Brille ab und kniff sich in die Nasenwurzel. Dann setzte er sie wieder auf und sah Yada direkt an, zwischen seinen Augenbrauen eine tiefe Falte, die Sorge, aber auch Entschlossenheit ausdrückte. »Sie braucht Hilfe, ich muss zu ihr.« Er kam einen Schritt auf sie zu, umfasste ihre Schultern, zog sie dicht an sich. »Morgen bin ich wieder da.«

Yada nickte, unfähig zu antworten. Noch ein flüchtiger Kuss, der sich seltsam leblos auf ihren Lippen anfühlte, dann war er weg.

»Elf Schrauben sind übrig.«

»Große oder kleine?« Toni prüfte einen Zweiertisch auf seine Standfestigkeit.

»Ist doch egal.« Shen setzte sich der Reihe nach auf die Stühle, die sie aufgebaut hatten. »Die sind tipptopp stabil.«

»Bis der Zweihundert-Kilo-Stammgast kommt«, gab Matti zu bedenken und kroch unter einen Tisch.

»Wer kommt?« Yada tauchte aus dem Teich auf, in dem sie gerade mit einer Froschprinzessin geschwommen war. In der ersten Viertelstunde nach Luuks Verschwinden hatte Shen sie noch Winkel und Muttern suchen lassen, die sechsstellige Zahlen statt Namen hatten, dann hatte er geseufzt und ihr wortlos Kreide in die Hand gedrückt. Seitdem malte sie auf die schwarze Tafelfarbe.

»Niemand«, schnaufte Shen und warf Matti einen genervten Blick zu.

»Bin ich etwa niemand?«, kam es von der Tür.

Yada wirbelte herum. »Mel!« Sie war gekommen, sie hatte ihn mitgebracht, genau so, wie Yada es sich gewünscht hatte, gestern, als sie neben Luuk im Käfer durch Berlin gefahren und die Welt noch in Ordnung gewesen war.

»Hallöchen.« Mela hielt den Wäscheklammer-Kronleuchter hoch. »Ich bringe die Erleuchtung.«

»Noch mehr Arbeit«, stöhnte Shen und schlug die Arme über dem Kopf zusammen.

Mela fletschte die Zähne in seine Richtung und stellte den Kronleuchter ab. Yada umarmte ihre Freundin so heftig, bis sie röchelnde Geräusche von sich gab. Der Abend, der Raum, die ganze Welt schien heller, seit Mela hier war.

»Tss, Mel, *no-chmeh-rarb-eit*, das ist Südmongolisch und bedeutet: Schön, dass du da bist, Herrscherin des Lichts.« Shen faltete die Hände vor der Brust und verneigte sich.

Mela rollte übertrieben mit den Augen, dabei grinste

sie von einem Ohr zum anderen. Shen küsste sie auf die Wange. Toni rauschte an ihnen vorbei.

»Wo will sie hin?«, fragte Shen, komplett ahnungslos.

»Frag sie am besten selbst«, sagte Yada und schubste ihn in die Richtung, in die Toni verschwunden war.

»Oho, spannend.« Mela spähte durch die Fensterfront, wollte wohl einen Blick auf das Pärchen draußen erhaschen. »Schade, dass ich nicht länger bleiben kann.« Sie reckte den Hals, seufzte enttäuscht, vermutlich konnte sie nichts erkennen, und wandte sich dann wieder Yada zu. »In zwei Stunden ist Abflug.«

»Kann mir mal jemand 'ne mittlere Schraube geben?« Matti winkte aus dem Möbeluntergrund.

»Wie, was?« Yada blinzelte, als könnte sie so besser verstehen, was Mela gerade gesagt hatte.

»Schrauben!« – »Urlaub.« Mela und Matti waren auf den Punkt synchron, nur der Tonfall unterschied sich.

Yada gab Matti die Tüte mit den herrenlosen Eisenteilen; Mela hielt ihr ein Smartphone hin, ein Galaxy S-irgendwas, gebraucht, aber voll okay, sie habe es über eBay-Kleinanzeigen gefunden, zu einem Superpreis, ihre Freundin grinste stolz.

»Aha«, machte Yada nur.

»Hier, nimm, ich brauche nämlich mein Outdoorhandy zurück. Für zwei Wochen Südafrika.«

»Nein«, wollte Yada rufen, schlug sich aber rechtzeitig die Hand vor den Mund. Auf einmal war ihr kalt. So fühlte sich also absolute Einsamkeit an. Luuk war bei Tessa, Shen bei Toni, Vicky mit Ben unterwegs und Mela bald bei Elefanten und Zebras. Yadas Hals war plötzlich eng, Mela plapperte fröhlich weiter, über die Reiseroute, Malaria, Skorpione und den Krüger-Nationalpark.

»Das klingt richtig toll«, sagte Yada, streckte den Rücken, atmete zweimal tief durch, *und lächeln*. Mela sollte ohne Sorgen im Gepäck reisen, das hatte sie sich verdient.

»Alle Kunden persönlich angerufen, Blumen gegossen, na ja, fast ertränkt, Zeitung abbestellt.« Mela klatschte tatkräftig in die Hände. »Und wenn ich zurück bin, seid ihr auch wieder da, du und Shen.« Sie schob die Unterlippe vor. »Es ist so öde ohne euch.«

»Unglaublich, ts.« Yada schüttelte grinsend den Kopf. »Da lässt man dich mal kurz allein, und schon gehst du aus Langeweile auf Löwenjagd.« Sie zupfte ihre Freundin am Ohrläppchen, Mela kicherte. »Südafrika, wie bist du denn darauf gekommen?«

»Da lief so eine Tierdoku auf Arte, über Erdmännchen, die sind so süß.« Mela schmolz dahin.

»Erdmännchen?« Yada musterte ihre Freundin skeptisch. Nicht, dass hinter dieser Reise mehr als pure Abenteuerlust steckte. Mela war eigentlich kein Naturfreund, konnte gerade eben eine Tanne von einem Laubbaum unterscheiden, wahrscheinlich wusste sie nicht mal, dass Rheine einen Zoo hatte. Aber ihre Freundin sah blendend aus, rotwangig und dynamisch, kein Grund zur Sorge.

»Na ja«, lenkte Mela ein und lehnte sich neben Yada gegen die Bar. »Eigentlich hast du mich dazu inspiriert.«

»Ich?«

»Du bist auf diesen ollen Drahtesel gestiegen und losgefahren, dein Glück zu suchen.«

»Ach was«, sagte Yada kleinlaut, sie war weit gefahren, nur um zu erkennen, dass sie wieder zurückwollte. »Es ist ja eure Idee gewesen.«

»Aber du hast es *gemacht.*« Mela unterstrich das letzte Wort mit ihrem Zeigefinger. »Und das will ich jetzt auch! Einfach raus, was erleben, Dinge tun, von denen ich noch nicht mal weiß, dass es sie gibt.« Sie trippelte von einem Fuß auf den anderen. »Oh mein Gott, ich kann's kaum erwarten.«

»Ich freu mich so für dich«, kiekste Yada, angesteckt von Melas Euphorie, gerührt von dem Mut und der Entschlossenheit, ihre Träume zu leben.

Mela drückte sie, ganz fest. Sie roch nach Kokos, Yada vergrub ihre Nase in den blonden Locken. »Hast du Conditioner dabei?«, schniefte sie.

Mela schüttelte den Kopf. »Ich brauchte den Platz für Lakritzpandas, fünf Packungen, ich weiß ja nicht, was ich da unten essen kann.«

»Boil it, cook it, peel it or leave it.« Jetzt kam Matti auf allen vieren unter dem Rundtisch, der auf den Namen Ingatorp hörte, hervor und richtete sich zu seinen eins neunzig auf. »Alte Reisemediziner-Weisheit.« Er streckte Mela die Hand entgegen. »Hi, schön, dich zu sehen.«

»Was soll ich kochen?« Melas Augen hatten einen merkwürdigen Glanz bekommen. Yada kannte ihn, weil sie Mela kannte. Ihre Freundin hatte Herzklopfen, daran bestand kein Zweifel. Sie löste sich von ihr und überließ sie der ungestörten Zweisamkeit mit Matti. Der klärte sie über Ursachen, Prophylaxe und Behandlungsmöglichkeiten von Reisedurchfall auf, während Mela an seinen Lippen hing. Yada verzog sich hinter den Tresen und machte Espresso, einen nach dem anderen. Dann trank sie zwei, stellte die restlichen fünf auf einen der Tische und holte das Notfallhandy aus ihrer Tasche. Sie prüfte den Akku, vier Balken, voll, löschte die Anrufliste, es waren nur ein paar Nummern, und legte es zusammen mit dem Ladegerät auf Melas Handtasche. Matti war inzwischen bei der Flugthrombose angekommen.

Yada begutachtete den Wäscheklammer-Kronleuchter von allen Seiten, er hatte die Fahrt hierher tadellos überstanden. Ein Blick an die Decke, und sie wusste, wo er hingehörte. Jetzt mussten sie nur herausfinden, wo die Stromleitungen lagen.

»Null, null, eins, eins, zum Entsperren des Displays«, riss Mela sie aus ihren Planungen. Sie nahm einen Kuli und kritzelte die Zahlen auf Yadas Unterarm. »Die PIN kennst du, da ist deine alte SIM-Karte drin, ich konnte sie aus den Trümmern bergen.«

»Was für Trümmer?« Yada legte den Kopf schief, er fühlte sich bleiern an, vollgestopft mit schwer verdaulichem Stoff.

»Deine Hammer-Attacke.«

»Ach so.« Das war schon so weit weg.

»Und hier die Durchwahl zur deutschen Rettungsflugwacht.« Matti speicherte Notrufnummern in Melas Outdoorhandy, von A wie Auswärtiges Amt bis Z wie Zentrale Sperrnummer, seine eigene legte er unter M wie Matti ab. Mela trank noch einen Espresso, Yada nippte solidarisch an ihrem dritten, er war lau und bitter, dann war es Zeit für ihre Freundin zu gehen.

Sie wünschten sich viel Glück, das war wichtig. Yada umarmte Mela, am liebsten hätte sie sie nicht mehr losgelassen. Matti drängte mit Blick auf die Uhr, er brachte Mela zum Flughafen und versprach, sie auch wieder abzuholen.

»Klasse, Parkgebühren und Nerven gespart«, freute sich Mela und lud Matti zu einem Fünf-Gänge-Menü ein, bei ihrer Rückkehr, als kleines Dankeschön. Bio und saisonal, wenn möglich, bat Matti, und seine Wangen färbten sich rosa. Dann stürmten die beiden zur Tür.

Toni und Shen waren verschwunden, Yada drückte ihnen die Daumen. Sie wollte sie nicht stören, und in der WG-Küche war es nicht besonders gemütlich, also blieb sie im *Sourire*, räumte Folie und Zeitungsreste in Müllsäcke und rückte Tische und Stühle, bis sie den perfekten Platz für jedes einzelne Möbel gefunden hatte. Kurz nach Mitternacht hatte sie die Böden gewischt, das neue alte Geschirr gespült und das Silberbesteck poliert. Bis auf die Bilderrahmen und die Lampe, die noch auf ihre Installation warteten, war das *Sourire* wieder einsatzbereit.

Yada sah sich zufrieden um und nahm einen Schluck Wasser. Zu müde, um auch noch die Toiletten zu putzen, jedoch zu wach, um zu schlafen, umgeben von Erinnerungen an Luuk und mit dem Wissen, dass er jetzt bei Tessa war, setzte sie sich auf den Ohrensessel und drückte den Power-Knopf von ihrem neuen Handy. Und was dann kam, verdrängte jeden Zweifel.

Kapitel 19

»Hey, du.« Stille, der Gesang einer Amsel, dann: »Ich habe eine neue Nummer, schreibst du gleich mit?« Ein Räuspern. »Achtung! Bleistift in Position? Auf die Plätze, fertig, los: nulleinssiebensechs, achtvierzwei, neunneun, siebendreifünf. Ist 'ne Supernummer, tippt sich ganz prima. Probier's doch gleich mal aus!« 29. Juli, 9.50 Uhr, zehn Stunden, nachdem sie mit dem Hammer zugeschlagen hatte.

»Hi, ich bin es.« Stimmengewirr im Hintergrund, Yada meinte, Vickys Lachen erkannt zu haben. »Schade, dass ich dich nicht erreiche, ich rufe später noch mal an.« 31. Juli, 15.10 Uhr. Da war sie gerade auf einer Landstraße irgendwo bei Sulingen geradelt.

»Okay, ich habe echt versucht, deine letzte SMS zu ignorieren, aber jetzt, da du schweigst, lese ich sie bestimmt dreimal am Tag. Unterschiedliche Welten und Lebenswege, was meinst du damit, wovor hast du Angst? Ich möchte dir nichts wegnehmen, will dich nicht entführen und ganz für mich behalten, hm, obwohl, lass mich über den letzten Punkt noch mal nachdenken.« Er lachte. »Yada, komm! Dieser seltsame Zufall, ja, seltsam, komisch, verrückt, aber nicht dumm, nein, kein dummer Zufall, im Gegenteil, einmalig, würde ich sagen.« In der kurzen Pause, die jetzt entstand, konnte Yada ihn fast bildlich vor sich sehen, wie er sich, das Smartphone am Ohr, durch die Haare fuhr. »Das ist doch Schicksal oder so was.« Ein Moped, vielleicht sogar die rasende Schwalbe aus dem Hinterhof nebenan, knatterte vorbei. »Dass ich mich verwählt habe, nein, verwählt klingt irgendwie falsch. Weil ich ja richtig verbunden wurde. Meinst du nicht, wir könnten Freunde sein?« 1. August, 19.03 Uhr.

»Hallo, hier ist Luuk, schon wieder.« Ein angestrengtes Lachen. »So langsam zweifle ich an meiner sozialen Intelligenz, denn die hätte mir längst verbieten müssen, dich ständig anzurufen.« Er lachte, in Yadas Bauch flatterte eine Libelle. »Zu meiner Verteidigung muss ich sagen, dass ich mittlerweile eine ganze Reihe plausibler Erklärungen dafür habe, warum ich dich nicht erreiche. Gestern hast du einen Sicherheitsworkshop auf einer Bohrinsel im Südpazifik geleitet, heute bist du als TÜV-Inspektor im Eurasien-Tunnel unterwegs. Ist doch klar, dass du keinen Empfang hast.« 3. August, der Tag, an dem sie Toni kennengelernt hatte.

»Hi, Yada, Luuk hier. Deine Mailbox ist zwar einigermaßen sympathisch, aber ich komme nicht so recht ins Gespräch mit ihr. Ähm, wenn du von deiner Arktisexpedition zurück bist, klingel kurz durch, mich verlässt nämlich langsam der Mut.« 5. August, sieben Uhr in der Früh, da war Yada bereits auf dem Weg zu ihm gewesen, nach Berlin.

Yada stand auf, ging hin und her, stellte sich auf die Zehenspitzen, rollte zurück auf die Hacken, konnte kaum erwarten, Luuk wiederzusehen. Er hatte so oft versucht, sie zu erreichen, hatte auf ihren Rückruf gewartet, fühlte dasselbe wie sie, von Anfang an.

»Hi, ich bin es, ein letztes Mal.« Luuk wirkte fröhlich, nahezu ausgelassen. 11. August, fünf Uhr in der Früh, der Morgen nach dem verbotenen Konzert. »Entschuldige, dass ich dich zugetextet habe. Liebe Mailbox, danke für dein offenes Ohr, aber ich muss leider Schluss machen.« Ein Poltern an der Hintertür ließ Yada zusammenzucken. Jetzt ein gedämpftes Miauo und noch ein Miauo, diesmal fordernder, dazu Kratzgeräusche, Ludwig wollte rein. Yada sprintete los, sie hatte vergessen, den Kater zu füttern, er musste einen Riesenhunger haben. »Da ist nämlich jemand, der mir den Kopf verdreht«, fuhr Luuk fort, »oder meine Welt auf den Kopf stellt, vielleicht auch beides. Und zu ihr will ich jetzt und morgen, die ganze Zeit. Also, mach's gut, tschüs, leb wohl und bis gleich, Yada.«

Yada ging zum Vorratsschrank, Ludwig folgte ihr.

»Miauo.« Der Kater umrundete seinen Fressnapf. Yada legte das Smartphone beiseite, riss den Aludeckel vom Geflügelragout, kratzte die Fleischmasse in Ludwigs Schüssel und füllte Wasser in die andere. Dann setzte sie sich neben ihn auf den Boden.

»Er hat mich meinetwegen verlassen«, erklärte sie dem Kater und gluckste. Die wirre Logik ihrer übermüdeten Gedanken erheiterte sie.

Lord Ludwig maunzte, es klang vorwurfsvoll.

»Na, komm her, Süßer.« Yada vergrub die Finger in dem samtweichen Fell. Der Kater machte einen Buckel, streckte sich, sprang dann auf ihren Schoß und rollte sich zusammen. Die flauschige Wärme entspannte ihre erschöpften Nerven, die sich nach einer Atempause sehnten. Yada schloss die Augen, öffnete sie wieder. Die Nacht war bald vorüber, der Morgen nicht weit. Aber so lange wollte sie nicht warten. Sie entsperrte das Handy und wählte Luuks Nummer. Sie musste ihm sagen, wie sehr sie ihn liebte.

»Hey du, kann grad nicht rangehn, sprich doch in die Box, nach dem …« Luuk piepste, dann ein unterdrücktes Lachen. Das erste Mal hatte Yada noch mitgekichert, das war vor dreizehn Stunden gewesen. Geschlafen hatte sie davon nur eine, gewartet hatte sie lange und es wieder und wieder probiert. Das hier war der achte Piep, diesmal würde sie eine Nachricht hinterlassen. »Hey, selber du. Rufst du mich an, gleich, später, nachherganzbald?« Sie legte auf und goss heißes Wasser auf die Teebeutel. Nebenan bohrte Matti Löcher für die Bilderrahmen. Er schien froh zu sein, Shen und Toni für ein paar Stunden entfliehen zu können. »Sie streiten nicht mehr«, hatte Matti augenrollend auf Yadas Frage nach den beiden, die er glucksend *Shoni* nannte, nur geantwortet. Mehr wollte er nicht sagen, brauchte er auch nicht. Yada freute sich für sie.

Mela war gut in ihr Abenteuer gestartet, Matti hatte sie bis zur Sicherheitskontrolle gebracht, noch lieber, so schien es Yada, wäre er mitgeflogen. Immer wieder konsultierte er sein Handy, fand eine, zwei und noch eine Reiseinformation, die er Mela sofort senden musste, überlegte laut, ob sie wohl den Anschlussflug in Amsterdam bekommen hatte, und durchlöcherte Yada mit beiläufigem Interesse zu Melas Leibgerichten, ihrem Salon, Haustieren und Lieblingsfilmen.

»Und, wie findest du es?«, fragte Matti mit Blick auf die Bilderrahmen.

»Toll.« Das war die schlichte Wahrheit. Das *Sourire* war zu einem Wohlfühlort geworden.

»Ja«, brummte Matti zufrieden und nippte an seinem Earl Grey. »Und öffnest du jetzt?« Er rieb sich die Stelle, wo ein Bauch sein sollte, aber nur eine flache Kuhle unter dem olivfarbenen Shirt war. »Ich hätte dann gern drei Crêpes, einen mit Käse, einen mit Vanilleeis und einen mit Banane und Schokolade.«

»Kann ich dir sofort machen«, lachte Yada und band sich die Haare zurück.

»Und ab wann darf ich mit meiner Lerngruppe kommen?«

»Hm«, machte Yada. Eröffnen, sofort? Theoretisch könnte sie, praktisch zögerte sie, bedienen und backen, alles allein, das war wie Eierlaufen und Jonglieren gleichzeitig. Außerdem brauchten sie doch … »Eine Neueröffnungs-Party, das wäre schön, findest du nicht?«, sprach sie ihren letzten Gedanken laut aus.

»Ja, natürlich. Eine Pfannkuchenparty, genial.« Matti klatschte in die Hände. »Wann?«

»Lass mal sehn.« Yada tippte sich mit dem Zeigefinger an die Lippen. »Vicky kommt am Freitag zurück.« Das wäre die perfekte Überraschung, für Vicky, für

Luuk, wenn er wieder da war, und das würde er, bestimmt. »In vier Tagen, ist das zu knapp?«

»Nö, das passt, ich habe frei, tipptopp.«

»Okay, Zettel, Liste, Aufgabenverteilung.« Vorfreude prickelte in Yadas Handflächen, sie rieb sie aneinander. »Es gibt viel zu tun.«

»Luftballons, bunte Strohhalme, Schirmchen und Konfetti«, diktierte Matti.

»Eier, Mehl, Butter, Zucker und vor allem Personal«, fügte Yada hinzu und strich heimlich Mattis Dekovorschläge. Papierlampions und Wimpelketten würden besser passen. Ihr Magen ziepte, zu der Begeisterung kam das Lampenfieber, viel zu früh.

»Dann schubsen wir Shoni mal aus ihrem Liebesnest!« Jetzt war Matti nicht mehr zu bremsen, Yadas gute Laune kam zurück, alles würde schön werden.

»Hey du, kann grad nicht rangehn, sprich doch in die Box, nach dem … PIEP.«

Yada seufzte, legte das Handy auf die Fliesen und schlüpfte aus ihrer Hose. Jetzt waren es schon neunundvierzig Stunden, dass sie Luuk das letzte Mal gesehen hatte.

»Rot- oder Weißwein?«, hörte sie Shen durch die geschlossene Badtür rufen.

»Tee!«

»Also Rosé.« Shens Schritte entfernten sich.

Yada lächelte schwach, die Frau im Spiegel sah erschöpft aus. Heute hatten sie geplant, diskutiert, ein Glücksrad organisiert und eingekauft, längst nicht alles, aber immerhin. Morgen würden sie Flyer drucken, die Yada noch entwerfen musste, irgendwann zwischen jetzt und dem Frühstück, und sie verteilen. Eine Musikanlage brauchten sie, Toni würde jemanden finden, das wäre kein Problem, meinte sie. An die zwanzig anderen Punkte auf der Liste mochte sie gerade nicht denken.

Die Dusche war eine Wohltat, das heiße Wasser massierte ihren Nacken, löste Anspannung in Entspannung, zumindest für einen Augenblick. Der weiche Schaum glitt über ihre Schultern, legte sich sanft auf ihre Brüste, erinnerte sie an Luuks Hände auf ihrer Haut.

Sofort krampfte ihr Herz, dann Lunge und Kehle.

»Warum?«, keuchte sie gegen die Wassertropfen, die von ihrer Nasenspitze auf die Lippen tropften. *Warum meldest du dich nicht?*, schickte sie ihm in Gedanken, doch nur ihre schlimmsten Albträume antworteten. Rasch kniff sie die Augen fest zusammen, sperrte die ungebetenen Bilder aus.

»Wan und Tan warten.« Toni war sehr, sehr, *sehr* hungrig, was sie auf dem Heimweg immer wieder – Shen behauptete, es seien zwanzig Mal gewesen – zwischen dem Knurren ihres Magens erwähnt hatte.

»Bin unterwegs, sozusagen, fast.« Yada wusch die Pflegespülung aus den Haaren, drehte das Wasser ab, zog den Vorhang beiseite und angelte nach einem Handtuch. Ihr Blick streifte das Smartphone, das still und friedlich im Badnebel lag. Yada fixierte es, als könnte sie eine Nachricht von ihm allein durch sehnliches Wünschen herbeizaubern.

Nichts geschah, Yada trocknete sich ab und zog ein frisches Shirt über den Kopf.

»Pling.« Der nächste Herzschlag setzte aus, eine SMS flimmerte über das Display. Yada hechtete zu den Worten, auf die sie so lange gewartet hatte, knallte mit dem Knie gegen die Toilette, hüpfte auf einem Bein weiter.

Hi, Süße, bin gut gelandet, aber nicht sicher, ob noch in unserem Sonnensystem. Hier ist alles so anders, und ich liebe es. Grüß Matti von mir. Kuss, Mela.

Die Enttäuschung brannte plötzlich in ihren Augen, Yada blinzelte sie schnell weg. Denn eigentlich war doch alles wundervoll: Sie war in Berlin, mit alten Verbündeten und neuen Freunden, es gab Asiafood statt Kunstkäse auf Tiefkühlpizza, sie gestaltete ein Pfannkuchencafé und organisierte eine Party, statt immer nur zu föhnen. Wundervoll, eigentlich, bis auf das stille Telefon.

»Liebe Grüße von Mela«, sagte sie, als sie die Küche betrat, vielleicht ein bisschen zu laut und zu fröhlich. Toni runzelte die Stirn, Yada lächelte ihren Röntgenblick einfach weg.

»Wie geht es ihr?«, nuschelte Shen und kaute hingebungsvoll auf einer chinesischen Teigtasche.

»Einundzwanzig Grad und sonnig«, verkündete Matti und schob Yada einen Stuhl hin. »Hoffentlich cremt sie sich ordentlich ein.«

»Wehe, du schickst ihr den aktuellen UV-Index.« Shen quetschte Reis und Chop Suey auf seinen bereits übervollen Teller. Toni schnalzte mit der Zunge, nahm ihm den Löffel aus der Hand und bunkerte ebenfalls einen Berg Fleisch und Gemüse. Yada konnte sich ein Grinsen nicht verkneifen.

»Jedes Jahr erkranken in Deutschland mehr als zweihunderttausend Menschen an Hautkrebs.« Matti wedelte mit seiner Gabel, als wollte er einen Merksatz unterstreichen.

»Keine epidemiologischen Daten, bitte«, unterbrach Toni ihn, bevor er noch mehr Fakten rezitieren konnte.

»Maligne Melanome metastasieren sehr früh, und wenn die bösen schwarzen Zellen erst mal in Leber, Lunge und Hirn sitzen, dann, meine lieben Ignoranten, liegt die Chance, die nächsten zehn Jahre zu überleben, bei gerade mal drei Prozent!« Matti verschränkte die Arme.

»Danke, Professor Matti H. Brünning«, stöhnte Toni.

»Rauchen, übrigens«, begann Matti seinen nächsten Fachvortrag und fixierte dabei seine Mitbewohnerin, »ist der Risikofaktor schlechthin für …«

»Coolness, Spaß und interessante Gespräche«, blaffte Toni und prostete ihm mit ihrem Weinglas zu. »Verschone mich mit deinem Gesundheitswahn.«

»Wie du meinst.« Matti klang, als hätte er in eine Salzgurke gebissen. Er stand auf und verließ ohne ein weiteres Wort den Raum. *Rums!*, knallte die Tür zu seinem Zimmer.

Yada riss erstaunt die Augen auf, selbst Shen blickte von seinem Teller auf.

»Fuck.« Toni ließ die Gabel fallen und vergrub beide Hände in den Haaren.

»Was war *das* denn?« Shens Frage war zwar flapsig, brachte aber Yadas Verwunderung auf den Punkt. So ein Schlagabtausch war in der WG Tagesgeschäft, Samthandschuhe gab es nicht, und das störte auch niemanden. Hier wurde ausgeteilt und eingesteckt, keiner nahm es persönlich, schon gar nicht Matti. Warum also hatte er die Tür zugeschmissen?

»Seine Mutter ist an Lungenkrebs gestorben«, erklärte Toni und trank ihren Wein in einem Zug leer. »Sie war starke Raucherin.«

»Oh nein.« – »Scheiße.« Yada und Shen, Bestürzung in zwei Silben, gleichzeitig, nur in der Wortwahl unterschieden sie sich.

Toni fuhr sich über die Augen, schob den Stuhl zurück und trottete aus der Küche. Gleich darauf hörte Yada sie an Mattis Tür klopfen.

Shen schob sich schon wieder Reis mit Soße in den Mund und angelte nach einem Aldi-Werbeprospekt. »Es gibt Gummistiefel im Angebot«, stellte er kauend fest. Rot mit weißen Punkten, konnte Yada über Kopf erkennen.

»Süß«, sagte sie, ließ aber die Frage, wofür er sie brauchte, ungestellt, sie war zu müde zum Sprechen und zum Zuhören.

»Ja, süß«, grinste Shen, knickte ein Eselsohr in die Seite und blätterte weiter. Herrenunterwäsche, Olivenöl, Fleischsalat, Badespaß, erstaunlich, was man in nur einer Woche kaufen sollte. Alles für ein angenehmes Leben, allein glücklich wurde man davon nicht. Man musste erst was daraus machen, für sich, für andere, gemeinsam. Plötzlich war Yada stolz, dass sie mit etwas Mehl, Eiern und Milch eine ganze Party schmissen. Wie gerne würde sie Luuk alles haarklein erzählen, er wäre bestimmt begeistert.

»Isst du das noch?«, riss Shen sie aus der Trübnis, die sie schon wieder am Knöchel gepackt hatte und hinabreißen wollte.

»Bitte.« Yada schob ihm den unberührten Teller rüber. Nicht mal ihr Lieblingsessen schmeckte ohne ihn. Hoffentlich kam Luuk bald wieder, sonst war sie die Nächste, die sich einen Vortrag von Matti über Ernährung anhören konnte.

»Hey du, kann grad nicht rangehn, sprich doch in die Box, nach dem … PIEP.« Yada pfefferte das Handy auf den Küchentisch, es schlitterte bis zur Zuckerdose und blieb zwischen Brötchenkrümeln vom Vortag liegen. Die Digitaluhr an der Mikrowelle zeigte zwei Nullen und eine Fünf. Zeit, ins Bett zu gehen. Sie schraffierte den Schwanz des grinsenden Katers, der Lord Ludwig wie aus dem Gesicht geschnitten war.

»Wir zaubern Lächeln, *Sourire*«, stand in schnörkelloser Handschrift darunter. »Testet die neuen Stühle und kostet unsere Crêpes, 18. August, ab 11.00 Uhr.«

Eine Diele knarzte, kurz darauf schlurfte Matti an ihr vorbei. »Na«, gähnte er und streckte sich.

»Kannst du nicht schlafen?«

»Hunger«, brummte er nur und öffnete den Kühlschrank.

Yada legte den Kohlestift beiseite und sah Matti dabei zu, wie er im klinisch reinen Licht Speisequark, Camembert und Tomaten hin und her schob. Jetzt tauchte sein Arm bis zur Achsel in das mittlere Fach, es klapperte, dann zog er etwas heraus.

Matti kickte die Tür mit dem Hacken zu und setzte sich ihr gegenüber. *Knoblaucholiven* stand auf dem Glas. Yadas Magen drehte sich um, noch bevor er den Deckel abgeschraubt hatte.

»Auch eine?« Matti schob sich eine Olive in den Mund, Yada lehnte sich auf ihrem Stuhl, so weit es ging, zurück.

»Nein danke.«

»Du isst zu wenig«, stellte Matti fest.

»Vielleicht.«

»Liebeskummer auf leeren Magen, das gibt ein Geschwür.«

Yada lächelte schwach, Matti war ein feiner Kerl. Sie stand auf und holte den Dinkelzwieback aus dem Regal. Matti sollte nicht aufhören, gute Ratschläge zu verteilen, nur weil andere sie unbequem fanden. Viel Wissen wog schwer, und Matti war eine menschliche Enzyklopädie. Yada mochte sich nicht vorstellen, wie es war, alle Risiken und Nebenwirkungen des Lebens zu kennen.

»Wofür steht eigentlich das *H* in deinem Namen?«

Matti stützte den Kopf ab, seine Finger wurden von den schwarzen Locken verschluckt, der Schnitt konnte etwas Kontur vertragen. »Helmut.«

»Von deinem Vater?«

»Urgroßvater, mütterlicherseits.«

»Ah.«

»Sag es bitte nicht Mela.«

»Matti?«

»Hm.«

Yada wartete, bis er von seinen Oliven aufsah. »Helmut ist okay, Mela nicht oberflächlich, und ich bin verschwiegen.« Sie zupfte einen Zwieback aus der Verpackung, prostete Matti damit zu und biss dann demonstrativ hinein.

Matti grinste sie schief an, mit dem leichten Bartschatten und den tiefen Augenringen sah er richtig gut aus, eckig, tiefsinnig und ein wenig melancholisch. Ein Gelehrter, Philosoph, ganz klar ein Herzensbrecher, einer, der es nicht wusste.

Pling, machte es. Yadas Hand schnellte vor, aber ihre Nachrichtenbox war leer. Stattdessen erhellte blaues Smartphonelicht Mattis breites Lächeln.

Yada würgte ihre Enttäuschung und die trockenen Dinkelkrümel runter, ihre Kehle war eng, sie musste husten.

»Mela hat sich Lichtschutzfaktor fünfzig plus gekauft.« Matti goss Mineralwasser ein und schob das Glas zu ihr rüber.

Tapfer schluckte Yada den Zwieback und ihre Traurigkeit mit dem munter sprudelnden Getränk hinunter. »Siehst du, alles gut«, sagte sie, noch ein wenig atemlos.

»Luuk ist ein Holzkopf«, meinte Matti, einfach so. »So jemanden wie dich sitzen zu lassen.«

Hat er doch gar nicht, stemmte Yada sich mit dem letzten Rest Hoffnung gegen das, was Matti da behauptete. Laut aussprechen konnte sie es nicht, dazu war ihr Glaube daran zu dünn.

»Du bist klug, begabt und«, Matti räusperte sich, »superhübsch, versteh mich nicht falsch, nur … nicht, dass du das vergisst.« Jetzt wurde er rosa, bis zur Nasenspitze.

Unter anderen Umständen wäre sie dahingeschmolzen, unendlich dankbar, einen so guten Freund gefunden zu haben. Hier und jetzt konnte sie nur nicken, den Blick sorgsam gesenkt, um nicht in Tränen auszubrechen.

»Es ist spät«, brachte sie mühsam hervor, obgleich sie nicht ins Bett wollte, an einschlafen war nicht zu denken, wie auch, wenn ihre Gedanken ununterbrochen bei Luuk waren.

»Hm, ja, spät«, wiederholte Matti, verschloss das Olivenglas und stellte es zurück in den Kühlschrank. »Gute Nacht.«

Yada löschte das Licht, tapste ins Bad und nahm ihre Zahnbürste. Während sie die Kauflächen schrubbte, kreuzte sie die Finger. Dafür, dass alles gut gehen würde, Vicky glücklich, Stammgäste und neue Fans begeistert und Luuk zurück sein würde.

»Hey, du, kann grad nicht rangehn, sprich doch …«

»Die U-Bahn, Attacke!«, rief Shen. Yada rieb sich die linke Seite, dort, wo es jetzt immer nach der Mailbox-Ansage ziepte, und rannte ihm hinterher. Ein Tag, zwei Nächte, nur vierzig Stunden bis zur Eröffnung und noch keine Nachricht von Luuk. Sie versuchte es wieder und wieder, überall, er ging nicht ran. Ein Satz, die Tür schloss mit einem Signalton, dann rappelte die Bahn los. Yada lehnte sich gegen eine Glaswand, presste die Wahlwiederholung, irgendwann musste es doch klappen.

»Hey, du …« Sie tippte auf den roten Kreis, beendete die Verbindung, die keine war, jeder *Piep* ein Stich ins Herz, sie wusste nicht, wie lange sie das noch ertragen konnte. Sie schmiss das Telefon in ihre Tasche und holte ein paar Flyer hervor. Ein fetter Kater auf Ökopapier lud mit einem breiten Grinsen zur Pfannkuchenparty ein. Lord Ludwigs Konterfei hing jetzt in der Unibuchhandlung, in Copyshops, an Bushaltestellen und Laternenmasten, überall waren sie gewesen, hatten die Werbetrommel gerührt, ganz laut, damit es alle hörten.

»Hey«, sagte jemand links von ihr, ganz nah, ganz echt, ganz ohne Mailboxgerausche. Yada sah von dem Flyer auf, es war die falsche Person, aber es fühlte sich trotzdem gut an, dieses echte Hey.

»Hey«, gab sie zurück, mit einem kleinen, sehr schiefen Lächeln.

Der Hey-Junge war fast einen Kopf größer als sie, trug eine jeansblaue Wollmütze und einen grauen Hoodie. Grünbraune Augen funkelten sie fröhlich an, weiße Zähne blitzten, er war ihr sympathisch, sofort.

»Wolln wir tauschen?«, fragte er jetzt und deutete auf das Papier in Yadas Hand. Er selbst hielt ihr einen Flyer hin, darauf ein Matrose, der zu einem Piratenmädchen schielte, blau auf weiß, einfache, klare Linienführung, eine hübsche Illustration mit dem Hauch des letzten Jahrhunderts. Unter ihnen spähte ein Drache aus einem angekippten Gullydeckel. »Ahoi«, stand in sauberer Handschrift in einer Sprechblase.

»Bier, Bilder und die Hörsoldaten, Samstag, einundzwanzig Uhr, Osthafen«, erklärte er. Die Einladung schwebte vor Yadas Nase, ein Daumen, blaue Farbe unter dem Fingernagel, dunkle Haut. »Kommst du?« Er lächelte immer noch.

»Hast du den Drachen gezeichnet?«, fragte Yada statt einer Antwort. Wer wusste denn schon, ob ihre Welt am Samstag noch existierte.

Er lachte ansteckend. »Ich nenne ihn *Guckma*.«

Yada lächelte zurück, und es tat nicht mal weh. »Ich bin Yada.« Sie gab ihm den dicken Kater. »Magst du Pfannkuchen?«

»Immerzu, bedingunglos, am besten sofort«, sagte der Hey-Junge und betrachtete den Kater. »Und ich liebe Katzen.«

»Er heißt Lord Ludwig, ihm gehört das Lokal.«

Der Hey-Junge lachte. »Nun, wenn ein Lord zum Dinner lädt, kann ich wohl kaum absagen.« Er zwinkerte ihr zu.

»Da wird sich Ludwig freuen.« *Und ich mich auch,* hoffentlich kamen ganz viele Hey-Jungen und -Mädchen.

»Dann bis übermorgen?«

»Du findest mich in der Küche.«

»Hey du, kann grad nicht rangehn, sprich doch in die Box, nach dem …« *Klick.* So langsam zwang der Anrufbeantworter ihren Optimismus nieder.

»Kannst du mal aufpusten?« Toni reichte ihr einen

Luftballon mit Beinen. Zoomischung, stand auf der Verpackung, die Matti unbemerkt in den Einkaufswagen geschmuggelt hatte. Zum Glück, das Leben war bunt.

»Warum denn einen rosa Frosch?«, nuschelte Yada mit dem Gummiring zwischen den Zähnen.

»Mir war danach.«

»Für Toni bitte keinen Spinatsmoothie mehr!«, rief Yada zu Matti, der gerade eine Kiste voll Obst und Gemüse reinschleppte, das er mit einem Mixer zu Superfood, wie er es selbst nannte, verarbeiten wollte.

»Chia, Chia, Cha-Cha-Cha«, trällerte Shen und wackelte mit dem Po, während er auf einem Barhocker stand, eine hellblaue Wimpelkette in der Hand.

Toni prustete los, selbst Yada fand ein Lächeln. Ohne ihre Freunde hätte sie sich mit Selbstzweifeln zerfleischt, in Mitleid ertränkt oder wäre in Tränen zerflossen. Sie machte einen Knoten in die Öffnung und betrachtete die pinkfarbene Kröte von allen Seiten. Weniger als zwanzig Stunden bis zur Eröffnung, und ihr Froschkönig war noch nicht aufgetaucht.

»Meinst du, ich brauche Gummistiefel?«, raunte Toni ihr ins Ohr, als sie Yada den Luftballon abnahm.

Yada runzelte die Stirn. »Es ist sonnig und trocken und in Berlin alles asphaltiert, also ich weiß nicht.«

»Mann, bist du neben der Spur.« Toni lupfte eine Augenbraue, bei Yada klingelte nichts. »Na, für das Gemüseanbauworkshopgärtnerndings.«

»Alle antreten, Einkäufe schleppen!«, rief Matti, bevor Yada etwas antworten konnte. »Shen, fang!« Er warf ihm eine Tüte zu, die Shen trotz wagemutigen Sprungs vom Hocker verfehlte.

»Uh, was für eine enttäuschende Leistung.« Toni hätte Sportreporter werden können, jedenfalls traf sie die Tonlage perfekt.

»Toni-bao, ich hab hier was für dich«, säuselte Shen statt eines Konters und raschelte mit der Plastiktüte, die er vom Boden aufgehoben hatte. Sein Lächeln war verschlagen.

Sofort kam Toni die Leiter herunter, schnell, geschmeidig, lauernd, wie eine Wildkatze kurz vor dem Angriff.

»Dein Fuß, Prinzessin.« Shen kniete sich vor sie hin.

»Und wenn ich *Nein* sage?«

»Sei kein Frosch.«

»Lieber Frosch als Prinzessin.«

»Na gut.« Shen packte Tonis Sprunggelenk so abrupt, dass sie strauchelte. Noch bevor sie das Gleichgewicht vollkommen wiedererlangen konnte, hatte er ihr den Sneaker ausgezogen und einen Gummistiefel übergestülpt. Rot mit weißen Punkten. Yada konnte sich ein Lächeln nicht verkneifen, *wirklich süß*.

»Niemals«, motzte Toni, aber Yada konnte die Freude in ihren Augen erkennen.

»Wegen der Arbeitssicherheit«, beteuerte Shen und rieb bedeutungsschwer sein Kinn.

»Arbeitssicherheit, soso.« Toni ging einen Schritt und noch einen, drehte den Stiefel von rechts nach links. »Na ja, okay.« Sie nickte grimmig, doch als sie den zweiten Stiefel aus der Tüte zog, sah Yada sie lächeln.

»Huhu, hilft mir jetzt mal jemand?«, meldete sich Matti, der einen Turm Eierstiegen in die Küche balancierte.

»Bin schon da!«, rief Shen. Toni folgte ihm in weiß gepunkteten Gummistiefeln. *Märchen werden also doch wahr,* dachte Yada bittersüß. Nur bekam eben nicht jedes Mädchen seinen Prinzen.

»Hey du …« Nach der Hoffnung starb die Wut, erster Schorf über der Wunde, brüchig noch, aber bald stabil genug, um seine Nummer endgültig zu löschen.

»Irgendwas fehlt noch.« Shen leckte den Zeigefinger ab. Um ihn herum herrschte kreatives Chaos, das er seit den frühen Morgenstunden neben allerlei köstlichen Aufstrichen produzierte. In großen und kleinen Schüsseln warteten Pistaziencreme mit weißer Schokolade, Erdbeersahne, Holunderblütengelee und Limettenhonig darauf, die Gäste zum Schmelzen zu bringen.

»Pfeffer?« Yada schob Orangenschalen und Nussreste in den Biomüll und legte Shens Notizbuch, in dem er seine Patentrezepte verwahrte, an einen sauberen Platz. *Salz, wie Pfeffer, nur anders,* war der Titel. Hinter dem grauen Einband warteten Stachelbeer-Chutneys, Rosenblüten-Konfitüren und Löwenzahn-Senf auf den großen Durchbruch. Genussinnovationen, jede genau protokolliert, analysiert, variiert. Das Cover des Kochbuchs hatte Yada gestaltet: Kleine Suppentrolle mit großen Holzlöffeln in Schwarz-Weiß erklommen einen Topf mit Räuberleiter, Seilen, Stabhochsprung.

»Ja, vielleicht.« Shens Hand schwebte über der Pfeffermühle.

»Es sollte ein Scherz sein.« Yada schlug das sechste Ei in die Rührschüssel, Nachschub für die Crêpes-Platte. Zehn Liter Teig neigten sich bereits dem Ende zu, und es war noch nicht mal zwei Uhr. Die Mensen von Humboldt, Freier Universität und Charité konnten für heute dichtmachen, die Werbetrommel hatte, so schien es, alle jungen Leute der Stadt ins *Sourire* gelockt. Gestern Abend hatte Toni ein Telefonat nach dem anderen geführt, keines länger als drei Minuten, sie konnte mit wenigen Worten jeden, und zwar die Richtigen, von allem überzeugen.

»Was ist das, kann ich mal kosten?« Matti holte Spinat und Himbeeren aus dem Eisfach.

»Eine Vanillecreme, und nein, es fehlt noch was.«

»Och.« – »Ach!« Matti und Toni gaben sich die Klinke in die Hand, einer rein, einer raus, aber mit der gleichen Eile.

»So, Mister Gourmetforscher.« Toni nahm Shen den Löffel aus der Hand. »Morgen kannst du wieder an deinen Fünf-Sterne-Experimentierkasten. Jetzt schenkst du Getränke aus, sonst brennt gleich die Hütte.«

»Aber das ist *die* Gelegenheit, um Vanella zu testen«, beschwerte sich Shen. »Kritische Intellektuelle, die Fragebogen und Wissenschaft am eigenen Körper gewohnt sind.«

»Hungrige, Ketchup auf Toast essende Studenten sind wohl kaum eine repräsentative Stichprobe.« Toni leckte den Löffel ab. »Hm, schmeckt.«

»Aber irgendwas fehlt«, sagte Shen und runzelte unzufrieden die Stirn.

»Egal, das kommt jetzt alles raus, ab, aufs Büfett.« Toni stapelte die Schüsseln auf ein Tablett.

»Halt, stopp! Namensschildchen und Feedback.« Shen steckte in jeden Aufstrich ein Fähnchen, daneben einen Stapel mit Zetteln, Yada erkannte eine Skala von eins bis zehn.

»Du machst mich schwach«, stöhnte Toni.

»Das will ich doch sehr hoffen«, grinste Shen.

»Antonia Miller?« Ein gelber DHL-Mann stand plötzlich in der Küche.

»Bitte?« Shen trat ihm entgegen, die Arme verschränkt. »Sie dürfen hier nicht einfach …«

»Endlich.« Toni drängte sich an Shen vorbei.

»Hier werden Lebensmittel verarbeitet, da kann man nicht einfach so hereinspazieren«, beschwerte sich Shen.

»Nicht mein Fehler, das war als Wunschort angegeben.«

»Die Küche?« Shen schüttelte fassungslos den Kopf.

»Wo sonst«, sagte Toni, kritzelte etwas Unleserliches auf das Eingabefeld des Scanners und schnappte sich das Paket. »Wir wohnen doch seit ein paar Tagen quasi hier.«

»Grhm«, grummelte Shen, eine Mischung aus touché und trotzdem.

»Ciao«, rief der DHL-Mann und eilte weiter.

»Bye«, trällerte Toni gut gelaunt, öffnete den Karton und ließ ihn achtlos auf den Boden fallen, nachdem sie etwas herausgezogen hatte. »Arbeitssicherheit!«, sagte sie mit tiefer Stimme, während sie Shen einen Strohhut aufsetzte. Dabei grinste sie unverhohlen.

Yada unterdrückte ein Lachen, Shen jedoch strahlte Toni glücklich an, packte sie an den Schultern und küsste sie auf den Mund. »Danke, mein kleines Radieschen.« Dann rückte er den Hut zurecht, nahm das Tablett mit den Aufstrichen und rauschte durch die Tür.

»Er wird ihn doch nicht ernsthaft *jetzt* tragen?«, keuchte Toni entsetzt.

»Den ganzen Abend, Tag und Nacht«, nahm Yada ihr jede Hoffnung. Toni würde sich daran gewöhnen müssen, dass Shen verrückt war, unglaublich verrückt, nach ihr.

Yada drückte ihr einen Teller mit einem Pfannkuchenberg in die Hand, Toni seufzte, murmelte irgendwas, das wie *Radieschen* klang, und trottete in den Gastraum.

Yada schaltete den Rührer ein und trank einen Schluck Kaffee, die nächsten Stunden würden hart werden.

Und das wurden sie. Die Pfannkuchenparty lief mehr als gut, auf Yadas Wangen brannte die Hitze der Platten, an ihrer Stirn klebte Teig, sie sollte sich über den Erfolg freuen und war doch unglücklich. Tapfer backte sie Herzen und Smileys, lächeln konnte sie nicht.

»Hey …« Der letzte Versuch, er ging nicht ran, Yada legte das Smartphone auf das Regal schräg über ihr und biss die Enttäuschung weg.

»Hey.« Plötzlich stand er in der Tür. Sein Lächeln

strahlend, wie in der U-Bahn, vorgestern. Er schob sich die Wollmütze aus der Stirn.

»Hey zurück.« Ein kleines Lächeln dehnte Yadas Lippen, die sich vom vielen Zusammenpressen ganz steif anfühlten.

»Wir brauchen mehr Herzen!« Das war Matti, er klang panisch.

»Okay«, sagte Yada betont heiter und dachte: *Oh mein Gott.*

»Kann ich dir helfen?«, fragte der Hey-Junge und krempelte sich schon die Ärmel hoch.

»Ich, also …« Yada seufzte, für höfliches Ablehnen war jetzt nicht die Zeit. Siebzehn Uhr, der Nacken verspannt, das T-Shirt verschwitzt, der erste Ansturm vorüber, trotzdem alle Stühle besetzt, jedes Plätzchen innen, außen, im Fensterbrett, auf dem Gehweg, bis zur Litfaßsäule belegt. »Ja, gern.«

»Cool«, grinste der Hey-Junge und wusch sich die Hände. Yada befüllte eine weitere Spritzflasche mit Teig.

»Zuerst die Konturen«, instruierte sie ihn und zog die Bogen eines Herzens nach. »Du musst schnell sein.«

»Klar.«

»Dann ausfüllen.«

Der Hey-Junge konnte das, er hieß Jakob, studierte Altertumswissenschaften im dritten Semester und zeichnete Comics seit dem Kindergarten. Bald stapelten sich Pfannkuchenherzen auf schiefen Türmen, Mattis Nerven entspannten sich, und Yada gewann die Freude zurück.

»Pass mal auf«, sagte Jakob irgendwann, als die hungrigen Mäuler langsam gestopft waren und etwas Ruhe in der Küche einkehrte. Mit wenigen Strichen skizzierte er ein Strubbelmonster, das freundlich grinste.

Yada malte eine Schnecke mit drei Stielaugen, Jakob eine Ratte mit Raffzahn.

»Jetzt ich.« Yada musste allein bei dem Gedanken an die verrückte Fledermaus, die sie als Nächstes backen würde, grinsen. Gerade setzte sie an, da stach ein hochfrequentes Kreischen in ihr Ohr, elektrisierte ihr Rückenmark hinunter bis in den großen Zeh.

»Ohmeingott, ohmeingottohmeingott!« Vicky sprach so schnell, dass man mehr erahnte als verstand, was sie sagte.

»Vicky!« Yada stürmte aus der Küche.

»Marie, Yada, Yada-Marie, oh mein Gott.« Sie umarmten sich. Vickys Atem ging doppelt so schnell wie ihrer, das konnte Yada unter den Fingerspitzen fühlen. »Mein Gott.« Ihre Freundin löste sich von ihr und drehte sich langsam um die eigene Achse, als wollte sie jedes Detail scannen, es in sich aufsaugen und für immer bewahren. »Dieser Kronleuchter!«

»Nice!« Ben tauchte hinter Vicky auf, ließ den Seesack fallen und gab Yada einen Kuss auf die Wange.

»Wie war eure Tour?«

»Gigantisch«, schwärmte Ben. »Das Wetter war auf unserer Seite, das Meer azurblau, die Steilküste atemberaubend, die Bohnensuppe auch.« Er kniff sich übertrieben in die Nase, Yada gluckste. Es war so schön, dass Vicky und Ben wieder da waren. Sie fühlte sich plötzlich leicht, beschwingt, zum Fliegen reichte es jedoch nicht. Dafür fehlte etwas, nein, einer. Unauffällig überflog sie das vollbesetzte Café, entdeckte drei dunkelblonde Strubbelköpfe, einer davon trug eine runde Kunststoffbrille, aber auf der falschen Nase. Yada presste die Lippen zusammen, zwang sie zu einem Lächeln, nachher war immer noch genug Zeit, um zerquetschte Herzen vom Boden abzukratzen, auch ihr eigenes.

»Mein Gott«, sagte Vicky wieder, blinzelte, berührte behutsam eine Klammer, kniff sich aber nicht selbst. Shen drückte ihr ein Glas Weißwein in die Hand, nickte Ben zu und hastete wieder an die Bar, die jetzt auf Hochtouren lief. »Ich, es …« Vickys Stimme versagte, ihr Kinn zitterte, sie nahm einen großen Schluck. Dann liefen die Tränen. »Merci.« Sie fiel Yada um den Hals, kalter Wein schwappte auf ihren Rücken.

»Hey!« Jeansblaue Wollmütze rechts von ihr.

»Jakob, mein Bester.« Ben schlug in Jakobs ausgestreckte Hand.

»Ihr kennt euch?« Yada konnte es nicht glauben, obwohl sie mittlerweile wissen sollte, dass in dieser Stadt wohl alles möglich war.

»Berlin is'n Dorf.« Jakob grinste, Yada grinste mit, diesmal breit. Der Abend konnte doch noch schön werden. Alle waren zusammen, eine große Familie, und Luuk würde bestimmt auch irgendwann auftauchen.

»Gott, ich *liebe* dieses Reh.« Vicky hatte die Etagere, auf der ein goldener Hirsch röhrte, vom Tresen geholt und bot Ben, Jakob und Yada Pralinen an, die Matti am Morgen darauf gestapelt und bestimmt schon zehnmal wieder aufgefüllt hatte.

»Reh?« Jakob berührte die spitzen Enden des prächtigen Hirschgeweihs.

»Stadtkind«, kommentierte Ben Jakobs belustigten Blick und schob sich einen Würfel Schichtnougat in den Mund.

»Ist doch egal«, winkte Vicky ab. »Jedenfalls, der Elch ist fantastisch.«

Yada machte einen kleinen Freudentanz, zum Glück hatte sie sich gegen Luuks Spott durchgesetzt. »Pah, von wegen Jagdschlösschen«, sagte sie zufrieden. Und da war es wieder, dieses Gefühl, in die Leere zu greifen. Luuk fehlte, wie ein amputierter Arm, den man bis in die Fingerspitzen spüren konnte, obgleich er längst verloren war.

»Haha, das klingt nach Luuk.« Ben grinste und schnappte sich eine weiße Zuckerkugel. »Mmh.«

»Wo ist er überhaupt?« Vicky hielt die Etagere aus Bens Reichweite.

»Bei Tessa.« Ben schnaubte. »Die hat ihn wieder voll im Griff.«

Die letzte Hoffnung erlosch zischend, eiskalt wurde es. »Du hast mit ihm gesprochen?«, fragte Yada tonlos.

»Telefoniert, gestern Mittag.«

»Wir brauchen noch Pfannkuchen«, rief Matti Yada im Vorbeigehen zu. Die sah ihm nach, blicklos, das Blut quälte sich zähflüssig durch ihre Adern, gleich würde es gefrieren.

»Ich mach das schon«, übernahm Jakob und zog sich in die Küche zurück.

»Und da kann er nicht mal für einen Tag herkommen?«, empörte sich Vicky. »Lässt Yada hier allein, toll.« Sie schüttelte den Kopf.

»Na ja, er muss sich jetzt halt *kümmern.*« Ben machte eine Geste mit der rechten Hand, eine Halbkugel, da wo sein Bauch war.

»Nein.« Vicky ließ die Etagere sinken, Yada starrte auf den Fleck, wo Ben gerade einen Dickbauch gezeichnet hatte.

»Doch.« Ben angelte sich eine Trüffel. »Obwohl ich nicht glaube, dass das Baby von ihm ist.«

Dass das Baby von ihm ist, das Baby von ihm, das Baby, vibrierte es durch jede Nervenwurzel, sprengte die letzte Abwehr, drang in jede Zelle, bis auf den Grund ihrer Seele. Der Dolch war klein, wie geschaffen für eine Kinderhand, es trug einen himmelblauen Strampler und zerfetzte ihr das Herz.

Kapitel 20

»Sie haben – *eine* – neue Nachricht. *Erste* neue Nachricht: ›Hallo, Yada, hier Vicky. Heute ist der zwanzigste Oktober, in exakt zehn, nein, elf Tagen ist Halloween, *uuund*: Es gibt eine Gruselparty, hier, bei mir, im *Sourire*, für dich, mich, alle, die mir in diesem Sommer geholfen haben und deren Freunde, Freundesfreunde, Tanten, Patenkinder, Haustiere, bring einfach jeden mit, der dir über den Weg läuft. Du kommst doch, ja? Wir vermissen dich. Ruf mich an. Kuss, Kuss.‹« *Klick*, dann wieder die Robotorstimme. »Wenn Sie die Nachricht noch einmal hören möchten, drücken Sie die *Eins*, zum Löschen die *Zwei*.«

»Zwei«, flüsterte Yada in die dunkle Küche, obwohl sie Vicky zu gern wiedergesehen hätte. Aber der Schnitt in ihrem Brustkorb war noch nicht verheilt, im *Sourire* steckten so viele Erinnerungen, an ihn, jede konnte die Wunde wieder aufreißen, der Schorf war immer noch brüchig, auch nach zwei Monaten. Damals hatte sie die Pfannkuchenparty verlassen, sobald ihr die Beine wieder gehorchten. Noch in derselben Nacht war sie abgereist. Neun Stunden hatte die Fahrt gedauert, Yada hatte kaum etwas davon mitbekommen. Nur dass alles dunkel und grau gewesen war, selbst als die Sonne wieder aufgegangen und sie in Rheine aus dem Zug gestiegen war.

»Tut mir leid, Vicky.« Sie drückte die Zwei, die sie an einen traurigen Schwan erinnerte.

»Sie haben – *keine* – weiteren Nachrichten.«

Erleichtert darüber, sich selbst beschützt zu haben, und doch unzufrieden, weil weglaufen und verstecken nichts war, worauf man stolz sein konnte, öffnete sie den Kühlschrank und goss Milch in ein Glas. Weich und kühl rann die schneeweiße Flüssigkeit ihre Kehle hinunter, löste den Knoten darin langsam auf. Yada atmete tief durch, stellte die Flasche zurück in ihr Fach, schubste die Tür an, hörte den dumpfen Aufprall und das leise Klirren von Ketchup gegen Milch und Saft.

»Flap, flap«, machte ihre geliebte FlipClock im Kochbuchregal. Eine eckige drei und zwei Nullen schimmerten im fahlen Mondlicht, das durch die Sprossenfenster schien. Schlafen, das wäre toll, sogar wichtig, darauf warten war eine Qual. Wie so oft in den vergangenen Wochen war sie hundemüde, jedoch wach genug, dass ihre Gedanken auf Wanderschaft gehen konnten. Und egal, wie sehr sie sich dagegen wehrte, sie landeten immer in Berlin.

Sie blähte die Wangen. Nur noch fünf Stunden, dann wäre der Hof voll. Mela, Shen, Toni, Ben, Jakob, alle würden hier sein, um die Solaranlage zu installieren. Zwei Module, fünfhundert Watt, Plug & Play, ihr Geschenk zum Einzug. Yada tapste durch die Schatten der Nacht zu ihrem Schreibtisch, an dem sie jeden Umbau, von der Wandfarbe bis zu den Mosaikfliesen, plante.

Gerade entwarf sie ein Regal aus Birkenstämmen und Fichtenbrettern. Sie setzte sich auf ihren Drehstuhl, ein etwas steifer Zeitgenosse aus hellem Holz, den sie auf einem Trödelmarkt entdeckt hatte. Yada hatte sich sofort in ihn verliebt, und mittlerweile waren sie unzertrennlich, auch weil Yada ihren Schmerz in Arbeitswut ertränkte. Sie strich über den kühlen Metallfuß der Tischleuchte, die Frau Riemlang nicht mehr haben wollte, »das alte Ding«, hatte sie gesagt und den Kopf geschüttelt, als Yada den Glasschirm mit Zeitungspapier polsterte. Wenn sie sie jetzt anschaltete, würde sie kein Auge mehr zumachen. Licht war Benzin im Feuer ihrer Schlaflosigkeit.

Rums! Scheppern, Klirren, etwas ging zu Bruch, draußen. Yada schrak zusammen. Ihr Herz pochte bis zum Hals. Seit neun Wochen wohnte sie schon hier, in den Elfenwiesen, hatte sich mittlerweile an abendliche Igelbesuche und die schwarze Katze, an das Knacken der alten Holzbalken, das überlaut in die nächtliche Stille hallte, und das Schreien des Käuzchens gewöhnt. Aber das war neu, anders, größer, *unheimlich*.

Yada stand auf, *autsch,* sie rieb sich die Fußsohle. Hammer auf dem Boden liegen gelassen, selbst schuld. Wieder polterte es, Yada ging auf die Knie, tastete nach dem Werkzeug und krabbelte unter den Tisch, ein Schwergewicht aus Eiche.

»Poch, poch.« War das ihr Puls, oder klopfte es an der Tür?

»Yada? Hallo!«

»Shen?«

»Ja«, klang es gedämpft von der Terrasse. »Mach doch auf.«

»Verflucht noch eins.« Yada tastete sich zum Lichtschalter vor, taghell, also kein Schlaf mehr. Sie stapfte, extralaut, extra zornig, riss die Tür auf und funkelte Shen an.

»Warum rufst du nicht an, ich hätte dich beinahe mit dem Hammer erschlagen«, polterte sie. »Wenn ich nicht vorher fast einem Herzstillstand erlegen wäre.«

»Sorry, Yada.« Shen hielt die Scherben eines Tontopfs in die Höhe und zog eine entschuldigende Grimasse.

»Hm«, grummelte Yada, nicht wegen der Pflanzschale, und umarmte ihren Freund. »Komm rein.«

Shen schlüpfte aus seinen Turnschuhen, die über und über mit Schlamm beschmiert waren. »Zu Weihnachten wünsche ich mir Gummistiefel.«

»Du musst seitlich an den Pfützen vorbei«, gähnte Yada und streckte sich. Seit einer Woche regnete es ununterbrochen, und die einzige Zufahrt zum Haus hatte sich in eine Sumpflandschaft verwandelt.

»Welches seitlich?«, knurrte Shen. »Rechts, links, Mitte, alles Matsch.«

»Warum bist du eigentlich jetzt schon hier?« Er war sicher nicht eine Stunde durch die Nacht geradelt, um über infrastrukturelle Schwachpunkte ihres Grundstücks zu diskutieren.

»Ich wollte mit dir frühstücken.« Er holte ein Toastbrot aus dem Rucksack.

»Um drei Uhr nachts!«

»Genau, ein frühes Frühstück.«

Yada fixierte ungläubig das Brot, ihren Freund und wieder das Brot. Dann fiel der Groschen. »Du hast es geschafft!«, jubelte sie und fiel ihm um den Hals.

»Tada«, machte Shen, als sie ihn freigab, und reichte ihr ein Glas mit einer hellen Creme. »Darf ich vorstellen: Buttermandel-Krokant, das Rezept meines Erfolges.«

»Mit oder ohne Pfeffer?« Yada betrachtete Shens neueste Kreation von allen Seiten.

»Das bleibt geheim.« Shen angelte zwei Toastscheiben aus der Tüte. »Manella, das neue Nutella, Ferrero kann einpacken. Vergiss die Gummistiefel, demnächst nehme ich den Hubschrauber.«

»Ich mache erst mal Kaffee, damit du wieder aufwachst«, lachte Yada. Shens Glück war ansteckend, und zum ersten Mal seit dem Sommer fühlte sich ihr Lachen echt an.

»Weiß Toni es schon?« Yada löffelte das dunkelbraune Pulver in die French Press.

»Ich überrasche sie nachher gleich«, sagte er mit einem Blick auf seine Armbanduhr.

»Und was soll ich bis dahin machen?«

»Du musst einen Berg Toast knabbern und dabei entzückt schmatzen«, grinste Shen und tauchte ein Messer in die Creme. »Manella wird unser Weltbild verändern. Gegenwart und Zukunft, Olymp und Hades, ich werde jeden und alles versüßen«, schwelgte er in seinen Träumen. »Apropos Unterwelt, du kommst doch zu Vickys Party?«

Yada presste die Lippen fest aufeinander, bevor ihr ein unbedachtes *Ja* herausrutschen konnte, und schüttelte den Kopf.

»Bitte«, flehte ihr Freund. »Tu es für Mel, bestimmt traut sie sich nicht ohne dich. Und ehrlich, es ist kaum noch auszuhalten, *Matti hier, Matti da*«, trällerte er mit hoher Stimme und machte alberne Flatterbewegungen mit den Armen.

Yada schnaubte angesichts der haarsträubenden Argumentation. Mela war in den vergangenen Wochen mehrmals in Berlin gewesen. Mit Matti auf dem Fernsehturm, mit Matti im Pergamonmuseum, mit Matti im Freilichtkino, die Liste war lang.

»Zu viel zu tun, sorry.« Sie deutete mit dem Daumen über ihre Schulter, zur Terrassentür, dort, wo im Dunkeln der Garten lag.

»Therapeutisches Laubharken, verstehe.«

»Manella braucht eine Webpage, oder?«, wich Yada aus und goss heißes Wasser auf das Kaffeepulver.

»Hm, ja, nicht sofort. Nun, ich weiß noch nicht, wie, und ob mit nur einem Produkt, vielleicht brauche ich doch einen Partner, also hm …« Shen rieb sich das Kinn, in Gedanken wieder bei Manella, die Ablenkung war geglückt.

Yada rührte den Kaffeeaufguss, bevor sie das Sieb langsam herunterdrückte. Der schwarze Strudel erinnerte sie an das Loch, in das sie kurz nach ihrer Rückkehr gefallen war. Alles hatte sich damals tot und leer angefühlt. Um nicht von der Dunkelheit aufgefressen zu werden, hatte sie gezeichnet. Jeden Tag bis spät in die Nacht. Zwanzig Bilder waren in dieser Zeit entstanden, die letzten sogar in Farbe. Kurz darauf hatte sie eine kleine Einweihungsparty geschmissen. Stockbrot und Bratwurst für alle, die ihr beim Umzug in die Elfenwiesen geholfen hatten. Hanno war auch gekommen. Mit Ella, einundzwanzig, blond, süße Stupsnase, braune Rehaugen und sehr sportlich. Yada fand sie nett, Mela bewunderte ihre Locken, und Shen unterhielt sich entschieden zu lange mit ihr, jedenfalls für Tonis Geschmack.

Ella hingegen betrachtete Yada mit Argwohn, ohne Grund, aber nicht ganz zu Unrecht. Denn Hanno und Yada verstanden sich prima, besser als je zuvor. Er hatte ihr beim Umbau des Hauswirtschaftsraums in ein winziges Atelier geholfen und sie dabei so lange bearbeitet, bis sie seinem Vorschlag für eine Online-Galerie zugestimmt hatte. Zwei Bilder hatte sie schon verkauft und damit ein neues Waschbecken inklusive Armatur finanziert. Als guter Freund war Hanno unbezahlbar.

»Mund auf, Augen zu.« Der Prototyp von Shens Manella schwebte vor ihrer Nase.

»Hmmyummy«, schmatzte Yada, nachdem sie einen großen Happen genommen hatte. Zartes Mandelaroma mischte sich mit feinem Karamell und einer Spur Salz.

»Hmmyummy wäre auch ein cooler Name, smarter als Manella«, überlegte Shen und ließ seine Hälfte des Toasts mit nur zwei Bissen verschwinden.

»Göttlich.« Yada leckte ihren Zeigefinger ab.

»Dazu bio, vegan, klimaneutral.« Ihr Freund nahm einen großen Schluck Kaffee.

»Auf Crêpe bestimmt …« Yada brach mitten im Satz ab. Pfannkuchen gehörten seit ihrer Abreise aus Berlin zu den verbotenen Speisen. Allein der Geruch ließ ihren Magen zusammenkrampfen. Jede Erinnerung an Luuk schmerzte, Yada fragte sich, wann es wohl endlich besser werden würde. Sie rieb sich die Stirn, wünschte sich so sehr, dass Luuk endgültig aus ihrem Kopf und ihrem Herzen verschwand, aber seine Spuren wuschen sich nur langsam aus, Welle um Welle, Tag für Tag. Trotzdem, irgendwann, das sagte sie sich immer wieder, würde sie das Leben wieder umspülen.

»Nimm für Vicky ein Glas mit.«

»Bis zur Halloween-Party schaffe ich sicher zwanzig, dreißig Gläser.« Shen schob ein Brettchen mit Toastdreiecken zu Yada rüber. Trotz des herrlich süßen Duftes war ihr plötzlich übel. Alle würden dort sein. Und jeder, natürlich auch Mela, würde sie in den kommenden Tagen bitten zu kommen. Das *Sourire* war mittlerweile Stammcafé, großes Wohnzimmer, zweite Heimat für ihre Freunde. Nur sie gehörte nicht mehr dazu.

»Wie lange willst du dich eigentlich noch hier verstecken?« Shen knabberte an dem gerösteten Rand.

Und schon geht es los. Yada stöhnte.

»Wir alle vermissen dich. Matti versalzt vor lauter Trauer ständig den Tofu.«

Heimweh zerrte plötzlich an ihr, Yada stemmte sich dagegen. »Ich war doch erst in Berlin«, verteidigte sie sich, halbherzig, wohl wissend, dass das ewig her war und irgendwie nicht zählte. Ben und Jakob hatten einen Zeichenwettbewerb in einer alten Turnhalle organisiert, sie tagelang terrorisiert und irgendwann weichgeklopft. Sie würden auf den Kosten für die Location sitzen bleiben, hatten sie behauptet. Dass es sich um ein Gebäude kurz vor dem Abriss handelte, hatte Yada erst erfahren, als sie vor dem Bauzaun stand, fünfzehn Minuten vor Anpfiff. Aber als sie an dem historischen Overheadprojektor gestanden hatte, war jeder Unmut vergessen. Es war ein Riesenspaß gewesen. Den ganzen Abend und die halbe Nacht hatte sie gezeichnet, allein oder im Team, gelacht, gescherzt, gelebt. Dann war die Polizei aufgetaucht, und Yada hatte laufen müssen, mit Jakob an der Hand, bis sie keine Luft mehr bekommen hatte. Um das *Sourire* hatte sie einen großen Bogen gemacht.

Danach hatte Jakob sie angerufen, einmal, zweimal, oft. Sie hatte ihm ein paar Bilder geschickt, er hatte zurückgeschrieben, dann hatte er die Idee gehabt, daraus etwas Gemeinsames zu machen. Ein Projekt, »das die Welt bunter macht«, hatte er mit einem Lachen gemeint. *Meine Gedanken auf deiner Straße*, hieß es, dafür hatten sie schon verlorene Träume, leuchtende Hoffnung und grauen Alltag auf Asphalt und an Häuserwände gemalt, Yada in Rheine, Jakob in Berlin. Und Henna, eine supernette Fotografin, die einmal im Monat zum Spitzenschneiden kam, hatte Yadas Zeichnungen abgelichtet. So brillant, dass sie fast schöner aussahen als in der Realität. Jakob schrieb ganz wunderbare Texte dazu, die er Yada am Telefon vorlas. Stundenlang hatten sie über eine Storyline und dies und das gequatscht, es machte Spaß, tat gut, lenkte ab. Egal, was daraus werden mochte.

»Luuk wird nicht da sein«, griff Shen das Halloween-Thema wieder auf. Yadas Herz setzte einen Schlag aus und noch einen, allein sein Name, laut ausgesprochen, vermochte das.

»Na und«, sagte sie, sorgsam darauf bedacht, desinteressiert zu klingen.

»Er ist in New York, Auslandssemester.«

Yadas Kopf ruckte, *so weit weg*, vielleicht war es weit genug, dass sie sich wieder ins *Sourire* traute.

»Und Vicky würde sich mega freuen. Sie erzählt andauernd, wie viel sie dir zu verdanken hat.«

Yada nickte, Vicky hatte sie oft gebeten zu kommen. Sehnsucht brannte plötzlich in Yadas Augenwinkeln, schnell drückte sie sie mit Daumen und Zeigefinger weg.

»Ich denke drüber nach«, sagte sie erstickt.

Eine kurze Stille, das Klirren von Metall an Porzellan, als Shen seinen Kaffee umrührte, dann klopfte es an das Küchenfenster, laut, dringlich, *Toni*.

»Leute, wir haben ein Problem!« Toni knallte die Tür hinter sich zu, Regen tropfte von ihrem Friesennerz.

»Du bist aber früh!« Shen küsste sie auf den Mund.

»Vielleicht auch zu spät«, brummte Toni und schlüpfte aus ihren gepunkteten Gummistiefeln. »Habt ihr euch mal den Modderweg angesehen?«

»Fast wären meine neuen Sneakers dem Sumpf des Grauens zum Opfer gefallen.« Shen schmierte zwei weitere Scheiben.

»Jetzt entspannt euch mal«, brummte Yada gereizt. Normalerweise störten sie die dauernden Neckereien, die die Elfenwiesen an den Rand der Zivilisation drängten, nicht mehr. Shen nannte sie oft Robinson, und Mela hatte neulich *Hänsel und Gretel* gesummt, als sie zu ihr gekommen war. Aber jetzt, mitten in der Nacht … »Bitte, Leute, das muss doch nicht sein!«

»Yada, mir geht es nicht um irgendwelche Schönheitsfehler.« Toni hatte sich einen Pott Kaffee eingeschenkt. »Die Spedition wird in dem Matsch stecken bleiben. Das ist das Problem!«

»Scheiße.« Daran hatte sie keinen Gedanken verschwendet. »Scheiße, Scheiße, Scheiße.«

»Und wenn wir irgendwie am Rand, so vorbei …« Shen machte eine Armbewegung, die eher an Breakdance als an einen konstruktiven Lösungsvorschlag erinnerte.

»Meinst du einfach *seitlich*?« Yada sah Shen auffordernd an, den Kopf leicht schief gelegt.

Toni zog nur eine Augenbraue hoch und schlürfte an ihrem Kaffee. »Kein Rand, kein seitlich, ich bin mit dem Clio gerade mal zwei Meter weit gekommen.«

Yada unterdrückte aufkeimende Panik und einen hysterischen Lachanfall gleichzeitig.

»Wir müssen was in die Pfützen kippen, vielleicht Sand, Schutt oder Kies«, überlegte Shen laut.

»Stroh, ich habe Strohballen in der Scheune!« Yada sprang auf.

Toni nickte, stellte ihren Becher ab und zog sich den quietschgelben Mantel wieder über.

»Muss das jetzt gleich sein?«, maulte Shen mit einem klammen Blick auf das regennasse Fenster, hinter dem nichts als schwarze Nacht zu sehen war.

»Nein.« Toni stülpte ihm eine Stirnlampe über den Kopf. »Sofort.«

Drei Stunden später war die Sonne immer noch nicht aufgegangen, aber fünfhundert Meter Feldweg waren mit hellgelbem Stroh ausgepolstert.

»Ich kann nicht glauben, dass der Arbeitseinsatz jetzt erst beginnt«, stöhnte Shen und drückte sein Kreuz durch.

»Zumindest kann er jetzt stattfinden.« Toni klopfte sich ein paar Halme von der Hose.

»Aber erst in einer Stunde«, frohlockte Shen. »Kommst du mit unter die Dusche?« Er umschlang Tonis Taille von hinten.

»Ich muss noch ein paar Mails beantworten.« Toni zwickte ihn so, dass er sie sofort losließ. Mit einem missmutigen Brummen verschwand er im Bad. Toni warf ihm grinsend einen Luftkuss hinterher und setzte sich dann an den Küchentisch, nur um sofort hinter ihrem Smartphone zu verschwinden. Seit sie das Praktikum bei einer großen Unternehmensberatung angetreten hatte – »Der Traumjob überhaupt«, wie sie immer wieder betonte –, lief sie auf Hochtouren, rund um die Uhr, oft auch am Wochenende. Ihr Tag schien mehr Stunden zu haben als die klassischen vierundzwanzig, war vollgepackt mit Problemen, die es zu lösen galt, Krisenmeetings, komplexen Rechenmodellen, Trainings – Toni konnte nicht genug davon bekommen.

Yada brühte frischen Kaffee auf, stellte ihrer Freundin wortlos eine Tasse hin und machte sich daran, die

Thermoskannen zu füllen. Am liebsten hätte sie sich jetzt in ihr federweiches Bett gekuschelt, aber dann würde sie heute nicht mehr aufstehen. Stattdessen schmierte sie Brote mit Butter, Käse, Salami und, natürlich, Manella und backte, um nicht einzuschlafen, noch ein Blech Cookies. Shen tapste irgendwann durch die Küche, schnappte sich eines der Brote und verschwand dann auf dem Sofa, wo er mit halbem Auge verfolgte, wie Jerry Tom in eine Falle lockte.

»So, fertig«, sagte Toni auf einmal, draußen war es schon hell. Sie schaltete ihr Smartphone aus und trank den mittlerweile sicher kalten Kaffee in einem Zug. Im gleichen Augenblick hupte es, kurz darauf stand Ben in der Tür, mit einem breiten Grinsen, weiße Zähne in seinem schokoladenbraunen Gesicht, und die Sonne ging in der grauen Herbstdämmerung auf.

»Ben!« Yada schlang die Arme um seinen Hals, er wirbelte sie herum.

»Zuckersüß, wie immer, und immer mehr. Ein Jammer, dass du nicht auf mich stehst.« Er seufzte theatralisch, bevor er sie losließ. In Wahrheit stand er auf Vicky, Yada hatte zwar keine Beweise, aber die Andeutungen, die aus Berlin zu ihr rüberschwappten, sprachen klar dafür. »Übrigens, geile Landebahn!«

»Und?« Toni sah ihn erwartungsvoll an, genauso wie Yada und Shen.

»Was?«

Toni schnalzte ungeduldig mit der Zunge. »Na, wie fährt es sich?«

»A eins, zwei, sieben, vierundzwanzig, dreißig,

scheißegal, nur Baustellen, voll Schrott.« Jakob war hinter Ben hereingekommen und stellte einen Kasten Berliner Weiße auf den Tisch.

»Die Strohpiste, Mann, sie meint den Sumpf, den wir die halbe Nacht trockengelegt haben«, rüffelte Shen. Seine Manella-Euphorie war beim Strohballenzerrupfen offensichtlich verdampft.

»Ach so, easy.« Ben zuckte mit den Schultern.

»Okay, gut«, sagte Toni, schnappte sich einen Keks vom Blech, gab ihn Shen und streichelte ihm kurz über den Rücken. »Dann wird die Spedition auch durchkommen.«

Und damit sollte sie recht behalten. Nur einen Pott Kaffee später, Ben schwärmte gerade von der Akustik in einem alten Hallenbad, rollte ein Kleinlaster auf den Hof. Yada quittierte den Empfang, die Palette mit den Solarmodulen wurde abgeladen, und sofort flammte eine hitzige Diskussion darüber auf, wo und wie sie installiert werden sollten. Yada seufzte und rieb sich die Schläfen, hinter denen die Müdigkeit dumpf pochte.

»Süden ist hier«, erklärte Shen gerade lautstark.

»Nein, dort«, korrigierte Jakob ihn.

»Stopp!« Toni hielt die Hand zwischen die beiden, den Blick auf ihr Smartphone gerichtet. »Süden ist da.«

Shen schnaubte und rempelte Jakob auf dem Weg zum Paket an, obgleich sie beide danebengelegen hatten. Der Schlafmangel schien die Nervenbahnen blank rasiert zu haben. Yada überlegte gerade, ob sie sofort Mittagsschlaf für alle anordnen sollte, da kam Mela gut gelaunt auf ihrer mintgrünen Vespa angerattert. Das Zwirbel blieb heute zu, dafür hatten sie beide in der vergangenen Woche Doppelschichten geschoben.

»Guten Morgen!«, trällerte sie und nahm ihren Helm ab.

Yada umarmte sie und linste dabei auf die Kastenform, die ihre Freundin umständlich auf den Motoroller geschnallt hatte. »Was ist das?«

»Soja-Möhren-Kuchen.« Mela grinste stolz. »Mit Naturreis, Buchweizen und Tofu.«

»Oh-aha.« Yada war sich nicht sicher, welche Wirkung diese Mischung im Team entfalten würde.

»Ein Rezept von Matti, wir haben gestern geskypt.« Jetzt kicherte sie.

»Und ihr habt euch nur über Tofu-Kuchen unterhalten?« Yada zwinkerte ihr zu, woraufhin ihre Freundin kirschrot wurde, vom Kinn bis zu den Ohrenspitzen.

»Wir lesen uns gegenseitig Bücher vor«, wisperte Mela so leise, dass Yada, die dicht vor ihr stand, es nur mit Mühe verstehen konnte.

»Ist *das* süß!« Yada schlug vor Entzücken die Hände vor den Mund.

»Und *so* spannend«, fügte Mela hinzu. Ihre Augen funkelten begeistert. »Letzte Woche, da ging es um so einen Typen, der wacht morgens auf und ist eine riesige Wanze, voll krass.«

»Gregor Samsa.«

»Genau die Story meine ich! Die ist genial, oder?«

Yada biss sich in die Wange, um nicht grinsen zu müssen. Mela war also Kafka-Fan geworden. »Was liest du ihm eigentlich vor?« Ein Bücherregal besaß ihre Freundin nicht, dafür Berge von Zeitschriften und DVDs.

»Harry Potter.« Mela schnallte den Kuchen ab. »Matti kennt das nicht, kannst du dir das vorstellen? Dabei ist das Weltliteratur.«

»Muss er nicht für seine Prüfung lernen?«

»Ja, die ist überübermorgen.«

»Oh Gott.«

»Das sagt Matti auch immer, aber er wird es schaffen, er ist ein ganz Schlauer.«

Yada hatte das Gefühl, Mela war bei den Worten zehn Zentimeter gewachsen. Ihre Freundin schien arg verliebt zu sein, sonst wäre sie längst mit Matti fest zusammen. Zwar telefonierten sie mehrmals täglich miteinander, trafen sich sooft es ging, ein Paar waren sie aber immer noch nicht. Jeder der beiden wollte bloß nichts falsch machen, schließlich ging es um ihr Herz.

»Ganz sicher«, bestätigte Yada, dass Matti sein Examen meistern würde.

»Nur schade, dass er heute nicht hier sein kann«, seufzte Mela. »Aber er kommt zu Vickys Halloween-Party.« Sie nahm Yadas Hand, umklammerte sie fest. »Du doch auch, oder?«

Yada rieb sich den Nacken. Sie hatte es vorhergesehen, war gerade aber zu müde für intelligente Ausreden.

»Pass doch auf!«, rettete Tonis Brüllen sie.

»Ey, *du* hast doch die Leiter hochgerissen«, maulte Ben, er klang verschlafen.

»Joint aus, Augen auf!« Shen trug mit Jakob das erste Modul zur Scheune.

»Das ist eine stinknormale Zigarette, und ich bin nicht stoned, sondern scheißmüde, weil ich Scheißfünfhundertkilometer um Scheißdreiuhrnachts gefahren bin.« Jetzt war Ben wach, mit dem Adrenalinspiegel eines Kampfstiers in der Arena.

»Komm, schnell«, raunte Yada und zog Mela mit sich ins Haus. Vielleicht hätten sie den Arbeitseinsatz doch auf den Nachmittag legen sollen. Dann wären alle ausgeruht, fit und bestens gelaunt, ohne mörderischen Jetlag.

Aber Toni hatte auf ihrem Zeitplan bestanden, mit ausreichend Puffer, den sie bereits für Zaunreparatur und Badentkernung vorgesehen hatte. Das wusste nur noch niemand außer ihnen beiden. Yada zog innerlich den Kopf ein. »Das können wir nicht machen«, hatte sie gesagt, Toni hingegen hatte nur »papperlapapp« gemeint, und dass man das Wochenende effizient nutzen müsse, wann habe sie das nächste Mal zehn junge, gesunde helfende Hände auf dem Hof. Das hatte Yada überzeugt, den Rest würde Toni übernehmen, dieses Versprechen hatte sie ihrer Freundin abgerungen.

»Wir werfen ihnen aus sicherer Entfernung Energydrinks zu«, schlug Mela vor.

»Um elf gibt's Bratkartoffeln und danach 'ne Stunde Siesta.« Yada wuchtete einen Jutesack, zehn Kilo, Belana, neue Ernte auf den Küchentisch und drückte Mela ein Schälmesser in die Hand.

»Können wir nicht Nudeln machen? Das ist so viel einfacher.«

Yada schüttelte lachend den Kopf. »Du weißt doch, einfach ist einfach nicht mein Ding.«

Punkt zwölf wurde es totenstill in den Elfenwiesen. Shen und Toni hatten sich auf den Dachboden zurückgezogen, wo Yada ein Matratzenlager eingerichtet hatte. Ben schnarchte auf dem Sitzsack vor dem Kamin, aus seinen weißen Kopfhörern drang leise Musik. Yada bereitete Stockbrotteig für den Abend vor. Die Sonne glänzte lautlos durch die gelben Blätter des Ahorns vor dem Küchenfenster, strahlte die Mehlwolke golden an, während sie langsam in die Schüssel sank.

»Hey.« Jakob lehnte sich neben Yada gegen die Arbeitsfläche.

»Na.« Sie klopfte den letzten Rest aus der Packung und knüllte sie zusammen.

»Schön hast du's hier.«

»Danke.« Yada lächelte ihn kurz von der Seite an und bückte sich dann zur Backschublade, um nach der Hefe zu suchen.

»So, ich mach hier weiter.« Mela kam hereingefegt, legte beschwingt ihr Handy beiseite, ein verliebtes Grinsen auf den Lippen. Ihre grün lackierten Finger tauchten neben Yadas Hand in die Schublade und zogen postwendend ein Päckchen Trockenhefe heraus.

»Merci.« Yada gab ihr einen Kuss auf die Wange, und an Jakob gewandt fragte sie dann: »Lust auf einen Spaziergang?« Sie konnte es kaum erwarten, ihm alles zu zeigen, jeden Raum, jedes Projekt. Seine Meinung war ihr wichtig, er war ein großartiger Künstler und ein noch besserer Freund. Seite an Seite durchstreiften sie ihr Atelier, bewunderten die Spinnweben im Apfelbaum und träumten von den Möglichkeiten, die die riesige Scheune bot.

»Gib mir unbedingt Bescheid, wenn der Normag wieder läuft«, sagte Jakob, als sie nebeneinander auf dem alten Traktor saßen, der einst Yadas Großvater gehört hatte und den Chris, Hannos Sportkumpan und mittlerweile guter Bekannter auch von Yada, wieder topfit machen wollte. Er und Jessika waren vor zwei Wochen hier gewesen, zusammen mit Hanno. Ella war nicht mitgekommen, sie hatte einen Yoga-Workshop leiten müssen. Jessika tat es immer noch leid, dass Yada sich damals, auf der Grillparty, den Magen verdorben hatte. Das war Hannos offizielle Version, Yada trug sie gern mit, die Wahrheit wäre für Jessika und Chris nur schwer verdaulich gewesen. Dafür war das Käsepicknick unter Yadas Apfelbaum umso lustiger geworden. Hanno hatte Kirschwein, Kerzen und ein Kartenspiel mitgebracht, auf fließend Wasser und Strom vertraute er in den Elfenwiesen immer noch nicht. Erst weit nach Mitternacht waren die drei in Schlangenlinien heimgefahren, hintereinander, auf Fahrrädern. Yada hatte Tränen gelacht.

»Deine Gedanken in meinem Kopf, dafür würde ich sogar einen Headspin probieren.« Jakobs Stimme, dicht neben ihr, unterbrach ihre Erinnerungen.

»Das lohnt sich nicht, ich sag dir, bloß Kauderwelsch, selbst ich verstehe nur die Hälfte, wenn überhaupt.«

»Echt? Na ja, Turnen ist eh nicht so mein Ding.« Er grinste dieses schiefe Grinsen, das sie so gernhatte.

Mit einem Seufzer lehnte Yada sich gegen seine Schulter. »Schön, dass du da bist.«

»Nur ein Wort von dir, und ich ziehe sofort hierher.« Er nahm die Hand vom Lenkrad und legte sie auf Yadas, verschränkte seinen Zeigefinger mit ihrem, dann beugte er sich zu ihr herüber, ein Stück und noch eins. Yadas Herz klopfte, hastig, unkonzentriert. Aber es war kein euphorisches Hüpfen, mehr ein verlegenes Zappeln. Sie mochte Jakob, sehr sogar ... *Aber vielleicht nicht genug, nicht so wie er dich.*

»Ähm, also, ich muss dir unbedingt noch mein Haustier vorstellen. Sie heißt *Tschilp* und ist ein Spatz«, plapperte Yada überdreht fröhlich und stand auf, raus aus seiner Nähe, die plötzlich schwer wog, aufgeladen mit Liebe, die sie nicht erwiderte.

»Später vielleicht, ich, nun ...« Er räusperte sich. »Ich habe Durst.« Mit diesen Worten sprang er vom Traktor und verschwand durch den schmalen Spalt in der Scheunentür. Yada vergrub das Gesicht in den Händen. Er hatte genau gespürt, was sie fühlte, nein, was sie *nicht* fühlte.

Sieben Stunden später waren die Solaranlage fest installiert, der Gartenzaun repariert, die Badewanne rausgerissen und ein Teil der Fliesen abgeklopft. Yada konnte zwischen all dem Schutt schon ihr neues Bad erkennen und hätte am liebsten noch die ganze Nacht weitergewühlt. Aber jetzt war Feierabend, mit Lagerfeuer, Stockbrot, Wurst und Bier. Die restlichen Kacheln würden sie am nächsten Vormittag schaffen. Nun musste sie sich auf einer Baustelle duschen, für eine Woche oder zwei. Hoffentlich klappte das Fliesenexperiment, eine Unterwasserwellenlandschaft aus alten Kachelbruchstücken, wie sie es sich vorstellte. Der Gas-Wasser-Installateur hatte bei ihren Ausführungen irritiert oder belustigt, vielleicht auch skeptisch geguckt. Was das genau bedeutete, würde sie allerdings erst am Montag erfahren.

Yada blickte in die Gesichter ihrer Freunde, auf denen sich die Erschöpfung, aber auch Stolz und Zufriedenheit spiegelten.

»Auf die Elfenwiesen«, brachte Mela einen Toast aus.

»Auf euch«, sagte Yada und hob ihre Flasche. Als Dankeschön würde sie Schals häkeln, für jeden einen, außer für Jakob, der bekam eine Mütze. Weil er immer eine trug, sogar im Sommer. Gerade kam er zu ihr herüber, schob sich seine jeansblaue Boshi aus der Stirn und setzte sich neben Yada auf den Baumstamm, der Überrest der großen Rotbuche, die sie hatte fällen müssen, nachdem ein Blitz die Krone gespalten hatte.

»Tut mir leid«, sagte er leise. Ben spielte auf seiner Handpan eine elfenzarte Melodie. Yada lauschte den Tontupfen, die mit den Feuerfunken in der Dunkelheit verglühten, wollte *Schon okay* sagen, aber Jakob sprach weiter. »Ähm, das vorhin, also, mein vorlauter Finger, das ist ’ne alte Verletzung, Sturz beim Skaten, Kapselriss.« Er hustete in seine Hand. »Seitdem büxt er manchmal aus, flutscht unerlaubt herum, unmöglich.« Jakob schnalzte missbilligend mit der Zunge und bog vor Yadas Nase seinen Zeigefinger, der vollkommen normal aussah. Yada runzelte die Stirn, konnte ihm nicht folgen. »Flutschi, hab ich gesagt, du darfst dich nicht einfach mit einem anderen Finger verhakeln, auch wenn du ihn total süß findest.« Er schenkte ihr sein schiefes Grinsen, jetzt verstand sie, musste unwillkürlich lachen. Die unsichtbare Mauer, die seit dem Mittag zwischen ihnen gestanden hatte, bröckelte.

Jakob hob die Hand zum Schwur, der Zeigefinger zuckte und zappelte unruhig. »Hey, du wolltest doch hoch und heilig schwören, Yada nicht mehr anzuhakeln«, schalt er ihn. »Es sei denn, es ist ihr ausdrücklicher Wunsch!«, fügte er leise hinzu und schob seine Mütze einmal vor und wieder zurück. Yada kicherte gegen den Rand ihrer Bierflasche, Jakobs Zeigefinger stand kerzengerade, sie waren wieder Freunde. Am liebsten hätte sie ihn umarmt, aber damit wartete sie lieber, bis sie seine Liebe annehmen und, vielleicht, irgendwann sogar erwidern konnte. Denn eigentlich musste sie ihn lieben, jedes Orakel hätte das bestätigt, selbst Mela hatte keinerlei Bedenken. Es gab nichts, was nicht passte, nichts, was zwischen ihnen stand, bis auf einen.

Yada umklammerte ihre Flasche so fest, dass die Knöchel weiß hervortraten. Plötzlich war sie wütend auf Luuk, weil er immer noch ihr Herz besaß, auf sich selbst, weil sie es nicht schaffte, es sich zurückzuholen. Bens Handpan verklang, Mela packte ihre Gitarre aus. Die hatte sie sich kurz nach ihrer Rückkehr aus Afrika gekauft und übte nun jeden Abend darauf. Noch ein Traum, den sie sich, nach Großwild-Safari und, brandaktuell, einem Bücherabo, erfüllt hatte. Als Nächstes stand Shopping in New York auf ihrer Wunschliste, Yada sollte mitkommen. Was sie nicht tun würde, nachdem sie nun wusste, dass Luuk dort war, außerdem war ihr Geldbeutel zu klein und Shopping nicht ihr Ding.

Mela stimmte die Saiten, Yada lehnte sich zurück und blickte zu den Sternen, es waren so viele! Mehr, als je durch das Dachfenster in der Basilikastraße gepasst hätten, dort, wo sie bis vor Kurzem jeden Abend gestanden und nach Sternschnuppen Ausschau gehalten hatte. Sie alle hatten Wünsche an das Universum, einige waren in diesem Sommer erfüllt worden. Das ganz große Glück hatten sie jedoch abseits von Gitarrenkasten, Brotaufstrich, Wahnsinnsjob und Elfenwiesen gefunden. Yada hatte ihres schon wieder verloren, die Erinnerung daran wollte sie trotzdem nicht missen, auch wenn sie im Moment noch zu vergessen versuchte. Später, wenn sie alt und runzlig war, wenn die Wunden verheilt wären, würde sie sie wieder auspacken und sie mit der gutmütigen Sehnsucht nach der längst verschwundenen Jugend betrachten.

»Rutsch mal.« Ben drängte sich zwischen Jakob und Yada. Mela spielte die ersten Akkorde.

Jakob stand mit einem Knurren auf. »Möchte noch jemand Kuchen?«

Ben machte Kotzgeräusche, Yada stieß ihm unsanft in die Rippen, schüttelte aber auch den Kopf. Das Rezept war wirklich urgesund, und das schmeckte man auch. Fürs nächste Mal würde sie Mela das Rezept von Shens veganem Schokokuchen unterschieben, mit einer Packung Fair-Trade-Kakao, Genuss ohne Gegenargumente.

»Nur dass du es weißt, ich nehme es höchstpersönlich«, sagte Ben jetzt und verschränkte demonstrativ die Arme vor der Brust.

»Hä?«, machte Yada, noch ganz beim Schokokuchen.

»Wenn du nicht zu Vickys Party kommst.«

»Pfff«, grinste Yada und knuffte ihn gleich noch mal.

»Es ist mein vollster Ernst.« Bens Lächeln leuchtete im Dunkeln, für Vicky würde er bestimmt auch die Zähne fletschen.

»Und wenn ich Grippe habe?«

»Verlange ich ein ärztliches Attest.«

Yada nickte, dankbar für die Freundschaft, die sie umgab. Sie schwiegen zu den Akkorden von Coldplays *Fix You.*

Ben sang leise mit, dann drehte er sich abrupt zu Yada um. »Wir alle haben Luuk verloren, irgendwie. Er hat sich versteckt, auf der anderen Seite der Welt, hinter einem Berg aus Arbeit. Alles, was er sagt, sind nichts weiter als hohle Phrasen, hinter denen er sich verschanzt, keiner von uns kommt mehr an ihn ran.«

Yada schluckte, wollte das eigentlich nicht hören und irgendwie doch. Deshalb erwiderte sie nichts, wartete ab, was Ben noch zu sagen hatte.

»Ich fand es wichtig, dass du das weißt.«

»Okay«, sagte Yada, ohne zu wissen, was sie damit anfangen sollte.

»Wir wollen dich nicht auch noch verlieren.« Ben stupste sie von der Seite an. »Bitte, tu Vicky den Gefallen, sie vermisst dich.«

»Ich sie auch«, sagte Yada leise, dann stand sie auf, sie brauchte klare, kühle Luft, ohne melancholische Gitarrenklänge, ohne dickflüssige Emotionen, ohne Luuk.

Kapitel 21

»Rutsch mal, ich passe nicht rein.« Yada hangelte sich an der Dachreling entlang in den schon etwas angegrauten Clio.

»So wird das nichts.« Mela rollte sich auf der gegenüberliegenden Seite wieder raus. »Wir hätten vorher Grenzwerte für Umfang und Durchmesser der Halloween-Kostüme festlegen sollen«, grunzte sie, während sie sich auf den Beifahrersitz quetschte. »Was bist du eigentlich?«, fragte sie in den Rückspiegel.

»Eine Mailbox.« Yada riss an dem Sicherheitsgurt, der sich ums Verrecken nicht an ihren Kastenbauch schmiegen wollte.

»Wie furchterregend«, grinste ihre Freundin, die sich als Nacktschnecke verkleidet hatte. Die braune Plastikfolie knisterte, als sie sich zu ihr umdrehte. »Ich bin übrigens echt stolz auf dich, meine Liebe.«

»Na ja, ich habe dreimal bei Vicky angerufen, um sicherzugehen, dass er nicht da sein wird.« Yada zog eine Grimasse. »Nicht besonders heldenhaft, oder?« Endlich rastete der Gurt ein.

»Ein Teletubby, wie süß.« Shen steckte den Kopf durch die Fahrertür.

Yada knurrte ihn an.

»Aber der Blick ist unheimlich, uh.« Er wich zurück.

»Steig ein, Futo Maki«, befahl ihm Mela. »Sonst verpassen wir den Kürbis-Punsch.«

»Mein Nori-Blatt hält nicht.« Shen reichte Mela eine Rolle Paketband.

»Grmpf.« Die Nacktschnecke glitt von ihrem Sitz ins Freie.

»Warum um alles in der Welt Sushi?« Yada hatte mit etwas Mühe die Fensterscheibe runtergekurbelt. »Das ist doch nicht gruselig.«

»Roher Fisch auf kaltem Reis mit Alge drum herum – ich nenne das Horror.«

Yadas Pappkarton wackelte unter ihrem Lachen. »Da kannst du dich mit Hanno zusammentun.«

»Ein Nationalgericht parodieren, ts, ts, fällt das nicht unter Landesverrat?« Mela knibbelte an der transparenten Kleberolle, um den Anfang zu finden.

»Japan ist nicht China, du geografischer Analphabet.«

»Pass auf, dass ich dich nicht in zerknüddelten Tesafilm verwandle.«

»Hilfe, ich habe Angst!«, wimmerte Shen.

»Wie lange fahren wir eigentlich?« Yada versuchte, einen Blick auf das Samsung zu erhaschen, das Mela bereits an die Mittelkonsole geklemmt hatte.

»Fünf Stunden, vorausgesetzt, wir kommen irgendwann los«, motzte Mela und rückte Shens Kostüm zurecht.

Yada atmete tief durch, hoffentlich wirkte der Baldriantee dann noch. Seit drei Tagen schon schob ihr

Mela jeden Nachmittag eine Tasse davon unter die Nase, es war grauenhaft.

»Bereit?« Die Sushirolle startete den Motor.

»Yes«, entgegnete die Nacktschnecke.

»Später, vielleicht.« Yada zog den Kopf in ihren Mailbox-Panzer. Noch dreihundert Minuten. Dann würde sie sich ihren Dämonen stellen.

Die kleinen Gespenster tanzten anmutig im Abendwind. Ihre winzigen weißen Röckchen leuchteten hell und freundlich zwischen den letzten Blättern. Vor dem Eingang begrüßte sie ein gigantischer Kürbiskopf mit einem breiten Grinsen. Die Geister kamen in Frieden.

Yadas Herz klopfte mit jedem Schritt, den sie sich dem *Sourire* näherte, schneller, zeitgleich wurde sie selbst immer langsamer.

»Mädels, Hoso-Maki muss aufs Klo«, quengelte die japanische Reisrolle an ihrer Seite. »Könntet ihr bitte einen Zahn zulegen?«

»Ich bin eine Schnecke, das gehört zu meiner Rolle«, gab Mela Yada ungefragt Rückendeckung und griff nach ihrer Hand.

»Sechstausenddreihundertsiebenundachtzig Kilometer, er ist weit, weit weg«, flüsterte Yada sich selbst beruhigend zu, während sie Shen dabei beobachtete, wie er im Laufschritt auf die Crêperie zuwackelte. Kaum war er darin verschwunden, wurde auch schon die Tür aufgerissen.

»Yada!« Vicky stürmte auf sie zu. Kurz vor ihr bremste sie ab, breitete die Arme aus, wich nach rechts, dann nach links aus, probierte es noch mal von rechts. »Was is'n das für'n blödes Kostüm? Ich kann dich nicht mal umarmen.« Sie schob frustriert die Unterlippe vor.

Yada warf ihr einen Luftkuss zu. Die Beklemmungen, die ihren Brustkorb eingeengt hatten, lockerten sich etwas. »So schön, dich zu sehen, Vicky.« Freudentränen schwammen in ihren Augen.

»Wurde auch Zeit, ich habe dich so vermisst.« Vicky hakte sich bei Yada unter und zog sie mit sich. »Kommt, ihr müsst unbedingt die Kürbispfannkuchen probieren.«

Die Scheiben waren von innen beschlagen, Gelächter drang gedämpft nach draußen, Vicky riss die Eingangstür auf, Yadas Finger krampften sich um Melas, ihre Freundin zog sie über die Schwelle.

»Ben und ich haben noch eine alte Schulbank und diesen Klavierhocker aufgetrieben, sind sie nicht großartig?«, plapperte Vicky fröhlich, während sie sich zur Bar durchkämpfte. Die Tische waren an den Rand geschoben, überall standen Kürbisse, Monster und Hexen herum. Halloween hatte das *Sourire* verwandelt. Es hatte nichts von seinem Zauber eingebüßt, verlor aber durch all die Gruselgestalten seinen Schrecken. Yada atmete erleichtert auf.

Vicky reichte ihr und Mela jeweils ein Glas mit einer grasgrünen Flüssigkeit. »Ghost-Busters-Punsch, Prost!«

»Auf uns«, lächelte Yada und nahm einen Schluck. Sie war froh, dass es ihr gelungen war, über all ihre Schatten zu springen.

»Als was hast du dich eigentlich verkleidet?«, fragte

Mela, nachdem sie das Glas mit wenigen Schlucken ausgetrunken hatte. Ihr Blick flatterte von Vickys Kleid, das über und über mit Postkarten gepflastert war, zu einem Spinnenwesen, das Größe und Gestalt von Matti besaß.

»Lebensfreude für jeden Tag, dreihundertfünfundsechzig Tage Lächeln und gute Laune«, trällerte Vicky übertrieben fröhlich. »Wenn das Leben dir Zitronen gibt, mach Limonade draus.« Sie zupfte an einer Karte mit glatt geschliffenen Steinen am Meer. »Ich bin ein Aufmunterungskalender.«

»Wende dich der Sonne zu, dann fällt der Schatten hinter dich«, las Yada vor.

»Zeig mal, das gefällt mir.« Vicky riss die Karte von ihrem Rock. »Die behalte ich.«

»Wenn wir bedenken, dass wir alle verrückt sind, ist das Leben erklärt.« Shen, zurück aus dem Bad, fummelte an Vickys Po.

»Lass das!« Eine aufregende Schönheit klatschte ihm auf die Finger. Ihre langen, schlanken Beine balancierten auf eleganten High Heels, dazu geschwungene Wimpern, volle Lippen, wow.

»Toni?« Shen musterte sie von oben bis unten, schon zum zweiten Mal.

Jetzt erkannte auch Yada ihre Freundin. »Toni?«

»Ich gehe als Supermodel, die personifizierte Reduktion einer Frau als Objekt«, antwortete sie auf die allgemeine Verblüffung. Sie verlagerte ihr Gewicht von einem Bein auf das andere mit einem beängstigend sexy Hüftschwung.

»Spooky.« Shen trank sein Glas in einem Zug leer, seine Kehle war wohl sehr trocken.

»Hunger?«, fragte Vicky dazwischen und präsentierte eine Platte mit orangeroten Rollen.

»Ja.« Ein rabenschwarzes Etwas drängte sich vor, langte ungeniert zu, eins, zwei, drei …

»Stopp«, schritt Yada ein.

»Yada!«

»Matti!« Fast hätte Yada ihn unter der schwarzen Kohleschicht nicht erkannt. Und schon wieder ärgerte sie sich über ihr klobiges Kostüm. Am liebsten wäre sie ihm um den Hals gefallen.

»Hallo«, quietschte Mela neben ihr.

»Mela.« Matti grinste mit vollem Mund, verschluckte sich an einem Krümel, hustete, drehte sich weg, hustete weiter.

Yada nutzte den Moment und schob Mela an Mister Feinstaub, Umweltsmog oder was auch immer Matti heute Abend darstellte, heran. »Viel Glück«, raunte sie ihrer Freundin zu und drehte sich zu Vicky, die ihre Kürbispfannkuchen gerade zwei Todesengeln anbot.

Yada nahm sich auch einen, biss ein kleines Stück ab, dann ein größeres. »Die sind köstlich«, lobte sie und meinte es ehrlich. Der erste Pfannkuchen seit zehn Wochen, und ihr wurde nicht übel.

»So schöne Eulen wie du können wir zwar nicht, aber die Herzen gehen richtig gut, und wir haben lustige Monster im Angebot, die backen wir vor allem auf Kindergeburtstagen.«

»Toll!« Vicky hatte ihren Weg gefunden. Yada freute sich aufrichtig für sie.

»Vicky, hey, hallo.« Ein grüner Teufel mit rotem Bart zwängte sich durch die Menge.

Yadas Vitalfunktionen fielen aus: keine Atmung, kein Puls. Da war er, allen Vorhersagen zum Trotz.

»Was für eine Überraschung.« Vicky schlang die Arme um seinen Hals. »Wir haben uns ja ewig nicht gesehen.«

Der Sauerstoffmangel erreichte Yadas Knie.

Luuks grüngelbe Hakennase verhedderte sich in Vickys rosaroter Perücke. Er war kräftiger, irgendwie größer als in ihrer Erinnerung.

Jetzt hatte er sich aus dem Kunsthaar befreit, lächelte Yada freundlich, aber unverbindlich über Vickys Schulter hinweg an. »Hi.«

Hi? Nur eine Silbe, zwei Buchstaben. Einfach so. Als wäre nichts gewesen.

»Ach Tessa, wie nett.« Vicky verschwand hinter seinem Rücken.

Durch Yadas Kopf fegte ein Orkan, der Rest ihres Körpers war zu Stein erstarrt, kalt, leblos.

»Das ist aber ein hübsches Kostüm«, hörte Yada Vicky sagen.

Luuk drehte sich zur Bar, gab den Blick frei auf rotblonde, kunstvoll geflochtene Haare, ein bezauberndes Lächeln und ein süßes Kürbiskleid.

»Auf einer Halloween-Party fühle ich mich mit meiner Kugel zur Abwechslung mal wohl«, lachte Tessa und streichelte ihren Kürbisbauch.

Auch wenn Yada es schon lange wusste, es mit eigenen Augen zu sehen traf sie wie ein Pfeil zwischen die Schulterblätter mitten ins Herz. Sie keuchte auf.

»Wird es ein Junge oder Mädchen?«, fragte Vicky höflich interessiert.

»Das weiß ich noch nicht.« Tessas Lachen klang glockenhell. Luuk reichte ihr einen Orangensaft.

Die Farben verschwammen vor Yadas Augen, mischten sich zu einem unansehnlichen braunen Brei.

»Yada, wawawawa wawa, wawawa.« Mela war plötzlich neben ihr, sagte irgendwas, kicherte, redete weiter. »Wawa, wawawa.« Yada blinzelte, versuchte sich zu konzentrieren, aber da war nur ein unverständliches Lautgemenge, lose Unterwasserblasen ohne Sinn und Inhalt. Sie schwankte, fasste Mela am Arm, schob sich an ihr vorbei. »Luft schnappen«, brachte sie mühsam hervor. Ihre eigene Stimme klang fremd, fern. Mit letzter Kraft stolperte sie zum Ausgang, riss die Tür auf, prallte gegen eine Mumie, lief ohne Entschuldigung weiter, über die Straße, immer geradeaus bis zur Spree. Dann erst verlangsamte sie ihre Schritte. Die kühle Herbstluft füllte ihre Lunge, das Klirren in den Ohren wurde leiser, nur die Beine zitterten immer noch. Yada lehnte sich gegen das Geländer und atmete ein paarmal tief durch. Die Lichter der Stadt spiegelten sich auf dem nachtschwarzen Fluss. Für einen Augenblick war alles ruhig. Die Welt schien innezuhalten, gönnte ihr eine Verschnaufpause. Yada wagte nicht, sich zu bewegen, als könnte sie so den unerbittlichen Fortgang der Ereignisse stoppen.

»Nag, nag, nag«, schnatterte eine Ente, ein Martinshorn heulte auf, der Moment des Friedens war vorbei, das Leben rannte weiter, das *Warum-darum* kehrte zurück, tanzte als hübscher Kürbis mit Flechtfrisur durch ihren Kopf. Luuk wurde Vater.

Yada zog die Arme in den Mailboxkarton und schlang sie um ihren Körper. Ein Schluchzen bahnte sich seinen Weg, riss allen Schorf ab, bis die alten Wunden bluteten und der Schmerz wieder lichterloh brannte.

»Alles okay?«, fragte eine Stimme hinter ihr.

Yada blickte sich nicht um. Tränen tropften auf die braune Pappe. »Ja«, log sie.

Eine weiße Gestalt stellte sich neben sie, Yada funkelte sie verärgert an. Doch die Mumie reagierte nicht, starrte nur auf die dunkle Wasseroberfläche.

»Mir geht es gut, keine Sorge, ich springe da nicht rein, du kannst gehen.« Yada betonte jedes Wort, denn sie wollte allein sein, und zwar sofort.

»Hm«, machte der Typ, mehr nicht.

Yada rollte mit den Augen, schickte einen flehenden Blick zum Himmel. Aber der Untote rührte sich nicht. Selbst das Alleinsein wurde ihr heute also verwehrt. Eine Krähe landete unweit von ihr auf dem Geländer, sie legte den Kopf schief, ihre Knopfaugen glänzten sie an. Erst ein anhänglicher Dämon und jetzt noch ein Pechvogel, das Schicksal hatte echt Humor. Ein Lachen bahnte sich seinen Weg, schrill und überlaut. Viel schwärzer konnte ihre Glückssträhne nicht mehr werden.

Kapitel 22

»Das Schlimme ist: Ich kann ihn nicht mal Knallfrosch oder Hanswurst nennen, er macht doch alles richtig.« Jetzt war es draußen, der ganze Liebeskummer, Yada fühlte sich leichter. Die Mumie, die sich als Gipskopf vorgestellt hatte, war ein guter Zuhörer.

»Blödsinn.« Gipskopf schüttelte seinen bandagierten Schädel. »Er hätte sich bei dir melden müssen, sich totzustellen ist das Letzte.«

»Ach, na ja.« Mittlerweile verstand Yada ihn trotz der vielen Lagen Mull über seinem Mund. Warum sie sich mit einem wandelnden Verbandskasten unterhielt, wusste sie nicht, aber es tat gut. »Weißt du«, nahm sie den Faden wieder auf, »wahrscheinlich war er einfach verwirrt, verunsichert und wusste nicht, was er sagen sollte.« Yada nickte, das klang total logisch, erklärte Luuks Schweigen aus einer neuen, einer gütigen Perspektive, die nicht so verletzend war. Yada seufzte, schade, dass sie nicht schon früher darauf gekommen war.

»Trotzdem«, motzte der Gipskopf und ballte die Faust. Süß, wie er sich darüber aufregen konnte. Er hatte wohl einen ausgeprägten Gerechtigkeitssinn.

»Egal.« Yada tätschelte seine Schulter. »Außerdem

ändert es nichts an der Tatsache, dass er mit mir Schluss machen musste.« Sie schniefte, die Tränen hatten erst vor wenigen Augenblicken aufgehört zu fließen, die Pappe war vollkommen durchweicht.

»Und wenn er das gar nicht wollte?« Gipskopf rollte etwas Klopapier von seinem Arm ab und gab es ihr.

Yada schnaubte.

»Könntest du ihm verzeihen?«

»Weiß nicht«, sagte Yada mit einem Achselzucken. »Die Frage stellt sich nicht. Ich versuche, ihn zu vergessen.«

»Hm«, machte ihr nächtlicher Begleiter, und diesmal konnte sie nicht sagen, ob nur ein Grummeln oder ein echtes Wort dahintersteckte.

»Nun, es war einfach ein Fehler, hierher, ins *Sourire*, zu kommen. Beim nächsten Mal bleibe ich zu Hause und hole mir einen Döner.« Das Lachen schmeckte bitter auf ihren Lippen. »Nie wieder Pfannkuchen!«, grölte sie über die nächtliche Spree.

Die Mumie blickte sie von der Seite an, ihre Augen ein dunkler Schatten in einem schmalen Schlitz. Normalerweise hätte sie es als unangenehm empfunden, so wenig von ihrem Gegenüber zu sehen. Trotzdem, oder vielleicht gerade deshalb, konnte sie mit ihm über ihre Gefühle reden.

»Ach, weißt du, er ist doch ein Arsch«, sagte sie nach einer kurzen Weile des Schweigens. »Elf Wochen kein einziger Ton, dann steht er plötzlich vor mir, mit Tessa im Arm, und sagt nichts außer *Hi.*« Sie zog die Silbe extralang.

»Was?« Gipskopf klang, als hätte er einen Asthmaanfall.

»Yada!« Ihr Name, atemlos, von weiter hinten.

Sie fuhr herum. Eine Riesenratte kam auf sie zugerannt. »Nein, bitte nicht!«, flehte Yada leise und zog den Kopf ein, als würde das helfen.

»Mann, bin ich froh.« Es war Jakob, stürmisch umarmte er den Karton, Yada verlor das Gleichgewicht, krallte sich an ihm fest, er strauchelte, fiel über sie, auf sie drauf, zerdrückte die Pappbox, keuchend blieben sie liegen, Nase an Nase, dann prustete er los.

»Hey«, grinste Jakob und rappelte sich auf.

»Hey zurück.«

»Geht's?« Jakob sah sie prüfend an, nachdem er ihr hochgeholfen hatte.

»Ja, ja.« Yada beulte ihre Mailbox wieder aus.

»Was ist denn los? Vicky sagt, du warst auf einmal weg. Ist es wegen Tessa?«

Yada schüttelte den Kopf. »Wegen Luuk.«

Jakob runzelte die Stirn. »Der ist doch gar nicht da.«

»Doch, er ist der Teufel.«

»Der grüne?«

»Mit dem roten Bart.«

»Das ist Patrick, Luuks Mitbewohner, soweit ich das verstanden habe. Netter Typ.«

»Patrick?« Yada schnappte nach Luft.

»Und jetzt, liebe Yada: Let's party!« Jakob hüpfte von einem Bein auf das andere, graue Wolle und ein langer, dünner Rattenschwanz wackelten im Takt.

Yada knetete gedankenverloren ihre Lippe. Luuk war

nicht der Teufel, bedeutete das etwas? Sie sah sich nach Gipskopf um, wollte hören, was er davon hielt. Aber die Mumie war verschwunden.

»Komm!« Jakob zog sie mit sich.

Yada sah ein letztes Mal auf den Platz, wo sie mit Gipskopf über die Liebe philosophiert hatte. Sie lächelte, obgleich sie traurig war, ein so nettes Wesen schon wieder verloren zu haben. Aber so war das wohl mit den Untoten, sie kamen und gingen, wann sie wollten.

»Und du bist nicht mit ihm verwandt?« Yada nippte an ihrem Punsch, der dritte, seit sie zurück war. Zwei Gläser hatte sie gebraucht, um mit jedem und allen wieder und wieder anzustoßen auf ihre Rückkehr, Vickys Erfolg, die Freundschaft und das Leben. Langsam stellte sich eine schwere Schwerelosigkeit ein, die Sorgen, Ängste und Wut in weiche Watte polsterte.

Patrick schüttelte den Kopf, vielleicht wankte auch der ganze Raum. »Wir kommen nur aus dem gleichen Kaff und wohnen inner WG zusammen.« Er lächelte, es war nicht Luuks Lächeln. Tessa berührte ihn am Arm, und er wandte sich ihr zu.

»Wenn du mich fragst, teilen sie sich nicht nur die Wohnung«, raunte Mela von hinten über Yadas Schulter.

»Hä?« Sie wandte sich zu ihrer Freundin um. Die deutete bloß mit dem Kinn auf Patrick, der sich gerade zu Tessa beugte, um sich von ihr etwas ins Ohr flüstern zu lassen. Er lächelte sie an, streichelte über ihren Rücken und verschwand in der Küche. Yada sah auf die Tür, die noch ein wenig nachschwang. Vielleicht war was dran, vielleicht auch nicht, was änderte das schon. Sie zuckte mit den Schultern. »Luuk hat ihn sicher gebeten, sich in seiner Abwesenheit um Tessa zu kümmern.«

»Namibia, Berlin, jetzt New York, Patrick muss sich ganz schön oft um sie kümmern, wa?« Mela kicherte in ihr Weinglas.

»Mel«, zischte Yada streng, prustete dann aber los, unaufhaltsam wie ein Hustenreflex, erst leise in ihre Faust, dann laut, bis sie keine Luft mehr bekam und die Tränen liefen. »Puh«, keuchte sie, als der Lachanfall abebbte.

»Bravo, du kommst langsam drüber hinweg.« Mela schlug ihr auf die Schulter.

»Bestimmt nur eine Nebenwirkung der Bowle.« Trotzdem fühlte sie sich befreit. Sie wischte sich die Lachtränen aus den Augenwinkeln.

»Die Damen haben nach mir gerufen?« Ein Typ, der Yada als Rico vorgestellt worden war, warf einen Umhang theatralisch über seine Schulter. »Super-PIN ist schon zur Stelle. Wen von euch Hübschen soll ich zuerst glücklich machen?« Rico studierte Design und half an den Wochenenden im *Sourire.* Mittlerweile konnte Vicky sich das Personal aussuchen, eingestellt wurden nur Leute, die auch zeichnen konnten.

»Du kannst das Konto von meinem Ex knacken und das Geld nach Burundi schicken.« Vicky wankte, nach links, zurück über die Mitte nach rechts, griff nach Yadas Arm und fand dort vorübergehend Halt und Gleichgewicht.

»Sobald Super-PIN seine PUK wiedergefunden hat, schickt er ihn in die Wüste.« Ricos Augen glänzten glasig.

»Olaf ist doch längst Geschichte.« Ben schob Vicky einen Barhocker unter den Po.

»Du bist so lieb zu mir, ich liebe dich«, nuschelte die, schlang die Arme um Bens Hals und kuschelte sich an seine Schulter.

»Schlaf schön.« Ben drückte ihr einen Kuss auf die Schläfe und lächelte.

»Und was kann Super-PIN für seinen Lieblingsschokoriegel tun?« Rico hatte schon sein nächstes Opfer gefunden, Mela.

»Ich bin eine Nacktschnecke«, korrigierte Mela ihn gereizt.

»Für meinen Geschmack nicht nackt genug.« Er spitzte die Lippen und musterte sie von Kopf bis Fuß.

Mela schnappte nach Luft, Yada verbarg ein Grinsen hinter ihrem Glas. Vicky schmatzte im Schlaf, Ben streifte ihr sanft eine Locke aus der Stirn.

Rico hielt seinen Bowlebecher vor Melas gerümpfte Nase. »Bierfalle, miez, miez.« Der giftgrüne Punsch schlug hohe Wellen, Yada schloss Waldmeister als Hauptzutat aus.

»Wer hat dich denn verstrahlt!« Matti schob sich demonstrativ zwischen Rico und Mela.

»Jetzt sei mal nicht so verspannt«, lallte Rico.

»Yada?« Die Stimme klang hoch, fast piepsig, sie kam vom Eingang. Yada drehte sich um, dort standen zwei Hexen und sahen sich suchend um.

»Ya-dah!«, lockte die größere der beiden mit betörendem Singsang und reckte den Hals. Sie hatte knallrote Haare, einen spitzen Hut, an dem eine dicke Spinne klebte, und endlose Beine, die in einer schwarzen Netzstrumpfhose steckten und an einem knappen Röckchen endeten.

»Ich, hier«, rief Rico.

Ein Kichern von der kleinen Hexe. Sie sah trotz Warze und Rabenvogel wie ein Engel aus.

Yada stellte ihr Glas auf den Tresen und ging zu den Fabelwesen.

»Post für dich«, hauchte die sexy Hexe und überreichte Yada eine Klopapierrolle.

»Danke.« Yada hob eine Augenbraue. Schräge Streiche per Hexenpost? Berlin war verrückt und an Halloween total durchgeknallt.

»Tschüs«, die Hexen huschten raus, Jakob kam rein, Zigarettenrauch im Schlepptau.

»Was ist das?«

»Ein Brief«, murmelte Yada und betrachtete die Rolle von allen Seiten.

»Aufmachen, aufmachen!« Plötzlich war sie von ihren Freunden und mehreren Unbekannten umringt.

»Nun lies schon.« Shen grabschte ungeniert nach der Klorolle, den anderen Arm fest um Tonis Supermodeltaille geschlungen. Matti hatte seinen Schlagabtausch mit Rico für einen Moment ausgesetzt, selbst Tessa hatte aufgehört, an ihrem Pfannkuchen zu knabbern.

»Finger weg!« Yada hielt die Rolle außer Reichweite, löste die Schulterriemen ihrer Gruselmailbox, ließ sie zu Boden gleiten und stieg aus dem verbeulten Karton. »Bin gleich wieder da«, sagte sie und eilte hinaus in die Nacht.

Die kleinen Gespenster tanzten immer noch friedlich in den kahlen Zweigen, trotzten Kälte und Nebel, der mittlerweile aufgezogen war. Yada zog ihre Strickjacke enger um den Körper und ging ein paar Schritte. Der fröhliche Taumel unbesorgter Weinseligkeit war einer leichten Schläfrigkeit gewichen, sie gähnte. Vor einer Bank, nicht weit vom *Sourire* entfernt, blieb sie stehen, setzte sich und legte den gerollten Brief auf ihren Schoß.

Yada, stand auf dem ersten Blatt, der Absender fehlte.

Ich hätte die Hexen fragen sollen. Aber die waren schneller verschwunden als Yadas Verblüffung. Ein Scheppern ließ sie herumfahren. Sie sprang auf, fluchtbereit wenn nötig.

Und wenn das ein mieser Streich ist?, dachte sie, plötzlich hellwach.

»Miauo.« Die schwarze Katze, die auf einer Mülltonne unweit von ihr saß, blickte sie verwundert an.

»Ludwig!«, rief Yada erleichtert. Sie ging zu ihm und streckte behutsam die Hand aus. »Kennst du mich noch?« Ludwig schmiegte sich an ihren Arm und schnurrte.

»Ich hab dich auch lieb«, lächelte Yada und kraulte ihn im Nacken.

»Miauo«, machte der Straßentiger wieder und sprang von der Tonne. Er musste wohl weiter, die Nacht war noch jung für einen Kater seines Formats.

Yada sah ihm nach, wie er über den Bordstein auf die

andere Straßenseite huschte. Dann rollte sie die erste Lage Klopapier ab und begann zu lesen.

»Yada.« Die Buchstaben waren kantig, flogen in unordentlichen Wellen über das saugfähige Hygienepapier. Unmöglich zu erkennen, wer der Autor dieses seltsamen Briefes war.

Ich danke dem Dieb,
der mir die ersten Stunden mit dir
geschenkt hat.

»Der Dieb«, wiederholte Yada leise. Die Rolle vibrierte unter ihren Fingerspitzen, das Zittern kam nicht nur von der Kälte. Yada sah sich um, drehte sich um die eigene Achse. Aber die Straße war leer, selbst Ludwig war verschwunden.

Danke dem Westwind,
der dich zu mir geweht hat.
Ich liebe dich.
Es tut mir leid.

Der Handyklau, der Westwind, Luuk. Das Zittern hatte ihr Kinn erreicht, die Buchstaben verschwammen vor ihren Augen.

»Es tut mir leid«, wiederholte sie die letzte Zeile. Ihre Stimme brach.

Dass ich zu spät bin,
immer zu spät.

Weil ich Verantwortung
für überwichtig hielt.

Yada tastete an ihre Leggings, da, wo sich sonst Hosentaschen befinden. Keine Taschen, kein Taschentuch. Sie schniefte, konnte es nicht mehr zurückhalten. Ein Nieser und noch einer. Yada riss die überwichtige Verantwortung aus dem Text, schnaubte, die Worte lösten sich auf, wurden zusammengeknüllt, landeten in dem Papierkorb neben der Bank. Befreit wandte sich Yada dem Rest des Briefes zu.

Um noch eine Chance
bat ich das Schicksal,
an das ich nicht glaube.
Zu spät, lachte es mich aus.
Zu Recht.
Danke für den Sommer,
den Abend.
Ich sag dem Westwind,
er soll auf dich aufpassen.
Luuk

Yada trennte die letzte Zeile von der Rolle, der Rest war blütenrein, genug Platz für eine Antwort, für Wut und Zorn, für Vergebung, vielleicht. Yada horchte in sich hinein, aber da war nur Leere. Ihr Herz folgte zuverlässig seinen elektrischen Impulsen, schlug den Rhythmus des Lebens, ohne es zu spüren.

Noch einmal blickte sie sich um, suchte die Straße

ab, ohne zu wissen, wonach eigentlich. Wie kam die Rolle nur hierher, Luuk war doch in New York!

»In New York«, wisperte sie. Das war für ihn wichtig, ein einmaliges Angebot. Jedenfalls hatte Vicky das gesagt. Yada biss sich auf die Innenseite ihrer Wangen, es sollte ihr egal sein, war es aber nicht.

Verflucht, was erwartete sie? Luuk wurde Vater, es würde keinen Neuanfang geben. Er hatte einen Liebesabschiedsbrief geschrieben, einen klaren Schlussstrich gezogen. Dafür musste er nicht quer über den Atlantik fliegen. Aber auf einer Klopapierrolle, seltsam.

Yada riss die Liebe aus der Mitte heraus und tupfte sich damit die Tränen ab. Dann sammelte sie die restlichen Blätter eines nach dem anderen ein.

Ich danke dem Dieb
Danke für den Sommer,
den Abend.

»Den Abend?« Sie stolperte über den Papierfetzen, drehte ihn zwischen ihren Fingerspitzen, bis sie endlich verstand, was er bedeutete, woran er sie die ganze Zeit erinnert hatte. Sie hatte schon einmal an diesem Abend in das Papier mit dem Wellenrelief geschnäuzt. Luuk war die Mumie, die Mumie war Luuk, wie hatte sie nur so blind sein können!

»Natürlich.« Sie schlug sich mit der flachen Hand gegen die Stirn. Der grüne Teufel und Tessas Kugelbauch hatten ihr vollkommen die Sicht versperrt. »Der Gipskopf.« Deshalb hatte sie die nuschelnde Mumie sofort gemocht, ihr alles anvertraut, ihr gesagt, sie wolle Luuk vergessen. Sie hatte das Schicksal in ihren Händen getragen, ohne es zu wissen.

Und dann war Jakob dazwischengestolpert, übereinander, aufeinander, ein vertrautes Miteinander, vor Luuks Augen, was hatte er wohl darin gesehen?

»Nein«, jaulte Yada. Ihre Hände umklammerten den Abschiedsbrief, in dem etwas von Liebe stand.

Er hatte Fehler gemacht, *jeder macht Fehler, auch ich.* Aber sie würde jetzt keinen machen. Bevor sie das Lebewohl unterzeichnete, würde sie mit ihm sprechen. Ihre Liebe würde nicht auf einer Klopapierrolle enden.

Sie sprang auf, hetzte los.

Und was, wenn er schon auf dem Weg zum Flughafen war? Sie sprintete die Straße hinunter, nahm die gleiche Route wie zuvor, zu dem Ort, wo sie ihn zuletzt gesehen hatte.

»Hallo, du, da drüben«, rief jemand, »Yada!«

Yada blieb stehen und drehte sich mit einem gereizten Schnaufen um. Die Nacht der Geister war fast vorüber, und sie musste dringend mit einem Untoten reden.

»Da lang, zur Tram.« Die zwei Hexen winkten mit ihren Besen, wiesen ihr den Weg in die entgegengesetzte Richtung.

»Mist«, fluchte Yada, statt sich zu bedanken, und rannte los. Ihre Lunge brannte, ihre Beine schmerzten. Nur noch hundert Meter, siebzig, fünfzig, zwanzig, zehn, *zu spät.* Durch den feinen Nebelschleier konnte sie die Rücklichter der Straßenbahn erahnen.

Yada stoppte, schlitterte auf nassem Laub, wendete,

wollte nicht aufgeben. Zurück, zu Shens Clio, ein Taxi, irgendwer musste sie fahren.

»Warte.«

Nein. Trotzdem hielt sie an.

Eine weiße Gestalt trat aus dem Schatten eines Hauseingangs hervor.

»Aber …« Yada deutete mit dem Daumen über die Schulter, die Straße herunter, dahin, wo die Tram gerade verschwunden war.

»Knackevoll, lauter Zombies.« Die Mumie grinste schief und zuckte mit den Schultern. Ihre Kopfbedeckung hing in einem unordentlichen Knäuel um den Hals. »Hallo.«

»Hallo.« Yada räusperte sich. »Ich dachte, ich wollte gerade …« Sie rang nach Luft, um Fassung, nach den richtigen Worten.

»Zur Toilette?«

Yada runzelte die Stirn. Luuk zeigte auf die Klorolle in ihren Händen, die sie längst vergessen hatte. »Ach, ja, nein, pfff.« Ein zaghaftes Lachen, das zwischen ihnen durch die stille Nacht schwebte, hin und her, her und hin.

»Yada, ich …« Er rieb sich den Nacken. »Tessas Schwangerschaft, das hat mir die Beine weggerissen. Lange wusste ich gar nichts mehr, oben war unten, unten war oben.«

»Ach, und deshalb konntest du nicht ans Telefon gehen?« Yada verschränkte die Arme vor der Brust. Irgendwo tief in ihr drin brach ein Vulkan aus, sie konnte nichts dagegen tun. Grimm und Groll rempelten und boxten unfair alles nieder, was sich ihnen in den Weg stellte.

Luuk senkte den Kopf. »Es war so krass, Vater werden, Verantwortung tragen, ein ganzes Leben lang.«

»Einfach abhauen, alles andere wegschmeißen!« Die Wut schwebte in einer grauen Wolke vor Yadas Mund.

»Sollte ich sie allein lassen?«, brauste Luuk auf. »Wäre das der Typ Mann, den du dir wünschst?«

Eine Träne kullerte Yadas Wange herunter, weil Luuk recht hatte, weil sie sich für ihren Egoismus schämte, weil ihre Liebe keine Zukunft hatte, weil Tessa schwanger von ihm war, weil sie ihn endlich loslassen musste.

Sie wandte sich ab, den Schlussstrich schwarz auf weiß in den verkrampften Händen. Es war gut gewesen, die Worte zu wechseln, die schon längst überfällig gewesen waren. Leichter wurde es dadurch trotzdem nicht.

»Yada, warte.«

»Leb wohl«, sagte sie, ohne sich noch einmal umzusehen. Sie musste gehen, Luuk und sie, sie gehörten nicht zusammen, waren nie füreinander bestimmt gewesen. Ihre Begegnung, nichts weiter als ein kosmischer Fehler, versteckt in einer Rufnummer.

»Tessa und ich, wir sind kein Liebespaar. Und werden es auch nie mehr sein.«

Yada stoppte. Seine Worte glitten durch den Schleier ihres Schmerzes, hakten sich nirgends fest, flogen weiter, ohne eine Spur zu hinterlassen.

Luuk kam näher, sie hörte das leise Knirschen unter

seinen Sohlen. »Zuerst dachte ich, dass Tess und ich jetzt untrennbar zusammengehören, aber …«

»Das Kind wird euch für immer verbinden«, unterbrach Yada ihn. Und sie würde ihm nicht den Papa wegnehmen.

»Es kann aber nicht als Fundament für eine Beziehung herhalten. Das funktioniert nicht, das wäre uns und dem Kleinen gegenüber nicht fair.«

Stimmte das, war das richtig? Yada legte den Kopf schief. Die Straßenlaterne schräg neben ihr flackerte, die auf der gegenüberliegenden Seite auch. Ein Stromausfall kündigte sich an, vielleicht brach auch ihr Nervensystem zusammen.

»Ich werde für das Baby da sein, egal, ob es nun meine Nase trägt oder nicht. Aber ich werde *nicht* Tessas Mann sein«, sagte Luuk ruhig und klar.

Yada drehte sich zu ihm um, ihr Blickfeld wurde von einem flirrenden Rahmen eingeengt. Luuks Worte ergaben keinen Sinn, trafen nur noch auf totes Gewebe. Da war nichts mehr, nur noch unendliche Müdigkeit.

»Ich liebe dich, Yada.«

»Viel Glück, Luuk«, sagte sie mechanisch.

»Bitte, nein.« Seine warme Hand legte sich auf ihren Arm, hielt sie fest, wollte sie nicht gehen lassen. Ozeanblaue Augen füllten den schmalen Rest ihres Sehvermögens aus, löschten alles, was er gesagt hatte, was sie gerade nicht begriff, aber später verstehen wollte. Ihr Herz humpelte los, erst langsam, dann schneller, immer schneller, das Blut strömte von ihren blau gefrorenen Ohren bis in ihre eiskalten Füße. Die Wärme kehrte zurück, kribbelte in Fingerspitzen und Bauch. Sie hob die Hand, strich über seinen Hals, weiter in den Nacken, vergrub ihre Finger in seinen Haaren, die mit feinen Wassertropfen überzogen waren. Luuk zog sie zu sich, dicht, dichter.

»Ich habe dich vermisst«, sagte er und legte seine Stirn gegen ihre. Er roch nach Kaffee und süßer Vanille, nach Orange und Luuk.

»Luuk.« Ihre Lippen waren schneller an seinen als der Schall, verschluckten seinen Namen, ihren Namen.

»Verzeihst du mir?«, flüsterte er nach einer kleinen Unendlichkeit gegen ihren Mund.

»Unter einer Bedingung«, wisperte sie zurück.

Luuk löste sich von ihr, die Wangen gerötet, die Haare zerzaust, der Blick entschlossen. »Okay, keine Gedichte mehr! Ich bin ein lausiger Poet, ich weiß.«

Yada schüttelte den Kopf. »Nie wieder Mailbox.«

»Nie wieder, das schwöre ich!« Er lachte erleichtert, sein Kuss prickelte durch ihre Mitte. »Bei meinem Briefpapier.«

Wieder Sommer, ein Jahr später

»Ich will aber kein Blumenmädchen sein!« Erstaunlich, wie viele Falten so ein junges Gesicht werfen konnte. Milan funkelte Toni an, er verbrachte eine Woche bei seiner Schwester in Berlin, während Mama und Papa sich auf der *Aida* sonnten.

»Kann mir mal jemand Leon abnehmen?« Tonis Stimme, weichgespült von einer Stunde Babysitting, hatte plötzlich einen scharfen Unterton.

»Sofort.« Yada faltete den Flügel der Papiermöwe, deren Artgenossen bereits unter der Decke baumelten, legte sie beiseite und streckte die Arme nach dem Säugling aus. Leon strahlte sie mit seinem zahnlosen Lächeln an. Ihm schien das Chaos, das kurz vor der Hochzeit im *Sourire* herrschte, nichts auszumachen.

»Im Sandwerfen bist du Weltmeister«, versuchte Toni ihren kleinen Bruder umzustimmen. »Da wirst du doch mit ein paar Blütenblättern fertig, oder?«

»Nein.« Milan zog ein Holzschwert aus dem Gürtel. »Ich bin ein gefährlicher Pirat, Blumen esse ich zum Frühstück.«

»Braucht Leon eine neue Windel?« Tessa drehte sich zu Yada um.

»Hey, nach vorn gucken«, schimpfte Mela, die gerade Tessas rote Lockenpracht zu einem unangestrengt kunstvollen Kranz flocht.

»Alles im grünen Bereich.« Yada flog vor Leons Nase mit dem Papiervogel eine Schleife. Der Kleine gluckste und versuchte, ihn zu fangen.

»Prosecco, Rosenblütensekt, alkoholfrei, und Heidelbeerwein!« Matti war vom Einkaufen zurück und zeigte stolz seine Beute.

»Darf ich die Muscheln?« Milan schmiss eine Handvoll Herzmuscheln, die Yada und Luuk vor zwei Wochen in Holland gesammelt hatten, gegen die Decke.

»Lass das«, fauchte Toni. Die Kinderbetreuung hatte deutliche Spuren auf ihrem Nervenkostüm hinterlassen.

»Hier, nimm lieber das.« Matti gab Milan eine XXL-Tüte mit großen ovalen Konfettischnipseln in Blau und Weiß.

»Das sind ja Fische!«, freute sich der Kleine. »Voll cool. Schau mal, Toni.«

»Super, es regnet Fische auf meiner Hochzeit«, stöhnte Tessa, die Yada insgeheim Prinzesschen nannte. Trotzdem fand sie sie, mit ein wenig Sicherheitsabstand, eigentlich ganz nett.

»Die Konfettikarpfen sind wirklich hübsch«, beruhigte Yada sie.

»Und passen zum Thema«, verteidigte sich Matti und klang dabei ein wenig beleidigt. »Außerdem sind die biologisch abbaubar.«

»Ist Luuk noch im Baumarkt?«, meldete sich Mela.

»Holt mit Ben noch mehr Sand«, bestätigte Yada und hinderte Leon daran, den Papiervogel aufzuessen.

»Die sollen Margeriten mitbringen, kann das mal jemand texten?«, befahl Mela mit einer Haarnadel zwischen den Lippen.

»Ich mag aber keine Margeriten!«, nörgelte Tessa.

Matti und Yada rollten gleichzeitig die Augen und tauschten hinter Tessas Rücken einen amüsierten Blick.

»Willst du lieber Prachtrosen aufm Kopf?«, motzte Mela. Yada sah sie strafend an. Tessa konnte eine kleine Nervensäge sein, und heute war sie zudem hypernervös, aber für die nächsten vierundzwanzig Stunden stand sie unter dem besonderen Schutz einer Braut. Mela seufzte. »Ich nehme nur die kleinen Blüten, das sieht wie Gänseblümchen aus, vertrau mir, das passt ganz wunderbar zu einer Strandhochzeit.«

»Hey, Leute, sagt Hallo zu Neptun.« Jakob stand mit einer überlebensgroßen Pappfigur in der Tür.

»Eine männliche Wassernixe?« Matti legte den Kopf schief.

»Find ich geil.« Das war Toni, auf dem Weg nach draußen, eine Zigarette hinter das Ohr geklemmt. Yada hatte ihr einen Pixie geschnitten, sie konnte damit zart, feminin, aber auch knallhart aussehen. Heute trug sie ein dunkelblaues Hemdblusenkleid mit rotem Gürtel. Shen würde begeistert sein, sie hatten sich lange nicht gesehen. Er arbeitete seit einem halben Jahr bei Nestlé in Frankfurt, Erfahrungen sammeln, wie er es nannte. Und Toni jettete um die Welt und diktierte Unternehmen, wo es langging. Die Unternehmensberatung hatte ihr ein Jobangebot gemacht, ihren Master könne sie in ein paar Jahren nachholen.

»Himmelherrgott«, keuchte Tessa, das machte sie in regelmäßigen Abständen. Leon maulte, Yada setzte sich mit ihm in den Sand. Das *Sourire* war heute eine Strandbar, weil Tessa es sich gewünscht hatte, vor genau drei Tagen, nachdem Patrick den letzten freien Termin für Juli im Standesamt Friedrichshain-Kreuzberg ergattert und um Tessas Hand angehalten hatte. Patrick wollte sie und wusste offensichtlich genau, wie er sie bekommen konnte. Und Tessa wusste genau, was für eine Hochzeit sie wollte.

Seitdem arbeitete ein Team aus zehn Leuten rund um die Uhr an Tessas Traumhochzeit. Nur die Ostsee, die konnten sie nicht umleiten, dafür gab es Wellenrauschen aus Lautsprechern, so dezent, dass man mit geschlossenen Augen fast die salzige Meeresluft zu riechen glaubte.

»Die Torte ist fertig.« Vicky balancierte ein dreistöckiges ozeanblaues Kunstwerk zur Bar. Tessa sprang auf, Mela fluchte.

»Da ist ja ein Krake drauf«, quiekte Tessa.

»Ist der lieb?«, fragte Milan.

»Aber natürlich«, versicherte Vicky und warf Tessa einen giftigen Blick zu.

»Schade«, brummte Milan, der sein Piratenschwert schon in Anschlag gebracht hatte.

Yada mochte den Oktopus, aber sie fand auch Poo süß, also war ihre Meinung wohl nicht repräsentativ. Sie stellte sich mit Leon neben die versteinerte Tessa. »Schau, rosa Korallen und Seesterne«, sagte sie in dem Versuch, von dem achtarmigen Topping abzulenken.

»Cheers, Tess.« Matti klemmte ihr ein Glas Prosecco in die verkrampften Finger.

»Aber«, protestierte Tessa schwach.

»Der ist ärztlich verordnet«, schnitt Mela ihr das Wort ab.

»Noch nicht ganz«, winkte Matti ab, drei Monate noch, und er würde in der Gerichtsmedizin anfangen, jedenfalls war das sein aktueller Traumjob.

Mela drückte ihm einen Kuss auf die Lippen. »Pst.«

Tessa trank mit großen Schlucken und verliebte sich langsam in den Oktopus, den sie nach dem zweiten Glas liebevoll Glupschi nannte.

»Wawabahba«, meldete sich Leon zu Wort.

»Soll ich dir einen Pfannkuchen backen?« Vicky tippte dem Kleinen auf die Nase.

»Er hat noch keine Zähne, und Zucker darf er nicht, Breichen sind in der Wickeltasche, Pastinake, Kartoffel, Hühnchen, Mikrowelle, zwei Minuten.«

»Mikrowelle! Da sind doch die ganzen Vitamine futsch«, empörte sich Matti und verschwand in der Küche.

»*Ich* will aber Pfannkuchen«, rief Milan. »Mit Capt'n Sharky.«

»Will er jetzt ernsthaft Babybrei kochen? Die Standesbeamtin kommt gleich.«

»Ich muss mich noch umziehen.« Vicky verschwand hinter der Tür mit dem WC-Schild und mit ihr Milans Pfannkuchentraum.

»Hier, Milo, Müsliriegel«, sagte Toni und warf ihm ein Corny zu. Es landete unberührt im Sand.

»Capt'n-Sharky-Pfannkuchen.« Milans Kinn zitterte, er war seit 4.30 Uhr wach, und mit ihm Toni, Shen, Yada und Luuk. Nur Mela und Matti hatten bis fünf schlafen dürfen.

»Zahlt das die Versicherung, wenn man jemanden von einem Kreuzfahrtschiff notfallmäßig ausfliegen lässt?«, erkundigte sich Toni nach der Möglichkeit, ihre Mutter von der *Aida* runterzuholen.

»Seepferdcheneis?« Jakob rettete Claudias Urlaub.

»Au ja!«

»Wir sind wieder da-ha!«, rief Ben gut gelaunt in die dicke Luft und stellte eine Harke neben die Eingangstür. Hinter ihm schleppte Luuk einen Sack Sand ins *Sourire*. In Yadas Bauch tanzten Seesterne.

»Fehlt nur noch Patrick.«

»Der ist beim Barbier, um die Ecke.«

»Die Blumen für die Frisur!«, befahl Mela, die nun langsam auch die Nerven verlor.

»Hier.« Ben brachte ihr einen Kübel Hortensien. Yada unterdrückte ein Lachen, Mela kreischte, Tessa winkte nur müde ab.

»Wenigstens sind sie blau«, sagte Jakob und harkte gemeinsam mit Milan Wellenmuster.

»Wir schneiden sie klein.« Yada holte eine Schere aus der Küche, wo Matti gerade irgendwas Grünes pürierte. Gemeinsam steckten sie die Blüten in Tessas Haar.

Matti servierte Leon sein *Generation-Zukunft*-Menü, die Hälfte davon versickerte im Sand. Der Body war ruiniert, das Baby paniert, aber glücklich.

»Na, wo ist mein kleiner Frosch?« Patrick, in weißem

Hemd und hellbrauner Hose, stapfte gut gelaunt durch den Sand und nahm Leon in den Arm. Der Kleine gluckste, das gleiche Lächeln wie sein Papa. »Und meine Nase«, pflegte Patrick bei jeder Gelegenheit zu betonen und hatte damit recht. Melas Riecher war richtig gewesen, mal wieder. Und diesmal war Yada froh darüber.

»Pass auf, dass du keine Spinatflecken abbekommst«, sorgte sich Tessa.

»Keine Sorge, meine Prinzessin«, sagte Patrick. »Schau, wie schön deine Mama ist.« Leon gähnte.

»Ich mach ihn sauber und geh mit ihm spazieren«, sagte Yada und wedelte mit den Feuchttüchern.

»Ich begleite dich.« Luuk umarmte sie von hinten, während Yada das Schnellwaschprogramm startete, was Leon nur mittelgut fand. Er strampelte irgendeinen Zippelzappeltanz, Yada versuchte, die Windel festzukletten.

»Soll ich mal?«, fragte Luuk.

»Geht schon«, knirschte Yada. »Holst du bitte den Kinderwagen?«

»In zwanzig Minuten kommt die Standesbeamtin.« Patrick zog seine Fliege fest.

»Wir sind in spätestens einer Stunde wieder da«, grinste Luuk und pflügte mit dem Wagen durch den Sand.

»Du machst unsere Wellenlinien kaputt«, beschwerte sich Milan.

»Himmelherrgott«, sagte Tessa wieder, Yada schlüpfte hinter dem Kinderwagen durch die Tür.

»Endlich Ruhe«, seufzte sie, nachdem sie ein paar Meter gegangen waren. Ein Laster brummte vorbei. Leon nuckelte zufrieden an seinem Schnuller. Luuk schlang den Arm um ihre Taille. Durch den leichten Seidenstoff des trägerlosen Kleids konnte sie seine Fingerspitzen fühlen. Jetzt galoppierten Seepferdchen in ihrer Brust.

»Hier lang?«

Yada nickte, Luuk küsste sie auf die Wange. Sie bogen ab, zum Boxhagener Platz, ein bisschen Grün, ein paar Bäume. Sie genoss die wenigen Augenblicke zu zweit, die meist viel zu schnell vorbei waren. Luuk war erst vor einem Monat zurückgekommen, aus New York. Yada hatte darauf bestanden, dass er das Auslandsjahr machte; unter großem Protest von Luuk, der trotz Stipendium und Eliteuniversität lieber bei ihr bleiben wollte. Einmal hatte Yada ihn besucht, zweimal war er nach Deutschland gekommen, jetzt waren Semesterferien, und Yada hatte Urlaub eingereicht, ganze sechs Wochen. Mela hatte nicht mal mit der Wimper gezuckt. Zum Glück hatte Nina im vergangenen Herbst ihre Ausbildung im Zwirbel angefangen, zu dritt blieben genügend Freiräume für jede von ihnen.

»Hier, bitte«, sagte Luuk plötzlich und reichte ihr eine Trinkflasche.

»Ich habe keinen Durst«, lehnte Yada ab.

»Hm«, grummelte Luuk und zog die Nase kraus. So sah er aus, wenn er einen Plan hatte, der nicht aufging. Energisch drückte er ihr die Flasche in die Hand und übernahm den Kinderwagen, in dem Leon mittlerweile friedlich schlief.

Yada betrachtete die grüne Flasche, hinter deren durchsichtigem Plastik ein Streifenmuster schimmerte. Sie grinste, drehte den Deckel ab und zog vorsichtig an dem Stoff, der sich nach Bikini anfühlte. Nach und nach kamen vier Dreiecke zum Vorschein, gelbbraun mit Tigerstreifen.

»Filtert neunundneunzig Komma neun Prozent der Bakterien und Protozoen-Zysten«, erklärte Luuk.

»Sehr witzig«, grinste Yada und hielt sich das Oberteil vor die Brüste.

»Das meine ich nicht.« Er deutete mit dem Finger auf eine Membran, die an dem Deckel der Flasche befestigt war.

»Hat Matti dir das verkauft?«

»Nein, ich habe auch so eine. Schützt dich vor fiesem Durchfall.«

»Leitungswasser ist lupenrein, bestens kontrolliert und zertifiziert.«

»In Deutschland schon«, sagte Luuk und wendete den Kinderwagen, damit sie nicht zu spät zur Trauung kamen.

Yada runzelte die Stirn, die Flasche in der einen, den Bikini in der anderen Hand.

»Hm«, machte Luuk wieder, sein Plan hatte wohl einige Macken, und Yada hielt sich nicht an ihre Rolle. War aber auch schwer, mit nur drei Stunden Schlaf im Gepäck.

»Danke«, sagte Yada, auch wenn sie nicht genau

wusste, wofür sie eine Bakterienmembran brauchte, und sie bestimmt nicht mit einem Wildkatzenbikini am Havelstrand spazieren gehen würde.

Und dann, Luuk holte schon Luft, wollte wohl auflösen, bemerkte sie es, eigentlich war es gar nicht zu übersehen. Die Preisschilder waren viel zu groß, ihr Name stand darauf, unter einem roten Seitenruder mit Sonnensymbol. »Air India«, las Yada lautlos, von Frankfurt nach Neu-Dehli. Zwei Wochen *local sustainable farming*.

»Und eine Tigersafari«, ergänzte Luuk.

»Nächste Woche schon?« Sie quietschte wie das Mädchen auf dem Klettergerüst, an dem sie gerade vorbeikamen.

»Eher ging es nicht, sorry.« Luuk zuckte entschuldigend die Schultern.

»Luuk!«

»Es ist so sexy, wenn du die Betonung auf die zweite Silbe legst.« Er hielt an, nahm ihr Gesicht in beide Hände und küsste sie. Ihr Herzklopfen wurde davon nicht besser, im Gegenteil.

»Dein Name hat nur eine«, protestierte Yada schwach. »Eine Silbe.«

»Wenn du fauchst, hat er zwei.«

»Nag, nag, nag«, meldete sich ihr Handy. »Ja?«

»Die Ringe!« Das war nicht Mela, das war ein bengalischer Tiger.

»Haben wir nicht«, blockte Yada.

»Doch.« Luuk, seelenruhig, wie beim Schaufensterbummel.

Yada schnappte nach Luft. »Lu-uk!«

»Zwei Silben, sag ich ja.«

Und dann, alles auf einmal; sprinten in Riemchensandalen, fluchen und gleichzeitig lachen, ohne das schlafende Baby zu wecken, am Ende trotzdem pünktlich, kurz bevor Ben den Hochzeitsmarsch auf seiner Handpan anstimmte. Tessa und Patrick sagten *Ja*, nachdem die Standesbeamtin Erich Fried zitiert hatte, Milan verschluckte sich am Konfetti, Leon lutschte an Glupschi, und Ludwig leckte an Leon, Matti versuchte es mit Algensalat, aber Toni hatte heimlich einen Burger-Grill bestellt. Es war der beste Tag in einer langen Reihe bester Tage, denen weitere beste Tage folgen würden, daran bestand kein Zweifel, da war sich Yada sicher, tigerlöwenge*o*pardensicher.